【中国古典名著补续系列】

水浒后传

清·陈忱 ◎ 著

远方出版社

图书在版编目(CIP)数据

水浒后传/（清）陈忱著.—呼和浩特：远方出版社，
2014.1（2022.8重印）

ISBN 978-7-5555-0084-1

Ⅰ.①水… Ⅱ.①陈… Ⅲ.①章回小说—中国—清代 Ⅳ.①I242.4

中国版本图书馆CIP数据核字(2013)第301416号

水浒后传
SHUIHU HOUZHUAN

著　　者	（清）陈忱
责任编辑	胡丽娟
封面题图	马东原
版式设计	韩　芳
出版发行	远方出版社
社　　址	呼和浩特市乌兰察布东路666号　邮编010010
	（0471）2236473总编室　2236460发行部
经　　销	新华书店
印　　刷	内蒙古爱信达教育印务有限责任公司
开　　本	787毫米×1092毫米　1/16
字　　数	320千
印　　张	19.5
版　　次	2014年2月第1版
印　　次	2022年8月第2次印刷
标准书号	ISBN 978-7-5555-0084-1
定　　价	55.00元

如发现印装质量问题，请与出版社联系调换

目录

目录

水浒后传序

　　尝论夫水发源之时，仅可滥觞，渐而为溪为涧，为江为湖，汪洋巨浸，而放乎四海。当其冲决，怀山襄陵，莫可御遏，真为至神至勇也！及其恬静，浴日沐月，澄霞吹练，鸥凫浮于上，鱼龙潜其中，渔歌拥枻，越女采莲，又为至文至弱矣！文章亦然。苏端明云："我文如万斛泉。"是也。《水浒》更似之，其序英雄、举事实，有排山倒海之势；曲画细微，亦见安澜文漪之容。故垂四百馀年，耳目常新，流览不废。近世之稗官野乘，黄茅白草，一览而尽，不可咀嚼。岂意复有《后传》，机局更翻，章句不袭，大而图王定霸，小而巷事里谈，文人之舌，慧而不穷。世道之隆替，人心之险易，靡不各极其致。绘云汉觉热，图峨嵋则寒，非一味铜将军铁绰板提唱梁山泊人物已也。

　　嗟乎！我知古宋遗民之心矣。穷愁潦倒，满腹牢骚，胸中块磊，无酒可浇，故借此残局而著成之也。然肝肠如雪，意气如云，秉志忠贞，不甘阿附，傲慢寓谦和，隐讽兼规正，名言成串，触处为奇，又非□然如许伯哭世、刘四骂人而已。

　　昔人云：《南华》是一部怒书，《西厢》是一部想书，《楞严》是一部悟书，《离骚》是一部哀书。今观《后传》之群雄之激变而起，是得《南华》之怒；妇女之含愁敛怨，是得《西厢》之想；中原陆沉，海外流放，是得《离骚》之哀；牡蛎滩、丹露宫之警喻，是得《楞严》之悟。不谓是传而兼四大奇书之长也！虽然，更为古宋遗民惜。混沌世界，何用穿凿，使物无遁形，宁不畏为造化小儿所忌？必其垂老，穷颠连痼，孤茕绝后，而短褐不完，藜藿不继，屡憎于人，思沉湘蹈海而死，必非纡青拖紫，策坚乘肥，左娥右绿，阿者堆塞，饱餍酒肉之徒，能措一辞也！安得一识其人以验予言之不谬哉？

　　万历戊申秋抄，雁宕山樵识。

【第一回】

阮统制感旧梁山泊　张别驾激变石碣村

诗云：

甲马营中香孩儿，志气倜傥真雄姿。
殿前点检做天子，陈桥兵变回京师。
黄袍加身御海宇，五代纷争从此止。
功臣杯酒释兵权，神武不杀古无比。
可惜时无辅弼臣，维王杂霸治未闻。
烛影斧声千古疑，岂容再误伤天伦。
立位逾年改号蚤，金縢誓约为故草。
秦王贬黜尺布谣，德昭德芳俱横夭。
竖儒倡议欲南迁，宗杜炭炭烽火连。
御盖过河呼万岁，南兄北弟始两全。

澶渊之役作孤注，乾坤再造功无二。

朝中不拔眼中钉，雷阳枯竹沾新泪。

圣人特降赤脚仙，深仁厚泽四十年。

南衙笑似黄河清，枢使夜夺昆仑天。

青苗法行系安石，郑侠绘图伤国脉。

天中桥上子规啼，半山堂内无筹画。

首揆幸有涑水公，市夫佣贩皆融融。

军中韩范惊破胆，金莲送归词翰荣。

元祐党人何所负，窜逐诛夷皆准奏。

日射晚霞金世界，竟成诗谶为北狩。

崔君泥马渡九河，六宫能唱杭州歌。

二圣还且丢脑后，将军愤死呼渡河。

朱仙镇上虮生胄，痛饮黄龙志未售。

风波亭内碧血凝，甘心侄膝微臣构。

天道昭昭不可移，神器重归艺祖裔。

侍奉两宫孝莫伦，苣母生时雪窖悲。

十里荷花三秋桂，立马吴山势崩溃。

潍淮之捷出书生，干戈祸定天应悔。

炙手可热握大权，侍郎充犬吠篱边。

空谈性命成何济，谢金函首玉津园。

半闲堂中斗蟋蟀，襄阳五年围不撤。

楼台灯火葛岭西，湖上平章宴未歇。

破竹迎降水逆流，东南半壁谁能留？

可怜无计干净地，开花结子在棉州。

皋亭山下嘶万马，孤儿寡妇何为者？

钱塘江上潮不来，朝臣尽立降旗下。

零仃洋里叹零仃，空扶幼主在翔兴。

甲子门中大星陨，赵氏块肉浮沙汀。

小楼三年在燕市，成仁就义真国士。

黄冠故乡不可期，大宋正统乃绝此。

六陵冬青叫杜鹃，行人回首望断烟。

千秋万世恨无极，白发孤灯续旧编。

这首长歌，是说宋朝得国之始，败国之由。自太祖开基，太宗承统，其中列圣相传，并无荒淫暴虐之主，只是优柔不断，姑息为心。又有金壬之臣，接踵而生，害民误国，把一座锦绣江山，轻轻送与别人了。其中虽多经济大臣、韬钤勇将，弃置勿用，无由展其长技。后来国势将倾，也就无可奈何了。且如教主道君徽宗皇帝，天资高朗，性地聪明，诗词歌赋，诸子百家，无所不能，无所不晓。若朝中有强干的臣宰赤心谏导，要做个尧舜之君，却也不难。谁知他用着蔡京为相，引进了一班小人，如高俅、童贯、杨戬、王黼、梁师成之辈，都是阿谀诡佞，逢君之恶，排摈正人，朘削百姓；所做的事，却是造艮岳、采花石纲、弃旧好、挑强邻、纳贿赂、任私人、修仙奉道、游幸宿娼，无一件是治天下的正务，遂至土崩瓦解，一败涂地，岂不可惜？

即如梁山泊内一百八人，虽在绿林，都是心怀忠义、正直无私，皆为官私逼迫，势不得已，潜居水泊，却是替天行道，并不殃民。后来受了招安，遣他征服大辽，剿除方腊，屡建功勋，亡身殉国。平定江南回京之日，可怜所存者不过十分之三，虽加封官职，已是功高不赏，那奸臣辈还饶他不过，把卢俊义宣召到京，赐宴之时，瞒着徽宗暗地里下了慢药，回至庐州，水银毒发，坠水而亡。又将鸩酒赐予宋江。宋江明知有毒，恐怕留下李逵惹是招非，坏了一世忠义，骗他来与同饮，双双而死，葬在楚州南门外，宛似蓼儿洼一般。吴用、花荣，与宋江平日最好，闻知此信，来到宋江墓上，对面缢死，也就殡在一处。那楚州百姓受宋江恩惠的，墓边经过，无不堕泪，春秋常来祭奠。可见公道原在人心。有诗为证：

戴渊昔日出南塘，入洛能殉社稷亡。

今日忠心同类此，空悲父老奠壶浆。

这一段话，是《水浒传》的煞尾。前已讲过，为何重复提起？看官不知，大凡忠臣义士，百世流芳，正史稗乘为他立传著诔，千古不泯。如草木之有根荄，逢春即发；泉水之有源委，遇雨则流。宋江一片忠义之心，策功建名不得，令终负屈而死，岂可不阐扬一番，为后世有志者劝？

他同心合胆兄弟一百八人，为征方腊殁于王事者过半，尚有三十二人。那三十二人是公孙胜、呼延灼、关胜、朱仝、李俊、李应、戴宗、燕青、朱武、黄信、孙立、孙新、阮小七、顾大嫂、樊瑞、蔡庆、童威、童猛、蒋敬、穆春、杨林、邹润、乐和、安道全、萧让、金大坚、皇甫端、杜兴、裴宣、柴进、凌振、宋清，或有赴任为官的，或有御前供奉的，或有闲居隐逸的，或有弃职归农的，或有修真学道的。这三十二人散在四方，如珠之脱线，如叶之辞条，再不能收拾到一处了。谁知事有凑巧，话有偶然，机括一提，辐轮吻合，比前番在梁山上更觉轰轰烈烈，做出经天纬地的事业来。垂功竹帛，世享荣华，成一篇花团锦簇的话。不厌絮烦，且待慢慢的说来。

内中先表那阮小七，从征方腊得功回京，一例升授官职，除了盖天军都统。那地方原是蛮荒徼域，人民梗化，不遵法度。这阮小七又是个粗鲁汉子，不知政体，到任两个月，一味吃酒打人，甚不耐烦。先时破了帮源洞，见方腊的冲天巾、赭黄袍，一时高兴，穿戴起来，摇摇摆摆，不过取笑一番，却被王禀、赵谭看见，道他不该，变脸嗔喝。宋江劝住。那王禀、赵谭又在蔡京面前谮他谋反，蔡京就奏过圣上，削除了官职。那阮小七反得自在，同着母亲仍旧到石碣村一向住居的所在，盖造了十来间草房，土垣竹墙，甚是清雅。寻了两三只小划船，收拾村中几个渔户做了伴当，依旧穿着棋子布背心，在石碣湖中打鱼奉母。

一日，是四月天气，万绿盈门，晴光激滟。提了一瓮村醪、几味鱼鲜蔬菜，到湖边柳荫之下，蓬头跣足，盘膝坐下，自斟自饮，好生快乐。一连吃了十余大碗，被薰风吹着，酒涌上心中，蓦地懊恼起来。叠着两个指头，自言自语说道："我哥儿三个，靠着一身本事，赌钱吃酒，惹是寻非，谁敢道个不字。被吴学究说去，撺掇到晁保正庄上，商量打劫生辰纲，图个下半世快活。不料白日鼠白胜败露出来，只得同晁保正一班儿同上梁山泊。后来宋公明入伙，弟兄们越多了，做成惊天动地的事业。无奈宋公明日夜望着招安。天子三降诏书，宿太尉保奏，就收拾朝京。即差我们征服大辽，剿除方腊，赤心为国，血战多年。两个哥哥俱死在沙场，骸骨不得还乡。我蒙圣恩，得授官职，一时孩子气，穿戴方腊服色，被王禀、赵谭造谤，削夺为民，如今倒也自在。挤着气力，打几个鱼，供养老母，再不受这伙奸臣的恶气了，到后来图一个囫囵尸首也就罢了。只是闻得宋公明、卢员外俱被奸臣假传圣旨将鸩酒药死，吴学究、花知寨俱缢死在楚州墓上，岂不伤痛？若依我阮小七见识，不受招安，弟兄们同心合胆，打破东京，杀尽了那蔽贤嫉能这班奸贼，与天下百姓伸冤，岂不畅快？反被他算计得断根绝命！如今兄弟们死的死了，散的散了，孤掌难鸣，还做得什么事？我明日备些酒肉，到山寨里浇奠一番，也见平日的弟兄情分。"一头吃，一头说，把一瓮村醪吃得罄尽。提了空坛碗碟，跟跟跄跄撞到家里，放倒头便睡。

直到明早，红日三竿，方才爬起来。果然叫伴当宰了一口猪、一腔羊，买些香烛纸钱，扛两坛酒，将划船装好了。两个伴当荡桨，慢慢的从石碣湖荡到梁山泊里。从金沙滩上岸，走在忠义堂基址上，一看光景，比前大不相同。但见：

> 万山料峭，野水苍茫。三关崩塌，四寨空虚。晴天正四月清和，惨雾似九秋黯淡。断金亭下，犹存珠贝零星。忠义堂前，剩得刀枪断缺。杏黄旗破幅挂松梢，锦战袍旧襟堆槲叶。空岩凝血，埋藏腐烂心肝；乱棘招风，挂满焦枯毛发。户额篆文尘燕屎，石碑姓氏蚀苍苔。豺嗥似醉汉鼾呼，虎啸疑登坛叱咤。正是：将军战马今何在？野草闲花满地愁。

那阮小七山前山后各处走过一遍，甚觉伤心。叫伴当搬上东西，摆在忠义堂空地上，点了香烛，满满的斟五七十大碗酒，朝上乱拜几拜，叫道："晁天王、宋公明二位哥哥，众兄弟英魂不昧，我阮小七一片诚心，备些酒肉，重到山寨里，望空浇奠众位，都要似生前一般，开怀畅饮。虽是被奸臣所算，害了性命，却也天下闻名，道是我等替天行道、忠心为国的好汉子。我阮小七他日死后，自然魂灵随着哥哥同在一处。"说罢，两泪交流，又磕了几个头，烧化纸帛，叫伴当把猪羊切碎，烫起酒来，大家来吃。伴当道："不曾带得刀来，怎处？"阮小七道："不妨，我腰边有解手刀，割来吃罢。"掀起衣襟伸手去摸，笑道："啊呀！也失带了。也罢，你就把手撕开。"伴当撕肉烫酒，团团坐定，大块肉、大碗酒吃了一回。

阮小七早已半酣，揎拳裸臂的说与伴当们道："你们不晓得，这是忠义堂。前面扯起一扇杏黄旗，旗上写着'替天行道'四个大字。兀的不见石柱倒在地上哩！大堂中间供养晁天王灵位。左边第一把交椅是寨主宋公明坐。因建一坛罗天大醮，报答神天。七昼夜圆满，上苍显异，坠下石碣，却篆三十六员天罡星、七十二员地煞星的姓名。因天文定了位次，不敢僭越，依次而坐。我却是天败星，坐第三十一把交椅。若商议什么军情大事，擂起鼓来，众好汉都聚堂上，听传号令，好不整肃。那两边还有许多耳房、旱寨、水寨、仓库、监房，自受了招安，尽行拆毁。如今变作满地荒草、几堆乱石了。你道可伤不可伤？"

说一回，吃一回，不觉大醉。立起身来，正打点收拾回船。远远山前大路上，敲着铺兵锣，蓝旗对对，执事双双。青罗伞下罩着马上坐的一个官员，吆喝而来。阮小七道："好不奇怪！这山僻去处，哪有官府来往？"说声未绝，渐渐直到忠义堂上来。阮小七定睛一看，那个官儿模样生得：

> 骨查脸，鹰眼深眍，绰略口，鼻须倒卷。广有机谋，常多冷笑。相府
> 阶前施婢膝，济州堂上逞奴颜。

你道马上这官是谁？原来就是蔡太师府中张干办，前日随着太尉陈宗善来山寨里招安的。因他伶牙俐齿、擅作威福，阮小七把十瓶皇封御酒偷来吃了，换上十瓶村白酒。诏书上无安慰之意，众好汉心中不服，一齐发作，扯破诏书。亏得宋江劝解，连夜送下山，抱头鼠窜而去。因他极会逢迎，蔡京十分信任他，要抬举他一场富贵，对吏部文选司说了，讨这济州府通判与他做。领了文凭，到任未及三个月，因太守张叔夜升了廉访使，他便谋署这济州府印。倚着蔡太师脚力，凌压同僚，贪虐百姓，无所不为，人人嗟怨。他思量宋江这一伙虽然销散，那梁山泊旧寨或有旧物埋藏，可以掏摸；余党潜伏，缉捕得几个，倒有些生发。这两日是四月天，蚕忙停讼，没处弄耸，趁闲来此巡察，不想却好遇着阮小七在此吃酒，一见便喝道："你这伙是什么歹人，又在这里啸聚？左右与我拿下！"

阮小七不听便罢，听见这般言语，火星直喷，如何忍得？提着双拳说道："我老爷在此吃几杯酒儿，干你鸟事！做张做智要来拿我？"跟随人役有认得的，道："这便是活阎罗阮小七。"张通判大怒道："你这杀不尽的草寇，重新在此造反！我今为一郡之主，正要剿除遗贼，怎便违我？如此放肆！"阮小七圆睁怪眼，手拍胸脯，露出那青郁郁刺的豹子来，骂道："你这腌臜畜生！我老爷也曾为朝廷出力，征战多年，蒙授盖天军都统。哪里钻出来这害民的赃贼，无事便来撩拨老

爷！"抢到马前，要提他下来，被众衙役拦住，不得近身。阮小七大吼一声，想要杀他，身边又没有利器，就夺衙役手中藤棍，劈头乱打，把张通判的幞头一下打得歪瘪在半边。众衙役慌忙护卫，当不得阮小七力大，把藤棍一搅，都倒在地。张通判见不是头，扯转马，连抽两鞭，飞也似跑去。众衙役也都爬起逃走。走得慢的，被阮小七抓着一个，喝道："这是什么野贼？倒来闯事！"擎着拳头便打。那人杀猪也似叫道："老爷，不要打！不干小人事。这是济州通判，是东京蔡太师府内姓张的干办，新任未久，恐怕泊里另有什么闲人，故来巡视，认不得老爷，因此唐突。求饶了小人狗命罢。"阮小七道："既然如此，便饶你。只是你去对那野贼说，敢是天包着胆，没事便来轻惹老爷！"那人得了性命，没口的说道："小人就去说。"一骨碌爬起来去了。阮小七道："原来就是那个张干办，不过是蔡京门下一个走狗，岂可为民父母？朝廷好没体统！可惜不曾带得刀来，砍了这颗驴头便好。"正是：

> 书诗遂墙壁，奴仆且旌旄。

阮小七性定一回，酒也醒了，叫伴当收拾回船。划到家里，已是黄昏时候，对母亲说知此事。那婆婆埋怨道："两个哥哥通没了，你是个独脚腿，每事也要戒些性子。倘那厮明日来合嘴，怎处？"阮小七道："不妨，老娘放心，我自有对付，凭他怎地！"当夜无话。明早起来，依旧自去打鱼。

到第三夜二更时分，阮小七睡在床上，忽听得门外有人走动，抬起头来，只见有火光射到屋里，连忙爬起，穿好衣服，且不开门，挎口腰刀，手里提根柳叶枪，踮起脚来，往墙头外一望。见一二百士兵，都执器械，点十来个火把，把草房围住。张干办带着大帽，紧身衣服，挂一副弓箭，骑在马上，叫道："不要走了阮小七！"十来个士兵用力把篱门一推，倒在半边，一齐拥入。阮小七闪进后屋，从侧门里跑出，大宽转到前门来。士兵在内搜寻，张干办还在门外马上，不提防阮小七却在背后。说时迟那时快，阮小七轻轻挺着柳叶枪，从张干办左肋下用力一搠，那张干办大叫一声，早颠下马，血流满地。阮小七丢了枪，拔出腰刀，脖子上再加一刀，眼见得不活了。士兵听得门外喧闹，回身出来，不防张干办尸首在地，有两个绊着跌倒。阮小七抖擞精神，一连乱砍了几个，余多的各顾性命霎时逃散。

阮小七走进屋里，连叫老娘，不听见答应。地下拾起烧残的火把，四下里一照，只见婆婆一堆儿躲在床底下发抖，两个伴当通不见了。连忙扶出说道："老娘受吓了。此间安身不得，须收拾到别处去。"遂把衣装细软拴作一包。煮起饭来，母子吃饱，扶老娘到门外。拖起张干办，并士兵尸首，到草房里放起一把火来，焰腾腾烧着。已是五更天气，残月犹明，参横斗转，见张干办那匹马在绿杨树下嘶鸣不已。阮小七想道："母亲年高之人，怎生走得长路？何不牵过那匹马，骑坐了去？"就带住那马，扶婆婆坐好。自己背上包裹，挎了腰刀，提把朴刀，走出村中，向北边而去。有诗为证：

> 千呵万笑骗乌纱，只合装憨坐晚衙。
>
> 何事轻来探虎穴，一堆佞骨委黄沙。

话说阮小七杀了张通判，扶母亲上马逃走。那婆婆嗟叹道："我生你哥儿仨，本等守着打鱼，待我吃碗安稳饭，却上了梁山。小二、小五俱遭横死，剩得你一个，将些儿指望送我入土，又闯出这场奇祸来。我老年之人，受不得这般三惊四吓。"阮小七笑道："老娘不必嗟怨。这不是我寻他。难道白白受那厮凌辱？真个有累老娘。今后寻个安身所在，随他甚么人在脸上打一百拳，也不发怒了。"婆婆道："恁般便好。"正是：

> 艰难随老母，惨淡向时人。

当下母子二人一头说，一头走，夜住晓行，饥食渴饮。在路行了两日，听得过路的人说："那梁山泊阮小七杀了济州通判，如今城市里奉着明文，画影图形搜捕。有人拿得着，给赏三千贯哩！"阮小七听得这般消息，不敢从州县里过，只往山僻小路行走。他是个粗卤的人，不曾算计得哪里安身，只顾往前走去。约莫挨了十多日，到一座高山脚下，看那山势十分险峻。一来天气暄热，二来那婆婆受了惊恐，又途路上辛苦，一时心疼起来，攒着眉呻吟不绝。看着坐不住，要跌下来。阮小七惊惶无措，却好山坞里有座古庙，轻轻扶老娘下马，搀到庙里，空荡荡并无一人。将包裹打开，把布褥铺在一扇板门上，服侍老娘睡倒。婆婆道："这回心里疼得慌，怎得口热汤水吃便好。"阮小七道："母亲你且将息片时，这里现放着锅灶，待我寻些火种来，便有滚水。"把庙门反拽上，大踏步走去，四处并无人烟。

蓦过一条小冈子，远远树林里露出屋角，飞奔前去，讨了火种，赶回来已是好一会儿了。正当晌午时分，红日当空，无一点云影，又走得性急，汗流满面，脱下上衣，搁在臂上，想道："怎么这般炎热！好似前日在黄泥冈上天气一般。"忙走到庙边，推进门来，板门上不见母亲，包裹也无了。吃这一惊不小，又忖量道："想是母亲要登东，包裹怕人拿去，就带在身边。只是马往哪里去了？"走出后门一看，都是乱草。四下里声唤，并无形影，心下慌张起来，道："不好了，敢被虎狼拖去？当初李铁牛驮母亲到沂岭上，口渴要水吃，铁牛到涧边舀得水来，则剩得一只大腿。今日却好一般！"又道："且慢！若被虎狼所伤，必有血迹。"拨开乱草，山窝里各处搜看，并无一点血痕。又想："马匹、包裹俱没影响，决非虎伤。"踌蹰不定，走到前面神厨边立着，心中焦躁，眼泪汪汪，不知此处是什么地方，又无人可问。思量到大路上抓寻，又想："母亲因害心疼走不动，哪得出门？"胡思乱想的正没理会，忽见走进一条大汉来。怎生模样？

面白唇红，眉浓眼秀。八尺以上身材，三旬以外年纪。青纱万字头巾，双环玉碾。梭布斜纹褶子，挺带银镶。看来是旧家子弟，略带些行伍出身。想暂时撞到江湖，终不失英雄本色。

那阮小七不见了母亲，正在烦恼，蓦然见他走到，抢步向前，一把扭住，嚷道："你还我老娘来！"

正是：天边孤雁重连影，波内长鲸再起云。

不知那人如何理说，且听下回分解。

石碣村若不过梁山泊，阮小七未必去祭奠。通判不是张干办，也未必去寻事。石碣村也，阮小七也，张干办也，人与地俱有祸根，所以机彀一发，住手不得。如肤寸之云迷漫六合，世上事每每如此。张干办已死，余人杀者杀，逃者逃，剩下坐马，苦无着落，妙在绿杨树下，嘶鸣不已，阮小七牵与娘骑，是史家点滴不漏处。不知者但为阮家母子喜其凑巧耳。

毛孔目横吞海货　顾大嫂直斩豪家

【第二回】

却说阮小七扭住走进庙门的汉子，要他还母亲。那人不知就里，说道："你是什么人？好没来历！还你什么老娘？我正着恼，走得热了，到这庙里歇一歇。你是什么人？"阮小七情知无涉，只得放手，便问道："你从大路上来，可曾见个年老婆婆拿着包裹么？"那人道："我在十里牌酒店里吃了一角酒，这般热天，路上并无人走，哪里见有婆婆！你是哪里人？为甚的不见了老娘？"阮小七道："我是石碣村人，同母亲投奔亲眷。路上辛苦，母亲一时心疼起来，扶在庙里睡着，要口热水吃。我去寻得火种回来，就不见了母亲，马和包裹通没了。正在心焦，见你走进来，忍不住只得问了。"

那人想一想道："石碣村可是济州管辖，相近梁山泊的么？"阮小七道："正是。石碣村的湖面连着梁山泊。"那人道："梁山泊里宋江部下有个黑旋风李逵，你可认得？"阮小七道："我也曾认得，只是死了。"那人道："再问你，当初宋江打破祝家庄，有个一丈青扈三娘，拿上山寨，后来怎么样了？"阮小七道："一丈青被林冲所擒，宋江即刻押到山寨，交与宋太公。众头领尽猜他自要做夫人。及至回兵，却把他配与矮脚虎王英做了夫妻，两口儿好不和顺！扈三娘也是地煞星宿，忠义堂上坐把交椅。后来受了招安，从征方腊，到乌龙岭，被郑魔君使着妖法，夫妇双双打死了。"那人听到此处，簌簌的泪下。

阮小七道："扈三娘是你什么人？"那人道："我便是独龙冈下扈家庄扈成。因妹子一丈青许配祝彪，前来助战被拿。那时我备羊酒表里，亲到宋江寨中纳款，宋江许还妹子。后来打破祝家庄，那个黑旋风杀材把我太公一家老少杀尽，放火烧了庄院。我亏得落荒逃走，到延安府投奔个相识，又遇不着，流落在外，还乡不得。偶然逢着一伙客伴，做些飘洋生意，颇有利息。那海岛与暹罗国相近，山川风土与中华无异。在那边住了两三年。前月凑有海船到岛，搭附了来，不幸遇着飓风，打翻了船，货物飘沉。还亏得渔船救了性命，打捞得一担货物，却是犀角、香珀，还算不幸中之幸。到得此间登州口子上岸，雇名脚夫挑了担儿，思量到东京发卖，回到家乡重整旧业。"

那人说到此处，不觉脸色都变了，咬牙切齿的。阮小七急问道："到了旱地上，还有甚事？"扈成叹口气道："不要说起，又撞着冤家。因天气炎热，担子又重，脚夫走得力乏，把担放在一家门首大柳树下，歇回凉儿再走，不想走出一个年纪小的后生，跟着五七个庄客，都拿着哨棒，要与人厮打的模样。见了我喝着道：'你是什么人？在此窥探！'我便道：'是过路的客人，走得辛苦，借坐坐儿。'又喝道：'那担子里是什么东西？莫不是通洋私货？'我说：'有甚私货！'那后生喝道：'现奉宪司明文，缉捕梁山泊余党，杀死官员的。盘诘来历不明的人，甚是严紧。客商行李俱要细细搜检。'喝叫庄客打开来看，脚夫见不是头，挑了担儿便走，被那厮脸上一掌，踉跄跌去。五七个庄客把竹笼打开，见是伽南香、琥珀、犀角、珊瑚等物，动了火，叫抬了进去。我便嚷道：'这里又不是关津所在，怎的盘诘得我？抢我货物？'那厮便骂道：'你这大胆的海贼，现放真赃，还要口强！锁去登州府里发落！'那厮同庄客来拿我，我便拽开拳脚，踢倒一个庄客。他把哨棒打来，空手抵挡不住，只得走了。他也不来赶。不知脚夫怎地。我平白地受了这场恶气，千辛万苦，性命相搏来的货物，被他抢去。思量孤掌难鸣，敌他不过，待会官司告理，又不知他姓名。况且委是海货，不便分理。正在烦恼，不想逢着你又要讨娘，这是哪里说起？"

阮小七道："实不相瞒，我便是梁山泊活阎罗阮小七。可伤宋公明被奸臣药死，我念平日情分，到山寨里祭奠。不想那蔡京的门下一个张干办，做了济州通判，他到梁山巡察，和我闹起来，打瘪他的蟆头。到第三夜，领士兵围住拿我，我便杀了他。容身不得，同母亲逃难。行到此间，母亲忽然心疼起来，我去寻火种回来，不见了。如今你不若和我去寻见了母亲，我便同你去夺回货物，何如？"扈成道："如此甚好。方才你说我妹子死了，倒也放下一条肚肠。"阮小七道："眼见得母亲不在这里，且到村中访问。只是我肚中饥了。"扈成道："此间到十里牌不多路，大酒店诸般物事都有。"阮小七道："既如此，便去。"

两个斯赶着，走不得三五里地面，果然官道边开一座酒店，摆列十来副红油座头，柜边三只大酒缸，一半埋在泥里，喷鼻香新笋熟白酒；两三架蒸笼，热腾腾地盖着精肉馒头；案上堆大盘熟牛肉。两人进店，拣副座头坐下，叫量酒的打两角酒，切三斤熟牛肉，二十个馒头做点心。量酒的觑着扈成道："方才这位客官吃酒会钞去的，重番又来！"扈成道："不要你管，只顾拿来。"酒保摆上大碗，筛了让阮小七吃。扈成道："小弟偏陪不多时，你饥渴了自吃。"阮小七真个流星赶月的一般吃了一回，两个又提起寻母亲、夺货物的话。只见照壁后走出一个人来，叫道："小七哥！"阮小七抬起头来一看道："阿呀，嫂嫂，恁地凑巧！"你道那人是谁？

纱裁衫子绿，鬓插石榴红。木轴腰肢壮，银盆面目雄。春风虽觉满，杀气尚然横。水泊能征战，驰名母大虫。

阮小七见是顾大嫂，拜倒在地。顾大嫂连忙答礼。又与扈成见过，问道："此位是谁？"阮小七道："是一丈青的哥子扈成。"顾大嫂道："怪道有些相像，请到后面水亭上坐。"两个走进水亭里看时，一边靠着大树，绿荫摇凉；四扇槅子亮窗对着条涧，流水潺潺，小桌上供着一瓶剑叶菖蒲，几朵蜀葵花，好不清幽。阮小七道："出路的人把时节都忘了，想是端阳边哩！"顾大嫂道："今日是初四。"叫把酒肴整起来，问道："小七哥，你怎么到得此间？闻知宋公明身故了，我这里隔着路远，不知详细，没有实信。"阮小七将卢员外坠水先亡，赐药酒与宋公明，骗李逵同吃，死后葬在楚州南门外，吴学究、花荣同吊死在墓上说了一遍。然后把自己盖天军削职归来，到泊内祭奠，撞着张干办，合气杀了他，同母亲逃难，心疼讨火种，不见了母亲的话，也备细说了一遍。

伙家搬到果品酒肴，顾大嫂相劝，吃了一回，问道："扈家叔叔哪里相遇的？"阮小七道："在前边庙里。他有一担货物被人抢了去，也在纳闷。"顾大嫂道："什么货物？在哪里被人夺去？"扈成接口道。"是值钱的洋货。歇凉在一家人家门首。有个后生，跟了几个庄客，假说盘诘奸细，竟夺了去，还要拿我送官。"顾大嫂道："怎么一个人？离多远？"扈成道："此去东首十来里远近，依山临涧一所庄院。那厮年纪不上二十四五，面上有个疙瘩，穿一领酱色官绢褶子，粉底快靴，像是公门中人。"顾大嫂想了一会儿，点头道："是了，莫不是门前有一株大柳树，树下有座小小的神堂么？"扈成道："正是。"顾大嫂道："小七哥，你道那厮是谁？当初我两个兄弟解珍、解宝，在毛太公园内寻虎，诬我兄弟白昼抢劫。那毛太公女婿王正现做孔目，屈打成招，监禁在狱。我和二哥商议，同去劫牢，救出兄弟二人，杀了毛太公一家，因此同归山寨。不料毛仲义的儿子躲过，长成起来，名唤毛豸，到登州顶了那王正的缺，做着孔目。这杂种十分惫懒，几番和我们寻事，想要报仇。方才扈叔叔说这般模样，决然是他。那担货物，好言说，他哪里肯还？且待二哥回来，再作商议。"阮小七道："正不问得二哥哪里去了？"顾大嫂道："早间城中伯伯差人来请，探望去了，想必就来。"

说声未绝，小尉迟孙新汗流浃背的走到，见了阮小七，惊喜道："小七哥，甚风吹得你来？"与扈成一同见过，问道："这位却不认得。"顾大嫂道："是扈三娘哥子扈成叔叔。"孙新道："幸会。二嫂，你伯伯一发古撇了，教我不要与邹润往来。说道新任知府杨戬，是杨戬兄弟，大作威福，依着姓栾的都统武艺超群，那毛豸小畜生在官府面前撺掇，寻我们是非。我不听他。为人在世，哪里为了自己，朋友弟兄轻易抛得？"阮小七道："为何不要与邹润往来？他如今在哪里？会他一会也好。"孙新道："邹润不愿为官，三月之前同一个泼皮大户赌钱，争竞起来，杀他一家，仍旧到登云山落草，聚着一二百喽啰，打家劫舍。"阮小七道："和我一般，事到头来，哪里忍耐得！"又把从前的事告诉一遍。孙新道："这样说来，令堂好好在一处，不必忧心。"阮小七急问："在哪一处？"孙新道："我早上进城，路上见了登云山小头目，说邹二哥要会我。又道方才同几个喽啰下山，在山神庙里见个婆婆睡着，一匹马儿，一个包裹，去牵马拿包，那婆婆不肯，连这婆婆搀到寨里去了。如此说来，令堂定在那里。"阮小七吃惊道："倘小喽啰在路上害我老娘，怎处？"孙新道："不妨。邹润学了梁山泊好样子，不许喽啰私自杀人。"阮小七起来道："二哥，我和你就去看我老娘下落。"孙新道："不要性急。邹润知道是令堂，必然好待。日色已西，待晚凉些，且吃杯酒，明星皎洁，慢慢的上去，近哩！不上五六里。"阮小七只是性急，连酒都不肯吃。孙新道："不妨，离此不远。我且问你，你杀了济州通判，非同小可，如今思量到哪里安身？"阮小七道："我一时性起，开除了他，正不曾算得去路。就是到这里，也是偶然相会你夫妇。二哥，你为我摆划摆划。"孙新道："本州自然申文到枢密院，各处搜捕。小哥的所在，也隐藏不得。何不去登云山入伙？若有变故，我夫妇也同上来了。"阮小七大喜，谢道："全仗二哥指点。"顾大嫂道："那毛小厮一发可恶，扈叔叔一担货物，歇在他门首，平空地抢了去。留他在此，到底要和我们作对。斩草除根，何不先下手，夺这担货物，还了扈叔叔，也显得与故世的三娘情分。"孙新道："这也使得，只怕连累我哥哥。我和你拼上了登云山。"顾大嫂道："伯伯不急不走的。有前日的样子，不怕他不来。"扈成道："货物是小事，心上不甘。承嫂嫂盛情，方消得这口恶气。"孙新道："不消说，今晚同到登云山，会了邹润。明日是端阳佳节，他必然在家里，晚上就去罢。"

四个说得投机，猜枚行令。阮小七也连吃了几大碗闷酒。看看红日西沉，星光灿烂，各人执件器械出门。孙新道："二嫂，你明晚整顿酒肴，在这里饮过菖蒲酒就去。"顾大嫂道："这个自然。"孙新在前引路，一同望登云山而去。有诗为证：

绿林豪侠旧知名，话到人情剑欲鸣。

块磊难消须纵酒，水亭高树晚凉生。

当下孙新引着阮小七、扈成，趁着星光，取路到登云山。没半个时辰，已到山边。林子里伏路喽啰，听得有人走动，拿了鸟枪赶出来，见了孙新，连忙先去通报。邹润便到寨口迎接，让至聚义厅剪拂了。邹润道："小七哥，令堂老伯母已先接到敝寨了。得罪！"阮小七道："不见了老娘，甚是忧疑。孙二哥猜想，必在这里，方才放心。"邹润喝喽啰扶婆婆出来。孙新、扈成见过。婆婆道："你去寻火种，两个人来夺包裹，我拖住不放，就挽我到这里。见邹头领，说起你姓名，邹头领甚是相敬。心疼已好，吃过茶饭了。"阮小七致谢。孙新指着扈成道："这位是扈三娘哥子扈成，有担货物被毛孛抢去，如今要和你商议，同去讨还。"邹润道："这个毛贼，哪里与他好话！竟剿除他罢！"众人大喜。喽啰摆出酒肴。阮小七道："老娘，你先进去睡罢。"婆婆道："已有床铺打点睡了，说道你来，故此走出，我会进去。"四个人开怀畅饮，各诉心事，至更深方散。

次早，邹润宰了猪羊，置办果品，庆赏端阳。饮到下午，撤过筵席，同到山前游玩。看那山势虽不比梁山广大，却也险峻。周围重峦复嶂，只有山前一条大路，把木石筑成寨门，若然守住，纵有千军万马之势也攻不进。中央一片平坦之地，可容四五千人。只是草创未完。众人看了一会儿，邹润又请吃酒。孙新道："不消了，我们再停一会儿。我家大嫂已备在那里，吃了去行事。"一头闲步，扈成闲叙那海岛风景。看看日色转西，孙新道："此时好下山去了，我们去罢。"邹润选十名精细喽啰，准备器械引火之物，分付道："黄昏时分到孙二爷家里取齐。"喽啰应诺。

四个人同下山，到十里牌，顾大嫂接着。水亭上坐地摆出许多鸡鹅嘎饭，孙新在供桌上取过那瓶菖蒲，又折一枝榴花插上，放在中间，笑道："应些时景，不要被人笑我们梁山泊上好汉，一味是大碗酒、大块肉。"顾大嫂道："伯伯差人送四尾石首鱼在此。"捣上蒜泥，大家吃了一个更次。顾大嫂道："那厮虽无准备，也要详细，不要被他走脱。打蛇不死，惹蛇毒了。"孙新道："这个自然。待那喽啰来，把住前后门，断绝邻舍往来的人，从屋上进去，不要大惊小吓。"算计定了，听得敲门，知道喽啰到来。顾大嫂出去，俵赏酒肉，先教去四野里埋伏。又进来同他四个又吃几碗酒，扎缚起来，挎着腰刀，分付伙家等候。出了门，望东而走。

其时约莫有二更天气，星光闪闪，四野苍茫。不多时到了毛孛门首，黑影里有个人蹲在神庙边，打个暗号。大门紧闭，里面并无动静。孙新转到后门，望进去微有灯光。却好有个采椿树梯靠在墙边，掇过放在夹巷上，爬上去一看，小天井内有株梧桐树，跨在树叉内，双手抱着，一溜溜下去。向窗缝里一张，见一个年少妇人，抱着小孩子，坐在床沿上喂乳。那毛孛除下巾帻，脱去身上衣服，立在春台边，明晃晃点着烛儿，把竹笼里的犀角、香珀另装在一只皮箱内。把一串蜜珀数珠套在孩子颈上，笑道："娘子，我这孩子刚刚满月，撞到野蛮这担东西送上门，值一二千银子，也是彩头哩。到明日把几件送与杨太守，不怕不做时人哩！"那妇人道："亏你罪过！"毛豸道："什么罪过？自古道：'为富不仁'，我明日对太守说，那孙立、孙新、顾大嫂，梁山泊做过强盗，广有金珠宝贝，诬陷他与登云山邹润交通，重复造反，拿了他，又有一场大富贵。若不要人的财物，今日孩子满月，哪里摆设得筵席请亲戚朋友，这般光彩。"妇人道："夜深了。"毛豸道："待我锁了皮箱，藏好了去睡。想你一个多月不曾那话儿，有些猴急哩。我日里吃多了菖蒲烧酒，正有些意思。"妇人一只手抱孩子，一手脱裙，笑骂道："涎脸贼囚子！"

孙新在窗外听得明白，趉转身，轻轻开了角门，打厨房走过。庄客们都醉了，已睡。一直开了大门，对众人说了，都伸着舌头道："这厮好不狠毒！"喽啰身边取出火种，点上松脂绞的绳，拔出腰刀，一拥进去。那毛豸正脱了裤子，赤条条爬上床去。阮小七把房门一脚踢开，毛豸听得，回转头来，早被邹润劈角儿揪住，一刀剁下头来。那妇人惊慌，精着身子，从床上滚到地下。顾大嫂踏住胸脯，颈上一刀，死在床边。阮小七、扈成赶到，外边两个庄客闯出来，一刀一个。再寻觅时，有命的开后门走了。孙新、顾大嫂打开橱箱，把金银细软束作两包，床底下寻出皮箱，是方才收拾的，只消挑去。将要出房门，那小孩子在床上呱呱的哭。孙新道："前日斩草不除根，又要费这番手脚。留这恶种何用？"提起来一摔，做个肉饼。唤进喽啰，背上衣包皮箱，寻草把放起火来，哗哗剥剥的声响。有邻舍听得火起，开门出来。邹润喝道："有冤报冤，不干你们事！要死的出来！"邻舍听得，缩了进去。不逾时，房屋烧净。小喽啰牵了一头黄牛，扛两个肉猪，说到山寨里祭赛还愿。可笑那毛豸：

满口称有福之人，转眼作不毛之地。

再说五筹好汉、十名喽啰，得了手，欢欢喜喜。到十里牌，天尚未明。孙新道："这番举动，明日官府必然知道。你们先上山去，我去城中打听，就要我哥哥出来，好共乛也便收拾来也。"阮小七、邹润、扈成自去。孙新再吃些酒饭，也便进城打探，不题。

却说那邻舍，当夜不敢救应，天明都到火场上，说道："不知是哪里强人，劫了财物罢了，怎的杀人放火？"有从后门走脱的庄客道："我认得两个，是登云山的邹润，十里牌开酒店的孙新。原是梁山泊余党。"有个年老邻舍道："这干人不是好惹的，不要管闲帐。"有一个道："倘官府责我地方不申报，怎处？"有一个道："自有他庄客执认，不妨。"又有一个道："祖宗该积德，做些好样子与后人看便好。那毛太公一味强赖，遭了毒手。那孙子又逞威风，自然有此显报。"庄客道："不要闲话，烦列位动一报单，待小人自去执证便了。"众人写下呈子，付与庄客，教他去递。庄客急急里走到州衙前，正值太守升堂。庄客把报单呈上。太守接过看了，问道："当夜共有几多强人？"庄客禀道："有二十余凶，明火执仗，打进门来，把主人、主母杀死，劫了财物，烧了房子。内中小人认得两个，是孙新、邹润。"太守道："你且早晚伺候，不许声张。"庄客应诺而出。太守分付传请栾统制来。

你道那栾统制是哪个？便是祝家庄上请的教师栾廷玉。那日祝家庄打破，回身不得，仗这一条铁棒，冲散梁山泊西北一路人马，落荒得命。后来投在杨戬门下，因他兄弟杨戡特授登州太守，那登州是濒海地方，恐有疏虞，晓得栾廷玉武艺非比寻常，便升了都统制，一同上任的。

闲话休提。且说栾统制请到，径进后堂，相见已毕。太守道："昨夜登云山反寇同孙新一班，杀了孔目毛爻一家，劫财放火，烦统制即去进剿。"栾廷玉道："这伙草寇倒不打紧，那孙新的哥子是病尉迟孙立，十分了得。当年劫牢，救出解珍、解宝，同上梁山，受了招安，除授本职。今闲住在家，恐又里应外合，必要先拿了他，除了后患，方去进剿。"太守道："有理。事不宜迟。"就唤行轿。栾廷玉上马，带着兵役，径到孙立家中来。正是：

楚国亡猿伐林木，城门失火害池鱼。

却说孙新跑进城，到哥哥家里，相见罢。孙立道："昨日拿石首鱼送你过节，你不在家里，莫不又去会邹润？我对你说的话，不可忘了。"孙新正要说知，只见门上人来说道："太爷同栾统制来拜。"孙立道："快取公服来。"孙新晓得有些蹊跷，一溜烟先出了门。正是：埙篪合奏推同气，急难哀鸣感鹡鸰。

不知后事如何，且听下回分解。

　　一篇文字俱从前传打祝家庄生出。顾大嫂驱除毛豸，由于前日之赖虎诬盗。栾廷玉计擒孙立，种于当年之里应外合。冤家路窄、积恨难消，令人不敢复念睚眦之恨也。孙新自上梁山，前传苦无见长处，今读弟兄朋友数语，足见生平。

病尉迟闲住受余殃　栾廷玉失机同入伙

【第三回】

却说孙新来到哥哥家里，正要说杀了毛豸，教他出城避祸。忽听见杨太守、栾统制来拜，晓得决撒了，躲出门看光景。那孙立不知来历，忙讨公服换了，迎进相见。杨太守、栾统制同到中堂，见了孙立，喝令拿下。孙立不及询问，早被众兵役簇拥着在太守轿前。到了州衙，太守升厅而坐，栾廷玉亦在东首。太守道："孙立，你怎么结连登云山反寇，和兄弟孙新，去杀毛孔目全家，重复反叛？"孙立挺身说道："这事从何说起？卑职从征方腊有功，蒙圣恩除授本州都统制。因战场风霜，染了痹软的病，辞职在家，并不出门，何曾去杀毛孔目？就是说我兄弟，也须实证。况大宋律上，兄弟分居的，也连累不得。"太守道："你先前劫牢放贼，今番决然通谋的。"孙立道："现有诰敕在家，轻易拿我不得！"栾廷玉道："孙统制，你到祝家庄假说助我，里应外合，破了祝家庄，使我置身无地。今又做出事来，不必抵赖了。"孙立道："栾统制，分明是你挟仇陷害，少不得要到枢密司分辨，与你做个对头。"太守冷笑道："你说有诰敕，轻易动不得，且把你监下，待捉了登云山反寇对证。”众兵役就把孙立推到监里。太守道："孙立已监，不怕内患。栾统制，你即刻领兵征剿，不可迟误。"栾廷玉应诺起身，点了二千兵到登云山，不在话下。

却说孙新，闪在人丛中，见哥哥拥去，连忙到家里与顾大嫂说知，收拾家资，叫伙家挑着，同到山寨里来。那阮小七、扈成、邹润正在那里还愿。孙新道："不好了，我的哥哥被太守拿去。那栾廷玉即刻领兵到了，快做准备！"扈成道："什么栾廷玉？"孙新道："就是祝家庄的教师，新升登州都统制。"扈成道："嗄！原来是我的师父。不妨，我自有计。先把寨门山口都垒断了，不可与他交战。"唤小喽啰搬运木石堵塞，多备擂木、炮石、灰瓶，防备攻打。不多时，尽皆完了。且到里面散福。饮过数巡，孙新道："我等衣甲不曾完全，一二百喽啰多是乌合之众，粮草又无蓄积，怎么守得住？扈大哥，你说有计，还是何如？"扈成道："机不可漏。只不要说出我姓名，待他攻打三日之后，如此这般做作。"众人听了大喜，畅饮而散。孙新道："虽然如此，众弟兄须要用心防守，不要懈了。"众人道："这个自然。"都结束停当，到寨口守护，不提。

却说栾廷玉点了二千兵，骑匹高头劣马，全副披挂，手执浑铁枪，浩浩荡荡杀奔山边来。结下寨栅，把山势周围一看，层峦叠嶂，别无小路。那寨口尽用竹签蒺藜布满。沉吟了半晌，喝令兵士攻打。那高山上石块、灰瓶雨点般打下来，伤了几个兵卒，无计可施。天色已晚，只得回营。次日又来搦战，并不见一人下来，小喽啰只在高处百般辱骂。要想仰攻，那深篁密箐，山冈险峻，箭炮都打射不着。略近山脚，上边势顺，竹弩鸟枪容易伤人。栾统制不胜焦躁。

到第三夜，在寨中纳闷。辕门外传鼓禀报："有一个姓扈的求见。"栾统制道："恐是奸细，搜检明白，才唤进来。"少顷，引进，拜伏在地道："师父在上，徒弟拜谒。"栾统制扶起，仔细一看，道："你是独龙冈下扈成，怎得到此？"扈成道："一言难尽。自从家口被李逵杀害，逃到延安府、寻访师父不着，流落多年。偶然遇着客伴，到海岛做些生意，颇有利息。搭了洋船回来，海口子上登岸。那客伴押着货物先走，我中了暑气，行走得慢，被登云山强盗捉到寨中，要我入伙。我是清白汉子，况且那厮们是梁山泊余党，原是仇家，如何做得？只是被他们留住不放，天幸闻得师父领兵来剿，心中暗喜。那伙强盗晓得师父英雄，个个心惊胆颤，尽到寨口守御，无人防闲，被我逃出小路，得见师父，实为万幸！明日要进城，恐有盘诘，要求一支令箭，城门口照验，发脱货物，重到家乡，整理旧业。故此特来叩见。"栾廷玉道："令箭不难。我还要问你山寨虚实。我到了这里三日，不见出战，又无路可上，正在此纳闷。"扈成道："寨中只有一二百喽啰，不曾经阵的，为头的是邹润，凑着阮小七，杀了济州通判，逃难到此，与孙新、顾大嫂会着，同结了伙，衣甲全无，刀枪缺少，只有一匹马，是阮小七带来的。粮草不足，每日叫小喽啰到村中打米。我昨日寻出山后小路，师父若要破他不难，这厮们尽把守寨口，后面空虚。若从小路攻进，易如反掌。"

栾廷玉大喜，叫备酒馔相待，说道："贤弟，你何不引我同破山寨，岂不是好？"扈成道："我这担货物，约有万金，那伙客伴人心难托，倘然见我不到，竟拿了去，况这是洋货，哪里声张去？"栾廷玉道："小路离此多远？"扈成道："在西南角上，只有五六里。有两株大枫树在上边，叫作丹枫岭。虽有寨门，不过十来个喽啰把守。"栾廷玉道："那几个贼寇料道不打紧。只有病尉迟孙立，是孙新的哥子，是我同师父学的武艺，有些本事。怪他前日赚破祝家庄，先禀太守拿他监禁，恐他越狱，放心不下。城中的兵我尽数带来，倘有疏虞，怎生了得？"沉思了半晌，说道："贤弟，我晓得你材具，明日分三百兵与你，领到城中，待令箭禀帖，呈上太守，守护城池。待我扫荡山寇，回来叙上你的功，图得职衔，然后回去，岂不荣宗耀祖？"扈成致谢道："蒙师父见委，不敢推托。若是耽搁不久，这还使得。只候师父凯旋，就要回去。"栾廷玉道："且再商量。"

到次早，栾廷玉分点三百兵，讨副衣甲与扈成穿扮了，取令箭禀帖，付与扈成道："小心在意，我在两日内回兵。"扈成拜别，领兵出营。下午时分进城，到州衙前，太守晚堂未退。扈成直至丹墀参见，呈上禀帖令箭。杨太守叫听事接到案桌上，启封看道：

> 末将谨奉台檄，剿荡登云山贼寇，探知虚实，不日殄灭奏凯。唯恐城中无备，孙立乘机逃越，特差敝门下扈成，文武全备，分兵三百名，回守城地。台相可任调遣，巡察非常，庶无疏失。令箭照验。

杨太守看了禀帖，见扈成一表人才，验过令箭，说道："栾统制差你守护城池，责任非常。待贼平之日，叙功升赏。"扈成声诺而出。扈成到营内传下号令：

"每门分兵守把，辰启酉闭，盘诘出入，不可违误。"各门分把去了。留下二十名随身差遣，就在营内安歇。晚间各处巡察，十分严紧。太守放心，回衙安寝。扈成取出银子差随侍的置办酒肉，唤二十名同吃，兵士道："扈爷初到，不曾接风，怎么反扰？"扈成道："我不过一时遣委，又无统属，全要你们用心。待栾老爷回来，讨得无事就好了。这个何妨！"那些兵士只图嘴肥，管甚利害，尽意的吃，都醉了。

三更时分，听得号炮连声，扈成晓得登云山兵到，唤着兵士们开门迎敌。那兵士多了几杯酒，有甚主意，开了城门。阮小七、孙新等一拥而入，先放起两把火来，遍地通红。守门军士尽皆窜乱。孙新、顾大嫂直入监中，放出孙立，到家收拾家资。孙立打扮旧日模样，铁幞头，乌油甲，手执竹节钢鞭，乘马往来驰骤。阮小七、邹润打进内衙。杨太守听知火发，慌忙起身，早被阮小七一刀砍翻。邹润把衙内家眷杀尽。扈成在城门边把守。城中百姓鼎沸，各自逃命。到天明，救灭了火，把仓库中钱粮装在车子上，叫顾大嫂押着，护送孙立家眷先回山寨。扈成选营内好马，各骑一匹，余多的驮着衣甲、器械、火炮等物，出城而去。有诗为证：

> 城中烽火彻天红，调虎离山草寨空。
> 不是逢蒙偏杀羿，只因事在两难中。

却说栾廷玉，分三百兵与扈成去守保城池，只道是心腹徒弟，托了他，无内顾之忧；又知寨内真情，可以唾手成功。先差"夜不收"寻土人引路，到山后西南角上，果是有丹枫岭，探实回报。到晚上尽皆饱餐，着五百兵守寨，截住前路。自引一千多兵，人衔枚，马摘铃，悄悄的到丹枫岭。寨口无人拦阻。呐声喊，杀进去，并无一人，是个空寨。栾廷玉跌脚懊悔道："不好了，中他奸计！"恐怕城中有失，连忙回兵，运开木石，从前塞而出。那守大寨的兵只道是贼寇逃走，把铳炮矢石尽力打来，连忙吆喝是自家的兵，已打伤许多了。

栾廷玉传令起兵回城，偏生作怪，城中星月清朗，山边霎时雷电大作，雨骤风狂，那山涧涌起水来，寸步难行。栾廷玉心中焦急，直到天明，方才云收雨歇。喝令起程，那泥泞湿滑，赶不得路。行到中途，有人传来："登云山强人打破登州，杨太守一门受害，各处放火，城中变作瓦砾之场了。"栾廷玉听见这个消息，魂不附体。兵士都念着家里，心慌意乱，队伍不整，挽落无次。转过一座林子，连声炮响。栾廷玉喝令扎住。阵脚刚立未定，只见孙立横着钢鞭冲杀过来。栾廷玉恨不生吞了他，更不答话，挺枪刺去，斗了二十余合，不分胜败。斜刺里阮小七手执三股叉，乱搠来。三匹马转灯儿厮杀。孙新、邹润又领喽啰裹将拢来。那官兵无心恋战，又兼辛苦一夜，早上不曾造饭，腹内空虚，先自弃甲丢盔四散走了。

栾廷玉抵挡不住，虚晃一枪，败阵而走。回头只有十多个家丁跟着。转抹过林子，喘息方定，寻思道："失了机，回登州不得，若到京师，怎见杨提督？真是上天无路，入地无门！"只见扈成飞步前来，叫道："师父，徒弟万分有罪了。"栾廷玉咬牙怒目的骂道："你这畜生！我以心腹待你，几时落了草？造这调虎离山之计来害我！"扈成道："如今埋怨也无用了。我不曾落草，有个缘故。"栾廷玉道："既不落草，为甚的与他们出死力，献了城池，杀了职官，做这迷天大罪？"扈成道："我原从海岛归来，有担犀角、香珀贵重之货，雇个脚夫挑了。因天气炎热，在毛豸门首歇回凉。那毛家见了，问道：'甚么货？莫不是通洋的？'不由分说，叫庄客抢了去，还要捉我送官。彼时孤身，只得忍气吞声走了。到十里牌酒店里吃杯酒解闷。偶遇着阮小七也在那里吃酒，问起是石碣村人，记念妹子一丈青，当初被宋江捉去，不知怎地了。阮小七说一丈青配与王矮虎为妻，后来从征方腊，双双打死。我不觉泪下。那酒店是顾大嫂开的，听得说起梁山泊事，走出来，邀进水亭饮酒。见我忧闷，问是何故。我说一担货物在某处地方被一个人抢去，顾大嫂猜道：'必定是毛豸了。'却好孙新回家。一同抱不平，替我夺回货物。那毛豸又与他们有宿怨，就去纠合邹润，杀了他。闻得城中拿了孙立，遂上了山。我还不晓得师父在登州做官，到得征剿说出姓名。我一时可怜邹润、孙新万分窘迫，不合献这条计策。实是有累！但凭师父加罪！"

栾廷玉道："便是杀了你，也替不得我的忧。只是我在杨提督门下效用，蒙他十分敬重，因他兄弟杨戬升了登州太守，恐常有海警，便升我为都统制，把兄弟托在我身上。如今教我有家难奔、有国难投了。怎么处？"扈成道："师父有此泼天本事，在登州受杨戬节制，也干不得什么事业。目今朝廷昏暗，奸党弄权，天下不日大乱。不如寻一个所在，安身歇马，待时而动。后面建些功业，名垂竹帛，享受荣华，岂不是好？就是我得师父教导，学得一身武艺，也要巴个出身。岂料时乖运蹇，一家老小死于非命，家业销败，飘泊无依。几年从风波险阻中搏得些财物，要回家重整家风，娶房妻小，接续宗祀。谁想撞着冤孽，陡起戈矛，陷身不义了。先前只道梁山泊那班是亡命反寇，岂知一个个是顶天立地好男子！疏财重义，路见不平，无一毫苟且之念，为着朋友死生不顾的。所以宋公明赤心为国，建立功名，被奸臣所算，将药酒鸩死，人人痛恨，思量为他复仇。师父，你何不也一般替天行道，再看机会？"栾廷玉道："这个使不得。我仗着一张弓、一条枪，随分到哪里边关上图个出身，岂可将清白英名一旦玷污了？"扈成道："师父，边关上图个出身，如今哪一处边关上不是奸臣鹰犬？既是杨提督把兄弟托在你身上，全家杀死，岂不怀恨于你？失守城池，要按军法。况又有禀帖到杨太守差我保守，我是你徒弟，开门揖盗，岂不是私通叛寇？哪里分辨！祸到临头，悔之晚矣！"栾廷玉沉思了半晌，说道："除非叫那班都来，再做区处。"扈成道："这个容易。"飞也似去了。

看官，栾廷玉败了阵，为什么不去追赶？原是要招降他。被扈成说得透彻，自然依顺了。扈成对众人说了，尽皆欢喜。叫小喽啰挑了一担牛酒，孙立、孙新、阮小七、邹润步行到林子里，见了栾廷玉，一齐跪下，说道："误犯虎威，望乞恕罪！"栾廷玉也按下马，扶起道："我辛苦了几年，挣得这个前程，被你们送了，实是气不过！今你们同来，有何话说？"孙立叫喽啰捧过牛酒，斟了一大碗，又跪下去："请大哥饮了这杯酒，方敢上禀。"栾廷玉也跪下去接了，就同在林子里团团坐下。饱餐已罢，又分给家丁吃过。孙立方才说道："小弟与大哥一个师父教出的弟兄，又是前后官。前年攻打祝家庄，委是小弟不是。今弃职在家，自守本分。三日前曾嘱咐我兄弟，不要与向日朋友往来，恐怕惹事。不料他不听，又做出这件事。大哥同杨太守来拿，我实是一毫不知。既被他连累，也无可奈何了。大哥你负此本领，今日失了机，哪里去剖明？不如同到登云山安身，再图进步。不是我劝你为此不义之事，其实朝廷不明，奸佞得政，纵有忠心，也无用处。请自三思。"栾廷玉叹口气道："罢！我其实进退两难，又承贤弟恁般屈己，幸无家小顾虑，同你会罢。只是后有可乘之机，须要为朝廷出力。"孙立道："这个自然。"阮小七拍着胸脯道："我阮小七一生耿直，前日削职归来，原去打鱼供养老娘，何曾再生别念？不料奸臣撞到我刀头上，又干这桩，岂是要做的！"叫喽啰牵过马，一同骑了。

来到寨边，顾大嫂闻知，出来迎接。到聚义厅上焚起一炉好香，拜了天地，同盟设誓，请栾廷玉为寨主。栾廷玉推逊道："小可初到此间，无才无德，岂堪妄自称尊！"众人齐声道："统制英名，久已钦慕。宋公明当紧恨不能请来聚义，时常惋惜。今幸执鞭，尽遵约束。况又年长，不须固逊。"栾廷玉推托不得，坐了第一位。孙立道："梁山泊上小七哥原是天罡，该居第二。"阮小七道："我逃难到此，蒙你弟兄得以安身。我又粗直，只好厮杀，怎么使得？自然是孙大哥。"一把推孙立坐了第二位，说道："第三该是扈哥了。"栾廷玉道："不是这般说。我已僭妄，小徒岂可再越！小七哥从直些。"阮小七遂为第三。孙新道："这山寨若无扈家哥算这妙计，怎得保全？栾统制如何肯来？第四有屈了。"扈成再要推让不得，孙新第五。顾大嫂第六。邹润第七。当日排定位次，杀牛宰马，大设庆贺筵席。小头目喽啰俱加给赏。

栾廷玉道："初出茅庐，就破府城，杀了太守，朝廷岂不遣兵来剿？这一二百兵干什么事？须要大家同心戮力，做个准备，不可托胆。"孙立道："统制言之有理。"即日设立三关，盖造房屋，安顿家小，修理墙垣、水栅，一如梁山泊竖起杏黄旗，亦写"替天行道"四字。置办衣甲、器械，招军买马。四方闻风慕义，不上三个月，聚了二千多人。逐日训练，号令严明，气象峥嵘。有诗为证：

王杨高李蔡梁童，会进群雄草泽中。
若使量材能擢用，不教北狩泣途穷。

却说七筹好汉在登云山聚义，但取贪污不义之财，不杀孤穷无罪之辈。因此地方慑服，官军不敢轻来撩拨。

一日，有伏路喽啰报上山来，说有四五担货物在大路上经过。阮小七跳起身道："这几日正少钱粮，待我去取了来。"栾廷玉道："孙二哥，你同去走遭，审看来历。若是小本客人，放过了他。"孙新应诺。同阮小七领了五十名喽啰赶下山来。见一条大汉，穿着青绫罩甲，戴范阳大帽，身躯雄壮，挎口腰刀，提条梢棒，押着货物，只顾低着头走。阮小七、孙新从后面赶上，喝声道："这鸟汉哪里走！"那汉回转头道："你这伙毛贼，人也不识，敢来拦截？"掣梢棒打来。阮小七正要挺钢叉搠去，对面一看，同叫声："阿呀！"撇了器械，拜倒在地。不教这人来，怎得：梧桐叶被秋霜落，菡萏花经晓雾滋。端的那大汉是谁，且听下回分解。

　　杨戬托兄弟于栾廷玉，是待以心服也。栾廷玉命扈成领兵守护城池，是待以心腹也。孰知事出意料之外，皆至偾败。甚矣，推心置腹之难也！栾廷玉致使杨太守一门受害，与朱仝抱小衙内街内看河灯、被黑旋风所杀，同一有苦难诉，再无归路矣。扈成竟做登云山之屈戍。读前文阮小七庙门遇扈成一段，正疑何故此处必要插入扈成，读此乃知遥遥为栾教师上登云山地耳。结构之妙如此。

鬼脸儿寄书罹重祸　赵玉娥错配遇多情

【第四回】

　　话说阮小七、孙新见喽啰来报道，有货物在大路上经过，便同下山劫夺。那押担的大汉举棒来迎，正要相持，却认得是扑天雕李应的主管，也在梁山泊地煞星数鬼脸儿杜兴。当下相见，不胜之喜。孙新问道："杜主管，你为甚在此经过？"杜兴道："我家大官人不愿为官，回到独龙冈，重整家业。他本是天富星，随处可以发迹，依旧做了财主。况且独龙冈下没有了祝、扈两庄，一发可以独霸了。发一股本钱在海边生些利息，差我取讨，顺便带这几担货物回去。你们两个受了官职，为何还做这般勾当？"阮小七、孙新各把从前事迹说了一遍，就邀到山寨款待。杜兴念旧时情义，欣然便同上山，叫脚夫也挑上去。

　　到寨里与各位相见。杜兴只顾看那栾廷玉、扈成。扈成道："杜主管，你不认得了？我是你主人的旧邻舍。"杜兴方才醒着道："好不迟钝！是扈家庄大人和栾教师，日日相会的。隔了几年，大官人你也苍了些，不比那时标致了。"扈成道："在外风霜，自然不似旧时。杜主管，你长得饱满，不见龇牙露嘴哩！"众人皆笑。扈成问道："我出外多时，家中田产想多荒芜了。"杜兴道："粮差役重，佃户俱各逃亡。如今多是我家东人料理。"扈成不觉伤感，遂置酒相待。阮小七道："依我当初，不受招安，在梁山何等快乐！受了奸党无数的亏，今日又挣得这个所在，权且安身。你何不接了李应来，一同相聚，岂不是好？"杜兴道："小弟与东人历尽辛苦，将就留些安稳罢。"阮小七道："我也灰心，自在石碣湖中打鱼。又遇着变故，不得不然。只怕那奸党也放不过你两人哩！"孙立道："杜主管，难得相遇，你多盘桓几天，不知后会又在何日！"杜兴道："出来久了，东人在家悬望，还要到东京起些账目，不能耽搁。明早就要起身，已领盛意。"孙立道："到东京我有个书信烦你捎去，不知使得么？"杜兴道："总是顺便，但不知寄与何人？"孙立道："便是我那乐和舅。他的姐姐多时不见，记挂他，我也有句要紧说话与他商量。"杜兴道："他在王驸马府中，怕道寻不着！你今夜写起来，带去便是。"孙立谢了。当日欢饮而寝。

明早杜兴要行，孙立留不住，取出书信、三十两银子："就把乐和盘缠，叫他作速就来。悄悄对他说，不可声张，怕那里不肯放，脱身不得。"杜兴道："这个自然。当面会着递与他，东京地面耳目多，我却理会得。"就把书信、银子藏在贴肉顺袋里，作别下山。叫脚夫挑了货物先走。孙立送到山边，叮咛而别。

不说众头领在登云山聚义，单表杜兴取路往东京，其时深秋天气，不寒不暖，正好赶路。免不得夜住晓行，饥餐渴饮。不止一日，到东京，进了封丘门，寻着下处，安顿行李货物。这主人家叫作王小山，是积年相识。见杜兴到了，置酒接风。打发脚夫回去。次日，将各项账目催讨一番，都说还要迟十来日方可清楚。杜兴只得耐心等待，总是闲着身子，就记起孙立的书信。问到王都尉府中来。门前静悄悄不见有人，勋戚之家，不敢闯进去，立在府门首。一会儿，只见对门茶坊里走出个虞候，与朋友会茶分散，将跨进府门，杜兴迎住，唱个喏道："在下要会府中一个相识，不知可在么？"虞候道："你要会府中什么人？"杜兴道："便是做陪堂的乐和。"那虞候把杜兴一看，说道："你是哪里人？与乐和怎相识？"杜兴道："在下山东人，与乐和旧交，说与他便晓得。"虞候道："既如此，你随我进来。他与都尉爷在后堂下棋，教他与你相会。"杜兴不知好歹，便跟进去。转弯抹角，到一间房内，说道："你坐在这里，待我去看，若下完了棋，便唤出来。"杜兴致谢。那虞候带转门，去了一个多时辰，杜兴有些不耐烦，立起身开门，谁知反锁着的，心中疑惑："怎地锁我在这里？终不然有什么缘故？"又等了好一会儿，只见那虞候同五七个人开门进来，指着杜兴道："这个便是乐和亲眷，在他身上要乐和就是。"内中两个取出索子，向杜兴项上紧紧扣住，拽着便走。杜兴大叫道："我是无罪平民，索我到哪里去？"那些人道："你自到开封府堂上对府尹说。"

不由分说，推推拥拥，带进开封府。击了一声堂鼓，府尹吆喝坐堂，带过杜兴跪下。府尹喝道："你是乐和什么亲眷？把乐和窝藏在哪里？快快招来，免受刑罚！"杜兴分辨道："小的济州人，名唤杜兴，与乐和不是亲眷，在路上遇着乐和的亲眷，央小的顺便送个书信与他。"府尹道："他的亲眷叫什么名字？"杜兴寻思不好说出孙立，胡诌道："一时忘记了。"府尹喝道："他叫你寄信，怎的不记得？书信在哪里？"杜兴道："没有书信，是个口信。"府尹大怒，叫搜他身上。做公的把杜兴衣服剥下，从顺袋里搜出书信并三十两银子，呈上拆开，看了大意。亏得书信上孙立不落姓名。笑道："分明是一党了，扯下着实打。"众牢军拖下，打得发昏章第十一。咬定牙根，只说不知情。府尹叫把这厮监了，再加勘问。杜兴发在死囚牢里，府尹退堂。有诗为证：

翩翩云中雁，霜天多哀音。为重苏卿节，寄书来上林。
辛苦敢自惜，反有缯弋临。所以古君子，垂戒在高深。

看官有所不知，阮小七杀了张通判，济州申文到枢密院，又有登州申到孙立、孙新、顾大嫂、邹润，结连统制栾廷玉，杀了杨知府，攻破府城，劫了仓库，啸聚登云山造反，都是梁山泊旧伙。蔡京、杨戬大惊，奏达天子，行文各州县："凡系梁山泊招安的，不论居官罢职，尽要收管甘结。"有人首报乐和是孙立妻舅，正是贼党，着落王都尉要人。乐和是乖觉的人，听得这个风声，走出府门，不知去向。开封府碍着王都尉是当朝驸马，不便勾摄，亲自打轿来拜王都尉道："乐和是奉圣旨的要紧人犯，求都尉发出。"都尉回道："乐和先在府中，见他怠慢，早已打发去了。若在，何惜这个人？他隔着三千多里，恐他未必知情。既是奉旨，倘然回来，自然送出。"府尹只得唯唯而退。却好杜兴三不知来寄信，王都尉要脱干系，就推到他身上，锁在房里，通知开封府交付拿去，当堂打讯监禁。也是杜兴老大晦气，撞在网内。古人说得好："能管不如能推。"

闲话放过，且说杜兴到了监里，懊悔道："没来由受此屈事，怎得脱身？"央人通信与王小山，要他雇人到独龙冈李大官人处，请他到京救解。先将些银子牢中俵散，幸不吃亏。过了两个月，李应使人回复道："枢密院行文到济州，凡是梁山泊旧人，都讨收管甘结，进京不得。只好多带金银，买嘱掌案孔目，松其罪犯。叫你且耐。"果然钱可通神，上下受了贿赂，把犯由改轻，申详枢密院："杜兴系不知情。乐和逃遁在前，寄书在后，不合与叛党相识。流二千里。"枢密院依拟。府尹取出杜兴，当堂杖脊，刺配彰德府。上了七斤半铁叶枷，贴上封皮，两个防送公人，无非张千、李万，押出府门。

酒店里坐下，王小山把行李金银交付杜兴，取二十两银子送与两个防送公人，吃饱酒饭，王小山别过。杜兴带上行枷，公人提着水火棍，取路而去。一路上买酒买肉，将息身子。公人十分好待。风餐水宿，到了彰德府，投了文书，太守给发批回，公人自去。

随将杜兴发下牢城营内，讨了收管。杜兴到单身房内，不等开口，取十两银子送与差拨，二十两银子送与管营。少顷，唤到营厅。管营道："太祖皇帝定下律令，凡配到囚徒，先打一百杀威棒。看你脸上黄瘦，想是路上害了病，权且寄下。"教他看守天王堂，不过烧香扫地，极是清净省力。这是看银子分上。杜兴又置办酒食请差拨并合营人役，因此尽皆喜他。

那管营姓李名焕，是东京人，年纪六旬，为人忠厚有余。见杜兴能干，志量爽慨，又为别人的事受罪，自己没有子息，抬举他做个悌己人，叫他长随买办。杜兴又肯使闲钱，不时买些时新物件送进孝顺。从此出入内衙，并无顾忌。

那李管营大奶奶亡过，只有一个小奶奶，名唤赵玉娥，原是营妓出身，年纪不上二十四五，生得：

> 远山横黛，频带云愁。秋水澄波，多含雨意。藕丝衫子束红绡，碧玉搔头铺翠叶。双弯新月，浅印香尘。两颊芙蓉，淡匀腻粉。独自倚栏垂玉腕，见人微笑掠烟鬟。

那赵玉娥正在妙龄，那李管营怎能遂其所欲？一味颠寒作热，撒娇撒痴。只为营内尽是配来囚徒，腌臜魍魉，没有看得上眼，却也按定心猿意马。见这杜兴虽然人物粗陋，身躯雄健，衣服干净，又会逢迎，叫作饥不择食，思量到他身上煞些火气。就像潘金莲见了武松，忖道："不有千百斤气力，怎地打得老虎！"所谓取材而不取貌，时常差他买东买西，赏酒赏食，甚是亲热。这杜兴是个直汉，哪里晓得他的心事，况裙带下的滋味从不尝着，毫不招架。

一日叫买绣线，分付道："就要交进。"杜兴应喏去买。

在营前酒店前走过，有个人在店里吃酒，叫道："杜大哥怎的在这里？"杜兴回头一看，原来是锦豹子杨林。相见过，便把孙立在登云山央烦寄书与乐和，开封府刺配到这里的事说了。便问："你和裴宣在饮马川做何生计？"杨林叹口气道："我们是耿直汉子，为着招安，死里逃生，谁耐奸党的气！故不愿为官，闲居饮马川。身边有些积蓄，不消几时，都用完了。原做私商道路，打探有个小伙儿跟两个伴当，大有肥腻，闻说要到这营里来探个实信，先在此吃杯酒儿。"杜兴叫过卖添上些肴馔来，过卖认得杜兴，只管搬来。吃了一回，说道："小弟被着冤屈，配到这里，并无相识。杨哥，你到营中盘桓几日，好诉说心事。"便袋里取块银子，丢在柜上道："一总算账。"携了杨林的手，到绒缎铺买了绣线，到单身房里，说道："你且坐下，待我交了绣线便来。"

走到里边，小奶奶假怒道："我等着用，一去去了大半日！"杜兴道："酒店里遇着相识，请他吃杯酒，故此来迟，望奶奶饶恕。"玉娥道："我不怪你来迟，只怪你这样一个长大汉子，好不晓事。我另眼看觑你，再不肯出力献勤！"把眼一丢，道："待管营不在，还要和你吃杯酒。"杜兴倒低着头道："小人不敢。"径自走出。

杨林接着道："兄长的罪名担着别人的事，不如同我到饮马川，别做区处。何苦在此听人使唤？"杜兴道："我去了不打紧，恐怕根寻到东人身上，只得耐心守住，限满自有出头。那管营心腹相待，也不忍撇他。单是小奶奶乔张做致，有些尴尬，好生看不得。"杨林道："这也由他，只不要着了道儿。我们梁山泊上好汉，这个字儿极看得清。"正说间，有个人传拜帖，说东京冯舍人来拜。杜兴接了帖儿去禀，杨林探头一看，正是要探听的那小伙儿，连忙闪了进去。管营看了帖道："是我表侄，快请进来。"舍人走进，杜兴看时，那舍人生得：

身材俊俏，打扮风流。一双花眼浑如点漆，两道柳眉曲似春山。口未言而先笑，身欲进而频回，荀令衣香三日馥，潘安标致一时倾。

老管营接着，冯舍人便拜道："小侄久违老伯，因父亲命到大名府讨了银子，乘便教我探望。"管营扶起道："一向契阔，甚是记念。今承光顾，喜之不胜。"冯舍人叫伴当送上礼物。管营道："怎好又叨盛仪？"命杜兴收进，就令备饭："对小奶奶说：'有东京冯舍人探望，是个至戚，请出来相见。'"杜兴把礼物交进，说："管营说：'东京冯舍人到此，是个至戚，快些备饭，说与小奶奶后堂相见。'"小奶奶慢慢的道："什么冯舍人？又来打搅！"叫丫环随着，先在屏风后一看。不看万事全休，一见了这般风流人物，身子先自酥了半边。整衣掠鬓，袅袅的出来。冯舍人见了，慌忙起身。偷眼一觑，花枝招飐，态度轻盈，魂不附体，倒身便拜。管营道："自家骨肉，常礼罢。"小奶奶笑容可掬，平拜了，坐在管营肩下，四目交注，两意相投，就开交不得了。

少顷，养娘捧出酒肴，小奶奶满面春风，举杯相劝。冯舍人一团和气，斟酒回敬。两下眉目送情，语言挑逗。管营认是自家亲戚，绝不觉察。长长短短，问些家务。吃了一回酒，冯舍人推辞量浅。管营道："难得远来，宽住几日。"留在东厢房安歇。这舍人的父亲名唤冯彪，是童贯标下排阵指挥，广有计谋，招权纳贿，童贯托为心腹。单生这个儿子，乳名百花，赋性轻浮，百般伶俐。见了标致妇人，性命也都不顾的。今遇见玉娥恁般容貌，如何不动人？那玉娥又是不遂心的怨女，就是杜兴这般粗陋，尚且思量寻他救急，何况舍人是捏得水出的美少年，怎不垂涎？两下里恨不得霎时搅作一块，碍着管营，未能下手。不提。

却说杜兴到外厢，对杨林叫声："失陪！因为这舍人来，耽搁半日。"杨林附耳低言道："这便是小弟所说来打探的。"杜兴道："是管营表侄，不可下手。况又留住内衙，你且盘桓两日去。"杨林道："裴宣在那里等候，要去回复。既是管营亲戚，只索罢了。"杜兴取十两银子与杨林："且拿去使用，得便时同裴宣再来走走。"杨林道："你在客边，怎倒受你的银子！"杜兴道："银子不打紧，用完了，李大官人又拿来的。"杨林作别而去。

过了两三日，李管营奉上司差遣，到山西公干。临起身，分付杜兴小心承值。嘱玉娥："好生款待舍人，待我回来与他送行。"俱各应诺。管营出门之后，玉娥等不到晚，亲自洗手剔甲，整理酒肴，请舍人到房里坐定，传杯送盏，笑盈盈说道："一向怠慢你，甚不过意。况且心里闷得慌，没些头绪，今日空闲，开怀请你吃一杯儿。"拣好的蔬菜送过去。舍人是个惯家，怎不会意，连声致谢道："承婶婶盛意，侄儿感戴不尽。为甚婶婶身子不快？敢是伯伯不遂心么？说与侄儿，或可分些忧。"那妇人云情雨意，已自把持不定。又饮过两杯，桃花上脸，愈觉娇媚，瞅着眼道："日子长哩！也分不得许多忧。"两个看看涎上来，伤成一块。玉娥脚下穿一双老鸦青缎子靴头鞋，面上金线缉成方胜，白绫高底，尖尖跷跷，刚只三寸。舍人只顾瞧着，玉娥假做纳鞋，横在膝上。舍人在桌底下伸过手来，鞋尖上捏了一把，道："侄儿一见婶婶之后，不觉神魂飘荡。又见这双小脚，身子都麻木了。只求婶婶救命！"一头说，就挨近身来搂抱。玉娥假意推开，舍人不由分说，抱到炕上，褪下裙裤，两个就云雨起来，翻天覆地这场好战：

> 淫心久炽的娇娥，如馋猫舔着鱼腥，骨头都咽；风流串过的浪子，似渴汉饮着酒浆，糟粕皆倾。金莲高举，玉体相偎，一个也不管东京的父命，违限已久；一个也不想山西的公干，不日回来。正是欲火上腾烧赤壁，情波泛溢没蓝桥。

这舍人弄得玉娥骨醉神融，喘吁吁一身香汗，方才罢手。穿好衣服，重新倚肩并坐，吃到掌灯时候，竟同床共寝。

自此如胶似漆，顷刻不离，养娘丫环都不回避。杜兴闻知，心中不忿道："这淫妇果然肆无忌惮！待管营回来，慢慢和他讲。"这玉娥初时有意杜兴，今遇这般妙人，反嫌他碍眼，竟换了一副面孔，严声厉色，憎长嫌短，开口便骂。杜兴受气不过，未免出几句怨言，玉娥与舍人商量道："我和你这段姻缘，是生死难开的了。便是老厌物回来，百般随顺，我倒不打紧，只是这个杜兴，恐他弄嘴，如何是好？"舍人道："怕他则甚！这是该死的囚徒，了他性命，只费一张纸。"连那舍人也乔装家主的势来，十分凌压，杜兴着实怀恨。

不一日，管营回来，并不觉察。玉娥道："你出去了几时，那杜兴十分放肆，不时进来调嘴弄舌，要来欺骗我，没些尊卑。那样做歹事的囚徒，你不该重用他。若不处治，还我一个头路！"就倒在管营怀里哭起来。管营道："怕他不敢。若果如此，要处治他何难？"安慰了玉娥，要去拜客，叫杜兴跟着，问道："我不在营里，你怎么没规矩，去冲撞小奶奶？"杜兴道："恩相不问，小人正要禀知。那冯舍人与小奶奶终日同在一处饮酒作乐，养娘丫环都不顾忌。把小人百般凌辱，要结果小人的性命，舍人说只消费得一张纸。小人蒙恩相恁般抬举，思量酬报大恩，如何敢冲撞小奶奶？恩相，你看舍人的容貌与小人嘴脸，小奶奶喜欢哪一个？"管营道："不必多讲，我自有处。"

　　过了两日，玉娥见不难为杜兴，又来挑拨道："你虽然职小，也是个官，怎容囚徒来凌辱于我？何不费一张纸结果了他！"管营听了这句话，心里老大明白，便道："不见什么实迹，难道便好行此事？"玉娥发怒道："要有实迹，你情愿做老乌龟了！"哭着进房。管营忖道："且支遣开了杜兴，看他恁地！"遂到营厅，对差拨道："杜兴到此多时，小心谨慎，可拨他到西门看守草料场，待他觅几分常例。"差拨道："杜兴在此长随倒也出力，拨了他去，恐无人使唤。"管营道："你不晓得，叫他去便了。"差拨不敢再说，唤到杜兴。管营道："你在这里安身不得，差你到一处去，不可推却。"杜兴心下狐疑道："这是枕边灵了。"说道："蒙恩相差遣，怎敢推却！只不知哪里去？"管营说出来。有分教：鸳鸯浪暖翻红雨，狼虎声威起黑风。这一家儿手段不知谁弱谁强；那几个人性命毕竟谁生谁死。天下的事总定不得，不知究竟如何，且听下回分解。

　　古云貌陋心险，杜兴竟不其然。信乎！冯舍人美如冠玉，其中未必有也。只消费一张纸，三人一样说话，却有三样神情口角。《公》《谷》《国策》，每以叠见生奇。

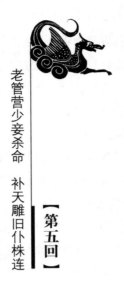

老管营少妾杀命　补天雕旧仆株连　【第五回】

　　却说管营见玉娥背谤杜兴，要了他性命；杜兴又说玉娥与冯舍人勾当，一时难辨真假，思量遣开了杜兴，打发舍人回家。算计已定，对杜兴道："西门外有座草料场，差你去看守。纳草的来，有些常例。你即同差拨去交割。"杜兴想道："又是林冲一般了。"说道："小人自去。只是恩相年纪高大，身边少个亲信之人，每事要防范些。"管营点头。杜兴自同差拨去了。

　　管营到里面对玉娥说道："杜兴大胆，已差往西门外看守草料场去了。舍人离家日久，恐父亲记念，明日送他回家。"玉娥一喜一忧，喜的是杜兴离了眼前，忧的是舍人回去，做声不得。舍人接口道："侄儿要去，只是这几日害着腰酸腿软，怕上牲口不得。"管营含糊答应。自此有心冷眼看他，两个果然亲热。

　　一日在厅上发放新解到的囚徒已毕，悄悄到房门边，听得嬉笑之声，伏在壁缝一张，只见玉娥坐在舍人身上。舍人搂着玉娥香肩，低低的道："老头儿打发我去，怎么割舍得亲亲？"玉娥道："我有一个法，你只说腰疼未好。他毕竟要打发你，我和你算计先打发这老厌物上路便了。"管营心头火发，哪里耐得，推开门抢进喝道："贱淫妇！你要打发我上哪条路？"两个慌忙走开，管营一把扯住舍人，骂道："这小畜生，恁般无礼！"一头撞去。舍人要脱身，用力一推，管营头重脚轻，早已跌倒，四肢不举，昏晕在地。玉娥也慌了，来扶时，哪里救得醒。一来管营年老，平日为玉娥淘虚身子，二来气塞胸膛，痰迷心窍，顷刻就呜呼哀哉了。玉娥忙唤差拨，说管营中风，一时身故，申报上司，取银子置办衣衾棺椁。不提。

却说杜兴到草料场住了两日，有几件衣服烦养娘浆洗，不曾拿去。见猎户射倒一鹿，买了两腿，顺便到营取衣服，将来孝顺管营。将到营边，劈山撞见杨林，道："我又到营探你，知你拨守草料场，正要问来。"杜兴道："被那贼淫妇捻了去，今日来讨两件衣服，买这两腿鹿肉，来看管营。"杨林道："管营早上死了。"杜兴吃惊道："什么病？死得恁快！我去的时节好端端的。既如此，你在酒店里坐地吃杯酒，我进去一探便来。"一头说，把鹿肉放在店中，走到营内，见差拨问道："管营怎么死了？"差拨道："发放了新解到囚徒，进后面去，小奶奶说道中风。见丫环传说，小奶奶与冯舍人调戏，抢进扭住，舍人把他推了一跤，跌死的。你不要管他。"杜兴到后堂，见管营直挺挺横在一扇板门上，不觉放声大哭，磕了四个头。见玉娥问道："管营没甚病，怎的就死？"玉娥道："天有不测风云，人有旦夕祸福，哪里论得！你看守草料场，走来怎么？"杜兴道："我与养娘讨两件衣服，闻管营身故，蒙他抬举一番，就送他入殓。"玉娥变脸道："哪个要你送？"舍人接口道："你不过是个囚徒，非亲非故，干你甚事？还不快走！"杜兴道："你是亲故，该来送他终的。"舍人大怒，喝道："放屁的死囚！"叫伴当打他。杜兴本待就要杀那淫妇、奸夫，恐营中人目众多，寻思且与杨林商议而行。忍气吞声走到酒店里，对杨林说道："管营死得不明，我要与他报仇，杀死这淫妇、奸夫，出这口气。"杨林道："且慢，若然动手，恐脱不得身。"附耳说道："如此这般，方才做得干净。"杜兴依计，吃了两角酒，算还酒账，提了鹿肉，同杨林到草料场去了。

却说那玉娥把管营入殓，里穿孝服，浓妆淡抹，更打扮得妖娆，与舍人朝欢暮乐。舍人道："已是天从人愿了。只是此地不可久留，少不得新管营来，就要出衙。把这棺材埋在郊外，我和你到东京。我父亲有泼天势要，谁人敢管？可不是水运夫妻哩！"玉娥满心欢喜，就把棺木抬出，结束行装，雇了轿马，同养娘丫环，也不拣日，同上东京。

在路行了两日，到紫金山，是强人出没的所在。一望平沙白草，天色阴晦，行人稀少。只见两骑马，马上两个壮士，手擎硬弓，满壶羽箭，挎着腰刀，慢腾腾的来，擦着冯舍人并肩交过，把马加上两鞭，飞也似去了。那轿夫道："奶奶，不好了！方才过的是响马，前面去不得，回去又路远，怎么处？"玉娥、舍人慌作一团。伴当道："不妨，待我们与他对敌。"说犹未绝，那两匹马飞也转来，飕的一响，把舍人透喉一箭，死于马下。

那两个响马跳下地，把轿门扯开，推出玉娥。玉娥叫道："好汉！拿了财物，饶奴性命罢！"一个响马道："你肯饶管营性命么？"拔出腰刀，照项脖上一勒，哪里顾花容月貌，也死在一边。那伴当只好说得嘴硬，马到时，和轿夫先走了。养娘丫环惊倒。响马将行囊打开，把舍人讨来的银子、李管营平日积蓄，约有三千多两银子，装上褡裢，跨马加鞭，一直投北去了。那伴当、轿夫望见响马已去，方才走得。伴当道："有一个响马是杜兴的相识，在营里见过，我认得的，但不知姓名。"轿夫道："且报当地官府，着人收殓。在杜兴身上根寻响马便了。"有诗为证：

马嵬山下遗香袜，群玉山头怨晚妆。

一段杀机消不得，空留芳草怨斜阳。

那两个响马，便是杨林、裴宣。杨林先与杜兴算计，路上结果他。打听同上东京，杜兴不好出面，在十里外等候。裴宣、杨林杀了玉娥、舍人，劫了财物，会着杜兴，同到饮马川。裴宣道："我等重理寨栅，招集壮丁，再做一番事业。"杜兴道："我未限满，若在此间，必然寻究到李大官人身上。裴大哥，你在此招集整理，我同杨哥到独龙冈纠了东人来，方才安稳。"计议已定，消停两日，杜兴、杨林取路到济州。

行了两日，到一小市镇上，见一个人与人厮闹。杨林看时，却是一枝花蔡庆。拦开众人，问道："为什么在此厮闹？"蔡庆道："二位来得正好。昨晚我同这伙人在店中安歇，我先出门，他赶来，赖我拿他什么行李。"杨林大喝道："这是我的兄弟，你们为甚赖他？"拽拳便打。那伙人道："不曾赖他。晚上同寓，不见了行李，问他一声可曾见，这位客官便要厮打。"杨林道："他是清白汉子，可是拿你行李的？"看的众人相劝开了。杨林问道："你到哪里去？一向在哪里？"蔡庆道："哥哥没了，我不愿为官，原住在北京。一个舅舅在凌州做知州，总是闲在家里，思量去打个抽丰。"杜兴、杨林道："如此甚好，我们一同行。"蔡庆问："你两个在哪里相会？到济州做甚？"杜兴把孙立寄书，为着横事刺配，杀了玉娥、舍人的话说了。一路同行同歇，不一日到了山东分路的所在。杜兴道："我两个到独龙冈，你到凌州住几时。若回家去，必打饮马川经过，千万到山寨里一会。"三人分别。不提。

却说冯舍人伴当到彰德府首告，差人到草料场拿那杜兴，早已逃去了。星夜赶到东京，冯彪知道儿子被杀，又苦又恨，细问根由。伴当将囚徒杜兴勾引响马的话说了。冯彪道："既是杜兴，自有下落。"禀过童枢密，一面行文到彰德缉拿响马，一面行文到济州勾摄杜兴主人李应，要他身上根捉杜兴。

却说那济州知府接得枢密院文书，要捉李应，唤缉捕使臣商议。使臣禀道："那李应有万夫不当之勇，容易拿不来。必须太爷自去，只说拜他，哄出来方好拿得。"知府便摆执事，带了一百多衙役到独龙冈。

却说李应虽知杜兴刺配彰德，有两三个月不通音信。其时秋末冬初，正在家里收拾稻子上仓，只见本府太爷来拜，慌忙出迎知府到厅上，正要参见，知府道："枢密行文，有件要紧事到府间去说。"衙役簇拥便行。李应脱身不得，只得随去到济州城内。知府升了堂，说道："你主管杜兴，纵容他劫杀了冯指挥舍人，童枢密要你身上送出杜兴。"李应分辩道："杜兴刺配彰德，隔着三千多里，从来不通音耗，哪里去寻他？"知府发怒道："你和他同是梁山泊余党，自然窝藏在家，推不得干净。今日且不难为你，暂时监下。我申文到枢密院，自去分辩。"李应到监里，寻思道："怎又做出事来，连累着我？"只得把银子分俵狱中。那节级人等晓得李应是大财主，要趁他钱财，并不难为。不在话下。

却说那蔡庆到凌州，舅舅已升任去了，盘缠使尽，回去不得。思量列独龙冈寻杨林、杜兴，取路到济州，却好会着杨林，说道："我舅舅升任，没有盘缠，要回不能，正来寻你。"杨林道："李应已被济州太守拿去，监在狱里，杜兴先把人眷家资同庄客护送到饮马川去了。我要到济州去救李应出狱，正无帮手，你来得甚好。且去寻个客店歇下。"杨林道："莫若如此，方可救他。"蔡庆道："有理。"

次日下午，来到监边，对狱卒道："我们是东京枢密院奉差到济州公干，闻得李应监在里面，与他有旧，要看他一看，烦你开门。"狱卒受过李应大注钱的，不敢推托，开门放进。见李应闷闷地坐在牢房，见了杨林、蔡庆，倒吃了一惊。杨林低低说道："我和裴宣、杜兴做了这桩事，恐怕连累你，到独龙网报信，不料先监在这里。杜兴先把宝眷家资护送到饮马川了。若解到枢密院，性命难保。不若这里如此用计，方可脱身。"

李应大喜，把五两银子与节级道："我不久要解到东京，一向承你们看待，今日有个朋友枢密院差来公干，顺便来看我，要烦你置备酒肴，款待则个。"节级依允。不多时，摆列齐整，请杨林、蔡庆和节级、小牢子一同畅饮。又分给牢中一般罪人。节级小心，封锁狱门停当。吃到欢畅，李应起身向节级、牢子各敬一大杯，不觉口角流涎，昏迷不醒。听得谯楼上鼓打三更，李应、杨林、蔡庆爬到墙头上，拨开荆棘，一同溜下。正要移脚，只见两个人提碗灯笼，手执棍棒，是巡更的。一个喊道："有人越狱了！"李应把那人下颏上一抬，羊撅头倒在地下。那个再要喊时，杨林早已拔尖刀夹耳一捌，也倒在地。两下里并无动静，蔡庆提了灯笼，李应、杨林拿了棍棒，认作巡更的，公然出了大街，又转过小巷。

黑影里有人轻轻话响道："此时城门未开，家中倘或追来，怎处？"蔡庆抢步向前一照，有个年少妇人，青布兜头在前，一个汉子，背一包袱跟着。蔡庆大喝道："背夫逃走么？"那汉丢了包袱，望侧边巷里一溜烟走了。杨林扯住妇人。那妇人慌了，双膝跪下，说道："一时错见，被他拐出，饶了我罢！"杨林问道："你住在哪里？那汉子姓什么？"妇人道："那汉子姓施，是奴的表兄。丈夫出外经商，奴被婆婆打骂不过，私自要他领到娘家去，不是逃走。"杨林道："分明与表兄通奸逃出，还要抵赖。我们饶你，不扯见官，你快些回到家去。"那妇人致谢不尽。杨林提了包袱，笑道："我们巡更有功，捉得一起奸情。"李应道："且到城门边看开也未开。"奔到城边，却好鸡唱。坐了一回，城门开了，黑影里闯出城。走了五六里，到一小山脚下，天色渐明。杨林道："夺这包袱，且是沉重，不知甚东西在里面。"打开一看，有几件女衣，裹着三串铜钱并钗鬟首饰，说道："且拿这铜钱路上买酒吃。"重新包好，弃了灯笼棍棒，一同赶路，说说笑笑，早行了六十里地面。

官道边有座酒店，挑出望子。进去买些酒吃再走。拣副座头坐下，叫酒保打五斤酒、大盘牛肉来。走了这半日，腹中饥馁，狼吞虎咽吃了一回。见上面一个人，军官打扮，身躯雄壮，一部络腮胡，独占一副座头。下首四个家丁，又在一副座头上吃酒。那军官拱手问道："列位从济州来，不知还有多少路？可赶得到么？要去提一重犯。"蔡庆接应道："尊官贵处？要提甚重犯？"那军官未及答应，家丁便道："我家爷是童枢密标下冯都爷，为着小舍人在彰德府被响马害了，打听得梁山泊余党扑天雕李应的主管。因移文去提，不见解到，都爷亲自下来并济州官府提到东京，与小舍人报仇。"李应三个听了，做声不得，支吾了几句，杨林算还酒钱，出门便走。

只见一个铺兵背着黄袱公文，急走进店，劈面把李应仔细一看，叫酒保："快些打角酒来，吃了要递一角紧急公文。昨夜李应越狱走了，在狱墙边杀死两个更夫，本府要申到枢密院去。"那军官跳起来道："怎么说？李应越狱走了？"铺兵道："方才出门的好像是李应。若拿住，倒有三千贯赏钱。"家丁道："不消说了，这三个人见我讲了，慌忙出门。又这个阔脸的，正是杀小舍人的，我认不真，不敢声张。"冯彪唤铺兵做眼，同家丁拔出腰刀，飞也赶来，叫道："劫贼不要走！"李应三个回头看时，已到身边。虽藏暗器，却不中用，急闪入林子里。铺兵再一认，喊道："正是李应！"那冯彪同家丁也奔入林子，轮刀便砍。

李应事急智生，见有株松木横在地上，拿起来对面一扫，一个家丁手中的刀拿不住，扫在地下。杨林急忙拾起，举手相迎。李应又将松木尽力一搪，那冯彪抵挡不住，一个脚蹋跌倒在地，杨林一刀砍开脑袋，死于地下。那家丁不敢向前，狠命跑了。铺兵走得迟些，也被杨林杀死。李应道："若没有这根松木，我三人性命休矣。"恐怕地方知道追来，急急走了。那四个家丁回到店中说家主、铺兵被杀，店家吃了一惊。日已平西，到济州不及，就在店中安歇。次早回到东京，去报童枢密，叫地方店家去济州首报，不在话下。有诗叹道：

父当垂训，子宜干蛊。父子凶淫，死非其所。

却说李应三人脱了险难，晓夜趱行，于路无话。到了饮马川，裴宣、杜兴接着，不胜之喜。告诉店中遇着冯彪，杀死在林子里，各各惊喜。李应见家眷已在，说道：“本等我已重整家业，不图什么了。偏又凑出这事来。今已住手不得，须索整顿山寨，成一规模。”裴宣道：“小弟已聚得二百人在此。五里之外，有座龙角冈，冈上有一佑圣观，香火极盛。有个强人，唤作毕丰，杀了道士，占住观中，倒聚五百喽啰，钱粮广有。我旧时有个小头目熊胜在他手下，前日来对小弟说：‘那毕丰是任原的徒弟，在泰安州嘉会殿上被燕青扑翻，与梁山泊是世仇。’见我这边立起营头，要来吞并。这是肘腋之患，不若我们先下手驱除了他，招过喽啰，方得安稳。”李应道：“我们立脚未定，先料理一番，且看机会。”连日砍伐树木，造起房屋，筑了寨门、隘口，置办马匹、衣甲器械，粗粗完备。

一日，那熊胜又过来说道：“毕丰有勇无谋，极贪酒色，不恤士卒，用刑严酷，尽皆离心。前日到山下抢了一个女子，名唤王媚娘，是大户人家女儿，终日迷恋，昏醉不醒。我原是头领旧部，有心归附，在那边做内应，今夜过去，软进硬出，无有不胜。”李应、裴宣大喜，重赏熊胜，叫他先去策应，三更准到龙角山。熊胜自去了。

当下李应、裴宣、杨林领一百喽啰去劫寨，留蔡庆、杜兴看守。二更时分，取路到龙角山来。其时正是腊月下旬，严霜满地，万木凋枯，那残月在东山边吐出寒光皎洁。李应上了山冈，那龙角山生得险恶，只有一条小路，崎岖陡绝。将到寨口，熊胜与心腹二十余人守住，对裴宣道：“此人还和王媚娘在那里饮酒，待我领路，悄悄进去。”李应、裴宣、杨林各执器械，从大殿侧边转到餐霞轩，窗缝里一看，见毕丰半醉，抱王媚娘在怀，一递一口儿吃酒。王媚娘道：“你说三日后送奴回家，今有十来日了，怎留住不放？”毕丰道：“这是哄你的话。要你永远做个夫人，在此有什么不好？我劫得一百颗大湖珠在这里，与你穿戴。”媚娘道：“爹娘在家啼哭，放心不下。”毕丰道：“明日请来在这里一处过活。”又哺酒与他吃。媚娘道：“吃不得了，饶了奴罢。”毕丰道：“昨晚那桩怪你讨饶，我今夜再不饶你。”李应大怒，喝道：“贼子，这般无礼！”一齐拥入，毕丰见不是头，推开媚娘，往轩后窗子里一跳。裴宣赶去，他已爬上岭头了。裴宣也跳出去，毕丰黑影里一闪，不知去向。王媚娘慌忙跪下，李应说道：“你不要慌，送你家去。”熊胜唤聚喽啰，到大殿上款拜。李应道：“那贼子走了，留着后患，不可不追。”遂同裴宣、杨林、熊胜，叫喽啰点起火把，四下搜寻，不见影响，道：“造化这贼子！”对众喽啰道：“你们肯随我到饮马川么？”同声的道：“毕丰不仁，久欲散去。

见熊胜说头领极有义气，情愿跟随。"李应道："既如此，可收拾了同去。"搜出三五千两金银，两仓米谷，三匹好马，器械、衣甲，都叫驮回饮马川。杨林要放火，李应道："不可！千年香火，慢慢寻道士来兴复。"叫熊胜同自己两个小头目送王媚娘还家。媚娘拜谢而去。

天已大明，回到饮马川，宰猪杀羊，拜赛神明，犒赏喽啰，商议坐位。李应道："这饮马川是裴大哥旧日基业，原请坐了。"裴宣道："大官人英雄无敌，况梁山泊上天数定的，岂可再议！自然听受号令了。"李应推不得，坐了第一。裴宣第二。要请蔡庆坐第三，蔡庆道："小弟正有一言相禀。"众人侧耳听着。正是：草昧群英方复业，烟霞仙客更同波。不知蔡庆说出什么话来，且听下回分解。

杜兴认得杨雄，要修书讨时迁，因与祝家庄交恶。今又为孙立寄书，而余波累及李应。两番皆为主管受祸，毫无怨言，非仅收拾稻子上仓之田舍翁也。越狱追逃，极旧题目做出极新文字。乃知操觚家必要另拣题目，正是拙笔无可见长耳。

【第六回】

饮马川群英兴旧业　虎峪寨斗法辱黄冠

却说李应、裴宣在饮马川让定坐位，要请蔡庆坐第三。蔡庆道："我兄弟两个是北京行刑刽子，没甚材具。因救护卢员外，蒙宋公明挈带上山。不幸征方腊，哥哥死了，单有小弟一人，有老母、贱眷在家悬望，况我在此没用，偶然路上遇着杜、杨二人，救出大哥。这里到底不是了局，只得容我别去。"李应道："既然如此，不敢相强。再从容几日，送行便了。"杨林遂居第三。杜兴第四。李应初到饮马川，并了龙角山这支人马许多财物，大加整理，竟成了一个局面。过了几日，蔡庆坚执要行，取出金银相赠，送至路口而别。

不说四个在饮马川聚义，只讲蔡庆背上包裹，独自一个，取路回北京。饥餐夜宿，走了两日，到虎峪寨地方，是一个大市镇，都是富户居住。到市上时，只见大石场上搭起两座高台，悬旌结彩，如迎神赛会一般。下面围绕老幼男女，约有千数多人，都望台上观看。蔡庆也立住了脚，分开众人，挨身一望，只见东边台上坐着一个道士，四个侍者各执旗捧剑。看那法官，怎生模样？

鱼尾冠横簪碧玉，云鹤氅遍绣销金。眉浓脸瘦，蓬松一部络腮胡；口阔唇掀，闪烁两腔邪视眼。法铃摇动鬼神愁，宝剑掣来天地暗。

再看西边台上，也坐一个道士，并无侍从，如何打扮？

头绾双叉丫髻，腰系八卦葫芦。杂色丝绦，宽系道袍香皂；淡青行缠，紧穿草屦斓斑。面上犹存杀气，胸中常养天和。

蔡庆定睛一认，却是混世魔王樊瑞，寻思道："他如何在这里弄着把戏？且不叫破，看他怎地？"又见中间高桌上立个官人，长髯绿鬓，相貌魁梧，朝着两边台上拱手道："小可难得二位仙长降临，许多人在这里看演妙法，只求各显神通。若是道高德重，斗得胜的，便建造仙院，情愿拜为师长，终身供养。"

那东边台上法官道："贫道是当今圣上亲拜为师通真达灵先生林灵素传授的法侣。蒙檀越们一向优礼，今既有野狐外道要来斗法，须索与他对垒。倘赢了他，要拿去见官问罪，不可放他走了。"那樊瑞接应道："小道偶然云游到此，闻得仙长道法，特来请教，并无争竞之心。今日万目同观，倘小术胜时，不过游戏一番，飘然而去。请仙长先施神技，不必多讲。"

那法官便接侍者所捧的剑，向空中画一道符，口中念念有词。忽然天昏地暗，白日无光，蓦地上起一阵狂风，半空里震一声霹雳，跳出一只白额吊睛斑斓猛虎来，竟到西台上咆哮剪尾，扑这道人。只隔一尺多近，不能到身。道人把手一指，喝道："孽畜，还不现形！"霎时间变作一张黄纸，一口气吹入云端去了。那法官摇着法铃，道声："疾！"又现出一条黑蟒，约有三五丈长短，目光如炬，口吐毒雾，把道人颈下蟠紧，昂起头来，舌尖如闪电一般，抻入道人鼻孔。看的人都道："这番道人的性命休了。"蔡庆也惊出一身冷汗。看那道人不动声色，将手勒住黑蟒，吹口仙气，霎时又化作一条草索掷于台下。众人一齐喝彩。那法官见毒蛇猛虎害他不得，心下想道："除非用此法术，他决躲避不得。"把两手空中一撒，令牌三响。顷刻间，漫天扑地，数万赤头黄蜂，拖着螫尾，满天展翅，轰轰如雷的叫，裹满道人，叮的叮，刺的刺。又放熖，腾腾烈火，满天通红。道人动也不动，袖中摸一小石子，向北方抛出，再把拂子一展，一声霹雳，震得屋宇皆动，大雨如注，火光顿灭，那些黄蜂，尽是稻秕，随雨而散。那台下看的人，身上并无一点雨点儿，尽皆惊异。

那法官法力已穷，无可奈何，思量下台走路。道人叫道："仙长，还有什么奇术，再请赐教一番。小道也有些小技，不敢唐突。但既蒙先施，也只得略做一二件，与众位看官消遣一消遣，不知可否？"台下的人一来要看法术，二来抱不平，齐声道："二位师父原说赌赛的，他赢不得你，礼无不答，自然该显手段。我们自有公道哩！"说声未罢，只见道人在葫芦内取出个桃核儿，唤看的人在台边掘一土坑，将桃核埋着，又盖上泥土。把一杯水念了咒语，浇在土上。须臾生出一株大桃树，繁簇簇开的满树花，结三颗桃子，其大如拳，鲜红灼灼。道人把手一招，云端里冉冉走下一个美女来，绰约仙姿，淡妆道服，非世间美貌可比。轻轻把纤手摘下桃子，袖里拿出个金镶白玉盘，袅娜娉婷走到东边台上，深深道个万福，启一点朱唇，露两行碎玉，如流莺娇啭的道："侍儿是王母娘娘殿前司香玉女，慧眼观来，知仙长在此演法，特遣送蟠桃三颗，食了长生不老。"法官见玉女天姿国色，细语柔声，不觉凡心顿起，正要伸手来接，蓦有一位天神，青面獠牙，身长丈余，头戴束发冠，腰系虎皮裙，手执狼牙棍，腾空而来，把法官夹领揪住，望台下一丢，晕倒在地。天神、玉女都不见了。侍者慌忙跳下扶起，兀自昏迷不醒。拖到后边去了。众人拍手大笑道："好一位道长！有这样手段，我们从不见。"一哄而散。

那高桌上官人便请道人下台，倒身下拜道："弟子肉眼凡夫，一向敬那郭法官如神仙，不料师长有此神法，屈到舍下奉斋请教。"道人笑道："何足为奇，不过幻术。那法官自逞其能，略略取笑而已。贫道闲云野鹤，不敢过叨，就此告别。"却好蔡庆走过相见。道人见有人在旁，不好问向来踪迹，说道："适遇敝相知，还要说话。"遂稽首而别。那官人哪里肯放，扯住道："见了活神仙，岂可放过！这位贵友不妨同请到静室细谈。"邀进厅堂，重新叙礼，即设斋相待。正要叩问修真之奥，家人报道："童枢密遣差官要见。"那官人起身道："天色已晚，请到云房安歇，明日竭诚奉叩。"说罢自去。

樊瑞、蔡庆到云房。蔡庆便把从前事迹说过："我要回家，在此经过，见是兄长，看演了半日的法。端的为何与他相斗？"樊瑞道："我不愿为官，云游访道，得遇异人，传授五雷正法。要去访一清道人，结茅名山，也在此经过。闻得那官人姓李，名良嗣，是个豪侠富户，结识权贵，思量干立功名，更一心好那法术。那法官姓郭名京，是个破落户，投在林灵素门下，传些小术骗人。李良嗣一见款住，甚是钦敬。我闻他名，到来相访。不意郭京十分忌刻，要与我赌赛，故显些手段羞辱他一番。此间不是久留之地，明日我们早行罢。"两个自宿歇不提。

再说李良嗣接见童枢密差官，设宴相待。差官道："童枢密新奉圣旨，统领大兵镇守北京，防备大辽。"出京之日，林灵素先生说："有个门下徒弟郭京，荐在枢府效用。闻知在府上，特来相请。"李良嗣忙使人与郭京说知。那郭京受了这场亏，浑身疼痛，睡在床上呻吟不绝。闻得枢府相请，慌忙挣扎起来，与差官相见，谢道："蒙恩相见收，又烦尊驾枉迎，便当晋谒。只是受了一个贼道的气，身子动弹不得，过两三日，自叩辕门。"差官便问："何事受气？"郭京道："李大官人是当今第一个豪杰，胸藏韬略，武艺超群，贫道极承款待。只是不辨贤愚，凡江湖游食之徒，一概收留。不知哪里来个贼道，要与我斗法，被他先使个障眼法儿，把我闪了一跌，腰胯损伤，甚是狼狈。"差官笑道："先生，你与他斗法，何不先使个障眼法教他吃跌，反自受了亏？"那郭京满面羞惭，无言可答。李良嗣道："郭先生遭猛虎、毒蛇、黄蜂、烈火，却也厉害，谁知一毫动他不得。他取个桃核埋在地下，顷刻长株桃树，结下三颗蟠桃，云端里走下玉女，容貌非凡，摘来献与郭先生。只道是美意，谁知闪出一员天将狰狞可畏，把郭先生望空一掷，因此受伤。"差官道："这道人如今在哪里？明日我去拜他。"李良嗣道："我留在云居安歇，还要传授他的法术哩！"

差官跟个家丁在旁边听了，私自走到云房门首一张，见道人正与蔡庆在灯下细谈，仔细一认，急急走来说道："那道人不是好人！"李良嗣道："怎见得？"家丁道："我到云房悄悄一看，道人不认得，那个同他讲话的，却是杀我冯都爷的响马。若是好人，怎与响马相识？"差官惊骇，问起根由，家丁便把小舍人在彰德被响马杨林、杜兴所害，冯都爷自到济州，提那李应，酒店里遇着铺兵，认得赶去，林子里被他杀死。这个人姓名不晓得，面庞认得真的。目今童枢密正要捉李应、杨林、杜兴，拿了这个人，那三个自有下落。郭京乘机说道："李应、杨林是梁山泊余党；阮小七、孙立又闹了登州，害了杨太守一门良贱，杨太尉奏过天子，要发兵征剿。李应杀了冯指挥父子，重造迷天大罪。那道人会使妖法，自然梁山泊上公孙胜了。李大官人素怀大志，进取功名，何不乘此，顺便拿了公孙胜和那响马，解到枢府，一定奏闻，赏授官爵？若是放他走了，日后根究起来，晓得在你家里，推不得干净。"差官亦思量请功，说道"郭先生之言甚是有理。"李良嗣也动了功名之念，说道："拿了梁山泊余党，除却朝廷大害，真可做进身之阶。只是他道法高强，倘然失误，是画虎不成，怎么处？"郭京道："不妨。我们妖术单怕狗血人屎。叫人围住，他在睡梦里，把秽物浑身一淋，他便施展不得。瓮中捉鳖，手到拿来。"当下算计已定。到三更时分，唤庄客、家丁，各持刀杖，把云房守住，安排污秽之物，打进去拿那道人。

却说樊瑞已先晓得有人窥探，便自存心，对蔡庆道："今晚须防人暗算，不要脱衣服。"取两块泥土，念个密咒，与蔡庆捏着道："若有动静，我们竟走，人不看见，此是土遁之法。"果然三更，郭京当先，领着家丁、庄客点了火把，直拥进来。樊瑞、蔡庆早已起身闪在一边，众人对面不见。樊瑞望着郭京面上吹口气，一时昏迷，倒在床上。樊瑞扯了蔡庆，径出大门，说道："差官说童贯镇守北京，你同李应杀了冯彪，今被家丁认得，定然安身不牢。我护送你到家，搬了家眷，且到饮马川，我也不去寻公孙胜，暂住山寨。"蔡庆听允，趁黑夜同去了。

再说郭京昏倒在床，众人把火一照，见道人绾着双鬓，鼾声如雷。众人将秽物满床一泼，取麻索紧紧绑缚，只不见了响马。扛到前堂，那郭京大喊道："捆的是我！"众人看时，原来果是郭京，浑身血污，臭秽难闻，尽皆诧异道："分明床上睡的是绾两丫鬓道人，怎变作郭先生？奇怪得紧！"李良嗣急叫把绳索解落，将汤水洗净，换了衣服。那郭京受这两番荼毒，皆是自取其累，哑口无言。差官道："道人走了不消说，明日去见枢府，再作商量。"

次日李良嗣备了金珠彩缎，同郭京、差官骑着马到了北京，差官先进禀明，少顷大吹大擂，开了辕门，兵威好不整肃。差官引李良嗣、郭京拜见，呈上贽见礼物。童贯看过收进。见李良嗣一表威仪，动问道："本朝向与大辽和议交好，为宋江去征伐一番，惹动兵戈。目今命大将统领雄兵，要来复仇，侵犯北界。朝廷特简本枢镇守。现奉敕剑，收录贤才。果有奇谋异策，即填御敕，除授显职，一体重用。久闻足下英才武略，当今贤士。今蒙赐顾，有何良图？"李良嗣恭身答道："山野鄙夫，不揆固陋，蒙恩相下问，敢不直摅愚悃！那燕云十六州，原系中华疆土，因石晋求救契丹，割地为赂。太祖时兴兵恢复，潘仁美违了节制，败于萧翰之手。真宗朝澶渊之役，寇准力劝御驾亲征，方得讲和。宋江轻挑边衅，致背前盟，故来侵犯，思复前仇。恩相且按兵不动，谨守封疆。卑末有一条奇计，取燕云如拾芥，灭辽国如破竹，使朝廷开拓万里之地，恩相享茅土之封。不识可上闻否？"童贯大喜，邀进密室殷勤致问。李良嗣道："大金国主雄踞东方，兵已满万，天下无敌。何不遣一介使臣，从登莱泛海渡鸭绿江，深加结纳，两面夹攻。灭辽之后，燕云十六州仍归中国，那时议加岁币，一如纳辽故事，金主必然喜允。那辽国平州守将张毂、涿州留守郭药师，与卑末为同盟契友。待掉三寸不烂之舌，说他来归，则辽之藩篱已撤，首尾不能救应，岂不立时殄灭？"童贯听了，以手加额道："天祚大宋，生此良士。一闻金石之论，顿开茅塞矣！"即具本奏闻，重封官职，先署枢府参军，赞画机务。郭京因林灵素见托，亦留军中效用。自此李良嗣言听计从，恨相见之晚。

一日商议军务，良嗣乘机说道："灭辽已有成算，不必过虑。倒是宋江余党，重复啸聚山林，为祸不小。前日郭京在卑职家里，有一道人要来斗法，同伴一个人，是和李应杀冯指挥的响马。家丁认得，要拿解到枢府，不料使妖法遁了。这道人毕竟是梁山泊的公孙胜，今在二仙山紫虚宫。若不剿除，日后与辽国交战，倘然乘机窃发，反为心腹大患。"童贯道："我倒忘了。阮小七、孙立占了登云山，杨太尉兄弟受害，李应又杀我心腹冯彪。今公孙胜广行妖法，着实搅乱，不可不捕！"即差标下统制张雄，领五百兵马，郭京为向导，先到二仙山擒拿公孙胜，然后进剿李应、阮小七。李良嗣奉着钧旨，就发张雄领兵前去，分付郭京道："你不可怠忽，防他妖法。"郭京应诺而去。

却说公孙胜，自从汴京辞别宋公明，朱武拜为师父，回到二仙山。过了几年，老母亡过，罗真人亦遂羽化。安葬已毕，自筑一小庵在紫虚宫后，乔松翠竹，曲涧小桥，甚是清雅，与朱武终日修炼炉火，参究内丹，道业愈高，心怡神旷。时当重阳佳节，丹枫满林，秋气高爽。两人酿下椰子酒，炊熟松花饭，笋脯嘉蔬，消梨雪藕，面着东篱黄菊，相对而饮。公孙胜道："我本世外闲人，因应天罡之数，不由不出头做一番事业。还亏见机得早，跳出火坑。我和你今日啸傲烟霞，嘲风弄月，何等自在！宋公明满腔忠义，化作一场春梦，岂不可伤！"又饮过数杯，敲着渔鼓板唱道：

　　心上莫栽荆棘，口中谩设雌黄。逍遥大地尽清凉，丹汞鼎炉自养。

世事干戈棋局，人情蕉鹿沧桑。浮云富贵亦寻常，且把恩仇齐放。

　　两个唱罢，拍手大笑。只见小道童慌慌张张赶来，叫道："师父，不好了！紫虚宫有兵马围住，两个将军把本宫住持拿着，说奉童枢密将令，要来提师父。住持说在小庵，领兵同来了。"公孙胜、朱武连忙立起，使个隐身法，倚在松树边看个下落。

　　张雄、郭京押了住持，入小庵不见，山前山后各处搜寻，并不见踪影。住持道："公孙先生自居小庵，不在宫内，这几年从不见下山，恐怕误认了。"郭京喝道："胡说！他亲与我斗法，闹了虎峪寨，与李应杀了冯指挥，奉圣旨来拿的，不是小可！兀自篱畔摆设酒肴，在此赏菊。你这贼道，先知风放他走了，拿你去见枢密爷，重按军法！"叫把住持锁了，纵军士把宫内钱粮衣资掳掠一空而去。公孙胜摇着头道："奇怪！我遁迹多年，未尝下山，并不接见一人，哪里有什么虎峪寨？杀甚冯指挥？好没头脑，害这住持受累。"朱武道："我前日下山买香，有人传说饮马川重聚强人，十分兴旺，或者李应当真在那里惹出事来也不可知。只不该牵到师父身上来。总是这里安不得身了。且到饮马川探个虚实，再觅名山洞府栖身，却不是好？"公孙胜依允，进庵收拾行囊，同朱武从僻路下山到饮马川。

　　不多两日路程，已至山边。果见刀枪密布，旌旗悠扬。到关上通了姓名，喽啰进报。原来樊瑞、蔡庆已先到了寨里，一同出迎，到聚义厅相见。李应满面笑容说道："二位师长已做世外神仙，不似我等复攫患难。虽时常想慕，急切里不能相会。今日不知甚好风，吹得到此，真是喜从天降！"公孙胜道："我两个久离尘迹，高卧白云。重阳那日，对菊小饮，不意童贯差兵将拿住紫虚宫住持，说贫道使妖法闹虎峪寨地方，和大官人杀了冯指挥。一些头绪不晓，请问众位，为甚缘故重聚于此？"李应便将登云山孙立寄书，杜兴刺配，济州越狱，林子里杀冯彪的事说了。公孙胜道："这是一件，也与我无干。那虎峪寨又是怎的？"樊瑞笑道："这是我的事。我来寻访师父，路经虎峪寨李良嗣家，与郭京斗法，作弄了他。蔡二哥偶然遇着，家丁认得同李大官人杀冯彪的，要来捉拿，被我使遁法走脱。想是他们猜到梁山泊上只有公孙先生会行遁法，故此错认了。"公孙胜方才省得，说道："怪道来的将官说道亲与我斗法，想是郭京了。只是为甚做了将官？"樊瑞道："童贯镇守北京，郭京是林灵素门下，荐与童贯。那晚差官来请，想是在童贯标下了。"李应道："朝廷昏暗，奸党专权，把我兄弟们害得零落无多，还逼得一个不容。虽然错认了先生，也是天假其便。今乘到此，正好原照梁山泊上旧位，请先生居尊，共遵约束。"公孙胜道："贫道已离世网，心似寒灰，不复燃矣。因事体模糊不知来历，特来贵寨讨个实信。今已明白，即刻告别，再择名山潜身远害了。"李应道："弟兄们还多，倘然惹出事来，又错认了先生不能安身怎处？小弟有个两便的善策在此。"公孙胜道。"请教。"有分教：干戈再起谈方略，水火抽添握胜谋。不知扑天雕说出何事，且听下回分解。

斗法是稗乘常例，因要惹出公孙胜来，故借此敷演。且提起李良嗣、郭京，为宋朝失两河之故，是一部大头脑。

却说李应要留公孙胜、朱武在山寨里，二人不肯，便要别去。李应道："师长既爱清闲，那饮马川形势非凡，山后高峰下面有一白云坡，地面平坦，两道瀑布飞到坡前，汇成阔涧。苔石嶙峋，四围有千百株虬松，参天苍翠。就在坡上建个小院，请师长在内清修，自送供给。有事则请教方略，无事则闭门参究，岂不是两便之策？"众人齐声称善。公孙胜就要去看，李应陪到白云坡，果然一派景致不让二仙山，公孙胜方肯住下。驾起座竹桥，结个茅庵，前临碧涧，后枕苍崖。花药纷披，禽声晼晼。公孙胜、朱武令小童炊篝，不要送供给，蔬食清香，安心住下。

过得五六日，忽探事喽啰报上山来道："有一二千兵马，打枢密府旗号，浩浩荡荡杀奔山边来，头领须做准备。"李应唤杨林、杜兴紧守寨栅看他动静，未可出战。原来郭京、张雄锁押紫虚宫住持去回复。童贯道："公孙胜哪里赏菊，这紫虚宫住持先通风放他走了，因拿这住持来回复。"住持分辩道："公孙胜自居小庵，与本宫不相往来，他自遁去，与小道何干？"童贯道："他遁到哪里？"住持道：

"闻得李应在饮马川啸聚，他是同党，或者在那里。"童贯道："李应少不得要剿灭，再差都统制马俊领二千兵，一并同李应擒来，扫清山寨，不可失误。"当下将住持撺出。

马俊同张雄、郭京领兵杀到饮马川，见山势峻峭，不敢攻打，只在山边摇旗呐喊。到下午时分，忽听一声炮响，李应全身披挂，背上插五把飞刀，提着点钢枪。左有樊瑞，右有杨林，三骑马飞出阵前。郭京指着樊瑞道："公孙胜，你这贼道！两番使妖法走了，今天兵到此，快快下马受缚。"樊瑞笑道："你这天将撺不死的贼！真见鬼了，我是公孙胜？你若遇公孙胜，还死得早哩！"郭京大怒，做势要出马。张雄恐他失了锐气，仗大杆刀劈面砍来。李应接住，战了十余合，李应拖枪便走。张雄不知是计，飞马赶来。李应觑得较近，暗掣飞刀掷去，正中肩上，负痛抱鞍回阵。樊瑞、杨林催动喽啰冲杀过来，马俊抵挡不住，官兵自相践踏，伤者甚多。忙退十里下寨，计点军士，折了三百余人。商议道："贼寇凶勇难敌，败了一阵。且安歇一宵，明日申文去讨救兵方好。"

却说李应得胜而回，公孙胜、朱武知有兵到，也来寨中。李应道："这些疲兵小将，何足道哉！便是童贯自来，也杀他片甲不回。"朱武道："他折了一阵，锐气已丧。兵贵神速，今夜分四路埋伏，去劫大寨，使他只轮不返。童贯害怕，再不敢撩拨了。"李应称善。遂遣杨林、杜兴、樊瑞、蔡庆，分头埋伏。二更时分，李应自捣中军。到得寨口，分开鹿角，大喊杀入。官军略无准备，张雄、马俊在睡梦里听得，马不及鞍，人不及甲。李应冲到，一枪把马俊刺死，张雄望寨后脱去。喊声四起，杨林、樊瑞各路团团裹拢。那些军士杀的杀，逃的逃，如疾风乱扫败叶，只不见了郭京。剩下的衣甲器械、马匹粮草尽数搬回，置酒庆贺，不提。

却说张雄，只得领了残兵回报。童贯大怒，欲起大兵亲自征剿。忽边报甚紧，大辽兵到，边隘守将拦挡不住，乞发大兵遣将救援，故此中止。又接中书省行下文书，前日具提李良嗣破辽奇策，着到京陛见，具陈可否。童贯即发勘合，着良嗣驰驿进京，设宴饯行。说道："参军复中华之疆土，建盖世之奇功，在此一举。朝中军国重事俱是蔡太师判决，我有密启专荐。参军宜先晋谒太师，备陈事宜。面圣之时，方可赞襄。"李良嗣领诺，拜别而去。

不一日来到东京，参谒蔡京，呈上密启。蔡京道："参军此计真有旋乾转坤之功，可称千古创见。若成得功来，自然应授显爵，连老夫与童枢密俱有荣施。只是科道中有几个古板的官儿，定然上疏阻挠。面圣之时，须要明白敷陈，条析利害。"李良嗣再拜道："卑职蒙太师奖拔，当竭犬马之力，矢心报效朝廷。但一得愚忱，不过草茅管见，还求太师指教。"蔡京和颜送出。

次日五更早朝，道君皇帝驾御迩英殿，阁门大使引进。李良嗣山呼舞蹈拜毕。道君皇帝亲降玉音道："览童贯所奏，卿建议破辽之策，不知果有成算否？"李良嗣叩头奏道："燕云十六州已沦没二百多年，不见光风化日。今辽主微弱，将骄卒惰，正是天亡之际。况金国劲气方张，近日与辽国构成嫌隙。遣使航海与彼联合，两面夹攻，易如拉朽。陛下英武圣文，岂但车书一统，远过汉武、秦皇；将见协和万邦，媲美唐尧、虞舜。"道君龙颜大悦道："天生奇才，以佐朕躬。功成之日，定授节钺。"传旨先授秘书丞，赐姓赵氏。赵良嗣俯伏谢恩。

左班中闪出一员大臣，绯袍象简，启奏不可。众官视之，乃参知政事吕大防也。道君皇帝道："何为不可？"吕大防正色道："辽国与本朝为兄弟之国，和议已成百年。一旦撤其藩篱，而近虎狼之金，他日难免侵凌。赵良嗣草莽之人，不识朝廷大体，事宜速寝。若贪一时之利，他日悔之晚矣。"赵良嗣道："辽已败盟，今遣十万大兵侵犯北界，犹然守株待兔，岁加纳币，所谓'赍寇粮而资盗兵'也。莫若以纳辽之币归之于金，坐复燕云故土，正合远交近攻之计。事机一失，时不再来，唯望宸断。"蔡京道："琴瑟不调，则起而更张之。灭辽之后，与金交好，安有后悔！"道君皇帝变色道："吕大防辅弼之臣，只图尸位食禄，无经国远猷。齐桓公小国之君，尚能复九世之仇，《春秋》大之。朕抚有四海，不得刷白沟之耻？敢有再谏者，加以上刑！"叱退吕大防。蔡京奏道："赵良嗣既建奇策，金国通问使就差他去，庶应对无误，不辱君命。所有应用礼仪，乞降圣旨，敕该部料理，择吉启行。"赵良嗣谢恩退班，致谢蔡太师。各部奉旨，不敢迟慢。

宣和二年二月吉日，辞了朝，拜别蔡京，差人回复了童贯。意气扬扬，一路驰驿，至登莱下海。到金国议定封疆、岁币、出兵夹攻之期，就同金国报问使孛董来朝。八月中秋，回朝复命，厚赐孛董，送回本国。赵良嗣加授侍御史，监童贯大军，一同镇守。那时高头骏马，富贵逼人，侍从煊赫，好不施为。

行至黄河渡口，皇华驿馆，催促船只。正要过河，只见驿门口蹲着一人，驿丞连忙打开。赵良嗣看那人：

　　　　头戴逍遥巾，丝丝似千条柳线；身穿破衲袄，缕缕如百结流苏。满面灰尘，几日不经浆水；四肢委顿，昨宵缺少粥汤。手拿渔鼓简，还装落难神仙；胸藏木漆碗，竟是叫街花子。

　　赵良嗣认得是郭京。到驿中坐下，唤驿丞问道："那驿门口蹲着的人，与我唤来。"驿丞急忙叩头道："不知哪里这个花子，老爷降临，有失回避，驿丞知罪了。"赵良嗣道："我不计较你，只管唤进来。"驿丞赶出唤时，却不见了。东寻西抓，汗流浃背，直寻到驿后，见在茅厕中捉虱子。驿丞一把扯住，骂道："你这该死的花子！见大官府到来，不去躲避，连累我担惊恐。还不自去回话？"郭京战兢兢被驿丞扯进，赵良嗣走出叫道："郭先生你怎么这般行径？"郭京方敢抬头，见是赵良嗣，满面羞愧道："一言难尽。"赵良嗣唤从人取过巾服换好，作揖坐下。驿中摆出下马饭，一同吃过。

　　郭京方说："前日同张、马二统制去攻饮马川，先败了一阵，晚间又被劫营。将士尽皆陷没，我逃得性命。失了机，恐按军法，不敢去见枢密。要到东京再投林仙师，又无盘缠。路上害了一场时行疫病，挣扎起来，只得权唱道情儿觅口饭吃，不想天幸得遇。"赵良嗣也把出使金国，已得定议，回朝超授侍御史，钦命去北京协理军务说了。思量原带他去，因出军失利，是没时运的钝市货，恐怕有碍。又因一番相与，不忍见他流落做乞丐，问道："你如今行止何如？"郭京道："若到北京，童枢密定然见罪，又无面目去见林仙师，遑遑无定。"赵良嗣想了一想道："有个好去处，荐你去安身，自然重用。"唤从人取过文房四宝，修了一封书札，取三十两银子、一副铺陈相赠，说道："这封书你投到江南建康府王宣尉衙中。那宣尉是当朝少宰王黼的大公子，名唤朝恩。年少风流，兼好旁门，今驻守建康。我备细写在里面，必当亲任。只是要诚实谦和，见机而行，不可妄自尊大，别惹事端。我因钦限甚紧，不便久留了。"郭京感激不尽，送到黄河边。赵良嗣自渡河而去不提。

　　单表郭京本是落难的人，要顿饱饭也不能够。陡然换了一身华丽衣服，身边又有三十两银子，岂不是一朝富贵，气宇便觉不同。昂昂然重走进驿里，坐在赵良嗣的公位上，奴才狗腿的海骂。驿丞从外边走来，晓得是御史差人，又送银子，况且赵良嗣去还不远，没奈何，掇转一副面孔，折叠两个膝盖，陪罪道："不知老爷是御史公的好友，有眼不识泰山，方才甚是得罪。"郭京躺在交椅上，做个不见，凭那驿丞磕头。慢慢的说道："起来！我不计较你。去的那位老爷，不是朋友，是我小徒。当初得我许多力，一朝富贵的。我是故意来试他，他自然该敬我的。我如今要往建康，你该做何料理？"驿丞道："这里有的是徒夫，但不知老爷用多少名数？"郭京是刚刚天上掉下来这一担行李，想多也没有用处，捋捋须笑道："我也不好十分扰你，只消一名。"驿丞唤过一名囚徒，分付道："这位老爷是方才赵老爷的师长，你在路上小心服侍，老爷自然赏你。"囚徒挑了行李，郭京起身，从山东取路到建康。

行了好几日，天色已晚，错过宿头。官道旁有一所大庄院，叩门借宿。有一员外，苍髯古貌，面带忧色，出来问道："客官何来？"郭京道："在下是当今圣上拜为师的林真人位下，授洞霄宫法官。今江南宣慰王少宰的公子来迎，因错过宿头，特借仙庄过一宵，明早就行，房金依例拜纳。"那员外自有心事，意欲不留，见说了许多大来头，只得恭身迎进。草堂上相见过，说道："难得仙长到此，只是有慢。"郭京道："这里叫什么地名？敢问上姓？"员外道："是临清州管下，地名丰乐堡。老夫姓钱，是祖代住下的。年纪六旬，并无子息。单生一女，却也生得不甚粗蠢，诸般女工晓得，今年十八岁了，并无看得中的女婿，未曾婚配。近日却害了一桩不尴不尬的病，甚是忧心。终日不茶不饭，昏昏的睡，晚间倒梳妆起来，房中像有两人讲话一般。老夫和妈妈疑心，细细察听，不见人影。如此有三个月了，不知是人是鬼，委决不下，无法可除。"郭京道："敢是被妖祟所凭，何不请法师驱治他？"员外道："便是我这里有个紫微观叶法师，符咒灵验。请他来施符设咒。莫想驱治得他，反被腰胯上打了一下，至今害病不起。"郭京道："毕竟那法师不得真传，故吃了亏。若有五雷正法的，随他什么邪魔，遣天将即刻剿除。"员外道："方才见仙长说是林真人位下，定是道法高强。不揣欲求大力，若得平安，自当重谢。"郭京道："驱邪逐鬼，是我们分内的事。你若说谢，我倒不肯了。"员外大喜，倒身下拜道："请问要什么三牲福物？"郭京寻思道："不知他女儿生得何如，且哄出来一看。"答道："香烛福物，是少不得的。还要令媛当面一看，就晓得哪一种妖邪，方可惩治。"员外道："且待福物齐备，等老夫去唤小女出来，仙长少坐。"走进去不多时，同那妈妈扶出女儿来。郭京仔细从头上看至脚下，怎生模样：

　　粉脸生春，映出桃花两朵；云髻拖翠，天然柳叶双弯。态度如湘烟淡
荡，香风似花气氤氲。立苍苔浅印鞋痕，捻裙带微垂玉指。

　　远望来，行雨行云浑似梦，定有妖凭；近看时，非花非雾总难描，宛
然神女。

　　郭京见了，魂不附体，半晌说不出话，勉强挣着道："细观气色，是九尾狐狸
为祟。若不早除，决然髓竭神枯而死。请小姐坐下，待我当面请将，那狐狸自然顷
刻现形。"员外妈妈连声称谢。那女儿见郭京一双贼眼注定了他，满面羞涩，低垂
粉颈坐下。庄客摆起三牲福物，灯烛辉煌。郭京东指西划，念动咒语，因无令牌，
取一块砖在桌上拍了三拍。一阵风过处，烛灯无光，郭京手中那快砖却在自己脸上
雨点的乱打。一霎时皮破血流，口吐白沫，昏晕在地。员外慌了，走来扶时，被郭
京一推跌在地下，喝道："你这老蠢物，不知高低！我是北幽王太子，与你女儿有
天缘之分，故来相聘。哪里寻这油嘴捣子来瞧我夫人，这般可恶！且暂饶他性命，
我请夫人到宫中去也。"郭京说罢，倒在地下。员外起来，那女儿已不见了，和妈
妈大哭，懊悔道："那江湖上的人，再不要信他。女儿虽然恍惚，还在家里。谁想
撩毒了他，如今不知摄到哪里去了，教我老景靠谁？"泪流不止。

　　又见郭京直挺挺在地下，昏迷不醒，怕惹出人命来，只得叫庄客把姜汤灌醒。
直至五更方醒，满面血污。郭京爬起，自觉羞惭，等不到天明，叫囚徒挑了行李出
门。到门边掬些水洗去血污，脸上青肿，疼痛难当。囚徒道："相公你不该招揽这
事，自受其亏，饿了一夜。"郭京道："平日我的法术甚灵，今遭他毒手不消说
了，只可惜花枝般的女子，被怪物摄去受用！"囚徒笑道："还说这话，北幽太子
嗔你瞧了他的夫人，故此打你。"郭京道："我自打的时节，一些不知，可不磕死
人！如今肚中饿了，快趱行到前边买些酒饭吃再处。"说道："我不问得你叫什么
名字？是哪里人？为甚配在驿中？"囚徒道："小的叫作汪五狗，祖上原是陈州
人。父亲带到河北经商，本钱消折，父亲亡过，流落在那边。一时短见，被人哄去
做些掏摸勾当。犯出事来，刺配在驿，已将满了。驿官见小的诚实，唤来服侍相
公。"郭京道："你一路小心，我有心要抬举。你不若长随了我，到王宣慰府中，
自有好处。"汪五狗道："相公若肯提拔，是小人万分之幸了。"

在路又经四五天，已在天长县界上了。过了江就是建康。天晚投宿，却是小去处，不上三五十人家，大半务农的，只有一家安寓客商。郭京走进，叫店主人有甚么酒肉拿来吃。歇了半晌，一个老人家包了头，摸壁扶墙走出道："这里是草店，没有肉卖，酒便剩下两角，要米做饭，自去打火。我正发摆子，动弹不得。有个儿子又不在家。"拿两角酒、二升米、一碟熟菜放在柜上，说道："我寒热得慌，要去睡哩！"郭京道："我相公是受用惯的，怎熬得清淡？"老儿道："说也无用。里面先到一位客人，也只是熟菜。"说了几句，喘作一团，自进去了。汪五狗道："相公，待我煮起饭来，自有菜蔬哩。"郭京坐了好一会儿，汪五狗先点个灯，捧出一大盘肥鸡，把酒斟上。郭京道："这是哪里来的？"汪五狗打着手势掩口而笑道："见相公没有嘎饭，小人捞来孝顺的。"郭京道："这里无人，你也同来吃。"汪五狗盛了饭，两个低着头大嚼。

只见两个人推门进来，一看说道："好！好！你们做客的，怎么偷我鸡吃？"汪五狗道："扯淡！这是前边路上买来的，谁偷你的？"一个道："真赃现在，还要口强！见你篱边一影，就不见了一个鸡儿。抵赖到哪里去？"一个道："不消说了，脸上刺着字，是个积贼，把来吊起，明早送官。"郭京道："不要放肆！我是当今皇帝拜师的林真人位下，不是好惹的！"一个道："管甚林真人鸟真人，便是皇帝自来，也不该偷人家的鸡吃。"一把扭住汪五狗，分扯不开。只见对门房里走出一个客人，劝解道："不必啰唣！这位客人来买鸡吃，不见有人，先自宰了。你不过要卖银子，快些放手。我这里有一钱银子，你拿去罢。"一个道："我养这个鸡报晓，哪里肯卖？况是偷的，定要究治。"一个道："罢了，难得一位客人劝解，饶他罢。"接了银子而去。郭京道："有劳客人解纷。不知上姓？"那客人道："小子姓尹，名文和。要去建康访友的。"那郭京见客人丰姿俊雅，年纪后生，一团和气。说道："我也到建康，明日是同路。不敢相瞒，在下姓郭名京，是洞霄宫有职法官。王少宰的公子王宣慰在建康差人来迎。这鸡委是小价不问而取，若没有客官和解，明日要去见官，又费两日工夫。只是便宜了那个村夫。"尹文和道："大人不争小人之过，请睡了赶路罢。"郭京道："银子明早送上。"客人道："小事不劳挂心。"自回房宿歇。郭京和汪五狗还未吃完，把鸡骨朵咬得罄尽，肥汁泡饭，吃了才睡。明早五更，算还了房钱，一同出门。路上说说笑笑，甚是合得来。到晚，郭京叫汪五狗备些酒菜，请尹文和。

　　渡了扬子江，到了建康。是六朝建都之地，龙盘虎踞之乡。山川秀丽，人物繁华。郭京寻神乐观做了寓所，口里又只说是龙虎山天师府差来查察各处宫观道士的，骗了道官一席盛酒吃了。过一晚，明早买件衣帽，与汪五狗穿了做伴当，持了书札，问到王宣慰府中投递。尹文和自去访友，各自分路。

　　却说郭京候了一会儿，王宣慰叫请进，降阶而迎。相见罢，分宾主而坐。王宣慰道："久企高风，无由瞻仰。今幸鹤驭枉临，三生有幸。"郭京鞠躬答道："台下世胄英才，神仙骨相，趋谒旌旄，足慰平生。"两边叙些闲话，甚是契合。王朝恩是纨绔乳臭，专好趋承；郭京是侧媚小人，见机迎合，故此一见遂成莫逆。留过午饭，便叫排军随郭仙师到神乐观搬取行李，后园安歇，以便朝夕请教。郭京别过，来取行李。见尹文和走回，意致索莫。郭京问道："贵相知可寻访得着么？我蒙王宣慰厚雅，留款后园，正要候足下来相别。"尹文和道："一时访敝友不着。昨承一路挈带，不胜眷恋。"郭京想道："这人伶俐温柔，不若收他做个徒弟，有些商量。"遂道："王宣慰慷慨名流，最喜宾客。我同足下路上相依，不忍遽别。贵友尚未遇着，旅邸凄凉，不若同我在内衙住几日，慢慢寻访，岂不是好？只是有屈权做师徒，不知意下若何？"尹文和不语。正是：

　　薰莸同气终非合，玉石相形辨始知。

　　不知尹文和去就何如，且听下回分解。

　　历写郭京丑态，阅之喷饭。赵良嗣虽存厚道，然借王宣慰做成郭京，犹之谨具大家与金朝也。大以成大，小以成小，痴心热肠，定然偾事。

燕子矶玉貌惹奇殃　宝带桥金兰逢故友

【第八回】

却说那郭京要收尹文和做徒弟，同到王宣慰府中。你道那尹文和是谁？原来就是乐和，改姓不改名。他闻姐夫孙立闹了登州，晓得要连累到他身上。况且妻子久亡，身无牵绊，早已见机逃出在外。并不知在登云山聚义、杜兴寄信刺配等许多事。出了东京，思量到哪里安身。他是个精细的人，若至登州寻访姐夫，恐怕打在局中，在路展转寻思，想到王都尉府中有个一般的陪堂，姓柳，是江南建康人，与他相好，半年前回到家乡，因此特来相访。谁知建康地面广阔，那姓柳的又不是赫赫有名之人。平时忽略，不曾问得他居住在城在乡，海阔天远，哪里去寻？闷闷回来，见郭东要他同到王宣慰府中，他暗想道："我有事在身的人，小可去处，不便安身。他那里深堂内院，改了姓，还容易隐藏。"又想想："那郭京胁肩谄笑，是个小人。王宣慰又是个奸党，不可露出圭角。权宜暂住，再寻退步。"正是"明知不是伴，事急且相随"。遂应答道："既蒙青盼，万分之美。只恐樗栎下材，不堪教训，若得拜在门下，一发荣施了。"郭京大喜，遂唤汪五狗将尹相公行囊一并同排军挑进，自同乐和进府。见宣慰，郭京道："此是敝门人尹文和，相从贫道多年。性地聪明，诸般技艺都晓，特引他晋谒。"乐和拜罢，王宣慰留住后园，供给极其丰厚。郭京闲常弄些小法术撮科打诨。乐和是做过陪堂的，不消说识窍知机，又且清曲弦管，色色过人。王宣慰满心欢喜，一刻也少不得两人。就是汪五狗也享快乐，日逐跟随使唤。乐和无事不出府门，谦和谨慎，合衙大小无不欢喜他。郭京未免预些外事，纳贿招权。

有话即长，无事则短。不觉腊尽春回。清明时节，王宣慰要去燕子矶游玩踏青，摆列侍衙，挈榼提壶，同郭京、乐和乘着金鞍骏马，出了观音门，就到矶边。那燕子矶是建康第一名胜之所。三春时候，柳明花放，士女喧阗，笙歌鼎沸。远远望去，宛然如一只燕子扑在江面。游人不绝，题咏极多。但见：

　　山势玲珑，石上都装螺子黛。苔痕鲜媚，路旁尽贴翠花细。下瞰万里长江，远萦若带；上倚千寻高嶂，近列如屏。远远见龙城凤阙，茫茫吐海市蜃楼。香车宝马，往来士女赛神仙。酒肆茶坊，罗列珍馐夸富贵。

那王宣慰看之不足，选一片绿茵平坡之土，高张锦幄，铺设绣裀，与郭京、乐和席地而坐。有许多王孙贵客，阀阅娇娥，各取胜处，游玩的游玩，饮酒的饮酒，任情取乐。王宣慰唤侍从摆列山珍海错、玉碗金杯，开怀畅饮。郭京说些风情趣话，乐和取过玉箫，吹得悠悠扬扬，移商刻羽，又清讴一曲，真是游鱼出听，飞鸟回翔。王宣慰大加称赏。

饮到半酣，郭京探起头来，指与王宣慰道："神仙下降了！"王宣慰、乐和定睛看时，只见两个佳人，前边一个十五六岁郎君引路，后边侍女跟随，冉冉而来。但觉得：

　　举止端庄，性情闲雅。略过三旬年纪，未褪娇红；轻描两道春山，犹存浅绿。衣裳缟素，暗送一种真香，非兰非麝；插戴天然，点缀几般异宝，不玉不金。丰肌弱骨，合德新沐兰膏；低笑浅颦，西子乍酣春酒。珊珊瘦影，尾定披发郎君；袅袅腰肢，斜倚垂髫侍女。玉琢粉妆，卫玠被人看杀；冰心蕙质，奉倩到处皆香。西母降凡携玉女，湘妃倚竹侍金童。

那王宣慰少年好色，欣羡不已。郭京更垂涎那披发郎君，唤汪五狗："去访问是谁家女子，便来回话。"乐和正色止住道："看他端庄贞静，大家举止，不可造次，恐失观瞻。"王宣慰倒也罢，郭京哪里丢得开，被乐和阻了兴，好生不乐。酒也不吃，只坐起身开步，趄了一回。那两位佳人却好转来下船，又饱看得满意。认得这船家长在府中装载的，暗记在心。回来重复坐下，与王宣慰猜枚赛色，吃得烂醉。王宣慰见天色将晚，唤侍从收拾樽罍回府。

那郭京在马上东倒西歪，一到后园便睡。五更醒来，寻思道："可耐这尹文和，好意带进府中，反阻我的兴！慢慢在宣慰面前说他事端，逐了他去。"又寻思道："那两个妇人不消说是天仙，这披发郎君一发可爱。怎地弄得到手，平生愿足！"摹拟了一会儿，天晓起来。叫汪五狗悄悄的分付他，去寻昨日那船家，讨个实信即来回话。不多时，汪五狗回来，说道："问那船家，他说姓花，也是官宦人家。住在雨花台，是水西门雇的船，不知他详细。"郭京听了，用过早饭，瞒了尹文和，唤汪五狗跟随，径到雨花台自去访问。

出了聚宝门，过了朱雀桥，一路山明水秀。不上二三里，远远见昨日那披发郎君，穿着紧身绣袄，拿张弹弓，随个小厮，从桃花林中走出。郭京想道："这是天缘凑巧了！"迎上前道："花小舍人，昨日在燕子矶游玩，怎么就下了船？"郎君道："不是游玩，是同家母、家姑在先父陇上扫墓回来。矶边经过，偶然上岸。"郭京道："高居何处？正要奉拜。"郎君道："不上一里之遥。素不相识，不敢有劳。"郭京正要涎着脸胡缠，见个人牵匹马来说道："奶奶请舍人回去。"郎君即便上马扬鞭而去。郭京见他上马便捷，解数风流，一发可爱。心下想道："他说扫先父的墓，那半老佳人是他母亲了，那一个是他姑母，不知有丈夫没有？"不曾问得详明，心中郁郁。

望见竹林中有个庵院，且去讨杯茶吃，解些烦渴。步到门前，见写着"慧业庵"，里面佛堂供着白衣大士，好不清净庄严。只见角门里走个老尼出来，打个问讯说："请坐，待茶。"郭京走进坐下，女童捧出一杯雀舌新茶。郭京一口吸干，问道："老师父甚法号？此间有个花家可晓得么？"者尼道："贱号素心。这里花家，原是乡绅，已经亡过。那花奶奶是本庵檀越，常来烧香的。"郭京道："是什么官宦？"老尼低低说道："是梁山泊招安的，单生一个公子，今年十六岁了，极是聪明。又有个妹子，他丈夫姓秦，也是寡居。相公问他怎的？"郭京道："偶然间问。"又坐一会儿，谢茶出庵。心下已明白是花荣的妻小，就有算计了。

回到府中，笑嘻嘻对王宣慰道："昨日燕子矶两个佳人，要收他甚是容易。已访知备细了。"王宣慰道："端的是什么人家？不知我一见就放他不下。在东京貌美的妇人也见得多，总没有那一种天然之态，令人想了再丢不开。"郭京道："那中年的是花荣妻子，那少年的是花荣的妹子，配与秦明，都亡过了，守寡在家。目今梁山泊余党重复啸聚，朝廷行文各州县严加拘管。只消差一队官兵，说是奉旨拿解到京，谁敢阻挡？一到府中，夫人水性杨花，见宣慰这般富贵，用些甜言自然顺从。就是有人知道，现任大官府用个盗妇也无大事。况少宰老爷这等威权，怕他则甚？"王宣慰满心欢喜道："莫说年少的是天姿国色，就是那中年的，更觉风骚。"郭京道："做事要放辣手。当初高衙内爱那林冲妻，染起相思病。若依我算计，骗他到白虎节堂登时按了军法，那妇人怕他飞上天去？何须刺配拖延，竟成画饼！事不宜迟，明日就行。若取得来，我出家人，不敢妄想，这小官人赏我做徒弟罢。只是那尹文和古撖得可厌，必须先遣开，方好做事。若在眼前，必然决撒。"王宣慰笑道："尹文和几年前必然标致，如今色衰爱弛，你就厌他了。"郭京道："他原不是我徒弟，客店里偶然会着的。见他伶俐，收在门下，他若知道声张起来，里面奶奶知道，这还了得？"王宣慰道："我自有道理。要差人到东京，寄封家信，莫若就遣他去。"郭京道："这个极妙！"

王宣慰进去修书，郭京见了乐和，说道："王宣慰要差你到东京送家信，你可收拾行李。"乐和想道："东京我是去不得的，这里原非久留之地，昨日倒见府中人说，闻得柳陪堂住在雨花台，我自别过去寻他罢。"答道："在下蒙师长挈带，在此半年有余，正要别了往江北去。东京是不去的。"郭京道："宣慰这般看待，差遣一差遣就不肯？也罢，随你。"正说间王宣慰拿出书信来，郭京道："文和自有正务到江北，东京寄书另差人罢。"王宣慰倒过意不去，叫取十两程仪相送。乐和拜别，径出府门，不在话下。郭京道："不过要他离眼前，他自要到江北，一发好。"

次早郭京叫汪五狗跟了，领一队兵赶到雨花台，问着花家，蜂拥进去，把花恭人、秦恭人和花公子不由分说，一同拴住。郭京道："是奉圣旨，着王宣慰勾摄梁山泊余党扭解东京，不许迟延！"花恭人极口分辩，哪里听他，扯着便走。邻舍间说奉圣旨，哪个敢惹事，养娘、家人四散躲避。郭京叫兵丁让三匹马与他母子三人骑了，到府中，锁在东楼上。停了一会儿，郭京同王宣慰上楼来，与恭人、公子见礼毕，郭京道："这位是王宣慰大人，因奉圣旨勾拿梁山泊党人解上东京，家属俱入官为奴，故此唐突，非干王宣慰之事。恭人若肯通融，倒有个极妙的方法。"恭人花容不整，满面泪痕，说道："先夫不幸，孤儿寡妇苦守在家。朝廷何故又来追拿？既奉圣旨，有何方法？"郭京道："宣慰少年风流，为人宽厚，与恭人出一辨本，说花、秦二将军早已身故，不会与阮小七、李应等往来，所有妻孥自应免议。况有少宰太老爷在朝，自然依拟。只是夫人新亡，没有正室。恭人有了公子，坚心守志不消说了。那秦恭人，青春年少又无子息，岂可耽误？不若小子为媒，与宣慰做了夫人，公子就在衙内读书，应试求名，岂不两便？"那秦恭人听见，柳眉倒竖，杏眼圆睁，说道："忠臣不事二君，烈女不更二夫。虽是女流，颇知大义，海枯石烂，自守其志。岂肯做狗彘之行！奉旨入官，起解便了，何得妄生枝节？也没有朝廷命妇可以强占得的！甘心受死不受污，不必多言！"王宣慰虽然好色，还有良心，见说得决烈，不发一言，先下楼去了。郭京道："良言不听，后悔莫追！"也自下去，锁闭楼门，不通出入。

花恭人道："我两人甘心守节，不料有此奇变，拼得自尽，莫被解去出乖露丑！"秦恭人道："这贼子心肠在我身上。我若缢死，嫂嫂和侄儿自不妨碍！"花公子道："孩儿想来，说奉圣旨是假的，前日不该到燕子矶。想是王宣慰看见，起此邪心。我打弹回来，路上撞着那个人，只管盘问，我不睬他。方才说做媒，这是真话了。"正说着，见开了楼门，两个养娘捧一盒子肴馔来，百般劝慰。三人因未早膳，只得吃些。花恭人问道："你家夫人几时死的？"养娘只是笑，不肯说。花恭人好言相问，方说道："夫人现在，老爷叫瞒着。都是那姓郭的设的计策，唤我们服侍。夜间就在伴宿，楼下有人看守。"花恭人道："那姓郭的是什么人？"养娘道："东京来的，是个道士。为人极刁钻，老爷偏喜他，无不听从。"花恭人道："相烦引我见夫人，哭诉苦情，放得归去，重重相谢。若是拘留在此，定寻死路！"养娘道："老爷分付，若使夫人得知，立刻打死，这是不敢。或者在老爷面前，说恭人秉性坚贞，立志不从。倘得回心转意也未可知，要什么饮食只管拿来，调养贵体为上。"下楼去了。花公子满心焦躁，要出来到正经官府告理，楼下有人守住，重垣峻壁，无路可出。母子烦恼不提。

再说乐和，出了府门，寻思道："这郭京明知不是好人！良家妇女，访问怎的？我是好男子，这狐群狗党看不上眼，要差我上东京，且推托出来再处。"寻一所客店安寓，到雨花台去问柳陪堂，逢人访问，却访不出。信步登雨花台，纵目一望，真是大观。千岩万壑，应接不暇。那大江中，烟帆飞鸟，往来不绝。望着钟山，王气郁郁葱葱，不觉胸次豁然。

游赏半日，取路要回。穿过竹林，见有慧业庵，进去随喜，甚是清幽。侧边轩子内，见个老汉，像是人家的苍头，对老尼哀求道："我家奶奶和小舍人被王宣慰拿去，两三日了，我去打探，侯门如海，无路可入。你是出家人，假化斋粮，倘得信息，老大慈悲！"老尼道："常蒙奶奶布施，这是该去的。但怕三姑六婆，不容进府。"那老苍头回转头来，见有人，吃了一惊，都住了口。老尼便讨茶待客，那老苍头只管看着乐和，又不敢问。乐和忍不住道："老人家，敢是认得我么？"老苍头道："不知官人上姓？有些像与我老爷相识的。"乐和道："你老爷是谁？"老苍头道："便是花知寨。我是花家三世老奴，叫作花信。不幸老爷弃世，奶奶同小舍人、秦家姑娘守制。谁想两日前遭一场奇祸，被王宣慰说奉旨拿去。彼时小人不在，回来没处打探，故央老师父去讨个实信。"乐和大惊道："你家奶奶可同小舍人在燕子矶游玩不曾？"老花头道："正是。老爷葬在楚州南门外，清明扫墓回来，果到燕子矶就下船回家。"乐和道："是了！必是那郭京诡计拿到府中。你休吃惊，我便是乐和，与你老爷相厚的，自有计策救出。"老苍头欢喜不尽。

只听得佛堂里有人叫道："老师父有么？"乐和一看，却是汪五狗，说道："你到此何干？"汪五狗见了乐和道："尹相公说到江北去，怎么还在这里？"乐和道："正要问你，那两位奶奶和这个小舍人在府中你见过么？"汪五狗笑道："不晓得！"乐和道："王宣慰着人请我转去商量这事，你怎么不晓得？"汪五狗道："尹相公知道的，何必再问。郭相公差我来请素心老师父到府中去劝化两位奶奶。"乐和取出二三钱银子来，叫老苍头置办酒菜："我们同吃了去。"老尼先摆出素点心茶果，少顷酒到，乐和劝汪五狗吃了几杯，问道："你随郭相公几年了？"汪五狗道："也同相公一样，路上遇着的。"乐和道："有甚好处到你么？"汪五狗道："有甚好处！单只身上这领旧衣服。我也不愿随他，要自去寻生意做。尹相公你不知，他出身是一个花子，敲着鱼鼓简，沿门讨饭。偶有赵御史到黄河驿，认得他，送他三十两银子、一副铺陈，荐到王宣慰府中，雇我挑行李。路上又惹出事来，哄我跟随到此。醉了便大呵小骂，受他凌辱。只为没盘缠回去，权时忍耐。"乐和道："如今这奶奶、舍人在哪里？"汪五狗道："在东楼上。晚间养娘伴宿，楼下就叫我看守。今日他同王宣慰到茅山顶上烧香，过三日才回来。教请老师父去劝化。若劝化不转，就要用强哩。"乐和又取出二两银子与汪五狗道："一向劳你服侍，这二两银子拿去买东西吃。我到府中，自看顾你。"汪五狗道："若是尹相公这般好人，要小人水里水里去，火里火里去。其实不耐烦他的鸟气，服侍相公是该的，怎好便受赏赐？"乐和道："不当意思！"把银子塞在他袖里，丢个眼色与老苍头道："五哥，你自斟一杯，我去登东便来。"老苍头跟到僻处，乐和说道："王宣慰不在府中，极好用计。你去雇个船，把家里细软收拾，凑晚摇到秦淮河边停泊，我同老师父进府，不可有误。"老苍头喜诺先去了。

乐和进来，汪五狗道："小人吃不得了！尹相公同老师父进去罢。"乐和同老尼进府。府中的人见了乐和说道："尹相公又来了？"乐和道："我要到江北，老爷又邀我转来。"汪五狗径领到东楼下，乐和道："我前日在燕子矶看得不仔细，同老师父去再睃睃儿。"汪五狗道："尹相公，你前日古板，故要遣你到东京去。若这般识趣，就不瞒你了！"就开了楼门。乐和同老尼上楼，恭身施礼道："嫂嫂不必忧心！今晚就好出去了。"花恭人却不认得，不好回答。乐和向花公子说道："我是山寨里铁叫子乐和。数年不见，这般长成了。"花公子道："失瞻了！原来是乐叔叔。我母子受难，求叔叔救解。"乐和低低道："已算计定了，晚上便见。"老尼道："奶奶到这里放心不下，老管家央我来探信，恐怕门上不放。却好这位相公到来。原是老爷好友，要设法救出。恰值宣慰差人来唤我劝化奶奶，故得到此。"乐和道："老师父不消说了，我们下去罢。"把一个纸包与花公子，附耳道："如此如此。"花公子欢喜不尽。遂走下楼，汪五狗道："老师父你劝得转么？"老尼摇头。又问道："尹相公看得若何？"乐和笑道："果然生得标致！怪不得王宣慰如此。老师父，你要出城门，快些去罢。"老尼自去。

到晚上，里面知道乐和转来，送出晚膳。乐和吃罢，提一壶酒，到东楼下，汪五狗在那里打盹。摇醒道："我独自没兴，剩这壶酒，晚间冷落，你吃了罢。"汪五狗连忙接道："又承相公厚情！"汪五狗原是酒鬼，到口便吃。乐和袖里摸出几个果子道："一发与你过口！"汪五狗道："多谢相公！"把这壶酒顷刻而尽。不多时口角流涎，昏迷不醒，倒在地上。乐和搜出钥匙，开了楼门，叫道："嫂嫂、舍人下去！"见两个养娘也昏倒一边。母子三人急忙下楼。恰好有朦胧微月，乐和引到后园门首，开了门走出。原来王宣慰正住在秦淮河桃叶渡边，老苍头停船俟候，一齐下船。花恭人见家中细软并养娘、小厮俱在船内，感激乐和不尽。有诗为证：

铜雀春深锁二乔，玉箫吹彻怨声高。
虞候意气施奇策，护得青青旧柳条。

花恭人道："自从知寨亡过，我同姑娘矢志守节。不料遭逢奸计，监在东楼。那姓郭的百般说合，我二人誓死不从。亏得叔叔义重，救我母子，真是大恩难报！"乐和道："我为姐夫孙立闹了登州，暂躲在王宣慰府中。前日燕子矶，我若知是嫂嫂，那贼道也不敢弄这诡计了。天幸完名全节，脱了牢笼。只是如今到哪里去好？北边去不得，莫若杭州是个锦绣之邦，寻个所在，权且安顿。公子这般长成，定是伟器，慢慢图个出身。"花恭人道："女流之辈，无甚见识，但凭叔叔主张。孩儿年幼，全仗教诲。"

说话之间，早已鸡鸣，水关开了。从龙江关取路到镇江，进了闸口，一路顺风。过了姑苏，到宝带桥，天色已晚，催着船家赶到吴江停泊。

一时狂风骤起，那太湖里的水从桥里冲出来，汹涌难行。只见有两个船驾起双橹，飞也似摇来。船头上立一条大汉，手执三股渔叉，一声胡哨，先把船家搠下水去，两个恭人慌作一团，乐和、花公子立得身起，那大汉早已跳过船，拔出腰刀要砍下去。把乐和一认，喝道："那汉子！你是谁？"乐和也仔细一看叫道："你莫非出洞蛟童威么？我是铁叫子乐和！"那汉将刀入鞘，说道："天昏月黑，险些害了哥哥！"乐和道："童大哥，船内是花知寨嫂嫂和他儿子都在。"童威道："这里不是说话处，且到湖中去！"船家也爬起了，把船带着，馺起两道篷，径到太湖中去了。

正是：莫愁前路无知己，天下谁人不识君。

毕竟后来如何结局，且听下回分解。

乐和若上登云山，文情便径直冷落。妙在途遇郭京，入王宣慰府中，因而救出花家母子，以致得逢李俊。乐和不登山而出海，使李俊早得乐和之助者，郭京之力也。一路波折生奇，真如武夷五曲以上，匪夷所思矣。乐和访柳陪堂直到建康，作者遥为花逢春地耳。既已到雨花台，则柳生便不消寻着。如前传鲁达出家，需用戒刀度牒。张青店中，先有药翻头陀，知头陀之不必真有，则知柳生不必相遇。文章有借路还家之法，此其一也。

【第九回】

混江龙赏雪受祥符　巴山蛇截湖征重税

这回书该说乐和、花公子同童威到太湖中与李俊相会。只因尚有委曲，把这里暂时搁起，说那委曲的缘故，再接上文。

那太湖一名具区，一名笠泽，周围三万六千顷，环绕三州，是江南第一汪洋巨浸。湖中有七十二高峰，鱼龙变化，日月跳丸，水族蕃庶，芦苇丛生。多有名贤隐逸，仙佛遗踪。昔人曾有诗道：

> 天连野水水连天，环列三州注百川。
> 日月浴生银浪里，蛟龙斗出翠峰边。
> 帆归远浦飞烟雨，枫落高秋满钓船。
> 羡杀功成辞上赏，风流千古载蝉娟。

这首诗的结句，说范蠡破吴霸越之后，载了西施遨游五湖的佳话。大凡古来有识见的英雄，功成名就，便拂衣而去，免使后来有"鸟尽弓藏、兔死狗烹"之祸。

却说那混江龙李俊，本是浔阳江上的渔户，不通文墨，识见却是暗合。他征方腊回来，诈称疯疾，不愿朝京受职。辞了宋公明，与童威、童猛弟兄来寻向日太湖小结义的赤须龙费保、卷毛虎倪云、太湖蛟高青、瘦脸熊狄成四个好汉，在水泊里居住，终日饮酒作乐。李俊道："我生长浔阳江上，专一结识江湖上好汉。因救宋公明，上了梁山做一番事业，受着招安，东征西讨，与朝廷出力。岂不知受了官职，荣亲耀祖，享些富贵？只是奸佞满朝，妒贤嫉能，再无好结局！幸得先见，结识几个好弟兄，得此安身立命之所，倒也快活。只是水庄虽然僻静，终是地面卑湿，胸襟不畅。哪里去寻一个高爽的所在，尽造房屋，方可久居？"费保道："大哥岂不闻太湖中有七十二高峰，只有东西两山最为高旷。那东山上有莫厘峰，居民富庶，都出外经商；西山上有缥缈峰，更是奇峻，上顶江海皆见，民风朴素，家家务农、打鱼，种植花果为业。更有消夏湾，是吴王同西施避暑之地。林屋洞是神仙窟，宅角头是"商山四皓"甪里先生的故宅。这几个去处，何不同去一看，择可居之所，盖造房子起来便了。"李俊大喜，一同上船，径到西山各处游览一遍，果是山明水秀，物阜民康。那消夏湾四面皆山，一个口子进去，汇成一湖，波光如练。湖边一片平阳之地，可造百十间房屋。四围有茂林、修竹、橘柚、梨花，真是福地。李俊就与土人买了这片湖地，置办木植，雇唤工匠，不消几时就盖造完了。都是垒石成墙，结茅当瓦，不甚高大。前堂后厦，共一二十间。只有费保、倪云有家眷，择日进房。置办酒席，款待乡邻，尽皆欢喜，都称李俊为李老官。盖土俗以"老官"为重也。

那沿湖的两山百姓，都在太湖中觅衣饭，打鱼笼虾，簖蟹翻凫，撩草刈蒿，种种不一。只有那罛船，是有大本钱做的，造个大船，拽起六道篷，下面用网兜着，迎风而去，一日一夜打捞有上千斤的鱼，极有利息。李俊与众兄弟商量，也打了四个罛船，使渔户管着，日逐打鱼起息。却是那罛船利在秋冬，西北风一发，方好扬帆。

一日，正当仲冬时节，西风大作。李俊要自去看打鱼，同弟兄上了罛船，向北面去。到半夜里，风息了，船行不得，便停在缥缈峰后。到得天明，飘飘扬扬下起大雪来，霎时节琼瑶满地。唐人有诗道：

> 千山鸟飞绝，万径人踪灭。
>
> 孤舟蓑笠翁，独钓寒江雪。

李俊道："这般大雪，那湖光山色一发清旷，我们何不登那缥缈峰饮酒赏雪？也是一番豪举。"费保道："极妙！"将带来的肉脯、羊羔、鲜鱼、醉蟹，唤小渔户挑了两三坛酒，各人换了毡衣斗笠，冲寒踏雪而去。那峰只有三里多高，鱼贯而上。到了峰顶，一株大松树下有块大石头，扫去雪，将肴馔摆上。石中敲出火来，拾松枝败叶烫得酒热，七个弟兄团团坐定，大碗斟来。吃了一会儿，李俊掀髯笑道："你看湖面水波不兴，却如匹练，倒平了些。山峦粉妆玉砌，像高了些，好看么？尝闻道：'朝臣待漏五更寒，铁甲将军夜渡关。山寺日高僧未起，算来名利不如闲。'我们今日在此饮酒赏雪，真是天地间的至乐！凭你掀天的富贵，也比不得这般闲散。若论我李俊，年力正壮，志气未衰，哪里不再做些事业？只是古今都有尽头，不如与兄弟们吃些酒，图些快活罢。闻得宋公明、卢员外俱被鸩死，往日忠心付之流水。我若不见机，也在数内了。"说罢，又吃。

忽听得西北上一个霹雳，见一块大火从空中飞坠山下。大家吃惊，说道："大雪里怎的发雷？那块火又奇，我们走下去看。"叫小渔户收拾家伙，同下山来。周围一看，只见烧炀了丈余雪地，有一块石板，长一尺，阔五寸，如白玉一般。童威拾起，众人看时，却有字迹。都是不识字的，唯有李俊略略认得几个，所以前日揭阳岭上宋江被催命判官李立药翻，正等伙家开剥，李俊赶来，见有批回，识得宋江字样，才得救醒。今将这石板着实摹拟了好一会儿，说道："原来是一首诗。"众人道："大哥，你读与我们听。"李俊又顿住一番，念道：

> 替天行道，久存忠义。金鳌背上，别有天地。

众人听罢，都解不出。李俊道："这分明是上天显异。头一句说'替天行道'，原是忠义堂前杏黄旗上四个大字，合着我们旧日的事。且拿回去供在家里，日后定有应验。"遂捧了石板到船里，起篷回家，真个把石板供在神座内，自此无话。

却说常州管下一座马迹山，也在北太湖之滨。山边村坊里有个乡宦，姓丁名自燮，是丁谓丞相之裔。黄甲出身，累任升至福建廉访使，拜在蔡京门下。为人极是奸狡，又最贪财，绰号"巴山蛇"。在任三年，连地皮都刮了来，丁忧在家。那常州新任太守姓吕名志球，福建人，也是甲科，参知政事吕惠卿之孙。与这丁廉访同年，又是两治下，况且祖父一般的奸佞，臭味相投，两个最称莫逆。说事过龙，彼此纳贿。丁自燮思量守制在家，终不比做官银子来得容易。清淡不过，想在渔船上寻些肥水。去与吕太守讲了，颁下几道告示，说马迹山一带是丁府放生湖，不许捉捕，如违送官究治。自从有了告示，将大雷山为界，牵占了一大半的太湖。若是过了界，就唤狠仆拿住，扯破了网，掇去了篷，还要送官，受他扎诈。那小渔船识窍，不到北太湖打鱼也就罢了。那众船全靠是风，乘风驶去，哪里收得住？偏是北太湖水深空阔容得大鱼。众渔户没奈何，与他打话。那丁自燮得计，说要领他字号水牌方许过界，若打得鱼，他要分一半。众渔户拗他不过，只得依从了。连那小渔船不过界的，也要平分。竟把一个三万六千顷的笠泽湖，与丁家做鱼池了。

李俊、费保闻知，心中不忿道："偌大一个太湖，怎的做了你放生池？我们便不打鱼也罢，怎生夺了众百姓的饭碗？气他不过，偏要去过界与他消遣，看他怎么样？"七个弟兄都在一个罛船上，小渔户扯起风篷，望北驶去。过了大雷山，到马迹山边，有十来个小船，每船有三五个人，在那里守港。见没有字号水牌，便拿了去。有字号水牌的，便要分鱼，日以为常的。他见李俊众船驶到，没有字号水牌，喝道："大胆的瞎贼！这里是丁府放生湖，你敢过界么？"费保便接口骂道："狗奴才！朝廷血脉，如何占得？放你娘的屁！少不得把你那巴山蛇皮都剥了，与百姓除害！"那小船的人齐起，把挠钩乱来扯网。费保、倪云、童威、童猛一齐动手，把木篙撑的撑、打的打，大船风高势勇，小船抵挡不住，翻了三个小船，十来个人落水。李俊叫回舵而去。

却说小船上救起了落水的人，去报丁自燮道："方才有个罛船过界，没有字号水牌。小的们查他，大骂要剥老爷的皮，与百姓除害。撑翻三个船，十多个人下水，救得性命。有人认得是李俊、费保等，住在消夏湾。"丁自燮呵呵冷笑道："这是梁山泊余寇，反来惹我！是生意到了。"即刻修书。家人抱呈，差到常州府投下。吕太守拆开看了，叫该房行牌勾拿费保、李俊等一干人犯。书吏禀道："这消夏湾地方，是苏州管辖，须要行关。"吕太守道："既如此，速备关文提来。"书吏备了关文，差人到苏州府行提。

那苏州太守是清正官府，闻得吕太守贪污，与丁廉访表里为奸。那南太湖渔户也有去告理的，碍着同僚不行。又见关文来提李俊等，心中不悦，不准行拘，发批回转去。吕太守大怒，差人请丁廉访到来商议。

次日到了后堂，相见已毕，吕太守道："可耐苏州府不准关文，有负老年兄所托，甚是惶愧。"丁廉访道："他不遵老公祖的法度，事还倒小。那李俊是梁山泊余党，恐怕他乘机作乱，这件事大，必须设法剿除得他。将来老公祖威令远行，治弟的地方亦得安枕。还有一节，若拿住了他，是积年盗首，必多金银珠宝，强如去零星收拾。"吕太守笑道："当与年兄共享。"丁廉访道："他们知道苏州不准关提，必然放胆。老公祖这里亦不必提起，把原牌销了。少不得元宵放灯，老公祖出晓谕，城中各户俱要张挂，庆贺丰年。他们是硬汉，托大胆，必来看灯。那时，只消几个缉捕使臣就够了，发在监里，紧打慢敲，怕他不来上钩！"吕太守大喜道："年兄神算。怪道敝省的土地都跟了来。"丁廉访笑道："老公祖任满，敝府的土地，少不得也要送去。"两个拱手笑别不提。

却说李俊等回到消夏湾。倪云道："今日打虽打得畅快，那厮必然要来寻事。"童威道："怕他怎的！我们罛船偏要使去，再翻他几个下水。"李俊道："不是这样讲。今日略挫他威风，使他知我们的手段。又不专靠打鱼为活，何必定要到那边去。他取怒于人，必有天报，省些是非便了。"费保道："大哥之见有理。"把罛船收了港，安然在家。

不觉腊尽春回，元宵节近。有人传说常州广放花灯，与民同乐。十二夜起至十八夜止，十分繁盛。附近州县，男男女女都去看灯。李俊道："我们弟兄同去看一看何如？"高青道："不可。丁自燮与吕太守挽手诈人，谁不知道？前日这番厮闹，他决不能忘情。若在消夏湾，忌惮我们，不敢轻易来惹。若到常州，是他的世界了，万一疏虞，如何是好？"狄成道："兄弟，你长他人志气，灭自己威风。我等四人，在太湖中横冲直撞，怕了哪个？又有李大哥三人来，如虎添翼，有何顾忌？元宵灯节，人山人海，哪里知道我们在里面？便去何妨！"李俊道："宋公明到东京看灯，李逵闹了元宵，也得平安无事。梁中书在北京放灯，众好汉偏去救出卢员外。两番俱是惊天动地，何况这个小去处！只是也要准备，就是不去看灯也使得。前日与丁自燮有这番口角，若怕了他，恐惹人笑话。"于是商议定了。

到十五早上，驾两个船，七个弟兄分在两边。渔丁驾了，一帆风到常州西门，寻隐僻去处停泊。尚是下午时分，船中整顿酒饭，都吃饱了。童威道："我兄弟两个只在船内伺候，黄昏左右，到城门守着，倘有响动，好接应出来。"李俊道："也说得是！"身边藏了军器，五个人一同进城。见附近乡村的老幼男女都来城门边要进去看灯，李俊等一闯而入。但见六街三市，盖搭灯棚，漫天锦帐，悬结彩球，笙歌聒耳，十分闹热。有诗为证：

> 十里香尘点落梅，溶溶夜色映楼台。
>
> 谁家见月能闲坐，何处闻灯不看来。

其时一轮明月涌出东方，照得天街如水。遍处悬挂花灯，看灯的人一片笑声，和那十番箫鼓融成一块。那红楼画阁，卷上珠帘。玉人婵娟，倚栏而望。衣香鬓影，掩映霏微。真是"天上月圆，人间月半"！早春节序，江南风景最是销魂。李俊等五人赏玩了一回，闻得谯楼上有三座鳌山，一发奇巧，同看灯的人拥至府前。果然火树银花，照耀如同白日。吕太守与同僚官在楼上饮酒，下面笙箫迭奏，花炮横飞，把人挤得脚不踮地，像在空里走的。

李俊又看了一回，转到大街东首一座酒楼上坐定。酒保摆下按酒，各色肴馔，传杯送盏，吃了一会儿。那时约莫有二更天气，倪云、高青道："我们好出城去了。"狄成道："这般良辰美景，金吾不禁；城门自然彻夜不闭，再坐坐何妨！"李俊此时也没了主意，不肯动身。倪云、高青立起来道："你们再饮几杯。我两个先到城门边等候。"下楼去了。

少时，只见两个穿青衣的人走来，把各人一看道："认作东洞庭山郭大官人在此饮酒，原来不是。"转身便走。李俊、费保只顾饮酒，不放在心上。又有个老儿领一个美貌女子，拿着厮琅鼓儿，走到桌边，深深道个万福，顿开香喉，敲着相思板和鼓儿，唱两支小曲。虽非绕梁之音，却也琅琅的可听。费保伸手去钞袋中摸一块银子赏他，约有二钱多重。正要递过去，忽听得楼下发声喊，三五十个做公的都拿短棍，蜂拥上楼。李俊、费保、狄成见不是头，推倒女郎，踢翻酒席，要寻去路。那做公的已到身边，鹰拿燕抢的来。李俊三个措手不及，都被拿住，把麻绳背剪绑了，推下楼去。酒保听得楼上厮闹，飞也赶上，只见碗碟都打碎，酒肴泼满。那唱小曲的女子，还在楼板上叫疼，爬不起，休提。

　　却说李俊、费保、狄成被做公的拿了，一步一棍，打进府门。那吕太守早排公位坐在上面，银烛辉煌，两边立着如狼如虎的兵壮。李俊三人带到堂前，都直挺挺的立着。吕太守喝道："你们是梁山泊余党，重谋不轨。今到法堂之上，怎么不跪？"李俊道："蒙圣恩三降诏书招安，北征大辽，南剿方腊，多曾替朝廷出力。不愿为官，隐居安分，不曾犯法，为甚要跪？"吕太守道："盘踞太湖。不遵宪示，翻丁乡宦家人坠水，明是造逆，还要强辩？"李俊道："那太湖是三州百姓的衣食饭碗，你为一郡之主，受朝廷大俸大禄，不爱惜百姓，反做权门鹰犬，禁作放生湖，平分鱼税。我等不过为百姓发公愤，今拿我来，待要怎的？"吕太守道："现奉枢密府明文，登州反了阮小七、孙立，饮马川起了李应、公孙胜。凡是梁山泊余党，都要收官甘结，故此拿你！"李俊道："就是枢密院，也只取收管甘结，不会说无故擒拿！"吕太守没的说，冷笑道："你若知事的，我不难为你；若再倔强，申做结连李应、阮小七等造反，解到东京。且发去监下！"李俊还要折辩，被众兵壮推拥入监，不在话下。

　　且说倪云、高青先下酒楼，走到城边，见一起做公的执着火签，分付守门人役道："奉太爷的钧旨，城里有奸细埋伏，快把城门封锁！"二人听见了，慌忙出得城，那门早紧闭了。吊桥边撞见童威、童猛，说道："李大哥呢？"倪云道："还在那里吃酒。我二人先到门边伺候。刚走到门口，见说有奸细埋藏，快把城门封闭，抢得出来。"童威道："大半蹊跷了，如今怎么处？且到船中去。"四个到得船里，一夜不睡。巴到天明，同到西门，门已开了。早有人传说昨晚灯市里拿得梁山泊盗首三名，监下了。四人听得，吃了一惊。童威道："不知虚实。但今早不见来，必然有缘故。人多不便，你们住在船中，我去打探个实信回来。"就分了路。

　　童威走到府门口，纷纷扬扬都是这般说。童威径到狱门首。那牢子们凡有人监下，巴不得亲人通信，要那常例钱。问了备细，放童威进监。李俊、费保道："兄弟，果应你的言语。那太守的口气，像是要启发我们的东西，哪里有得给他！"童威道："事已至此，且含糊应承。待我去竭力寻来，挣出身子再作理会。我身边带的盘缠取出来，先俵散与众牢子，教他看觑。"有十多两，递与李俊道："我且出去安慰弟兄们，三日后再来。"说罢走出。回到船中，与众人说知，面面相觑。童威道："且到家中收拾起来，约三日要到这里的。"真个是有兴而来，没兴而返。

　　到了消夏湾，各人倾箱倒笼，共有二千之数。童威道："这二千两银子，也够打发贼坏了。且迟些拿去，看那边数目何如。"只带一百两，驾个小船自去。到了监中，李俊道："那厮教人打话，要一万两才肯释放。都是那丁自燮杀才定的计策，两人剖分。我思量哪有许多银子，再三推敲，讲定三千两了，限十日兑足，不得迟延。"童威道："我已料着，今共凑合将来，只有二千两。缺下的，待我去设处来便了。先带得一百两在此，送些与掌案孔目，教他宽限。我十日内必来。"别了回家，与众人说知："但是还少一千两，我有个计较在此。"

正是：贪泉不饮无廉吏，变虎何多封使君。不识童威有甚计较，且听下回分解。

空虚无人之地至大湖止矣，李俊处湖南，丁自燮处湖北，又风马牛不相及也。一因小不忍进城看灯，一因见小利截湖征税。烟水茫茫中，无端祸不可解，天下又安得有与人无怨、与物无争之地也哉？

墨吏贪赃赔钱纵狱　豪绅聚敛加利偿民【第十回】

　　却说李俊、费保、狄成被吕太守用计监了，使人打合，要三千银子方肯释放。童威讨了信，对倪云、高青、童猛说道："吕太守要三千银子，我这里尽数凑上不过二千，限十日内兑足，少这一千银子哪里得来？我寻思一个计较，除非用旧时伎俩，方才可得。我同兄弟到苏州界上去，倪、高两位同湖州界上去冲塘，或者撞个大本钱客商，就可完局了。"三人依计，各驾一个船，藏着器械，五七个渔丁操舟，五更开船，分路而去。

　　童威、童猛的船从木渎收港，过了苏州，偶撞见乐和、花公子的船，装着箱笼衣包，知道有些油水，故此如飞赶来。到宝带桥赶着，跳过来，拔刀要砍，谁知却是乐和。两边相见了，把船带着一帆风，回到消夏湾上岸。童威、童猛与二位恭人见过礼，说道："二位嫂嫂请进里面，自有内眷陪奉。"费保、倪云娘子接进。童威问乐和向来踪迹，乐和把从前的事细说了一遍。"如今要到杭州安顿恭人、公子，不想会着你哥哥两个。"又问李大哥怎的不见，童威叹口气道："咳，不知我们怎么样，撞出来便是奸党作对。自从征方腊回来，李大哥明晓得虽建功劳，决无好收场。诈称疯疾，别了宋公明，向与四个好汉太湖小结义，一同住下。水庄上地面卑湿，移到消夏湾，打些鱼，吃些酒，图个散诞罢了。谁知马迹山有个丁自燮，是进士出身，做到廉访使。为人刻薄贪污，与常州府的太守吕志球同年。那贼胚是福建人，两个镶了局害人。那太湖是三州百姓的养生之路，道是他的放生湖，不许捕捉。若要打鱼，必要领他的字号水牌，不拘大小渔船，捕得鱼来他要平分。我们也有四个罟船，偏不去领他字号水牌，与他家人闹了一场。他设个计，广放花灯，哄我们进城。李俊大哥要看灯，我力阻不住。元宵那夜，进城看灯，在酒楼上吃酒，被他拿了。费保、狄成和李大哥监往牢里，要扭做阮小七、李应一党，解上东京。若有一万银子便放，没奈何只得应承了三千，这里尽数凑来，还少一千。孔目处用了银子，宽限如今，已又两个月了。没设法，只得从新做旧时道路。不想天幸遇着你。我等尽是粗人，不晓计较。乐哥，你是个伶俐人，怎地救出他们便好？花家嫂嫂不消到杭州，这消夏湾尽好，不妨同住。"说罢，摆出夜饭。

正吃间，倪云、高青回来了，与乐和、花公子各通姓名，各见过礼。倪云道："我二人到湖州东塘，有一起贩纱罗的客人，搬得他三四百匹纱罗，也准折得银子。你弟兄得采么？"童威道："刚赶得一个船，却是自家弟兄，请得花家嫂嫂在里面。我这乐哥聪明不过，要他算计救他们出来。"高青道："有何计策？"乐和沉思了一会，笑道："已有个极妙的招数了。要凑足银子，不打紧。花家嫂嫂有些积蓄，将来就够，只是偏没得给他！今晚且安歇了，明早要两个大船，整顿到常州去。"众人不知何故。

五更起身，乐和道："今日要借重花公子一行。"公子道："小侄年轻不谙事，不知去做何干？"乐和道："我教你言语，假装做王黼的公子王朝恩的兄弟，如此如此。"童威、童猛扮作家丁，乐和自己充了虞候，倪云、高青做伴当跟随，身边各藏暗器。到城外停船，雇一乘四人抬的大轿，花公子换了华服坐了。乐和手执双红全帖，径进府门迎宾馆中坐下，叫门上听事的传帖。吕太守知道，连忙出来见礼送座。吕太守看那花公子丰姿俊雅，如粉雕玉琢，礼数优闲，自然是清华贵胄。茶罢开谈道："令尊少宰公在京师参谒，极蒙优礼。令兄老台台忝在属下，上元送些薄仪，愧不成礼。今又承老世翁枉驾，不胜荣幸。且不知几时出京的？"花公子恭身答道："晚辈向同家兄在建康肄业，家严称台下是名公之裔，斗山文望，叫备薄贽拜在门下。今随奉家母天竺进香，经过贵郡，抠谒龙门，先瞻芝宇，以慰积诚。"吕太守见说要拜门下，喜出望外，不唯难得这样玉笋般门生，自此又得夤缘权要。谦逊道："不材樗栎下品，何敢屈尊？不知太夫人鸾辂亦在敝治，有失迎候，万罪，万罪！尊寓在何处？暂屈行旌，薄设请教。少顷遣拙荆祗候太夫人。"花公子道："若不鄙弃，待进香回来，趋侍绛帐，不敢过叨。"起身作别。吕太守送出府门，三揖上轿。回到船中，乐和道："那厮来答拜，如此如此，依计而行。"

不多时，吕太守果然双铺兵开路，两首清道旗，许多执事仪从。到马头上，不见有大座船，正要访问，花公子早先上岸，致谢道："小舟窄隘，况有家母在内，不敢有劳！"吕太守急忙下了轿，笑吟吟携着花公子的手，逊至接官亭上，分宾主作了揖。正要送座，那童威、童猛挨到太守身边，说时迟，那时快，把太守袍口封住。倪云、高青飚的一声拔出短刀，明晃晃的架在太守颈上，喝道："你这害百姓的贼！还是要死要活？"太守吓得魂消胆丧，三十个牙齿捉对儿相打，再挣不出一个字，战兢兢抖着。衙役要上前救护，见锋快的白刃凑着颈上，恐害了太守性命，只好袖手旁观。看的百姓拥上千余，又惊又笑。乐和道："吕太守，你不要慌。我等行不改名，坐不改姓，是梁山泊上好汉。你为什么拿李俊、费保、狄成监禁，要诈他三千银子？好好的即刻送出来，饶你性命！若然道半个'不'字，有一个人近前，教你身上搠百十来个透明窟窿！"吕太守要性命，连声的答应道："好汉不要动手。就送！就送！"唤书吏、皂快即刻到监里取李俊等三人来。

无半顿饭时，三个送到了。李俊见拿住太守，围绕许多人，又见乐和指手划脚的说，反不知头脑，呆呆的立着，吕太守道："好汉，三位已送到了，放了下官罢。"乐和道："还未！不要性急。那太湖是百姓的活路，怎么与巴山蛇连手出告示，做了放生湖，要领他字号水牌，平分渔利，私自起税？我弟兄们不忿，与百姓做主，你又阴谋诡计，拿住监禁，诈措三千银子。银子现有在这里，却没得与你！你剥削百姓的许多财物，拿出来送三千与我们，方才饶你！"太守道："出告示做放生湖，是下官不合误听了。私起鱼税，设计拿好汉们，都是丁乡绅的主意。既要银子，取来就是。"又唤书吏、皂快到衙里尽数拿来。奶奶见说，慌了手脚，连忙搬出几十封。乐和叫送到船内，吕太守哀求道："恐失官箴，好汉放手罢。"乐和道："性命便饶你。只是那丁自燮气他不过，要同去和他对明白了，方才放你。若不放心，叫众行役一同随去便了。"吕太守没奈何，只得唤众役齐到船中。倪云、高青还紧紧帮住。离郡城三十里，便是太湖。拽起风帆，不消半日，到了马迹山下。乐和自己扮作衙役，先去报知，说本府太爷来拜。

却好这日是丁自燮的生日，在家里庆寿。见太尊到来，便道："承吕公祖这等美意，不过是散生日，他怎么得知，亲自来贺？又是哪个多嘴的！"忙换冠带相迎，亲朋都躲在厢房内看，众口欣欣称羡。

乐和原叫敲锣开路，摆列仪从上岸，却无轿子。童威、童猛、倪云、高青原拥在身边，步行到门前。丁自燮鞠躬迎进，揖罢，坐下。丁自燮称谢道："治弟母难之日，因在制中，不便设宴。怎劳老公祖远步玉趾，不安之极。"吕太守因芒刺在背，又不知是他生辰，不好回答，勉强的道："小弟此来，不晓得年兄华诞，因有几句话要对明，故此轻造。"丁自燮笑道："有甚话敢屈大驾？那李俊等前件作速勒限，教他完纳，不可过纵。"李俊、费保、狄成也藏械立在旁边，丁自燮却不认得。三个听他说了，那火直冲出泥丸宫，足有千丈多高，哪里按捺得定，把丁自燮劈胸扭住道："我李俊正来交纳银子！"费保、狄成两口短刀早向衣底抽出，丁自燮面如土色，魂不附体道："怎么说？"李俊骂道："怎么说！你这蛀国害民的活强盗！你占着太湖，抽百姓的私税，索诈我们银子。今日你与吕太守当面对明！"丁自燮见势头凶恶，双膝跪下，说道："总是该死！凭好汉怎么，只留下这条草命罢。"李俊道："我们不要怎么，只剥你巴山蛇的皮！"丁自燮只是磕头讨饶。乐和道："要杀你只似杀猪狗一般，恐污了刀！饶便饶你，但要依三件事。"丁自燮道："莫说三件，就是三十件，也依得！"乐和道："你做官贪的赃与平日诈人的财物，共有几多，尽数说出来！若隐藏一些儿，就剁作十段！"丁自燮道："不多，约有十余万两，有簿籍登记，不敢隐匿。"乐和道："我们不要分毫。今年荒歉，百姓完纳不起，入了官，代阖郡做了秋粮。"叫搬出来摆在厅上，乐和道："吕太守，你唤书吏写下百来张告示，各处张挂，说丁自燮代纳秋粮之故。"就叫书吏纳纸领状，吕太守用印签押，这是一件了。又问道："你仓中有多少米谷？"丁自燮道："有三千多斛。"乐和道："可唤附近居民并各佃户来，你毕竟一向刻剥他们的，分散与他们，这是二件了。第三件，太湖不许霸占假做放生湖！大小渔船抽过的税，都要加倍还他。你今要改过自新，若再不悛，早要早取，晚要晚取，决放不过了！"丁自燮又磕头致谢。乐和道："吕太守，你回去也要改过做好官，爱惜百姓，上报朝廷。若蹈前辙，亦不轻恕！你两个送我回船。"倪云、高青扯了吕太守，费保、狄成揪了丁自燮到船中，扬帆而去。到半路抛在荻洲上，乘风去了。

那吕太守、丁自燮惊了半晌，互相埋怨。自有船远远尾着，载了回去不提。

名贤有诗叹息道：

为富由来是不仁，可怜象齿自焚身。

绿林反肯持公道，愧煞临刑金谷人。

却说李俊等一行人回至消夏湾，李俊拜谢乐和道："兄弟，全亏了你！怎地能得到此？"乐和道："小弟在王都尉家做陪堂，倒也安乐。闻得姐夫孙立与阮小七不知为什么事闹了登州，我恐怕连累，潜出府门，要到建康访一个姓柳的朋友。在客店遇见郭京，是东京道士出身，有人荐与王黼的儿子王宣慰处，他要我同去，权且容身。清明佳节，王宣慰到燕子矶游春，那郭京见了花、秦二嫂嫂和这花公子，陡起不良之心。彼时我不认得，他瞒了我，领一队兵，只说奉圣旨拿梁山泊余党解上东京，把他母子软禁，要说合花知寨令妹与王宣慰做偏房。秦恭人矢死不从。我晓得了，用计救出，思量到杭州居住。在宝带桥会着童威，说大哥有难，吕太守要三千银子才肯释放。童威又说吕太守是闽人，我晓得他的毛病，就有计了，借花公子这丰姿去诱他。又说是王黼的小公子，拜作门生，将势利歆动，他果然落了圈套。他来答拜，叫弟兄们封住袍口，将利刃架在颈上，如单刀赴会的故事。料他要性命，决不敢违拗，反要他三千银子，叫作陪了夫人又折兵。"李俊大喜道："不料兄弟有此奇谋，只是那丁自燮，恨不曾杀得他！"乐和道："那丁自燮是第二个黄文焕，若杀了，倒便宜了他。那贪者人的财物，如身上肉一般不舍得，把他一生苦挣的东西一朝分散，苦不可言，胜如千刀万割。又替贫民纳了秋粮，分给佃户，赔还渔税，又做了许多美事。他虽奸狡，也是三品命官，若杀了他，事体弄得大了。所以这般施行。"

李俊拍手称妙，请出二位恭人相见，说道："公子这般长成，又脱了我这难，真为可喜！"花恭人道："这孩子也有些志气，父亲在日，取名花逢春。可怜母子孤茕，又被奸人所算，若无乐叔叔，不知怎的了！如今全仗列位伯伯教诲。"李俊道："不劳嫂嫂嘱咐。现放李俊在此，必要同做一番事业。"当下宰了猪羊，赛谢神明，众弟兄庆贺饮酒。乐和道："李大哥，还有句话讲。那吕太守、丁廉访受了这场亏必要复仇，我们也要防备。"费保道："不妨。这消夏湾聚合将来有三五百渔丁，众弟兄在此，他若来时，杀他片甲不留！这太湖有八百里水面，七十二峰，钱粮广有。招军买马，拼做个大战场。"乐和道："太湖虽然空阔，却是一块绝地。在里头做事业的，再没有好结果。若把各处溇港塞住，苏、湖、常三郡兵会剿，那渔丁不经战阵的，怎么用得？况洞庭两山沿湖百姓，都是殷富守本业的，岂肯顺从？要防民变，决使不得。"童威道："不若再上梁山，重兴霸业。"乐和道："梁山泊兴旺过一番，地气不能盛了。宋公明费许多心机，才招聚得一百八人，死的死，散的散。时移物换，哪里还兴得？况且路途遥远，带着家眷走，各处关津有阻，急切也不能到。"李俊道："乐兄这议论甚是有理。那厮们惊魂未定，就要报复，这三五日也不能就来。感谢得神明保佑，众兄弟同心协力脱了此难，今夜且尽欢吃酒，明日从长计较。"大家开怀畅饮，酩酊而散。

李俊到床上再睡不着，到三更天气，正待合眼，只见一个黄巾力士，手执令旗叫道："李大王，星主在山寨里，专等相会，差我来请，作速前去！"李俊披衣起来道："备了船只渡湖。"力士催促道："不消船只，自有飞骑在此。"李俊走出门，力士扶上一条大黑蟒，有十丈多长，金鳞闪烁，两目如炬，骑在背上腾空而去。耳边但听得波涛之声，如流星掣电，竟到梁山泊忠义堂前歇下。看那忠义堂比旧日气象不同，却是金钉玉户，琉璃鸳瓦，高卷珠帘，香喷瑞兽。上面灯烛辉煌，看见宋公明幞头蟒服，坐在中间。左边是吴学究，右边花知寨，都降阶相迎。施礼罢说道："兄弟，我在天宫甚是安乐，因念旧居，长与众兄弟在此相会。我被奸臣所鸩，不得全终。你前程远大，不比我福薄，后半段事业要你主持。你须要替天行道，存心忠义，一如我所为，方得皇天保佑。我有四句诗，后来应验，你牢记着。"念道：

金鳌背上起蛟龙，徼外山川气象雄。
罡煞算来存一半，尽朝玉阙享皇封。

李俊听了诗句，不解其意，正要详问，只见黑旋风李逵手托双斧，奔上堂来，大叫道："李俊！你好欺人。怎来会哥哥，不来看我？"把手一推，惊觉醒来，却是南柯一梦。残灯未灭，天色黎明。唤起众人，诉说梦中之事，念着诗句，一字不忘。想起"金鳌背上"四字，又与石板字句相同，未审主何吉凶。

乐和道："宋公明英灵不昧，故托梦与兄长。骑坐黑蟒背上腾空而去，变化之象。力士称呼大王，定有好处。我想起来，昨夜算计不通，终不然困守此地？宋公明显圣说'徼外山川气象雄'，必然使我们到海外去别寻事业。"李俊道："正合我意。前日在缥缈峰赏雪，见一声霹雳，飞下一块火，寻看时，得一石板，也有四个字，是一样的，至今供在神座内。"叫取来与乐和看了，道："我当初听得说书的讲，一个虬髯公，因太原有了真主，难以争衡，去做了扶余国王。这个我也不敢望，那海中多有荒岛，兄弟们都服水性的，不如出海再作区处，不要在这里与那班小人计较了。"众人齐声道是。就把四个眾船装好了，选二百多个精壮渔丁，扮作客商。收拾家资，载了人眷。其时正是三月望夜，烧了纸。黄昏月明如昼，开了船，出了吴淞江。野水漫漫，并无阻隔。到得海口，把船停泊，再定去向。

李俊、乐和登了海岸，望那海：拍天无际，白浪翻空，寒烟漠漠，积气弥弥，不辨东西，哪分昼夜。李俊看了有些忧疑起来，说道："这般无边岸的所在，哪有可居之地？"乐和道："今日阴晦，景色凄凉。那天气晴明，岛屿历历可见，定有好去处，不必忧心。只不知那眾船出得洋么？"见有个老叟拾螺狮。乐和叫声老丈，问道："那开洋的船，要几多大？"老叟道："倒不论大小，只要打造得合适。"乐和指停泊的眾船道："这般船可去得么？"老叟一看摇头道："底平梢阔，经不得风浪。到大洋里颠不上几颠，就完账了。客官，你看澳里竖着樯桅的两个海船，是出洋的。"李俊、乐和举头一看，果有两个船泊在那里。李俊道："一时少算计，那出洋的船只要打造起来，几时得成？进退两难，如何是好？"乐和沉吟了一会儿，笑道："大哥放心，有极好的两个船在这里送我们出大洋，不须顾忌！"李俊道："又来取笑。这海滨并无相识，哪里有船送我们出洋？"乐和叠着指头说出来。

有分教：蛟龙得雨飞天外，虎豹依山踞穴中。

不知后事如何，且听下回分解。

李俊将入海矣！此回轻轻递下。倘杀太守、廉访阊门良贱，便兴兵追捕，笔墨拖沓，终无已时。不如将吕太守倒赃饶命，愚民沾不费之急，丁自燮感不杀之恩，不烦一兵，不折一矢。见机即进，得手即止，使李俊得从容问渡，一帆无恙。乐和肯留余地，正是作者之不肯犯手，也是文章家识轻重处。

驾长风群雄开霸业　射鲸鱼一箭显家传

【第十一回】

　　话说李俊见天水相连，这风波又不是太湖气象了。土人说众船开不得洋，甚是忧心，见乐和说有人送船，不解其故。乐和用手指道："那两个海舶，他若不肯送我们，借了他的罢了。"李俊会意道："这倒使得。"沿海滩上寻到海舶边来，见两个西商，掀开衣襟，露出大肚子，指挥小郎们装货。旗号挂着枢密府，是往外国贸易的。艄公水手共有百余人，打点明日开洋。李俊、乐和看得详察，到船中悄悄与众人商量定了。

　　到了半夜，海舶上人睡着了，费保、倪云当先，一拥而上，大喊杀人。西商、小郎听得钻出，排头砍了十多人，喝道："舵工水手不许走！"只得伏定。把死尸撩入海中，打扫血迹，引家眷上船，资财搬运过来，见舶内尽是绸缎、丝绵、蟒衣，珍异物件。弃了众船，叫舵工把定舵，水手拽起风帆，趁着东北风，望西南而进。出了大洋，众人一看，但见：

天垂积气，地浸苍茫。千重巨浪如楼，无风自涌；万斛大船似马，放舵疑飞。神鳌背耸青山，妖蜃气嘘烟市。朝光朗耀，车轮旭日起扶桑；夜色清和，桂殿凉蟾浮岛屿。大鹏展翅，陡蔽乌云；狂飓施威，恐飘鬼国。凭他随处为家，哪里回头是岸？

那海舶行了一昼夜，忽见一座高山，隐隐有钟磬之声。李俊问道："这山是哪里？"水手道："开船时东北风，转到这里是普陀山，观音菩萨道场。如今春天，进香的甚多。"花恭人在舱内听得普陀山，与姑娘说道："我二人遭逢大难，幸得脱离。今便路到灵山，何不去进一炷香？也是难得的。"秦恭人道："但凭嫂嫂主张，这是善事。奴在家绣得两首长幡，要舍到杭州天竺寺，不得其便。今在此经过，舍在菩萨面前，尤为胜果。"花恭人叫儿子与伯叔讲知，母亲、姑娘要到山上进香，不知可否。李俊道："我等杀业已多，今遇活佛去处，也要去磕个头儿。"唤水手湾船，搭起扶手，花恭人、秦恭人、费保、倪云娘子、养娘、丫鬟随着，先上了崖，留狄成看船，李俊、乐和、花逢春、童威、童猛、费保、倪云、高青一同上去。本山住持见一起男女服色整齐，迎到客堂先奉了茶，即设素斋款待。到晚，香汤沐浴。五更起来，同四方来的善男信女，到大殿上焚香礼拜已毕，李俊取一百银子与住持打个合山斋。到盘陀石、潮音寺、紫竹林、舍身岩各处玩了一日，下船开去。

又行了两日，到韭山门，是浙闽交界之所。有一员守备，领三百名兵、十个战船在那里把守，盘诘奸细，防倭国侵犯及私通外番的。远远望见李俊船到，一声号炮把战船一字儿摆在隘口。那守备全身披挂，手拿三尖两刃刀，立在船头，叫兵卒架起火炮便要打来。乐和急叫道："不要动手！咱是奉枢密府令箭信牌，到福建采办香珀的。"守备道："既有枢密府照验，取过来看。"乐和将前日劫了西商原有一角批文，看得不明白，就递了过去。那守备接过一看，喝道："分明是奸细了！既是枢密府批文，说着往高丽公干，怎说福建采办香珀？"费保见决撒了，取一柄五股鱼叉劈头掷去，刚掷中守备咽喉，扑通的倒坠下海。童威、童猛、倪云、高青一齐跳过，拔出腰刀便砍。有个人，将巾绵甲，身躯长大，叫道："不可造次！你这伙人都有些认得，莫不是梁山泊上好汉么？"李俊道："只我便是混江龙，你问他怎的？"那人便在舱板上拜道："原来是旧主人。"李俊叫扶起，问道："足下是谁？"那人立起，说道："我叫作许义，是浪里白条张顺部下。从征方腊，张头领死在涌金门，我就不去了，住在杭州。后来投到汪都统标下，做了哨官，拨来守这韭山隘口。梁山泊上头领，俱是认得的，隔了几年，一时叫不出。如今要到哪里去，在此经过？"李俊道："我等在中国，耐不得奸党的气，要寻一个海岛安身。"许义道："我在此已久，海道尽熟。待我随了去，拣一处丰腴地方何如？"李俊大喜道："这样极好，只怕你是官身去不得。"许义道："哪里是什么官身，我也是浔阳江上人。从张头领到江州劫法场，白龙庙聚会我也在那里。上梁山泊几年，好不快活！宋大王真是好人，待我们如手足一般。闻得在楚州被奸臣药死，着实伤感了一番。这守备是高俅的表侄，叫作田富，一些本事也没有，有高俅脚力，营干这守备。专会克减军粮，用刑严酷，这三百名兵都是切齿的。几番要结果他，奉我做主，也思量寻了小岛容身。我自忖才力不济，阻住了。不然，叫他们都随了去？李头领，你那时还黑瘦，如今肥白得多了，又长出虬髯，几乎认不出了。"李俊正恐兵力单弱，器械不备，今有三百名兵来归，心中甚喜，取出三百两银子，分给众兵，尽皆叩谢。

在韭山门营房过夜，明早风色正顺。许义引路，带了十只船一同进发。天色晴明，波浪不起，李俊喜乐。叫取酒与众兄弟叙谈，唤许义同坐了吃酒。

忽听得后面梢上舵工叫道："不好了！快些湾船！"水手忙落了风篷，用力撑到沙嘴上，抛下锚碇。李俊惊问道："怎的？"水手摇手道："不要响！"忽见白浪如山，喷雪鼓雷的响，见一大鱼，竖起脊翅如大红旗一般，扬须喷沫而来。那船似筐簸一般翻覆不定。花逢春看见，立起身来，取下铁胎弓，搭上狼牙箭，左手如托泰山，右手如抱婴孩，觑得亲切，飕的一箭射去，正中大鱼的眼睛。那鱼负疼，把尾乱掉，那波浪滚起有三丈多高、十丈多远，泼得满船都是水。亏得下碇坚牢，不致倾覆。许义急唤军士放箭，二三十把弓一齐射去，那鱼虽然力猛，当不得乱箭攒射，也有穿腮的，也有透腹的，动弹不得，翻了转来，浮在水面，那波浪势定。

二三百兵一齐把挠钩搭着，用力扯到沙滩上来，首尾足有数十丈，犹然巨口含牙，眼珠闪动。舵工道："此是鲸鱼。我们惯行海道，也时常看见。这是小的，若是大的，把口一吸，那船还不够他当点心哩！"李俊道："花公子这神箭真是家传！知寨初到梁山泊，见一群雁飞鸣而来，知寨一箭贯了两只，晁天王和众人无不惊异。可见将门有种。若无这箭中他眼珠，怎生拿得？可喜可敬！"众人尽把利刃剁割鱼肉，剖开肚腹，见二三十斤一个癞头鼋尚未变化哩！那两个眼睛乌珠挖将出来，如巴斗大小。乐和道："将他镂空当水晶灯，点上火，莹亮好看。"尽道有理。将鱼肉煮起来，肥美异常，五六百人个个厌饫，多的腌了。为这鱼倒停住一日。

又行两昼夜，忽然搁了浅。许义起来一看，道："此是清水澳，暹罗国界上了。这岛土地肥饶，有些景致。"请李俊等上岸散步。只见山峦环绕，林木畅茂，中间广有田地。居民都是草房零星散住，牛羊鸡犬，桃李桑麻，别成世界。

问土人道："此间有多少地面？属那州县管的？"土人道："方圆有百里，人家不上千数，尽靠耕田打鱼为业。各处隔远，并无所属。我们世代居此，也不晓什么完粮纳税。种些棉花苎麻，做了衣服；收些米谷做了饭食；菜蔬鱼虾家家有的，尽可过得。再向南去三百里，有个金鳌岛，属暹罗国的。岛长名唤沙龙，暴虐不仁，贪婪无厌，长来骚扰，受他的气。"

李俊听说金鳌岛，触着宋公明梦中之言。又问道："那金鳌岛离暹罗国多少路？风景何如？那沙龙是哪里人？"土人道："金鳌岛到暹罗国也只三百里。那岛四围高山峻岭，无路可去。南面岛口只通一个船的路，转三个大湾，方得到岸。一座城门，甚是坚固。里面盖造房屋，如宫殿一般。田地膏腴，五谷丰稔，山上野兽甚多，花果诸般多有，约莫有五百里广阔。那沙龙是洞蛮出身，长大雄健，遍体黄毛，两臂有千斤之力，使一柄五十斤重的大斧，腰悬弩箭，百步飞中。器械、马匹、船只俱备。有三千蛮兵，都是惯战的。那沙龙性极好杀，爱吃巴蛇椰酒。一年来上两次，有些姿色妇女，他便白昼奸淫。小男女抓去做奴婢。还要进奉猪、羊、酒、米，受他荼毒。那暹罗国共管辖二十四岛，此为最强，便是国主也奈何他不得。"李俊道："我们是天朝大宋差来镇守，要剿灭那沙龙，与你百姓除害。"土人道："若得老爷们驻此，百姓无不乐从。四旁有与我清水澳一般的小岛都被他扰害。闻得官兵驻扎，尽皆说服的。"

李俊大喜，遂与乐和、许义商议，选择中间高敞地面，筑成石基。砍伐树木，搭起营房，安顿家眷、兵丁。一面招集强壮岛民，造起战船。置备器械，建立旗号，凡有归顺的重赏金帛。遇着私商小伙通洋客商，邀截招抚。日日操练兵士，闲时屯田播种。不上半年，聚有二千余人，成一模样。

适遇中秋，那日李俊命宰了两头牛、几副猪羊，大劳军士，就同众兄弟赏月，到一高峰上坐下。那一轮皓月从东边海中涌出，金光万道，天宇清朗。李俊擎着杯道："梁山泊与太湖中虽然空阔，怎比得这海外浩荡？承众位相扶，脱了毗陵之难，到这清水澳稍立根基。奈兵微将寡，还立脚不住，必得取了金鳌岛方可容身。闻得沙龙骁勇，急切难攻，如何是好？"乐和道："班超以三十六人破了鄯善国。将在谋而不在勇。且屯扎几时，招集训练，觑个机会，方可攻他，不可性急。只要防他来侵犯，当做准备。这里又无险阻可守，沿边宜建木栅，拨几个船远处瞭望，放炮为号，这是要紧着数。"李俊道："明日就树栅瞭望！"当下饮到二更始散。

到第二日，差许义领兵探望，使狄成监工造栅。尚未完备，忽听远远号炮连声。李俊知道有兵到，差童威、童猛、倪云、高青四面埋伏，自己披了衣甲，同费保、乐和、花逢春领一千兵沙边把守。只见五只大海船，拢到岸口。那蛮兵都是斑布盘头，结着螺蛳顶，穿绵花软甲，挂两把倭刀，有六尺多长。跳着双足，一哄上岸。沙龙也一样打扮，倒卷赤须，黄毛遍体，手持大斧，跳舞而来。李俊、费保挺枪抵敌，沙龙将斧劈来，斗了十来合，不分胜败。那蛮兵跳开有一丈多远，两把长刀着地扫来。费保抵挡不住，退后便走，兵皆乱窜。李俊见阵脚已动，虚晃一枪，撇了沙龙回转。沙龙如风赶来，李俊正难措手，那花逢春却闪在沙龙背后，看得明白，弯起弓来，一箭射着沙龙左肩，扑地便倒。蛮兵救起，回身就走。李俊、费保挺枪追来，到得岸上，四面伏兵齐起，奋勇砍了一百蛮兵。童威、童猛便抢上海船，撑去三只。沙龙和蛮兵剩得两个海船，狼狈而去。

李俊等收兵回营道："那蛮兵好狠！当不得那跳舞！若无花公子这箭，几乎失手。喜添得少年良将，可见英雄有种！"乐和道："他虽然败去，必要报仇。我这里乘他喘息不定，箭疮未愈，就领兵杀去，一鼓下了金鳌岛，做了基业，方成局面。只是衣甲未备，前日洋船中现有绸缎，各做一副绸甲，又轻便，刀箭不能透入，就连夜造起来。还有一件，海面上征战全凭火攻，韭山门兵船内有三眼钉子母炮，将硝黄铅弹装好，也驾五只大船，一千兵士。"留狄成在清水澳守营，许义为向导，尽上船开去。

不消半日，到了金鳌岛。那沙龙也有见识，恐怕乘胜而来，先使蛮兵在隘口把守。堆着石炮，弄个机括，打得甚远，厉害得紧。李俊等船远远泊定，不就上岸，只是摇旗擂鼓，呐喊连天。沙龙闻报有兵到隘口，把箭疮扎好，亲自出来巡视。一连三日，再上岸不得，李俊焦躁。乐和道："且自耐性。我同许义去山后探路，或有可上的去处。"遂驾了一只小船，周围一看，都是高山叠峰，树木丛杂，上去不得。回来说知，无计可施。童威道："土人说进隘口要转三个大湾方到城门口，就上了岸。那三个湾怎么可进？我兄弟二人到夜深人静，用油纸包好了硫黄焰硝引火之物，打海底爬到城边，发起火来。他只顾在外防守，内必空虚。若见火起，必定惊惶。大哥这里领兵去攻，自然可破。"李俊大喜，依计而行。

童威、童猛吃饱了酒饭，脱下衣服，单穿一条裤子。把引火之物包好，缚在腰里，手中拿把尖刀。初更时分，船边下水，慢慢泅去。行了几步，探出水面透气，吐出些咸水。到得隘口，见蛮兵打着火堆，席地而坐；沙龙来往巡察，再不防海底有人偷进。

童威、童猛进了隘口，果然有三个大湾，逶迤曲折，水急沙清。两旁尽是石壁，只通一船路，如狭巷一般。到城门边，轻轻爬上岸来一看，那城墙是天生成光荡荡，草木不生。两扇铁门紧闭。童猛道："这城垣是石的，怎好放火？空费心力，不如爬出去罢！"童威道："有心进来，且再思量个计策出来。"其时深秋天气，白露浓浓，金风淅淅，又在水中爬了半夜，身上寒冷。正在无措，忽听铁门开响。童威、童猛重复钻入水中，把头略昂起偷觑，见四个蛮兵提着大藤筐，不知什么物件在内，又扛了一坛酒。两个蛮女笑嘻嘻走出，蛮兵扶下一个小船撑了出去。原来沙龙是个酒色之徒，半夜传令进来，唤蛮女去作耍，却不关铁门。

童威、童猛重上岸来，说道："惭愧！天幸开了门。"侧身挨进，见两边都是民居，尽皆关门熟睡。一天星斗，四野悄然。童威寻石块敲出火种，引上硫黄焰硝。那房子原无墙壁，都是竹笆，一发透得快。一连放了十来把火，焰腾腾烧起。那些居民睡梦里慌忙开门走出，童威、童猛拿住两个，将尖刀搠死，剥下衣服穿上。那些竹笆连片烧去，哔哔剥剥，照天彻地的通红，城内一霎时鼎沸起来。李俊在外边望见火起，催众人向前。连声子母炮震天的响，箭如飞蝗射来。沙龙见城内火起，前边又杀来，首尾不能救应，蛮兵各各心慌逃窜。李俊、费保先跳上岸。沙龙箭疮未好，擎不起大斧，回身就走。李俊一枪搠倒，倪云枭下首级。众兵把蛮兵乱杀。李俊叫道："降者免死！"蛮兵投降者甚众。就扎营在隘口沙滩上。

到天明方把战船放进隘口，到城门边，一齐上岸。童威、童猛迎着道："亏得杀了两个居民，剥这衣服穿上，不然蛮兵也要认出来了！"李俊道："实是亏了你哥儿两个！"先叫救灭了火。到沙龙的住房，真个壮丽。把沙龙妻小尽行杀死，抢来的妇女、奴婢放出晓谕，教人领回。蛮兵降者共有一千人，改了服色，配入队伍。仓廒内米谷如山，金银珠宝不计其数。有一百匹战马，牛羊成群。李俊自称征东大元帅，一应晓谕用大宋宣和年号。出榜安抚居民：被火焚者，给赏银、米，与他盖造房屋；七十以上者，俱送绸缎一匹。百姓尽皆欢喜。差倪云到清水澳接花恭人，秦恭人，费保、倪云娘子，同来金鳌岛，拨厅房居住。乐和专管出入钱粮，商量军务。童威、童猛把守隘口，操练军士。费保、倪云为左右副将。高青管领船只一应器械。狄成领三百名兵镇守清水澳。许义做心腹长随。花公子习学武艺韬略。井井有条，各安职事。又将太湖里的渔丁、韭山门官兵、清水澳招集的壮勇、降的蛮兵，共有三千多人分派五营，设立队长哨把，一依中国法度，造做旗帜大纛，焕然一新。又问土人："沙龙在日，岛内凡有讼狱钱粮是怎的施行？"土人禀道："沙龙不用刑杖，若犯重罪，把木舂舂死，轻者罚米谷。钱粮到收成时平分。"李俊、乐和颁下律令："杀人者偿命，奸盗者杖七十，钱粮行十一之法。"百姓尽皆感仰。

当下祭赛天地，大排筵宴庆贺。正饮酒之间，只见守隘口军士解两名蛮女来，说道："在沙滩上草里拿来，候元帅发落。"李俊看那蛮女时：

> 钵盂头高堆黑发，银盆脸小点朱唇；西洋布袄到腰肢，红绢舞裙拖脚面。胸前挂璎珞叮当，鬓上插野花香艳。眼波溜处会勾人，眉黛描来多入画。谩言吴国能亡灭，眼见金鳌亦荡倾。

那两个蛮女说话也听得出，说道是广东香山人，被沙龙抢来，日里唱歌，夜间伴宿。童威笑道："若非这两个蛮女，金鳌怎么攻得破？"李俊问道："怎么亏他两个？"童威道："我兄弟到城边，墙垣都是石的，怎生放火？亏得开门送这两个蛮女与沙龙取乐，才得入城放火。倒是有功之人。"李俊道："为将的贪了酒色，自然败事。"对蛮女道，"路途遥远，不能送你们回家，且发与花恭人服侍。待有功将士，为彼完配。"教人领了去。饮至夜阑方散。

天明时，有飞报前来："暹罗兵到！"李俊慌忙请众人商议。

正是：阵云高处鸣钲鼓，烽火传来整旗旌。

不知与暹罗交战胜败何如，且听下回分解。

看李俊设施次第，具有开国规模，俨然具离齿迁岐气象，非同虬髯一往豪气，聊以自娱也。

金鳌岛兴兵图远略　暹罗城危困乞和亲

【第十二回】

却说李俊破了金鳌岛，做庆贺筵席。次日，报有暹罗兵到。李俊与乐和商议，乐和道："水来土掩，兵至将迎。有金鳌岛做了基业。城池坚固，有三千胜兵，兄弟协力，怕他怎的？先叫紧守隘口，看他兵势何如，然后拒敌。"李俊听允，传令童威、童猛防守隘口不提。

再说那暹罗国王，姓马名赛真，是汉伏波将军马援之后。他承国统已历三世了，为人宽仁柔懦。国政由两个大臣掌管：一个丞相名唤共涛，奸邪狡猾，专权罔上；一个将军名唤吞珪，却也刚直，膂力过人，使两条铁鞭，职掌兵权。连年丰稔，物阜民康。管辖下二十四岛，各有岛长自理其事。进纳钱粮，四时进奉，如唐朝藩镇一般羁縻而已。那二十四岛：

金鳌、铁板、长滩、天堂、西呑、潢剌、峻冈、白石、井沙、铜山、铜坑、长甸、前丰、后丰、青霓、罗江、古渡、钓鱼、文港、银湾、南津、竹岭、甜水、大树。

那各岛大小不一，其中金鳌、白石、钓鱼、青霓四岛最强，分为东西南北，统率小岛，如方伯连帅之意。凡暹罗有外邦侵犯，四岛会兵，俱来救护。而金鳌尤为雄盛，乃一国之藩蔽。

当日闻得金鳌被宋兵打破，杀了沙龙，马赛真大惊，会集文武商议。共涛道："金鳌是本国之门户，今被宋兵打破，险要已失，国势将危。宋兵远来，不知地利。乘他根基未固，起倾国之兵，传檄各岛，驱剿了他，方得安稳。若迟延不发，必然得陇望蜀，就难为计了。"马赛真道："丞相言之有理。"一面差官到各岛，速令会兵，并力恢复金鳌；一面命吞珪为大将，领三千精兵，同共涛连夜进发，火速进征。共涛、吞珪上了战船，旌旗闪闪，戈甲森森，杀奔金鳌岛来。

李俊已做准备，童威、童猛守住隘口。共涛、吞珪船到沙边，耀武扬威，统兵上岸。童威、童猛谨守寨栅，不与交战。至第二日，李俊、乐和、费保一同来到隘口。乐和见共涛、吞珪有骄矜之色，兵无纪律，附耳与李俊说道："如此用计。"李俊就领兵上战船，共涛，吞珪也把船摆开，说道："你宋朝好不知足！中华许多国土，久享繁华，怎要到海外占我疆土？好好收兵，放你回去；若不知机，教你尽葬鱼腹！"李俊喝道："蠢尔小丑，不沾王化！天兵到此，要取你暹罗国，何况区区小岛？你快回去唤马赛真亲来纳款，年年进贡，方才饶你！"共涛大怒，催兵冲杀过来，吞珪舞起双鞭劈头打来。李俊、费保挺枪接住，厮拼了一会儿。李俊佯输，唤水手开舵，皆四散开外洋去了。共涛、吞珪赶了一回，共涛道："我料宋兵有甚伎俩！抵敌不住，四散走了。径进去攻城，就复金鳌岛！"将兵船收进了隘口，那条水路又狭又曲，只好鱼贯衔尾而进。到得城边，旌旗密布，插满刀枪，倪云、高青、花逢春在敌楼上。共涛道："你那宋兵俱逃走去了，还不开门让我进来！"倪云道："教你顷刻死在眼前！"

共涛令蛮兵爬城，通是光荡荡石壁，哪里扒得上？火箭、石炮雨点打下，伤了好些蛮兵。共涛焦躁，无可奈何，只得下船。二更时分，忽听得炮声震天，李俊、费保、童威、童猛外边杀进，倪云、高青、花逢春城里杀出，内外夹攻。共涛、吞珪进退无计，拼命冲出。花逢春射支火箭在风篷上，各只船上尽烧起来。烟焰冲天，杀声震地。蛮兵上岸的尽被砍杀，下水的又皆淹死。吞珪舞着双鞭，护了共涛，杀出隘口，只剩得三五个船，蛮兵不上百余，都是焦头烂额。李俊等赶上，团团围住。吞珪大叫道："丞相，待我杀条血路，你自回去！"真个共涛死命挣出，吞珪被费保一枪搠在海中，穿着铁甲沉到底了，共涛刚剩一个船回去。

李俊收兵，又得了二三十个船，蛮兵降者甚多，各皆大喜，犒赏三军。费保道："共涛大败而去，再不敢来了。我等再把别岛破他几个，做成犄角之势。"李俊道："闻得马赛真柔懦，共涛专权恣肆，君臣不睦。吞珪勇猛阵亡，国中单弱。不若统兵取了暹罗，那二十四岛自然降伏。我等海外称尊，同享富贵，岂不是一劳永逸？"休息了两日，只留狄成屯清水澳，高青守金鳌岛，尽数统兵到暹罗城下扎住。

那共涛奔回，说吞珪已死，全军覆没。马赛真大惊道："吞珪既丧，坏了万里长城。国中精锐已尽，如何是好？"正忧疑不定，忽报宋兵到了，惊得手足无措。共涛点兵守城，不敢出战。原来暹罗城倒不比金鳌岛有隘口可守，石城坚固，海岸沿城有三里陆路，并无险阻，全恃金鳌岛为外援。凡有寇兵临城，金鳌会合各岛围合拢来，往往失利，故不敢侵犯。今金鳌已失，各岛岛长闻得沙龙、吞珪是两员勇将俱杀死了，人人胆寒；又平日共涛专权无忌，欺凌诸岛，不肯救应。李俊等兵临城下，队伍严明，戈矛如雪，紧紧围定，高叫投降。马赛真见各岛不到，吞珪被杀，无人敢领兵出战，共涛也束手无策，马赛真忧愁不已。回到宫中，与国母说道："祖宗基业已是难保。内无良将，外无救兵，若然攻破，玉石俱焚。不若开门纳款，庶可保全性命。"流泪不已。

那国母姓萧，原是东京人，父亲为参知政事。恶了章惇丞相，被他陷害安置儋州，还要伤他性命，因此逃到暹罗，把女儿配与马赛真为妻，数年前寿终了。萧妃为人淑顺，极是贤能，生下一双男女。公主小名玉芝，生长一十六岁，一貌如花，聪慧幽闲，善通文墨，又好武事，时常走马舞刀顽耍，国主爱惜犹如珍宝。要选中华士人做驸马，一时哪里得来，尚未婚配。世子幼小，只得六岁。当下见国主流泪要开门投降，玉芝公主便道："宋朝是何等兵将，便无人敌得？待孩儿与母亲同上城一看，或可用计退他。"国主即命内监、宫娥侍卫，乘了香车上城。玉芝公主凭城一望，见旗帜鲜明，兵强马壮，李俊、费保、乐和等全身披挂，手执兵器，指挥士卒攻打，如天神一般，威风凛凛，相貌堂堂。又见一个将官，年纪约有十六七岁，轻弓短箭，银甲锦袍，面如傅粉，唇若涂朱，手执方天画戟，骑一匹金鞍紫骝马，真是风流儒将、年少英雄。见一群天鹅飞来，那少年将官挂了画戟，弯着弓，取支响箭射去，一声响，穿入云里，毛羽纷纷，落一只天鹅下来，三军喝彩。

萧妃与玉芝公主见了，说道："果是中华人物俊丽，兵强将勇，如何敌得他过？若是投降，把锦绣江山付与别人，也不甘心。我有一计，不动兵戈，自然保全。"国主问道："中宫有何良策？试且说来。"萧妃道："我这玉芝孩儿，一向要选配中国士人，因在海外，一时难得。今看这个少年将官，仪容俊雅，武艺超群。着人打话，若未完姻，就招为驸马。一则保全疆土，二则完了孩儿终身大事，岂不两便？"国主大喜道："此计大妙，只不知女孩儿心下何如？"萧妃与玉芝讲这篇话，玉芝一见花逢春，好生企慕，只是不便启口。见母亲说着，满面娇羞，俯首不答。萧妃又再三苦劝道："要救国难，孩儿也说不得了，只是不好强逼你。"玉芝方才低低说一句道："且凭父王、娘娘做主。"

国主欢喜，急命内侍传说道："宋朝将官暂且退兵，请一位将军进城，国主有话亲自面议。"众人皆道："此是缓兵之计，不可听信。"乐和道："兵临城下，不敢出战，外无救兵，此是计穷力竭了。待我挺身进去，看他有何说话！班定远说得好：不入虎穴，焉得虎子。随机应变，说他归顺，免动刀兵，岂非美事？"李俊命军士答道："堂堂天朝，有征无战。既要面议归降，不妨暂退。任有缓兵之计，也不惧怕。这回到来，寸草不留了。"李俊把令旗一挥，兵将都退下船。

乐和选十个彪形大汉，各带弓刀，自己轻裘缓带，骑着白马，到城门边，果然大开，昂然而入。共涛来迎接。乐和见六街三市，人物喧闹，与中华无异。进了东华门，宫殿壮丽，槐柳成行。将到前殿，国主马赛真降阶而接。讲过礼，分宾主而坐，文武各官侍立两旁。国主生得面白身长，五绺须髯，衣冠伟丽。茶罢，开谈道："小邦僻处海外，自守封疆，并不得罪天朝，不知何故劳师远涉，下临敝境？"乐和欠身答道："'普天之下，莫非王土。率土之滨，莫非王臣。'我大宋中外一统，列圣相传，历世已久。今天子圣仁英武，荒裔要服，无不重诏来朝。贵国并不朝贡，有失以小失大之体，故遣征东大元帅率领雄兵十万、战将百员特来问罪。金鳌岛沙龙贪淫好杀，天兵一到，骈首就戮。贵国犹不悔过，辄敢复来抗战。吞珪说是贵国大将，交兵已做波臣。今天兵既临城下，能战则出师对垒，以决胜负。如其不能，则当衔璧舆榇，面缚军门。何得首鼠两端，束手待毙？大元帅仁义之师，不忍无辜受戮，不施火炮、云梯诸般攻具，以示怀来之意也。今蒙见召，必有所论。若入情合理，自当拱听。"马赛真道："往年差使臣进贡，被蔡太师遏奏，不得瞻觐龙颜，又无赏犒，反勒贿赂，流落不归，因此缺贡。寡人素性仁慈，不忍害民。师到城下，用兵厮杀，惟恐两伤。若便纳土，但本系汉朝伏波将军新息侯之后，立国暹罗已历三世，不忍祖宗疆土一旦沦亡，尚尔踌躇不决。寡人元妃是东京萧参政之女，因被章惇丞相倾陷，安置儋州，故聘为妃。生下一女，小字玉芝，年已及笄，仪容不劣，颇知德教，要招中华士人为婿，一时难遇。适在城上，见马上少年将军，轩昂英俊，气度不凡，不知上姓，可曾完姻否？情愿招为驸马，两家息兵罢战，永做藩臣，重来进贡。汉、唐原有和亲之例，不识可俯从否？"乐和道："那小将军姓花，名逢春，是世代将门之子。六韬三略，无不精通，十八般武艺，尽皆精练，更擅百步穿杨之箭。方才在城下，射落天边飞过的天鹅，已见一斑。况美如冠玉，性地聪明，发愿封侯拜将之后方议姻事。多有豪门巨室来聘为婿，一概坚辞，尚未婚配。贵国既要和亲，亦无不可，但末将不敢专主。乞差一位使臣，同去禀知大元帅，可以行得，即来回复。"国主忙排筵宴款待。更送珍奇之物，求他玉成美事。跟随的俱有犒劳，乐和一些不受。便遣共涛为使，出城到中军帐。

共涛暂候，乐和先与李俊说知和亲备细。李俊与众人商议道："暹罗国虽然单弱，可以取得；但我们基业初定，也还势寡，倘各岛不服，要来争竞，惹起干戈，不得安靖。若和了亲，且守金鳌，养成羽翼，再看机会。但不知花公子意下何如？"花逢春道："小侄蒙众位伯叔虎威，得脱患难，自当听从。但本中华世胄，恐蛮女陋劣，误了终身大事怎处？"乐和道："玉芝公主有倾国倾城之貌，更兼知书识礼，爱习武事，温柔聪惠，是东京萧妃所生，不是蛮种。父母爱惜犹如珍宝，要招中华士人为婿。在城上见你才貌，十分倾慕，故此求和。正是一对佳人才子。虽在海外，也是一国驸马，富贵无穷。况天缘是月下老人赤绳系定的，不必多疑。"花逢春道："叔叔主张，不敢有违。但婚姻大事，要禀过母亲，方可行得。"乐和道："这个自然，料令堂也是喜允的。先与使臣相见，然后与令堂说知，纳聘成亲。"

当下大设威仪，摆列兵队。李俊出来与共涛相见送座。李俊道："乐将军备述国主之意，要和亲息战，这是美事。虽奉天子明诏来讨不廷，只要畏威怀德，不是贪取土地，致害生灵。若然定议，待退兵到金鳌岛，赍了聘礼，就烦足下与乐将军为媒，择吉成亲。只是外邦多诈，哄我退军，更有翻覆，那时进兵，玉石俱焚了。"共涛道："天兵到此，本不该抗拒。吞珪恃勇轻进，自取灭亡。昨日国母与公主亲见小将军才貌双全，故此真心实意招为驸马。岂不知元帅虎威，马到成功，焉敢复生贰心，自取罪戾？"李俊亦设宴款待共涛，遣他先去回复国主。

即日回兵到金鳌岛，请花恭人出来，细述国主求和，愿招驸马，玉芝公主德容俱备，也不辱没了令郎。花恭人欢喜不尽道："承各位扶助，小儿得成姻事，知寨在九泉也是感激的。不料姻缘定数，远在海外。"李俊、乐和即择吉日，置备金珠彩缎、异巧奇珍礼物为聘，差倪云、高青领五百兵护卫，乐和为大煤，置酒送行。花逢春拜别李俊众人及母亲、姑姑，鼓乐喧天，旌旗飘扬，海口下船。迎着顺风，不消一日，到了暹罗国城下。先放三个号炮，停泊了船。

那国主知道驸马已到，差丞相共涛到海边迎接。与乐和、花逢春相见过，请到皇华馆驿，饮过接风酒。倪云、高青全身披挂，五百军士盔甲鲜明，簇拥上马，沿路悬球结彩。到城门边，有四员内相、四名宫娥，捧着酒盒，撩衣跪进。那些蛮民从不见中国礼仪这般富盛，又是驸马生得风流标致，身上结束非凡，乌纱帽插两朵花，罩着粉扑的面庞。不论男女，沿街塞巷的观看，都啧啧羡赏。一到宫门，国主率文武官员恭身迎进，送到东宫更衣。少顷吉时，到金銮殿上行礼，国主、国母俱穿大红吉服，排着香案，笙箫细乐，响彻云霄。花驸马从容朝拜，一般有序班鸣赞喝礼。少顷，宫娥拥出玉芝公主，交拜天地，花烛合卺。真是王家富贵，与民间不同。但见：

> 黄金殿上，高挂珠帘；白玉阶前，平铺锦褥。非烟非雾，狻猊口内喷奇香；如日如云，獬豸身边排锦仗。隐隐声闻天上，乐奏霓裳；叮叮响出花间，衣鸣佩玉。垂旒秉笏，蛮君亦习华风；绕翠围珠，母后原依京式。蹒跚内相撩衣，绰约宫娥窄袖。辉煌宝炬，红云捧侍神仙；灿烂银屏，瑞霭映来鸾凤。正是：日色才临仙掌动，天颜有喜近臣知。

驸马、公主结亲已毕，送入宫中，更了便服。花逢春偷眼觑那公主，真有天姿国色，竟是中华妆束，喜不自胜。公主在城上远瞟，已生企慕，今对面亲切，更觉精彩。因害娇羞，不敢注视，心中暗喜。当夜翡翠衾中，鸳鸯枕上，你贪我爱，说不尽山盟海誓，如鱼似水。次早到殿前拜谢。国主敕有司把东宫改作驸马府，拨内相宫娥侍奉，供给极其隆盛，自不必说。

却说乐和要回金鳌岛，对花驸马道："国主宽仁，你在此间须谦和谨恪，不可放纵。唯恐共涛奸滑，滋生事端。留两员裨将，统三百兵护身，预防不测。"花驸马点头会意道："不须叔叔致嘱，自然谨慎。回去拜上李伯伯并家母，不必挂念。"乐和等回去不提。

花驸马在府中与公主琴瑟和鸣，互相敬爱。公主更兼贤达，精通文墨，随着母后一口京话，并无半句蛮音。闲时与驸马吟诗作赋，弹琴下棋，或到花间打弹，或到柳阴走马，暮乐朝欢，如胶如漆。国主、国母不时到府中宴饮欢乐，驸马尽半子之礼，问安视膳，不敢怠惰，国主大悦。有时将军国重务与他商议，驸马条对详明，剖判停妥。国主道："驸马这般才貌，不唯小女终身有托，孤家亦得辅弼贤良了。"驸马谦谢。一日，公主问道："婆婆在金鳌岛与李元帅是甚亲戚？可安乐否？"驸马道："元帅是先父同盟契友，又同做朝廷大官，最有义气，待我母子如骨肉一般。还有一位姑母，也是孀居。去年患难之中，全亏那乐将军救援，所以得有今日。"公主道："虽是他二人义重深思，终是外人。我和你人子之心，也当各尽。况远隔海面，温情之礼有缺。待我禀过父王，差官接到这里，朝夕侍奉，以尽孝心。"公主就去禀知国王，差官迎来。驸马又修书一封送去。公主分付内侍，打扫花楼一座，待婆婆安居不提。

那差官奉国主之命、驸马书札，到金鳌岛，说知来意，呈上书信。李俊拆开看了，与乐和商议道："花公子要接母亲、姑母到府中奉养，你道如何？"乐和道："他母子天性之恩不可违隔，公主贤慧，正该如此。况二位嫂嫂俱是孀帏，虽我辈弟兄是顶天立地好男子，终有瓜履之嫌，自宜送去，两全其美。"李俊就与花恭人说知。花恭人心中甚喜，说道："承列位伯叔这般美意，成就我母子安享富贵，万分难报。"即去收拾，思量起身。乐和对李俊道："乘这机会送花恭人去，还有一条妙计。"

有分教：虎豹在山惊犬豕，蛟龙镇海统鱼虾。

不知乐和说出什么计策来，且听下回分解。

暹罗国求和亲，真是创见之事。其中叙马赛真之仁柔，吞珪之有勇无谋，共涛之奸险而难展一筹，萧妃之见机，公主之婉媚而贤达，赔了夫人又折兵，写得淋漓细润如许。

翻海舶天涯遇知己　换良方相府药佳人【第十三回】

　　话说花逢春差官来迎母亲到暹罗驸马府中孝养，李俊正要送去，乐和道："这暹罗好一座锦绣江山。国主优柔少断。那共涛是个奸邪险恶的人，长防肘腋之变。花公子虽是在那边，孤立无助，趁送花恭人去，差倪云、高青领五百兵护送，待我说与花公子，教他禀过国主，就留在宫中防守。一旦有事，除其元恶，那基业就是我们的了。"李俊大喜，依计而行。花恭人拜辞起身，乐和对老管家花信道："我前日不叫你跟随公子去，有个缘故，恭人在此，没有亲信使唤。今日你去，须要内外瞻管。"花信领命，就开船到暹罗。

　　花公子自押人轿，到海边迎接。到得府中，玉芝公主行了大礼，次后国主、国母俱相见过，就送在花楼与秦恭人同住。公主曲尽妇道，这不必说。乐和将密计与花公子说知。花公子听允，去禀国主道："李元帅虑国中单弱，差倪、高二将军领五百兵在此防护，小婿也好同习武事，特请钦旨。"国主道。"既是至亲，谊同一体。承李元帅美意，就留在府中便了。"公子来回复乐和道："国主听允，留住兵将了。"乐和又道:"公子,你可敬事国主,得其欢心,共涛以下臣僚谦恭浃洽,不可露一些圭角。百姓当施以恩惠,收拾人心,万勿骄矜失事。"花逢春一一领会。

乐和回到金鳌岛,与李俊尽心料理。凡有荒岛都加开垦,爱民练卒,招徕流亡,与客商互市,日渐富强。李俊道:"当初宋公明,何等才技,又有吴学究指点军机,卢员外一班人物,梁山泊方成得局面。我本一介,全凭贤弟指教,来到海外,反成这个基业,岂不是侥幸?"乐和道:"时有不同,势有难易。中国人都是奸邪忌妒,是最难处的。海外人还有些坦直,所以教化易行。"李俊大笑。

一日到清水澳回来,霎时狂风大作,波浪掀天。舵工连忙收在沙渚下碇等候风色。忽见一只大海舶冲风而来,一声响亮,把一根大桅吹折,风篷倒抢水面。那海舶滴溜打着旋涡,篙工水手支撑不定,船内多人一时慌乱,立脚不稳,把海舶一侧,那海水滔滔滚入,人与货物,几个浪都打散。李俊急叫捞救,兵丁都识水性,跳下海去,尽力将长挠搭住。救得二十余人,货物行李也捞得一半。

那失风的人虽然救起,昏迷呕吐,脸上滚满泥沙,一时认不出。歇了多时,方才苏醒。李俊问是哪一国人。一个道:"我们是东京人,奉圣旨差往高丽国回来,内中有两位老爷,且喜多在。"李俊问是何官职。一个坐起来道:"在下是太医院,姓安。"李俊定睛一看,失声叫道:"莫不是安道全先生么?"那人也仔细一认,道:"惭愧!原来是李大哥。敢在梦中相会?"李俊急把衣服与安道全换了。安道全道:"小弟自同宋公明征辽回来,就留在太医院供奉,颇算平安。因高丽王染了瘵疾,本国没有良医,进上表章,要到中国求医。圣上念高丽是个属国,难拂其意,钦差小弟同这本院御医卢师越到那里疗治。住了三个月,幸获安痊,回朝复命。国王备下谢表进贡之物,我两人亦有厚赠。不想遇着大风。若无大哥,已葬鱼腹矣!"李俊也叫把衣服与卢医官换过。坐定了,李俊诉说从前事迹,到这里缘故,花知寨儿子花逢春已做了暹罗国驸马了。安道全见了乐和道:"乐哥,你便在这里安享,只是亏了杜兴!"乐和吃惊道:"为什么?"安道全将孙立寄书,杜兴刺配,李应越狱,饮马川结寨的事,也说一遍,乐和嗟叹不已。

叙谈之间,渐渐风平浪息。李俊喝令起碇扬帆,顷刻到了金鳌岛。安道全见山川环绕,城垣坚固,人物繁盛,宫室壮丽,不胜叹羡。当日设宴款待,饮酒中间,李俊问起近日朝中的事。安道全道:"燕雀处堂,不知祸到。君臣宴乐,盗贼窃发,严刑重赋,上下欺蔽,是以天灾叠见,人心思乱。又听童贯引用赵良嗣之计,通连大金，夹攻辽国，恢复幽燕之地，不日用兵了。"李俊道："辽国自我们征服之后，约为兄弟，相安无事。何必远交近攻，致启祸端？恐强邻生衅，日后悔之何及！"安道全道："便是高丽王，倒也识见宏远。道大宋与辽百年和好，唇齿相依，不宜改图，养虎自卫，要小弟回朝奏谏。我思量不在其位，不谋其政，当国大臣并无远虑，微贱之士何敢妄言？今日在这里偶言谈及，一到东京便钳口结舌了。"

那卢师越在旁，再不开口。原来那厮是个阴险之徒，本是撑布伞卖药的，投蔡京门下，滥厕太医院中。一向妒忌安道全本领高妙，见与李俊讥刺朝政，暗记在心。

李俊道："我草创这个所在，却也自在。暹罗国内，亦少明医，先生何不住下，同叙向日情谊，省得回京受那奸党的气？"安道全道："奉旨钦差，必要复命。"李俊道："假如淹没海中，哪个去复命？待卢兄去缴旨，只说死了，再没有查账处。"安道全道："若果然淹死，便没得说。幸而更生，若说是死，这是欺君了。"李俊道："既然如此，不敢曲留。宽住几日，待我安排行李船只，相送便了。"安道全称谢。当夜酒散就寝。

次日，安道全道："大哥大才，必有大福。小可的'太素脉'能定穷通寿夭，试一诊视。"李俊笑道："一勇之夫，放胆做去，祸福在所不较！"就伸手过来，安道全凝神定想诊了一会儿，又换过那手，亦诊一会儿，称贺道："神全气厚，脉秀络清。必居南面之尊，自有非常富贵。昔日宋公明亦曾诊过，原说他福基浅薄，果不令终。"李俊道："任所非常富贵，大碗酒、大块肉是有的吃的。"乐和、卢医官都笑起来。

住了十余日，卢师越归家念切，催促起行。安道全要辞别，李俊把救捞的行李货物一一检还，又制一套衣服，白金三百两为赠，卢医官也送二十两银子。高丽国人留下另自遣回，东京来的一同上船。安道全致谢不已，说道："卢寅翁管家还在，我一个小厮却淹死了，到东京原是只身。"李俊道："身边乏人，我这里送一个服侍。"安道全道："不消，路上有卢寅翁挈行，到京一向与萧让、金大坚同寓，有人使唤。"两人辞别而行。乐和送至海口，取出一封书信，说道："先生到登州上岸，少不得从登云山过，相烦寄与我姐夫孙立，不知使得么？"安道全道："这是顺路，有什么使不得？"笑道，"前日杜兴寄到东京，为你牵累；今送到山寨，难道也把我解开封府不成？"接过藏在身边，分手而去。

金鳌岛的水手惯行海道，认得路径，识得风色，不消三五日，早至登州岸口。发上行李，打发船回去。雇两乘小轿，安道全、卢师越坐了，脚夫挑了行李，行过六十里，便是登云山路口。轿夫道："此间悄悄过去，不要惊动了山寨里好汉！"安道全道："不妨，我正要会他们哩。"说声未绝，一棒锣鸣，早拥出三五十喽啰，喝令住轿。卢医官在轿内发抖不止，几乎颠了出来。安道全道："不要啰唣，我来会孙头领的！"喽啰道："既是会头领，我等引路。"

一行人到了寨口，喽啰报知。孙立出来迎接，到聚义厅上，逐位见过。安道全不认得栾廷玉、扈成，众人不认得卢医官，互通了姓名坐下。孙立道："先生一向在东京，必是安乐。今日何幸至此？"安道全将奉敕到高丽医好国王的病，海中翻船遇了李俊，救在金鳌岛住了多时，今去回京复命，乐和寄书，故来探问的话说了一遍。遂取书信与孙立。拆开看过，孙立道："那乐和舅久无音耗，原来他们做下这般大事业！"扈成接口道："我曾飘洋到暹罗国，那金鳌岛果是个好去处。"安道全道："孙大哥，你还不知，前日杜兴寄书到东京，受了无穷的累。"孙立急问："怎的受累？"安道全备述前事，笑道："我今日寄书来，却是无碍的。"阮小七大叫："快活！我们弟兄都起事了！安先生，你不消到东京，住在这里，正用得着。我前日吃多了牛肉、白酒，腹中作胀，几乎死了。倘再发作起来，哪里寻你？"安道全未及回答，卢师越离家已久，归心如箭，恐怕滞留，连忙催促安道全匆匆作别。阮小七心中焦躁，立起身来，劈胸揪住卢医官，圆睁怪眼，喝道："你这舍鸟！这是什么所在，容你放屁！"安道全慌忙劝阻道："兄弟不可！这是钦差的官员，休得粗鲁。"阮小七一发吼道："莫说这个不入流的小人，就是赵官家触犯了老爷，也吃我一顿拳头！"栾廷玉道："不可胡说！安先生要去，岂能强留？只是今日天晚了，权宿一宵，明日早行罢。"阮小七方才放手，卢医官吓得满身冷汗。是夕，设宴款待。明早，孙立送三十两银子与安道全，作别下山。安道全一路上安慰卢医官。

不只一日，到了东京。安道全、卢师越先去参谒蔡太师，禀道："高丽王病得痊愈，有表章谢恩，并进贡礼物。行至暹罗国界，陡遇飓风，海船飘没，表章礼物尽皆遗失。卑职二人得人救捞，幸留性命。随行的淹死了三十余人，先禀明太师，好去缴旨。"蔡京道："海上风波不测，这也罢了。只是有个小妾染病，久已不痊，专望二位来疗治。"留进书房待茶，分付院子传云板，说安、卢二位先生进来诊视小奶奶的病，唤内侍们伺候。不多时，院子来禀道："请二位先生进去。"蔡京一拱先行，二人缓缓随后。到得内房，朱栏画栋，锦幕珠帘。庭内文石砌成，排列奇花异卉。大理石小几上，博山炉内袅出缕缕水沉烟，真是"天上神仙府，人间宰相家"。

进明间内坐下，调和气息，方可诊脉。一个披发丫鬟，云肩青服，捧到金镶紫檀盘内五色玻璃碗阳羡峒山茶。茶罢，养娘、丫鬟引安道全轻轻行至绣榻边，安放锦墩，侍儿从销金帐内接出小奶奶玉腕来。安道全闭目凝神，诊了两手的脉，已知病缘。重到明间内，禀道："夫人脉带洪弦，风火相搏，复有怒气伤肝，故见发热咳嗽、胸胀腹满之症。只消几剂清火平肝的药饵，自然平复。"蔡太师唤取过文房四宝，安道全立了药案，起身辞出。蔡太师道："有劳了！恕不相送。"安道全自有院子引道，径出府门不提。

蔡太师对卢师越道："你可到书房内将药品制度停当，叫院子传进。我到朝堂议事，你明早可再同安道全进来。"卢师越领命，到书房中寻思道："可奈安道全自恃其能，每事小觑我。一路上受了他气，明日太师面前，自有道理。今晚教我配药，先撮个绵包儿送断他的命根！"抽开药箱，将不按君臣的药品配了，递给院子，自回家去了。

那院子送进药，养娘、丫鬟煎好，捧与小奶奶。服后没有一个时辰，小腹绞痛异常，浑身火热，昏沉不醒，牙关紧闭，指甲青紫。养娘、丫鬟慌张了，传出报与蔡太师知道。

却说那日朝堂，会集各官，商议与大金夹攻辽国的军国重事，各出一见，纷纷不定，及至议定，又要进呈候旨定夺。直至一更三点，方得回府。院子先禀："小奶奶服药之后，十分危笃，专候老爷永诀。"蔡京闻知，惊惶无措，急至榻旁，见小奶奶四肢不收，瞳神反上，汗出如油。蔡京又恼又苦，叫道："你心中怎么？"奶奶喉中痰涌，沉迷不知，把脚一伸，已绝气了。蔡京大哭不已。原来这小奶奶年方十九岁，色艺俱绝，是扬州人。淮扬安抚用三千金聘来送到府中，是个专房之宠，怎不疼痛！唤干办速唤安道全、卢师越到来，送开封府治罪。

五更时分，干办回来，禀道："卢师越已唤到，安道全昨日城外拜客不归，禁门未开，不可出城，特复台旨。"蔡京道："天明速去拿来，不可迟误！"干办应诺而去。蔡京道："卢师越，我怎地看觑你，不肯用心，把我小奶奶药死了！"卢师越跪着说道："太师爷在上，小人深蒙垂盼，虽粉骨碎身，恨不能报，怎敢不用心？只是昨日小人并不参赞，也不诊视脉理，通是安道全主张。太师爷亲见的。"蔡京道："住了！你同是太医院官，若见他差误，就该阻挡。怎缄口不言，致伤我爱姬？倘龙驾有恙，也可坐视不救么？"卢师越道："安道全是神医国手，岂有差误之理？他有隐衷，要谋害太师爷，故先下此毒手。"蔡京道："你既知他隐衷要谋害，怎昨日不禀明？"

卢师越道："见太师爷要进朝议事，其说甚长，急切不能上禀。"蔡京道："你且起来讲。"卢师越站起说道："前日奉旨差往高丽医国王的病，尽是他主持，幸得安痊，不消说了。他对高丽王道：'主上荒淫，任用群小，交通大金，共破辽国，将来祸不旋踵，宗社丘墟。大王何不起一旅之师，乘机取其疆土？'此是输情外邦了。海中船覆，捞救的人就是梁山泊反寇李俊。诊他太素脉说：'非常富贵，位居九五之尊，我愿为辅。'那李俊即称平宋王，此是交结叛寇谋反了。及至回来，与乐和寄信到登云山孙立，阮小七指斥乘舆，喊道：'就是赵官家也吃我一顿拳头！'那——"卢师越把说话顿住了。蔡京问道："那什么？"卢师越只得说道："'蔡某奸贼，碎割了他方快我心！'这是毁骂君相了。小人句句可以对质。"蔡京大怒道："我只道他偶然差误，送去开封府，警戒一番。谁知辄敢大胆，如此作为？"叫写本的把安道全输情外国、结连反寇、毁斥圣驾、谋害大臣的密揭，飞马递到掌东厂太监胡公公处，速令进呈取旨，处以极刑，便来回话。写本的应诺，火速起稿。蔡京对卢师越道："我错怪了你！圣旨下来，处治了他，就升你掌太医院事。"卢师越叩头谢恩回去。蔡京一面厚殓小奶奶，自不必说。

看官，从来九流术士惯要五毒推排，小人故套，不足为怪。那卢师越萋菲贝锦，陷人死地。听言者但喜其巧言如流，阿谀尊奉，不知如花如玉的一个美人，被他轻轻断送了。然君子出言，亦不可不慎，明知谗人在侧，慷慨激烈，论及时事，被他印记在心，安道全也是自取其祸。昔贤曾有一首古诗，叹息道：

良金不范，美玉不剖。君子修身，浑朴自守。危行言逊，祸免生肘。
金人示诚，三缄其口。鸿飞冥冥，弋人何有？

把闲话丢过，说那蔡京密揭送到东厂进呈。那道君帝闻着蔡京的屁也是香的，见言多危词，岂有不准？御笔亲批道："安道全着大理寺勘问，严刑究拟具奏。"大理寺奉了圣旨，移开封府提解，差官坐守。公文到开封府，不敢迟缓，唤缉捕使臣火速拿到。分付道："大理寺奉着严旨，要紧钦犯，不比等闲，要限时刻到的。"问阴阳官："这时辰牌上是甚时候？"阴阳官回复道："巳时初一刻。"府尹道："若过午牌不到，你们俱是死数！"退堂去了。

缉捕使臣领下台旨，叫齐做公的，到安道全寓所去拿。只见萧让与金大坚闲谈，见缉捕使臣走进来，举手道："列位何来？"使臣道："我们是开封府的，要寻安先生。"金大坚道："敢是请去看病？"使臣恐怕说急了放他走脱，乘机答道："便是。"金大坚道："昨日到城外拜客不回，敢待这早晚就来哩！请宽坐一回。"使臣丢个眼色，做公的会意，将前后把定。使臣坐了好一会，有些心焦，一个探头望着日色，说道："已过午牌了，再耽延不得！待到里面寻。"萧让道："各有内外。怎么恁般性急？"使臣道："二位不知，安道全是大理寺奉圣旨勘问，着开封府提人，不是玩耍的。"萧让、金大坚才着了急，道："既然如此，列位自进去寻。"使臣不容二人转身，押到里面，各处搜寻，只除地皮不翻过来，眼见得不在了。使臣要二人到开封府回话。金大坚道："各人自己的过犯，与我们有甚相干，要去回话？"使臣焦躁道："一家有罪，九家连坐，何况同居的好朋友！方才老爷坐在堂上说'若过午牌不到，你们都是死数。'难道与我们有甚相干，是该死的！"萧、金二人出于无奈，只得随到开封府。

府尹见午牌已过，不见人到，又升堂等候。使臣禀道："安道全知风先遁，没处勾拿。拘得同寓萧让、金大坚二人回话，着他身上追究，自有下落。"府尹见二人不跪，问道："是什么样人？"萧让、金大坚打一躬道："是供奉职员。"府尹道："安道全是叛逆重犯，你怎的放他走了？"萧让道："他奉差回来，往各家探拜，昨日出城，竟不回寓。这是密旨，何人先晓？怎说放他？"府尹道："与你们同住，决知踪迹。若根寻出来，你二人身上便无事了。"金大坚道："他无家无室，哪里追寻？"府尹道："我不管！圣旨敕大理寺勘问，解到哪里，自去分辩！速唤该房备文申解。"萧让、金大坚叫苦不迭。

正是：楚国亡猿，祸延林木；城门失火，殃及池鱼。天下这样的事也是常有的。

不知后面如何结果，且听下回分解。

此回是一部中最吃紧处。李俊既到金鳌，远隔茫茫大海，掉转极难，所以翻海舶而救安道全，重新收拾山东、河北无数人物也。卢师越略点染凑撮几句，便成天大之祸。莫说蔡京，即正人君子听之亦当动念。三言投抒，良非虚语。

安太医遭谗先避迹　闻参谋高隐款名贤

【第十四回】

　　话说安道全出了相府，想："前日奉差时，诸大老多有钱赠，如今正务已完，好到各家探候。"回寓带些高丽纸笔之类，街上雇一个小闲的跟了。到城外拜张尚书，款住接风，宿了一晚。次早进城就去拜宿太尉，入朝未回，就打发跟的小厮，坐在客座等候。宿太尉午后才回。安道全上前参拜，宿太尉连忙携手，径进书房内坐定。太尉道："你可知蔡大师嗔你药死他爱妾，密揭奏你输情外邦、结连反寇，许多说话，已发大理寺勘问了。"安道全如劈头冷水一浇，满身发抖，半晌答道："并无此事。"太尉道："有个对头，是医官卢师越。"安道全方省得被阮小七斥辱之事，恳求道："医士从高丽回来，海中翻了船。幸得旧友李俊救起，送行李、盘缠得回。果是与乐和寄书到登云山孙立，卢师越被阮小七呵斥了几句，这是有的。若说药死他小夫人，医士有起死回生之术，这般病症，那样药方，怎么会死？这个缘故，一些不知。求恩相怜悯垂救！"宿太尉道："别的事还好主张，这是奉着严旨，又是蔡太师先进了密揭，怕一时分解不来。要留你在府中，恐一时漏泄，蔡太师见怪。你不可回寓，出京远避，再看机会与你分理。"安道全只得垂泪作别。太尉道："且慢，待我送些行李、盘缠，方可远行。"分付院子，"取几件衣被，包裹好了五十两银子来！"不多时，院子取到。安道全感恩拜谢要走，太尉道："且慢！大理寺仰开封府提人，拿你不着，定然城门上要盘诘。你可换上衣帽，做承差打扮，叫院子送你出城，说到南方去。"安道全千恩万谢而别，同院子到封丘门，果然守城门的官校奉开封府明文，缉拿钦犯安道全，凡出入的俱细细盘问。见安道全同院子出城，认得是宿太尉府中，不敢细查。

　　直送至郊外，谢了院子，背上包裹，惶惶似丧家之狗。正值隆冬天气，朔风凛凛，白日无光，衰草连天，黄沙卷地，好不凄惨！他原是文弱的人，不惯走长路，思量雇个牲口，前路又无定向，只得一步挨一步慢慢的走。到晚投下客店，打一角酒，一头吃一头想道："早知有这场是非，淹死海中倒也干净。金鳌岛是个好去处，李俊留我，不来也罢。那李俊将来必然发迹，只是远隔海洋，怎好过去？没来由与乐和寄信，连杜兴恰是两番了。登云山虽可容身，我已跳出火坑，怎地又走进去？"胡思乱想了一回，吃完酒，炕上宿了。

　　早起五更又行，离东京不上六七十里。只见两个人赶上来，叫道："安先生，你到哪里去？"安道全吃了一吓，回头看时，却不认得，支吾道："我自姓李，要到南边去。"一个笑道："不要瞒，我是宿太尉府中干办，昨日大尉叫院子送你出城的。"安道全道："我一时慌迫失胆，得罪了二位！可知我出城之后，开封府有人到府中寻访么？"干办道："开封府有这样大胆，敢到府中寻访？只是贵友萧让、金大坚拿去解到大理寺了。"安道全跌足道："怎好累他二人？如今二位到哪里去？"答道："太尉差到杞县下书，明日就回的，只在前边分路。"安道全道："自己脱逃，带累别人，心上过不去。我要写一封书谢太尉，并恳周旋二人，求二位带转去。"干办道："你的事重，不可分解。他二人不过着他根寻，太尉自然肯用情的。"把手指道："到那酒肆中打了中火，你就写起书来。"三人走进店中，唤酒保拿过酒肴吃了，安道全借笔砚写了书柬，取一两银子送与两个，把书呈送太尉，又自还酒钱。出门不上三里路，两个自分路去了。

　　安道全闻了此信，又增忧闷，一发走不动。挨了十多日，方到山东地面。若有牲口，一日走两站，客店是有定所的。他是步行，随路宿歇。看见日坠西山，路上人少，巴不到宿头，肚中饥了，脚又酸疼，问到歇处，还有十里。长吁短叹，又过一二里，望见一座村坊。官道旁有一所庄房，门前两三株古木，屋背后枕着山冈；左边一条小石桥，满涧的水溅；有一老梅横过涧来，尚未有花，一群寒雀啄着蕊儿，见人来一哄飞去。里边走出两三个小童，抱着书包回去。随后有个人出来关门，高巾道服，骨格清奇。

安道全向前拱手道："在下是过路的，不合贱体羸弱，一时巴不到宿头。斗胆欲借贵庄权宿一宵，房金明日拜纳。"此时夜色朦胧，月光未上，识不出人。那人对面一看，见他气象儒雅，且说得恬静，答道："是斯文人，不妨。只是荒僻有慢，请进里边来。"安道全随入草堂，作揖坐下。里面小厮点出灯来，放在桌上。两个面庞相对，看得仔细，那人道："尊驾可是安先生？曾在东京会过。"安道全有事在身上的人，不敢即便应承，便问："足下上姓？厮熟得紧。"那人道："小可便是闻焕章。"安道全方才放胆，道："久违芳范，一时称呼不出，足下便是。"

闻焕章大喜，重复施礼，进去一响，方始献茶。说道："安先生，你供奉朝廷，王公大人不时晋谒，车马盈门，怎生独自一人来到这里？"安道全道："奉旨到高丽疗痊了国王的病，回到海中翻了船，险些伤了性命。幸得有人救起，名利之心已冰冷了，思量回到敝乡，图个安闲。不想得遇台兄，连日客途，心绪不宁，今晚可以稳睡了。"又道，"台兄与高太尉文厚，何故却在此间？"闻焕章笑道："哪里什么交厚？势利而已！生无媚骨，曳据侯门，非我所愿。来此避喧求静，教几个蒙重度过日子，倒也魂梦俱安。"谈论之间，小厮捧出酒肴，相对而饮。闻焕章道："先生此来，自非偶然，昨夜先有吉兆。小生无子，单生一女，年已长成，性颇端庄。拙荆亡过，主持中馈，全亏是他。不意得一奇疾，白昼昏沉，终夜不寐，肌肤憔悴，饮食减进；又且独言独笑，精神恍惚，远近无有名手，再医不好。几遍要来迎聘先生，恐贵冗不能远来，又家寒难措舆从之费，所以未果。今日从天而降，小女可以得生了！"安道全道："诊脉必须平旦，明日自当效力。"两个俱是高人，情投意浃。饮至更余，用过晚饭，引至书房安歇。土垣茅屋，纸窗木榻，潇洒无尘。又啜一杯茶，闻焕章叫声安置，自进去了。

安道全连日劳顿，客店里未免有些戒心，此间高枕无忧，一觉睡去，直至红日三竿方才起身。梳洗毕，用过早膳，闻焕章迎进卧室。闻小姐在帐幔中伸出玉腕来，安道全调和气息，细心体认，审过左右手三部九候，说道："脉理已明白了。只是古方书上说得好：'病有四要：望、闻、问、切。'不揣要看小姐面庞一看是何颜色，方可定那药案。"闻焕章教养娘揭开帐幔，安道全略看一眼，面如满月，眉细目清，好个福相，只见色带浮红。同到书房内，论道："小姐这症是七情所伤，以致神魄失守，阴阳互格的症候，须得一月之功，方可痊愈。"闻焕章道："先生真神人也！果是荆妻亡过，小女至性过人，终日悲泣，以致如此。昨晚不曾说完，小女病剧，小可望空祈祷，梦一天女对我说道：'明日天医星至，病自得痊，后为一国之母，不可轻许了人。'今得道兄蓦然枉临，岂不是天医星？国母之言，只是未可深信。小可寒素之家，哪有贵戚来聘？若是眼前这班权要富贵，又不在我眼上的。"安道全道："令嫒脉理清而纯，相貌庄而厚，自配大贵之夫。天缘必然凑合，不必挂怀。只是药饵不备，怎处？"闻焕章道："不难，此间离东昌府只有二十里，应用的药先生开出来，遣人赎来便是。但要屈留一月，唯恐归思难阻，又且简亵有慢。"安道全道："既蒙见委，自当始终其事。"闻焕章大喜，开下药帐，教人到东昌赎了回来。制炮得法，眼下去便觉宽舒，晚间熟睡。

安道全恐露圭角，只在书房静坐，再不出门。将及一月，小姐病已痊愈，精神倍复。安道全要作别起程，闻焕章留住道："小女得先生神功治疗，已得再生，无恩可报，正当残冬腊月，道路寒冻，行走不便。盘桓几时，略等天气和暖，小尽芹意，方可送行。"安道全称谢住下，与闻焕章朝夕谈起，知是正人君子，说也无碍，将身上的事尽行吐露。闻焕章道："既然如此，一发不可就行。先生被小人谗谮，都是有影无形的事，且再消停，待我央人到东京探听，若得宽解，回到仙乡方为安稳。"安道全因此放心耐住。

一日腊尽春回，大雪初霁。闻焕章道："桥边那树梅花渐开，我同道兄到门外一看何如？"安道全欣然而出。两个站在小桥上，疏影暗香，自甘清冷，屋后山冈积雪如银，背着手玩赏。安道全蓦然回过头来，见两个人带着行枷，背后两个人，提水火棍，劈面撞见，吃了一惊，却是金大坚、萧让。金大坚在前叫道："安——"萧让连忙摇头，接口道："张员外，恰在此相遇，正要附个信儿，借一步说话。"走远了二三十步，附耳道："前日开封府使臣缉拿兄长。不见了，便要我两个回话。府尹不准诉理，申解大理寺，拶逼得紧。幸得宿太尉申救，从轻发落，刺配沙门岛。又分付解子不许难为，只是兄长囊中药资，衙门内都用尽了。"安道全道："小弟那日去拜宿太尉，方晓得被卢师越谗谮，又换过我定的药案，毒害蔡京爱姜，故此深恨，密揭奏闻，置我死地。宿太尉叫不要回寓，赠衣服、盘缠，送我出封丘门。路上逢着他府里的人，闻得连累两位，寄书嘱托。行到这里，会见闻参谋，留住治他令嫒的病，故此耽住。我起初只道牵连两位，几日自然无事，不想深累至此。我自身做事自身去当，就一同到东京挺身认罪，释放两兄。"萧让道："不可。我两个不过是干累人，罪名还轻。兄长若去，性命必然不保。况累已过，罪满回来，再图出身。所以金兄叫出尊姓，小弟摇头接叫张员外。"安道全道："闻参谋是正人君子，通晓得的。同解子到里面一坐，好谈心曲。"萧让走回，对解子道："适遇乡亲张员外，要写封书信，有屈暂停片时。"

四人同进草堂，闻参谋会意，忙备酒饭。寒风冻雪，路上辛苦，解子见了热酒，流星赶月的吃。安道全又殷勤相劝，不觉沉醉。闻焕章道："天色已晚，到宿头还有十余里，不妨在此草榻。两位是故友，可以担待的。"解子醉了，正走不动，趁便说道："两位有宅眷在京，况且宿太尉嘱咐过的，我们公人也看好歹，只恐打搅不便。"就先吃饭，到房内安歇。

四个添酒肴，吃了一会儿，安道全致谢道："我命运乖蹇，遭此奇祸，就死也是该的。牵累两位兄长，于心何安？"金大坚道："朋友们义气为重，替死何妨？只有贱眷们在京中无人照管，未免担心。"闻焕章道："小可有个见识。小女幸得安先生医好了病症，无可报效。今日两位既为安先生牵累，小可理当分忧。两位长兄何不修起家信来，小可亲自进京，接了宝眷来与小女相依，日后遇赦回来，重复完聚，尊意若何？"萧让道："兄是古德君子，可以托妻寄子。若是恁地，我们到沙门岛也安心了。"吃过晚饭，二人各自修书。安道全取三十两银子，送作盘费，说道："待闻先生接到宝眷，安顿好了，我去泰安州进过香，就来岛中相会。"当夜宿歇。五更又吃酒饭，洒泪而别。

过了两日，闻焕章收拾行李要到东京，安道全修一封书，去谢宿太尉。闻焕章到京，把萧、金家信与二位娘子，说知来意。次日参谒宿太尉，呈上安道全书札。太尉拆开看了，说道："难得足下如此高谊！去对安医官说，事虽冷了，尚未可出头。近因朝廷与大金通好，谋伐辽国，蔡大师日进朝堂共议军国大事，无暇料理细务；我又向大理寺讲了，故此萧让、金大坚得从轻刺配，不然要问连坐的罪名哩。"闻焕章道："安道全蒙太尉深恩，萧、金二人又得垂救，衔结无既。"太尉道："本欲留足下小饮，也要进朝堂议事，不敢有屈了。"叫院子取书仪相送，闻焕章拜谢出府。到萧、金寓中，二位娘子束装已完，雇两乘车子坐了，自己跨上牲口，取路到东昌，往返一月有余。且喜路上平安，到了庄门，下了车子，各收细软包裹进去。

原来萧让也有一女，年方二八，容貌秀丽，姿性聪明，女红针指无件不精，更兼父亲教他，文墨皆通。二位娘子俱备贤惠，平日同居，如妯娌一般。安道全见过礼，闻小姐接进，口称姊姊，甚是亲热。见萧小姐才貌，互相敬爱，亲姊妹一般，真是异性骨肉，和顺得紧。闻焕章对安道全说道："太尉说，京中事务，虽是冷了，还要隐秀。前日与大理寺讲了，萧、金二人故得放松。他又送书仪与我。朝廷新与大金通好，不日出兵，夹攻辽国。都是童贯、王黼主张。满朝文武知非良策，哪个敢开口诤谏？恐不日有一番大变故，萧、金二位娘子出京倒好。倘日后有事，女流之辈，怎好支持？"安道全道："多亏先生为着小弟费一番跋涉，真是古人所难。萧、金两嫂已到贵庄，万分安妥了。天气和暖，东岳圣诞已近，小弟进过香，去沙门岛回复他一声，明早就行。"闻焕章知留不住，置酒送行。萧、金二娘子道："伯伯进过香，千万到那边一看。有个家信烦伯伯捎去。我们有些积蓄，可以度日，不必挂念。"安道全又嘱咐一番，谢过闻焕章，五鼓起身，背了包裹，径向泰安州进发。

行了两三日，晌午时分，走得饥渴，道旁见座小酒店。进去拣副座头，放了包裹，叫打角酒来，有什么素菜点心，一发要些。酒保取角酒，一碗麻辣爝豆腐，一盘素蒸卷。吃完了，正要起身会钞，见两个人也进店吃酒，叫道："张员外，你到哪里去？"安道全看时，却是解萧、金二人的解子，答道："我到泰安州进香，二位到沙门岛，怎地往回得快？"解子道："不要说起！经过登云山下，撞出一伙强人，劫了两个秀才上山，要杀我们。原来那秀才和强盗是一般的人，看来是旧相与，亏他二人力救，饶得性命。那大王倒好，赏二十两银子与我们做盘缠，打发回来。员外去进香，路上香客正多哩！"安道全别了出门，寻思道："他二人在登云山权且安身，省得到那沙门岛经这风浪。我进过香，就到登云山看他。"又想道，"神行太保戴宗闻得在岳庙里出家，寻着他便好作寓。"

又行两日，到了泰安州，寻问戴宗，果然在岳庙里。厮会着戴宗，不胜之喜。问道："安先生，你在东京供奉，怎得到此？"安道全道："有许多曲折，一言难尽！"便把前边事迹说了，"今特来进香。"戴宗道："皇天再不容人安闲的！似先生这般高品，又惹出事端！我所以看破了，纳还官诰，誓不入利名场中，出了家，尽是散诞。今日是三月廿六日，且消停一日，后日早上进香。"摆设素斋相待，共谈心曲。安道全道："明日总闲在这里，闻得海中日出甚是好看！"戴宗道："只要起早些。"说罢就寝。

到五更，戴宗引安道全到日观峰上。其时尚早，星斗斓斑，海中墨黑。停不多时，见一道红光从海底透上来，霎时霞光万道，一轮红日涌上，照满乾坤，无一点烟雾。两人坐在大石上，渐渐看见升起数丈，方走下峰来，下面还是黑胧胧的。早饭后，各处遍览胜迹。

廿八日三更，听得一派仙乐，与圣帝上寿。安道全沐浴更衣，捧了信香，同戴宗到嘉会殿的山门前，望见上山进香的，一带火光，足有数十里远近，火龙金蛇一般。霎时间，人山人海，挨挤不开。龙香宝炬，瑞气氤氲，果是万年香火。礼拜已过，下得殿来，垒台上原有教师，只是没人放对。安道全道："当初燕青与任原相扑，何等气概！今皆烟消灰灭了，可叹，可叹！"回到庙中，对戴宗道："院长，你昨日说皇天不许人安闲，你看那轮红日，东升西没，万古奔忙，天也不得安闲哩！人要见机，得安闲处且安闲。我在朝廷供奉，往来都是王侯贵戚，鉴貌辨色，鞠躬尽瘁，有何意趣？倒不如院长放下名心，逍遥自在！我一时口直，被人谗谮，若无宿太尉救拔，送我出城，已做刀头之鬼！自己受罪是应该的，又连累别人抛家失业，心上大不过意。如今把他家眷安顿好了，到登云山回复一声，重到这里和院长出了家，做了道士，虽不能羽化登仙，眼前落得清闲。况久混红尘，受尽波奔，还不得干净哩！"戴宗道："安先生，你有妙术在身，四方相求的多，哪容你自在出家。只怕到登云山，弟兄们就不放你转身哩！且再消停几时，慢慢去会他不迟。"正叙论间，见香火道人来说道："本州太爷来拜院长。"戴宗道："为什么事来拜我？"安道全道："恐怕为我身上事。"戴宗道："未必。你且在后房，看他来有何事故。"

有分教：兵戈动处摇山岳，羽檄交驰见废兴。

不知州尹毕竟来怎地，且听下回分解。

此回写得两贤相遇，并无矫饰。萧、金不出怨言，闻焕章慨然托妻寄子，世人尽若此，绝交论不必作矣。山岳顶观日出一段，高怀远想，稗乘家无此寄托。

大征战耶律淳奔溃　小割裂左企弓献诗

【第十五回】

　　话说安道全与戴宗闲谈，忽闻泰安州太守来拜。安道全退入后房，戴宗出迎，上前参谒。太守拖住道："尊驾曾为朝廷建功，虽不愿受职，亦应除都统制之衔，文武并职，岂可行这个礼？目今童枢密镇守北京，会金兵破辽，知尊驾有一日能行八百里之具，奏过圣上，原授都统制之官，屈到军前效用，本州亲赍敕命在此。"戴宗谦让道："治下原系两院节级，为宋江之事牵上梁山，幸受招安，立有微劳，征方腊回来，纳了官诰出家。年非少壮，岂能任此？望台相申复童枢密，缴了敕命，实感大德。"太守道："圣旨既下，谁敢缴纳？况童枢密颙望已久，本州为此亲来劝驾。钦限甚紧，速行勿误。"叫左右放下敕命，上马而去。

　　戴宗呆了半晌，走进对安道全道："这冤孽账又来了！如今怎处？"安道全道："果然皇天再不许人安闲。太守亲自来请，若不去，必然见罪。没奈何，只得再混一混。小弟即此告别了。"戴宗道："上命难违。我也明日到州里辞过太守，只得启行，再图后会。"又共饮几杯素酒，怏怏而别。

不说安道全到登云山，单话戴宗次早见过太守，结束行囊。若论都统制职官，该有跟随的，因他有神行之术，哪个赶得上？原是旧日打扮，从山东取路到河北。不消几日，到了大名府，寻寓所安顿。明日辰牌，辕门上递了禀揭。童贯升帐，唤旗牌官传进。戴宗参谒已毕，童贯好言抚慰道："本枢久仰神术，奏闻奉旨，加授职衔。目下用兵之际，凡各省文移往来，恐有稽迟，特取尔传递。功成之日，叙提升赏，你可尽心供职。"戴宗道："卑职已出家为道士，蒙恩相见擢，本州官自来催促就道，倘立微劳，望恩相原放还山。"童贯道："你既厌尘俗，破辽之后，就提授本宫提点便了。"戴宗拜谢而出。

原来，这几日童贯正遣赵良嗣持书至金。其略云：

> 大宋皇帝致书于大金皇帝：区承信介，宣布函书，致罚契丹，遥闻为慰。雅示同心之好，共图问罪之师。诚意不渝，当如来约。已遣枢密使童贯勒兵相应。彼此兵不过关，岁币之数同于辽。

金主看了道："金兵自平地松林趋古北口，宋兵自白沟夹攻。"赵良嗣拜诺而回，奏闻。道君皇帝大喜道："卿可谓国之良栋。可速去与童贯出师，不可失了大金之约。兵马钱粮，任从调用。"赵良嗣谢恩而出。

道君皇帝即到上清宝箓宫，听林灵素讲道经，铺设大斋，谓之"千道会"。林灵素道："天有九霄，惟有神霄最高。玉清上帝之长子王南方，号长生大帝君，陛下是也。蔡京即左元仙伯，王黼即文华吏，童贯即褚慧下降，共佐帝君之治。"时刘贵妃方有宠，林灵素又说他是九华玉真仙妃。帝心独喜其事，甚加宠信，赏赍无算。其徒美衣玉食者，几二万余人。那时，郭京亦同王朝恩回京，复投在门下，十分用事。

不说道君皇帝尊崇道教。再说金主与宋朝盟约之后，即起倾国之兵，命粘没喝为大将。至混同江上，夜眠就枕，像有人摇醒他，一连三次。金主惊醒道："这是神明警我！"下令三军，鸣鼓举燧而行。到江边无船可渡。金主骑赭白龙马，径到江中，传令道："看我鞭梢向哪里，就依着走。"大军果然跟了，水才浸到马腹。上了江岸，遣人回到渡处一探，深不见底。军士踊跃大呼道："这是真命天子了！"

到了界口，那辽国大将萧嗣先统兵十万，扎营拒守。见金主领兵到来，列成阵势。三通鼓罢，萧嗣先立马横刀，说道："汝向为大辽属国，何故与宋朝结连，倒来侵犯？"金主笑道："你家气运已绝，特来捉你昏君！你若识得天命，快下马投降，免你一死。"萧嗣先大怒，一刀砍来，粘没喝挺枪接住。战了五十余合，未分胜败。忽然西北上大风倏起，飞沙走石，尘埃蔽天。辽兵不能开目，各自奔走。萧嗣先被粘没喝一枪刺于马下。金主挥鞭赶杀，辽兵大败。金主乘胜赶去，追到黄龙府，有辽国都统军萧敌里守住。金主四面围困，率兵攻打，萧敌里抵挡不住，弃城而走。

金主领兵占了黄龙府，与粘没喝、兀术四太子、勃堇商议道："我自起兵以来，所向无敌。如今兵精粮足，拓地万里，我意欲建号称尊，你道何如？"粘没喝道："辽主暗弱，势如破竹，幽燕之地，唾手可得。宋朝主骄臣佞，虽有盟约，他日乘便进取，中原疆土不日是我们的。况且前日在混同江神明警示，马渡深渊，明明是天助我们，亟宜行事。"金主大喜，遂称皇帝，改号收国元年。金主道："辽以'宾铁'为号，取他坚固意思。宾铁虽坚，到底变坏，只有金子不变不坏的。金是白色，我姓完颜，尚白，国号'大金'，改讳为'旻'。"即位于虎水之上。群臣毕贺，郊天祭地，大赏三军，连夜催兵进发不提。

宋朝闻得金主大破辽兵，即加童贯为河北、河东路宣抚使，以开府仪同三司蔡攸为副，赵良嗣为监军侍御史，点羽林军二万夹攻。童贯升帐，与蔡攸、赵良嗣计议道："金兵已破黄龙府，建号称帝。辽国看看难支。我这里兴兵，直过白沟河，事不宜迟。"赵良嗣道："辽涿州留守郭药师与卑职结盟好友，待卑职差人送一封书去，他必解甲来降。若得了涿州，辽国已失左臂，破之何难？"童贯道："既然如此，你作速差人去。"赵良嗣即修了书，星夜送到涿州。

那郭药师看了，即便回札，约大兵到涿州，开门相待。童贯见回书，郭药师已肯投顺，即统十五万大兵，同蔡攸、赵良嗣直到涿州。郭药师郊迎进府。童贯握手安慰道："公知天命，一旦来归，真是英雄识量！本枢即刻奏闻，除授显职。"郭药师道："枢相威震远近，末将久已要来归附，又有好友赵良嗣先在幕中，敢不箪食壶浆以迎王师？但辽国大将萧干统精兵在良乡，必来相争。枢相宜先发制人，萧干自然束手就缚。"童贯即遣刘光世、赵良嗣领兵五万，郭药师为向导，直抵良乡。萧干领兵出战，两边排成阵势。刘光世出马，那刘光世是刘延庆之子，勇力过人，广有谋略，后来为中兴良将，所谓张、韩、刘、岳也。萧干更不答话，冲杀过来，刘光世接住，战了三十多合。郭药师、赵良嗣分两翼兵冲进，辽兵大溃。萧干虚晃一枪，落荒逃走。乘势夺了良乡县，把兵屯住不提。

且说萧干败回，见辽主道："郭药师据涿州降宋，童贯率师夺占良乡，臣抵挡不住，乞主上御驾亲征，庶可保全疆土。"辽主道："金兵已破辽左，直抵城下，势甚浩大。虽是亲征，两头来攻，首尾难救，如之奈何？"丞相左企弓奏道："宋朝向与本国约为兄弟，不若遣人到童贯处，原修旧好。缓了宋师，方好拒敌金兵。"辽主依议，就差官到童贯帅府，把书投下。童贯看道：

> 金之叛本朝，亦南朝之所甚恶也。今射一时之利，弃百年之好，亲强暴之邻，启他日之祸，谓为得计可乎？救灾恤邻，古今通义，唯大国图之。

童贯看罢，与诸将计议。赵良嗣道："垂成之功，岂可毁于一旦！况与金国定约，又与辽国通好，没有这个道理。"童贯不许，把使臣推出辕门。

辽主见童贯不肯，心中惶迫。萧干道："事急了！须背城一战，不可束手待毙。"辽主不得已，尽点国中的兵，尚有三万，扎一行营，等候交战。

金主通知童贯，遣粘没喝、兀术、勃堇、干离不分为四队，自领铁骑做中军。童贯也差刘光世、辛兴宗、郭药师、赵良嗣分作四队，自部中军。四面八方布定，漫山遍野，尽是两国之兵，鸣金伐鼓，呐喊摇旗。辽主见了忧惶无措，只得乘马出阵。左有萧干，右有左企弓。未及接战，金主领铁骑直捣中营，八营兵马一齐冲突，辽兵胆颤心凉，无心恋战。萧干护了辽主并萧太后，突围出奔天德；丞相左企弓率领文武表降金主。

事已大定，那童贯就遣郭药师进京奏捷。道君皇帝大喜，设太牢告了宗庙，受君臣朝贺，宣郭药师进后苑延春殿，玉音加劳道："卿知顺逆，首建大功，百年逋寇，一旦消灭，朕之本愿足矣。特授卿为宣抚使，知燕山府事。"郭药师俯拜庭下，泣谢道："臣在辽国，闻大宋皇帝如在天上，不图今日得觐龙颜，实为万幸。"顿首谢恩。道君皇帝道："燕山府与大金为界，卿可尽心防守。"郭药师道："敢不竭力效死！但前日在海上与大金定约，燕云十六州之地，复归于宋。

今疆界未明，乞差赵良嗣同臣到大金，分画已定，再来复命。"道君皇帝道："卿能若此，真是社稷之臣！"解所御珠袍及二金盆赐之，又张水嬉在金明池，使他纵观，并赐甲第、姬妾，传谕贵戚大臣更互设宴，宠遇甚隆。

郭药师谢恩而出。回到燕山，同赵良嗣领了敕旨，来到金国朝见金主，致道君分界之旨，并求营、平、滦三州。金主道："初与宋约，营、平、滦非石晋所赂故地，乃刘仁恭所献的。特与燕云六州，共是蓟、景、檀、顺、涿、易。"赵良嗣道："臣由海道与陛下矢约，原许山前后十六州。今若如此，信义何在？"金主道："汝出兵失期，燕云是本朝兵力攻下，租税当输本朝。"赵良嗣因道："租税随地，岂有一边管地一边收粮的？"金主道："燕租六百万，若要全得，输我代税银一百万。不然，还我涿、易旧疆。我提兵按边，平、滦就要做边境也不可得了。"只因这时辽相左企弓以诗献金主，其末句云："君王莫听捐燕议，一寸山河一寸金。"金主细思，忿然作色，遣赵良嗣、郭药师回朝，定议画定疆界，置榷场交易，每岁旧输四十万之外，又加代税银一百万，造使贺正旦生辰。金主下令班师，凡燕云金帛子女、职官富民尽数掠去，唯剩空城而已。

朝廷以复燕云之功，加王黼太傅，封楚国公；蔡攸少师，封英国公；童贯太尉，封豫国公；赵良嗣为延康殿学士。自此两家和好，息境安民，不在话下。

昔贤有诗叹曰：

> 泽国江山入画图，生民无计乐樵苏。
> 凭君莫话封侯事，一将功成万骨枯。

话说童贯封了豫国公还朝，十分威赫。那戴宗奔走传檄，受尽劳苦，幸得大功已成，息兵罢战，见童贯禀道："卑职蒙枢相委用，日夜辛勤，今得平静。枢相已建百世之功，乞准卑职还山。"童贯道："我知你积有功劳，业已汇题进呈，不日旨下，就是泰安州本宫提点。再候几日，领了敕诰回去。只是还有一角紧急文书，投到江南建康府。领了批回来，圣旨也就下了。"戴宗推辞不得，只得领了文书，回到寓所。

次早结束了，换上多耳麻鞋，取四个甲马缚在腿上，如腾云掣雾一般走去。见天色已晚，投着客店，取下甲马，把纸钱烧化了，讨些素酒饭吃过，上床安寝。辛苦的人，便鼾鼾睡去。忽有一黑凛凛大汉推醒道："我奉宋哥将令，和你到一处去。"戴宗看时，却是黑旋风李逵，忘了他已死，说道："哥哥有甚将命？"李逵道："你且起来，与我也缚上甲马。前番请公孙胜时，被你作耍怕了，我再不吃牛肉哩。"两个出了门，挽手而行。忽行到一处，大水漫漫，一望无际。戴宗道："恁般大水，怎么去得？须寻个船渡过。"李逵道："不消船，你跟我来。"踏水如登平地，到一国土，宫室壮丽，金阶玉陛，文武班齐，有一王者坐在殿上。李逵道："同你进去。"戴宗道："这是什么所在？好轻易进去！"李逵道："少不得你也到这殿上坐，我却不能够了。"戴宗偷看时，却有些认得，又一时叫不出。李逵要拖进去，戴宗不肯。李逵圆睁怪眼，喝道："你这厮好不忠义！哥哥的将令倒不遵，却与童贯这奸贼递文书么？"腰间拔出双斧，劈面砍来，戴宗一闪，醒来却是做梦。寻思道："好不诧异！为什么梦见这李铁牛？他怪我与童贯递文书，他是个直性汉子，死去还恨那奸党。我也是没奈何！又说'这殿有你坐'，解说不出。梦是幻境，却自由他。"听得鸡鸣，起身梳洗，算还了房钱，出门又走。

不消四五日，已到建康，寻个寓所安歇。次日换了大帽箭衣，军官打扮，到建康府投递文书。见批文上是都统制，太守不敢怠慢，延至后堂，分宾主作揖，送座留茶，说道："台驾亲临本府，自当速行备办，五日后定然有回文。"少停，有薄仪专役奉上，戴宗致谢，知府送出仪门。戴宗又换便服，各处游玩。到第三日，本府有两个孔目前日解钱粮到童贯军前，与戴宗厮熟，又周旋款待了他。闻得戴宗来递文书，要还个礼，到寓所探望，就邀到府前大街上酒馆内，有新到姑苏的梨园，演得好院本，搭一桌儿酒相款。

三个人刚转出大街，见四五个大汉扭住一个人，骂道："这有名的强盗，到这里欺负人！同你去见太爷！"那个人挣扎不脱。戴宗劈面一看，叫道："蒋兄弟，你为甚与人厮闹？"那人抬头见是戴宗，喊道："院长救我一救！这班白日鬼赖了我货物，反毒打我，要扯我到官。"戴宗道："放手！"那为首的大汉道："谁要你管这鸟事？"只是扯着走。两个孔目喝道："你这厮忒煞无礼！这位是童枢密差官，怎敢无理？还不放开！"那大汉认得本府孔目，只得放了，道："且慢慢和他讲。"扬扬走去。

那人正要分诉，孔目道："既是统制贵友，同到馆中坐定，慢慢的讲。"一把邀进酒馆，正面设一席盛酒。孔目送戴宗与那人上座，两个孔目东西列坐。馆中摆满酒席，因孔目分付，留这正席，候到了梨园子弟，方呈院本。酒过三巡，戴宗道：“兄弟，你几时到这里？和这干人费嘴！”你道那人是谁？便是神算子蒋敬，漳州人氏。蒋敬道：“小弟不愿为官，回到家里。闲坐不过，拿些本钱到四川，贩些药材到建康发卖。这大汉叫作中山狼甘茂，是本地破落户，专一揩赖客货，行凶健讼。牙行忌他威势，赊把他黄连、川附，共价一百两，约定十日之后完银。岂料三个多月，不见一厘。要讨起账到湖广买米，心焦得紧。早上和他讨取，他平白地生出一片话来，道在梁山泊时劫了他千金赍本，叫这干无赖乱打，扭到建康府，要太守解到东京。你道有这道理么？”戴宗对孔目说道：“我这兄弟姓蒋名敬，也受了招安。征方腊有功，也该授统制之职。他纳了官诰，守本分做些生意，这里光棍赖了他货物，生造这无影的话来。少不得后日领批回要辞谢太守。就求大爷与他追本正法，还要仗两位做主。”孔目道：“这甘茂几番闯祸，府尹也曾处他，再不改过。统制先说了，少不得要我们录案。孔目决断，自然追还银子，问他一个大大的罪名。如今且吃酒。”戴宗、蒋敬致谢不已，直饮至更余方散。戴宗对蒋敬说道：“你同我宿了，明日去禀太守。”又谢了孔目，同到寓所。

蒋敬道：“兄长你在岳庙出家，因甚至此？”戴宗攒着眉说道：“我已脱离世网，谁知童贯奏过圣上，仍加都统制之职，取我军前效用。本州知州亲自来请。到了北京，替他传文递檄，奔走了半年。前日力辞还山，又要我递这角紧急文书。这一回去缴了批回，原旧出家了。朝廷新与大金通好，灭了辽国，少不得还有一番大变乱哩！你可知李应、裴宣们占了饮马川，阮小七、孙立结寨登云山么？兄弟，我明日与你追了银两，回到家里置些田产，将就过活，再不要揽事了。”蒋敬道：“这个自然。小弟识破世情了。”两人同榻，又讲了半夜话。

次日进府，把甘茂赖了蒋敬货物诬陷打他的事说过，太守即刻押拿甘茂到堂上，请戴宗坐在后堂听着，打了三十大板，立追原价给蒋敬。这是两个孔目送情。戴宗谢过太守，领了批回出府，又同蒋敬去谢了孔目，就与蒋敬分别。

正是：患难相扶逢故友，金兰交契凤同心。

不知后事如何，且听下回分解。

夹攻辽国，是第一失着。悉依正史敷演，故无奇特处。

浔阳江闷和酒楼诗　柳塘湾快除雪舟恨

【第十六回】

却说戴宗与蒋敬追还银子，领了批回，自到河北去。蒋敬讨完账目，共有五百两本钱，还剩二三十两的零星账尾，一时不得清楚，寻思道："建康连年亢旱，荒歉无收，米价涌贵；湖广甚是丰熟，若贩米到这里发粜，自然多有利息。倘耽迟久了，米船来得多，利钱轻了。把这账目且丢在这里，后次再来催讨。"算计定了，到龙江关上写了一只江西三板船，把行李装好，烧了神福开船。两个艄子却也小心服侍。蒋敬道："不曾问得艄公的姓？"一个大头、阔脸、腿矮、身肥的答道："我姓陆。那个伙计姓张，尊号雪里蛆。"一个眉浓面削的后生笑道："你的尊号就不说与客官知道！叫作癞头鼋。"玩笑了一会儿，却好东北风，上湖广是当艄顺。赶着船帮湾歇。

一路风好，不消十来日，将到江州。还差三十里，江面陡然转了西风，掀天白浪，行不得船。少顷，彤云密布，大雪飘飘，一个伴船也无，只得收了港。是个荒凉去处，艄公认得地名，叫作老鹳渚，岸上不过十数户人家。雪里蛆道："不遇这场风，此时已到家里了。"癞头鼋笑道："只是你家嫂子没造化，又要忍着一夜凄凉。"又道："我们连日扰着客官，今日湾船，弄些酒菜来还个礼。"跳上岸去。蒋敬道："不消，若要买，我这里有银子。"雪里蛆道："是小人们一点孝顺，难道客官怕没有银子？"不多时，提了一只大公鸡、十来个鸭子、一段鲟鳇鱼，酒店后生抱了一坛熟白酒，送到船里。两个整治得停当，摆在舱里一同坐下，殷勤相劝。蒋敬因风寒雪冷，一连吃了十多碗，猛然想道："这般荒僻去处，两个船家口甜貌恶。我是单身，恐不怀好意。"又想道，"梁山泊好汉，怕他怎的！"又吃上几碗。又想道："当初浪里白条张顺过扬子江，也着了道儿，还是少吃些好。"推辞不饮。癞头鼋把篷推开，叫道："客官，你看这般大雪，寒冷得紧，还亏得几杯酒做里牵绵。无物孝敬，再开怀畅饮。明日到了江州，若要换船，不消说；要送上湖广，就去。难得客官这般和气，真是老江湖！"只顾斟来。蒋敬又吃两碗，坚辞不饮，讨饭用了。船家收拾已过，蒋敬展开铺盖，腰刀放在头边，不脱衣服，把被浑身卷了自睡。此时也有五六分酒意，容易睡熟。

约莫有三更天气，朦胧中听得响动，连忙坐起去摸那腰刀，不见了。雪光照进，舱中明亮，见癞头鼋就拿那把腰刀，船头上钻入来；雪里蛆拿一把柴斧，后艄爬进。蒋敬心慌，并无器械，势急了，把身子一挺，那扇箬篷掀在半边。癞头鼋劈面把刀砍来，蒋敬一时无措，踊身向那江中一跳，扑通的沉了下去。癞头鼋道："伙计，斩草不除得根，恐怕有碍。"雪里蛆："自古道：'江无底。'莫说这厮是旱地上蛮子，不识水性；就是识水性的，这般雪天，冻也要冻死。只管放心。但不知他包裹中有多少财物？若不是银子，干做了。"癞头鼋道："打开来看。"雪里蛆便把被套子一提，抖出两大包，把青布裹着。解开一看，都是大锭纹银，雪色耀目，分外晶莹，约有五百余两。两个欢喜不尽。雪里蛆道："我和你对分了，你去娶一个嫂子，好做家业。"癞头鼋道："分什么！左则在你家里，若娶了妻小，反多牵绊，且再商量。"此时雪下得深，风息了，两个驾桨掉船，径回江州去了。

有诗为证：

贪夫徇利不知休，黑尽心肠白尽头。
世上若无阿堵物，华胥国里可遨游。

却说蒋敬，被两个艄公谋财害命，前后砍来，仓皇无计，只得跳下江中，还亏得他是湘江人，从幼识得水性，猛力一跳，沉了下去。到得江底，把脚一撑，重游起来。竭力爬到岸边，却不是泊船的老鹳渚，通是芦苇，寻不出路。况又严寒大雪，身上湿衣服拖住，冻得发颤不止。拨开芦苇，挨步向前。上得高岸，一望茫茫，都是琼瑶碎玉，又踏着雪寻路。忽见松林里隐约有些灯光，拼命走去，原来是个小茅庵。不防雪里横着一块青石，踏着一滑，扑地倒了。吃惊受冻的人，一时挣扎不起。

那茅庵有个老僧，五更起来做功课，听得门外有呻吟之声，开门出来。见雪地上有一人倒着，发慈悲之念，用力扶起来，衣服浑是冰水。搀进庵里，泡碗姜汤与蒋敬吃了，叫脱下湿衣，拿件道袍换了，烤起火来。有一个多时辰，蒋敬方说得话出，谢道："多亏老师父救了性命！"老僧道："想是在江中吃人暗算了？"蒋敬道："被两个艄公将酒劝醉，半夜里拿刀砍来，我无计可施，只得跳在江里。"老僧合掌念声佛，道："只愿他长福消灾。"蒋敬倒笑起来。天色已明，老僧做些素饭用过，替蒋敬把衣服晒起。虽是雪霁天晴，那绵衣急切难干。蒋敬道："这里还是老鹳渚么？"老僧道："上面十里路便是。"蒋敬道："想是那两个贼徒昨夜放下船，到没有人家处下手。尚不晓得老师父法号？"老僧道："贫僧是西川人，贱号淡然。行脚至此，蒙村中几个檀越施些斋粮，将就度日，已有十多年了。"

到第三日衣服方干，蒋敬作别，谢道："弟子性命幸蒙老师父救得，只是身边没有一些东西可以酬谢。"老僧道："贫衲一片平等心，莫说居士是被难的，就是那歹人落水受寒，也要相救。说哪里话！便是这碗素饭，也不是贫衲自己耕种的，都是檀越的福田，不消谢得。"用手指道，"出了松林，转上南有座涧桥，过了桥再往东，不上半里，就是大路了。"蒋敬拜别而行。到得大路上，寻思道："还是重到建康去讨那些零星账目？还是到江州？或者碰上有相熟客伴，借些盘缠再处？"以口问心一会儿，想道："此去建康有千里程途，腰间并无一文，怎生去得？且到江州再做进退。"踏着冻，走过三四十里，到了关边，寻个客店安寓。

那店家见单身客人，又无行李，不肯相留。蒋敬只得出门，惶惶无定。背后忽有人叫道："蒋客人！"蒋敬回头看时，却是前日贩药材过关写税单的主人家。相见了，主人问道："恭喜回来了，可曾得利？带甚货物转来？要写单么？"蒋敬道："不要问起！利息颇有些，尽被船家所劫，逃得性命，只剩一双空手。思量在关上寻个相认的客伴，借些盘缠。前边那店家见无行李，不容安寓，正在两难。"
主人道："既然如此，且在舍下暂住，等候客伴何如？"蒋敬道："如此极感！"
一路同走。到了主人家，身边只剩得一个束鸾带的金环，解来称有二两重，央主人
家兑换些银子使用。到晚吃了夜饭，主人家拿出铺盖与他睡了。

到次日，在关上寻访，并无相熟的，闷闷不已。转过江边，见一座大酒楼，挑
出酒帘，正是浔阳楼。想道："是个名胜去处，且上去吃杯酒消遣消遣。"走到阁
子里，开窗一望，庐山晴雪，那五老峰就像五个白头老人一般。酒保搬上酒肴，自
斟自饮，渐渐酒上心来，忽然想起宋公明当初在这楼上醉后题了反诗，险些丧了性
命，幸得众兄弟救上山寨。隔了许多岁月，经了许多变更，风景依然，良朋何在？
不觉凄惨起来，想着宋公明吟的那《西江月》至今还记得，步他原韵，也题一首，
写今日落魄凄凉光景。唤酒保借过笔砚，磨得墨浓，蘸得笔饱。他本是落第举子，
不待思索，写在粉壁上道：

> 万事由来天定，空多神算奇谋。当年管鲍遇山邱，一向豪华消受。浪
> 迹天涯归去，青衫重到江州。千金散去不为仇，恐惹英雄笑口。

题罢，念了一遍。正要放笔，背后有人拍着肩膊道："你又学宋江在此题反诗
么？"蒋敬吃了一惊，回过头来，却是小遮拦穆春，欢喜不迭。对揖坐下，叫酒保
再添酒来。饮了几杯，蒋敬道："我在家闲不过，往山中贩药材到建康发卖，一个
破落户要赖我的货物，幸遇戴院长在府讨批回，对太守说，追还了。要到湖广买
米，在这江州三十里外老鹳渚上停泊，被两个艄公劫了五百多两银子去。我跳入江
中逃得性命，打点到揭阳镇寻你，偶在这里吃杯酒消遣，不想得遇兄弟，绝处逢生
了。你近况何如？"穆春叹口气道："我弟兄两个原在揭阳镇上一霸，不幸哥哥亡
过，家业消败，兴复不来，受小人欺侮，孤掌难鸣，因此只在江州城内东混西混。
连日又赔得精光，气闷不过，到这里赊角酒吃。遇着兄长，心怀开了。"两个吃得
杯盘狼藉。穆春道："船是哪里讨的？艄公姓什么？是哪里人？"蒋敬道："在龙
江关雇的，是只三板船，船家一个姓陆的，绰号癞头鼋；一个姓张的，绰号雪里
蛆，不问得名字。阻风在老鹳渚，他两个取笑道：'若是顺风，今晚到家，你嫂子
好受用哩！'想就是这江州人。"穆春道："三板船通住在柳塘湾，离此不远。趁

这酒兴找着了他，怕银子还未散哩！就和你去。"蒋敬算还酒钱下楼。穆春道："我不说虚话了，其实身边没有一厘银子。"

两个沿江走了二三里路，穆春道："这里像是柳塘湾，待我问声看。"篱笆内见个老儿，弯着腰在那里锄地，认得他叫作胡撇古，声唤道："胡老官，这里可是柳塘湾么？"老儿仰起头来道："原来是小郎，这里正是。"穆春道："你一向撑船，为何在此锄地？"撇古道："我这柳塘湾远近闻名，极是老实的。客货丢在船里，再不敢动。就是剩下物件，凭你几时来讨，就送还他。如今世态不同了，新出几个后生，不干的好事。我老了，不去撑船；便是儿子，叫他务农，省后边做出事来，干连受累。小郎为甚到此？"穆春道："有个人要到建康去，来寻癞头鼋，可住在这里？"胡撇古道："他是没爷娘的祖宗，名唤陆祥，与张德做伙计，三四日前从建康回来，张德两日不见了。陆祥方才提着筐子买东西去了。小郎为甚定要租他的船？"穆春道："是旧主。雇换了陌生的，不识性子。"胡撇古向东指道："那柳桩上系的不是他的船？缺墙内遮着芦帘的，便是张德家里。"胡老儿自摇着头，关了篱门进去了。

穆春迤逦望东走去，不上一二百步，见一年纪小的妇人，堆着满面粉，乔眉画眼的，穿一领对衿布袄，束根桃红绉纱汗巾，内系一条沙绿布裙子，脚下高底鞋，提着木桶湖边打水。蒋敬、穆春让他走过，揭开芦帘闪入屋里。是两间房子，后面厨房卧室，并无一人。

不多时，那妇人娇模娇样喘吁吁提那桶水进门来，见有人在屋里，吃了一惊。穆春道："张大哥在家么？"妇人道："不在。"穆春又问："陆祥呢？"妇人道："他到城边买东西去了，恐怕就来。"穆青指着蒋敬道："这位客官雇你们的船从建康来，有五百两银子遗失在船里，拿出来还他。"妇人脸上变色，说道："恐没有这事，我不知道。"穆春努个嘴儿，蒋敬会意，便闩上了门。穆春腰边拔出解手刀，把妇人推倒在地，一只脚踏着胸脯，把刀在妇人面上撇了两撇，喝道："泼妇，你不说出来，性命只在顷刻！"妇人乱抖，求道："官人饶命，银子在、在床底下酒坛里。"穆春又喝道："你丈夫这两日哪里去了？"妇人道："丈夫——"住了口。穆春把刀刺近喉咙，道："你快说，快说！"妇人道："他——"说得一个"他"又住了口。穆春焦躁，扳开胸脯，露出白馥馥嫩松松两乳，思量下手。妇人慌了，急口叫道："不要动手！他也在床底下酒坛里。"穆春道：“怎么也在床底下酒坛里？”妇人道：“他两个带这许多银子回来，烧了神福，陆祥便起心没得分给他，把酒灌醉，就把船里带来的这把刀劈面砍杀，剁作几块，装在坛里，埋在床底下。”穆春道：“张德是你丈夫，被陆祥杀了，怎不叫喊地邻？”妇人道：“陆祥是好杀人的。若是叫喊，也被他杀了。”穆春道：“当夜有刀在手，不敢叫喊；这两日何不通知地方拿他送官？”妇人闭口无言。穆春道：“不消说了，必定与他通奸，谋害亲夫！陆祥如今去买甚东西？”妇人道：“怕这里露眼，烧了神福，今夜要同我过镇江过活。”穆春道：“也是个淫妇！谋杀亲夫，天理王法却饶不得！”把刀向咽喉一勒，那股血直喷出来，妇人把脚挣了两挣，死于地下。

两人到床底下翻出酒坛，两袱银子动也不动。果然闻一阵血腥。铺陈衣服，俱在床上。腰刀挂在壁间，拔出鞘来，尚有血迹模糊。就把铺陈、衣服、银子分作两处卷好。

只听见敲门响，穆春走到前面，便拔下闩儿，闪在门背后。陆祥筐子内放着鱼、肉、香、纸等物，跨进门来叫道：“大嫂！”只见妇人死在血泊里，吓得魂飞魄散。正要声张，后面蒋敬走出来喝道：“陆祥，你认得我么？”陆祥转身就走。不防穆春撞进，劈角揪住，骂道：“贼驴！你劫了客人银子，又谋死张德，占了妇人，万剐犹轻！”蒋敬把腰刀砍翻，穆春又将解手刀胸前搠了个窟窿。穆春、蒋敬各背上包裹，挎着腰刀，反拽上门儿走去。胡撒古还在锄地，叫道：“小郎，方才陆祥买东西回来，怎么不雇他船？这行李是一向寄他家里的么？”穆春道：“他不得闲，另雇罢。”

两个飞步到主人家，里面点出灯来，买酒吃了。穆春道：“畅快得紧！只是反与张德报了仇。”蒋敬道：“若没有兄弟，也寻不出他的脚跟。”吃过多时，穆春道：“小弟有句话要与兄长商量。前日要救宋公明，把庄子烧了，田产弃了，同上梁山。谁想弄得家破人亡，回来庄院复不起，身边的财物日逐用完，无家无室。有个西庄并山界田地，被一破落户占住，那厮名唤天狗星姚瑰。这厮刁诈不仁，霸住揭阳镇。几遍和他合嘴，要还我庄房、田地，他说开垦、修理、粮务、当差，费了好些银子，凭着亲邻议处，贴他二百两银子才肯交还。我一时难措。近日又赌输了，哪有银子？不识进退，要借兄长二百银子赎了回来，方可安身。”蒋敬道：“我弟兄们几时把银子放在心上的？这宗银子多亏兄弟抓得来，又出一口恶气，只管拿去！"穆春道："兄长既是慨然，明早就要哥哥同去做个见付。"蒋敬道：
"使得。"就安寝了。

明日穆春把二百两银子束在腰里，其余行李都寄在主人家。两个斯赶着到揭阳
镇。姚瑰见了穆春，满面春风，请到里面。穆春道："向日所议二百两银子，蒙这
位朋友相助，特来交明。须出房子还我。"就取出来，逐封递与姚瑰收进。姚瑰是
个笑里藏刀的猾贼，说道："小郎既有银子，何消说得！少不得备些薄酒，请原议
亲邻当面交割。今日晚了。"一面摆出酒菜，请蒋敬上座，穆春对面，自己打横，
殷勤相劝。

姚瑰道："小郎连日进城得采么？"穆春道："不知怎么只是输。"姚瑰道：
"夜长无事，何不再耍一番。若是小郎赢了，明日把这原银与房产即便交还，如
何？现有这位贵友作证。"穆春有了酒，拍拍胸脯道："这也使得，只不许胡
赖。"姚瑰道："岂有此理！我与小郎交手几次，难道不晓得我的赌性是极直
的！"桌上铺下红毡，明晃晃点上蜡烛，掇过色盆，点下筹马。蒋敬见穆春高兴，
暗地里阻挡不住。

两个掷了一个更次，姚瑰的筹马尽被穆春赢过来，立起身来道："夜深了，且
睡，明早交还我房产银子。"姚瑰堆着笑容，说道："这不消讲。小郎，东边连着
那一号山是小可的，原价一百两，贴上再掷。若我输了，一并交割。"穆春贪心所
使，点过筹马重复下场。这回风色不顺，丢下去纯是小色。霎时，三百两筹马尽数
送过去了。

姚瑰立起身道："夜深了，且睡。"穆春道："我赢了，你要再掷；你赢了，
就不肯。"姚瑰道："我是贴一号山；要再掷，拿银子出来！"就变了脸，往内便
走。穆春一把扯住，道："我拿银子赎房产，怎的哄我赌输了！贴一号山，山在哪
里？白占我的房产，又怎般局哄，忒煞欺心！"姚瑰道："你弟兄窝藏强盗，闹了
两座军州，自去落草。官府着落地方，搅得鸡犬不宁！你今日还有宋江么？你自赌
输了，又来赖人！"穆春大怒，兜的一掌。姚瑰大喊："强盗杀人！"穆春又兜心
一脚踢倒，提起一条板凳乱筑下去，里面赶出男女庄客救助。蒋敬也恼了，飞拳拽
脚，打得东倒西歪。那姚瑰已是颈破脑裂，死于地下。穆春道："今日才得豁出心
头这口恶气！一不做，二不休！"抢到里面，妇女、庄客都出后门躲避，到卧房
里，见这二百银子放在床上，打开箱笼，也有百来两银子并金珠首饰，都拴在腰

里。寻十来个草把，放起火来，焰腾腾烧着。说道："哥哥，去罢！"已是四更天气。

残月东升，趁着亮光，连夜赶到关边。蒋敬取一两银子谢了主人家，背了行李，大踏步望官道进发。穆春道："虽然做了两桩爽快的事，如今哪里去好？"蒋敬道："不打紧，有个好去处。"

正是：豹入虎群添羽翼，蛟回龙穴起风云。

不知到何处去，且听下回分解。

张德、陆祥、姚瑰同是一样心肠，但行业各异，而报应却同。小遮拦一生快乐，当与下回并看。

穆春血溅双峰庙　扈成计败三路兵

【第十七回】

话说穆春因平日气愤，打死姚瑰，放火烧了房屋，与蒋敬在路上商量到何处安身。蒋敬道："前日会着戴院长，他说李应、裴宣在饮马川，阮小七、孙立在登云山，重复起事。饮马川在河北，一时难到。登云山就在山东，我和你到那里何如？"穆春道："山寨里住惯了，在家里甚是不服，不去赌钱便是闯事。如此甚好！"径取登云山的路。

行不上五十里，蒋敬因前日雪天跳江受了寒气，又辛苦了，觉得身子不快，头疼身热，着实狼狈，说道："兄弟，我有些病发，走不动了。"穆春道："这怎么处？这里还是江州界内，倘事发起来，就了不得！哥哥，勉强前进，寻客店歇住了，觅个医生，赎贴散寒的药吃，自然好了。"蒋敬只得挨去。

又走四五里，见一座庙宇，扁额上写着"双峰山神之庙"，要在门槛坐一坐，忽打个寒噤，仆倒在地。穆春慌忙扶起，道："哥哥，你病势沉重，去不得了。且靠在这门槛上，待我进去问过庙祝，借间房睡着，好寻医生来看。"蒋敬点头。

穆春走进前殿，转到厨房，见一香火在那里烫酒，穆春道："我是过往客商，有个哥哥在路上染了病，行走不动，要借贵庵权时歇息，寻医生赎贴药来，好了就行。重重把香金奉送。"香火道："我做不得主，要问师父。"穆春道："师父在哪里？你请出来，我自对他说。"香火提了一杯热酒，到房里好一会儿，有个道士慢慢的踱出来。穆春看那道士：赤眼胡髯，身长面阔，穿一领镶边香皂鹤氅，戴一顶黑毡纯阳巾。穆春向前施礼，又把方才对香火的话说了。道士手捋髭髯，说道："只恐有病的人不便。"穆春道："我这哥哥不过感冒些寒气，没甚大病，求老师父方便。"道士对香火把嘴一努："教他西廊下住着。"又踱了进去。

香火引穆春到西廊下，却是报应司的神座。地上卑湿，门窗破败，又无关闭。没奈何，只得走出，扶了蒋敬，背上行李，到西廊下。掇扇破门放在地上，将被窝打开，服侍蒋敬睡好。缠袋里取出二钱多重一块银子，到厨房递与香火道："这块银子，把你买酒吃。有姜汤与我泡一碗，我去赎药来，劳你看觑，还要重重相谢。"香火接了银子，觉道沉重，欢天喜地的道："有，有，客官你去，我就送出来。"穆春转得身，那香火泡一大碗浓浓的姜汤来。蒋敬勉强坐起，一气吃下，重复睡倒。穆春道："兄长且安心睡着，我去赎药就来。"香火道："下北五里路便是双峰镇，那镇上有名的太医叫作贾杏庵，细说病缘，对症发药，一贴就好，远近闻名的。这客官还要汤水，我自送来。"穆春取了银子，刚要出门，见里面走出个人来：

> 身材瘦小，性格凶顽。数茎钤口须，衬着雀斑凹脸；一双眍䁖眼，耸出鹰嘴鼻头。行业没有专门，姓名不时改换。惯要吹毛求黑痣，无非浅水起洪波。

那人带六七分酒意，踉踉跄跄，携着一个小舍出来解手。那小舍见了穆春，叫道："小郎！"穆春为赎药心忙，竟不听得，一直去了。那个人姓竺，名大立，是江州一无赖子弟。倚着母亲有些姿色，有人帮贴，略读几行书。只是唇枪舌剑，覆雨翻云，扎火囤，开天窗，做刀笔讼师，无所不为；更兼好淫，不论男女。那小舍与他邻居，是开赌坊的池大眼的儿子，乳名芳哥，生得眉清目秀，面白唇红，年纪十五六岁，性好玩耍，不肯读书。先生要责他，一时害怕，被竺大立哄到双峰庙里，干那没要紧的事。这道士又是不守本分的，唤作焦若仙，与村中保正袁爱泉交好，就联络了竺大立，拜为兄弟，三个人一串。焦道士察听地方事故，袁爱泉便申报上司，竺大立把持衙门。有些油水，三股均分。当地人无不切齿，叫作"双峰三虎"。那竺大立骗池芳哥到庵中，与道士公用，这不消说得。

当日在房内饮酒，竺大立听得有客人与道士借寓，也不放在心上。半酣之后，携了芳哥的手出来小解，见芳哥叫穆春声"小郎"，便问："什么小郎？"芳哥道："常在我家赌钱的穆小郎。"竺大立关了心，道："前日柳塘湾杀了两个人，酒坛中又有个碎尸，胡撒古报官说是穆小郎同一个不识姓名的人，定是他了。现今出一千贯赏钱，何不通知袁保正拿去解官领赏？"走到前廊下，见蒋敬把被蒙着头睡，头边堆两个大包裹。急回房道："老焦，上门买卖到了！"焦道士不解其故，正要相问，忽有三个人撞进房来。大家坐下，竺大立道："袁保正，我正要使人请你，来得却好！"问："这二位何人？"袁爱泉道："是本府公差，来讨地方盗贼的甘结。"指左边坐的道："有名的朱泼天，官名唤作朱元。这位是他的伙计。闻得竺相公大名，下乡来特来一会。"竺大立大喜，道："人有善愿，天必从之。"叫道士取三个大碗来，每人吃三大碗："有一桩美事在此，你们吃了方才说出。"三个真个吃了，竺大立道："江州柳塘湾杀了两个人，一男一妇，地邻胡撒古报官，一个不识姓名，一个是穆小郎。这事有的么？"朱元接口道："我同伙计正为此讨甘结，恐怕地方窝藏。"竺大立道："先把这一千贯赏钱大家均分再处。"袁保正道："竺相公又来取笑。影也没有，怎的便分赏钱？"竺大立道："这两个人我已捉在便袋里了。老焦，就是那问你借寓的。"道士道："一向认得的么？"竺大立道："我不认得，芳哥见他出门，叫声小郎，问起，说常在他家赌钱的穆小郎，岂不是他！"保正道："他出门去了，哪里寻他？"竺大立道："有个害病的在西廊下。他到镇上赎药，自然就回。"朱元跳起身道："先拿了那害病的，问知真实，方可行事。"齐道有理。

一哄到西廊下，朱元便揭被喝道："你这杀人贼，却躲在这里，可见天理昭彰！"蒋敬见了一伙人，晓得事发，便立起来道："列位不须性急，自有分辨。在下是潭州人，姓蒋，从建康回到湖广。船家陆祥、张德将酒灌醉。半夜里拿刀抢进舱来，我一时无计，跳入江中，多亏茅庵里老师父救得。劫了我五百两银子。到江州会着个弟兄，访到柳塘湾，仇人相见，分外眼明，因此杀了他。到官也便是这篇话。"朱元道："强盗的口哪里听得！"袖中取出青索子，扣颈缚了道："我是江州差来缉捕使臣，等拿了穆小郎一并解官。"扯了便走。蒋敬身上有病，见五七个人，敌他不过，随他扯去。到柴房里，把门锁了。竺大立、焦道士、袁保正便把行李包裹拖到房里，打开一看，见雪白的五六百银子，又有金珠首饰，喜出望外。竺大立道："这宗财物是我寻出来的，我应该得一半，那一半你们均分。"保正道："这个自然。且提了穆小郎再处。"焦道士喜欢得紧，重去宰两个鸡，开了窖下的好酒，摆着果品菜蔬，开怀的吃。竺大立教道士唤香火到西廊下伺候："穆小郎回来，不可惊动，哄他说这位客人有病，师父恐外面有风，移到房里，骗他进来捉住便了。"道士就去分付香火，依计而行。

那池芳哥一时冲口叫了一声，见他们如此举动，懊悔起来，想道："那穆小郎在我家赌钱最是直气，长把头钱给我。今日分明我害了他性命，日后回家，父亲知道必然埋怨，须通知他才好。"其时已是掌灯时，竺大立等人财物到手，大家欢呼畅饮。池芳哥只推酒醉，先去寻睡，轻轻走出来，到西廊下，见香火坐在门槛外打盹，芳哥推醒，香火只道穆春回来，叫道："客官，你赎药来了。"见是芳哥，便道："小舍，你出来做什么？"芳哥道："那两个客人知道是真是假！那干人存心不良，我和你着甚来由？须要救他。"香火道："我也是这般想。那客人是个好人，一进门就送二钱银子。那里不是方便，我同你去门外等他才是。"芳哥和香火刚走出门，只见穆春急奔回来。香火摇手道："不要进去。"穆春不解其意，见了芳哥，叫道："池小舍，你何故也在这里？"芳哥便扯穆春到松林里，如此这般说了，道："我与香火商量救你，小郎，你走了罢！"穆春道："多承两个好意，只是我的哥哥在内，怎处？"芳哥道："再消停一会儿，待他们醉后，悄悄的进去，放了同走便是。"穆春道："不打紧，我且进去看他们动静。"

轻轻的到房门前，探头一望，只见乱呼大嚷的，猜枚行令，都是歪斜身子，醉眼蒙胧。朱元道："此时也该来了。"竺大立道："又无人走风，自然撞到网里。"忽叫道："芳哥呢？"焦道士道："你的心爱人先去睡了！"朱元笑道："你两个受用得够了，今夜让与我罢。如今鸡奸的罪名犯得重了，要我出首么？"穆春按不住心头火发，因无器械，转身到灶边寻劈柴的斧子，又寻不见，只有一把开山的铁锥，口上银子也似亮的，提起来看，那脑头阔厚，约有十多斤重，欢喜道："够了！"把衣服扎起，提了铁锥，直闯进房，大喝道："你这干贼囚如此可恨！吃我一锥！"众人见了，慌作一团。这间小房子又无后路，挤作一处。穆春咬牙切齿，奋起勇力，先把袁保正打倒。那伙计要夺门而走，穆春把锥柄当胸一撞，也翻在地。朱元拿条板凳来抵，穆春用力一锥，却打在桌子上，碗盏打得粉碎。把脚一踢，那桌子倒了，焦道士被桌子横压在壁边，满身鸡汁。朱元将板凳劈头打来，穆春左手接住，右手奋锥，一声响亮，早已脑浆迸裂，跌在一边。焦道士推开桌子，立得起来，穆春夹脖子一下，便歪在桌子底下。单不见了竺大立，穆春道："奇怪！"向院子里一看，那竺大立却躲在芭蕉叶里。把锥隔窗打去，竺大立擎手来遮，一锥把右臂打折。穆春回头看，那保正、伙计、焦道士还在那里挣命，料是走不动了。

走出厨房，见香火、芳哥两个做一堆儿蹲在灶下草里，兀自抖不止。穆春道："我的哥在哪里？"香火挣了半日，才挣出道："锁在后面柴房里。"穆春拿了亮子，叫香火引去，见门锁着，问道："钥匙呢？"香火道："他们锁的，不知在哪个身边。"穆春踢开门，叫道："兄长！"见蒋敬坐在柴上，说道："那些狗头都被我打倒了，好快活！"见项上有索子拴着，取出解手刀割断："且到那里，我还有施为！你这一会儿身子怎的？"蒋敬道："我吃下姜汤，又是一惊，出了一身冷汗，倒觉松爽。那几个人来盘问，我身子还软弱，动手不得，且待你来。"穆春再到房里，寻包裹行李不见，香火指道："在那首卧房内。"穆春进去，果然放着，腰刀也在。就拔出了鞘，再到前房把保正、朱元、伙计、道士的头都割下，问香火道："可有酒么？"香火道："库房内有。"穆春走去，提出一坛叫香火温来。又去橱内搜寻，还有一腿羊肉、半只熟鸡，将解手刀切开，请蒋敬坐地道："兄长吃碗热酒，鸡肉且不要吃。"叫芳哥、香火也同来坐。芳哥道："小郎，你把我胆子都吓碎了！"穆春道："小舍，你后日切不可同这干人走，明早快些归去，你父母在家悬望。"斟上大碗，一连吃上五七碗，跳起来道："还有一件未曾了当！"叫香火点了亮子，到院子内提出竺大立，把衣服剥去，喝他跪下，骂："你这狗头！快把从前亏心短幸事从实说来，我便饶你。"竺大立道："好汉若肯饶我，我便实说。某日诈某人若干银子，某日强奸妇女，某日拐小官，某日谋死某人，那兴讼构非、诬诳词状、唆人起波的事一时记不起许多。小人死不足惜，只有母亲在堂无人养赡，求好汉饶了狗命罢！右臂已折，再写不得刀笔，情愿改过自新了。"穆春笑道："你的母亲，我晓得有人照顾，倒不劳你养赡！你说右臂已折，写不得刀笔，只怕你脚指头夹起笔来，还要陷人。我与你平日无冤，往日无仇，何故生此毒念？

就是池小舍，是好人家儿女，不该骗他出来坏他行止。"又斟上大碗酒吃了，把竺大立拖转来一刀剁下头来，摸着胸膛道："恶气已消，再和你吃几碗！煎药与你吃。"蒋敬道："兄弟，我见你这般豪侠，病都好了。此间不是久留之地，且打点前路。"穆春道："有理。"分付香火道："那焦道士自然有些积蓄，你先收拾过了，明日去对地方说，叫他报官。"对池小舍道："你作速回家，省得报官牵累。以后不可再去游荡。"到房里驮出行李包裹，把刀插在鞘里，挂在腰边，同蒋敬出了门。

其时约四更天气，霜华满地，寒星闪闪，也辨得大路。独自背上行李包裹，教蒋敬空身走。蒋敬道："身子如旧了，不知昨日怎的一霎不好起来。"穆春道："想是这干人恶贯满盈，鬼使神差的要我们替天行道。"走到天明，进店中打了中火再走。

不多几日，已到登云山下，只见旌旗遍野，密布刀枪，扎下三个大寨，便不敢近前。退到大路上，见一座酒店，且买酒吃。叫打两角酒，有好嗄饭拿来。酒保道："实不相瞒，有官兵在此扎营，卖不得酒肉。"蒋敬道："为甚官兵在此？"酒保道："登云山有几个头领屯扎，东京枢密院差一员大将，领三千兵，会合登、青、莱三府兵征剿，到这里有半个多月了。客商也都断绝。"穆春道："山寨里头领有个阮小七、孙立么？"酒保道："客官是何处？问这两个头领？"蒋敬道："向在梁山泊同受招安的。"酒保道："既是如此，请到里面亭子上坐。"搬出酒馔款待，说："是顾大嫂伙家，开着做眼的。若要会他们，要到晚间，从小路上去。"

等至更深，酒保引路，到了后寨，喽啰通报，直至聚义厅上。相见毕，阮小七道："两个兄弟来得正好，帮助帮助。"孙立道："前日我们打破登州，杀了杨太守，请这位栾廷玉大哥做山寨之主。那一个是扈三娘哥子扈成，都是他计谋。杨戬恨杀了他的兄弟，蔡京又怪安先生，把萧让、金大坚刺配沙门岛，被我们劫了上山，安先生闻知也就来了。奏过朝廷，差御营大将邬琼领三千兵马，调齐登、青、莱三府都统制会剿。见过两阵，虽不分胜负，只是寡不敌众，相持半月，无有退兵之策。你两个怎知我们在这里？"蒋敬道："小弟在建康遇着戴院长，知道列位在此聚义，要来投奔。不想在江州被劫，几丧性命。两次患难，多亏穆兄弟救得，今日又得相会。"那扈成听说完，问道："孙大哥，这两位好汉可托得心腹的么？"

孙立道："都是梁山泊旧时弟兄，哪个不是同心合眼水火不避的？"扈成道："若然如此，倒有一个极好机会。"栾廷玉问："计将安出？"扈成道："青州都统制黄信，念向日情谊，推病不出。蒋大哥好扮作黄信，选五百精壮喽啰，打青州旗号，径去合营。说太守催促，患病得瘥，共建功业。那邹琼是京官，登、莱将官都是新选来的，决不认得。过几日，我这里差人去投降，必然将骄卒惰，那时里应外合，定获全胜。"众头领听罢大喜，设席庆贺。

第二日挑选喽啰，制造青州旗帜，诸色停当。扈成又使萧让做了青州知会文书，金大坚雕了印信，先差人递去。又过一日，蒋敬装作黄信，领五百兵，原从小路下山，大宽转从青州路上来。

到了大营前，报青州都统制领兵来合营会剿，邹琼因先有了知会文书，坦然不疑，开辕门传进。蒋敬到中军，见邹琼坐在上面，莱州、登州统制官俞仁、尤元明列坐两旁。蒋敬向前参见，邹琼起身回揖，俞仁、尤元明平拜送座。邹琼道："将军托病不来，敢是为旧日情分么？"蒋敬打一躬，正色答道："末将前日在梁山泊造下弥天大罪，幸蒙恩赦，建立微功，除授显职，已是粉身难报。这班反贼，恶习未除，重复背叛朝廷，万死犹轻，还有什么情分！只因末将感冒寒疾，不能速趋麾下。今幸得瘥，知府恐误军机，催促前来。逗留之罪，万望宽宥。"邹琼见蒋敬言辞激烈，相貌魁梧，举手道："久闻将军有'镇三山'之号，果然名不虚传。"蒋敬逊谢，请问："主帅见过几阵？强弱何如？"邹琼道："这些草寇都是狂魂野鬼。只是栾廷玉武艺略可，先是杨都督标下，在东京曾会过，除授登州，不想也反了。其余多不足道。三战三北，死守巢穴不出。将军看我不日成功！"

正谈论，中军官报道："登云山差喽啰来递降书。"邹琼道："唤他进来！"喽啰膝行到帐前，叩了头，呈上降书。邹琼看了，道："这伙草寇来纳款，列位将军以为何如？"尤元明道："王者之师，恩威并用。他们也为时势所逼，权时啸聚。今既向化，当开一面之网。就是前日梁山泊，亦用诏书招抚。"蒋敬毅然道："不可！"

只因这一句话，有分教：雄兵一旦填沟壑，猛将须臾丧战场。

不知蒋敬说出什么话来，且听下回分解。

《水浒》一书，兄弟合传者，唯阮氏三雄。七郎最快，余皆让美于兄，而后传则为其弟独开生面。伯通云亡，文叔乃勤远略；孙郎早世，仲谋始创霸图，古今理势宜然也。穆春在前传中自吃病大虫打后，奄奄不振矣。此何其雄姿英发乃尔？岂贤者不可测耶？抑作书者之立意如是也？若孙新、邹润，皆然也。

镇三山遭冤入登云　焦面鬼谋妻落枯井

【第十八回】

却说蒋敬假作黄信领青州兵来合营会剿，登云山喽啰来递降书，尤元明主剿抚并用之说，当受他纳款。蒋敬恐怕邹琼疑心，故意说道："不可。若是良民不得已而啸聚山林，情犹可恕。今这伙贼寇，投诚复叛，法所不容。况区区小寨，破之何难？不可听信。"俞仁道："黄将军之言，虽是有理，只是山势险峻，林木丛杂，死守不出，旷日持久。目今朝廷西北用兵，粮饷不敷，我等三军暴露于外，登、青、莱的兵尽数调来，城守单弱，恐怕别寇乘机窃发，为祸不小。且受他纳款。只是兵法云'受降如受敌'，不可懈怠了。"邹琼道："俞将军之论，深为得计。"分付喽啰道："降便准了，限三日内都要面缚辕门。若再迟延，攻破山寨，寸草不留！"喽啰禀道："明日烧毁寨栅，料理花名册籍，全伙下山。求元帅先给免死牌。"邹琼唤军政司给一张大牌，凡来投诚，鱼贯而入，逐名听点，备花红给赏。营中兵士免得厮杀，尽皆欢喜。

喽啰叩谢。回到山寨，将邹琼准降、蒋敬等各人的话说了，栾廷玉就差孙立打东寨，阮小七打西寨，孙新、顾大嫂埋伏登州去路，邹润、穆春埋伏莱州去路，自同扈成直捣中军。分拨已定，三更时分，人衔枚，马摘铃，悄悄下山。到得寨边，并无动静。

先说栾廷玉、扈成，排开鹿角，发一声喊，杀入中军。邬琼终是惯将，不卸衣甲，急起身来，见一派火光，满营通红。那些军士都在睡梦里，马不及鞍，人不及甲，乱窜起来。邬琼手拿大杆刀，当先抵敌。栾廷玉挺点钢枪，两下相持，忽然黄信领喽啰杀出。邬琼见里应外合，心慌意乱，被栾廷玉一枪搠倒，扈成赶上一刀杀了。兵卒各自逃生。

尤元明听得中军喧嚷，方起身来，阮小七早已入营，一朴刀砍翻。

俞仁知两寨已破，飞身上马，往寨后逃走，孙立紧紧赶来。一声炮响，闪出邹润、穆春，措手不及，被孙立一鞭劈下半个脑袋，死于马下。

四路里剿杀，到得天明，三营的兵尽皆败没。夺得马匹、衣甲、器械、粮草，搬回山寨。正是：鞭敲金镫响，人唱凯歌回。众头领不胜之喜，重赏喽啰，大摆筵席，欢呼畅饮。

栾廷玉道："众寡不敌，困守多时。若无蒋大哥改扮青州兵将里面杀出来，几乎存扎不住。"孙立道："我这兄弟本是个落第举子，文武全备的。只看他假作黄信，一些圭角不露，使邬琼并不疑心，便见他的才调。只是黄信身上用计忒毒了，须知会他上山，免得受害。但恐怕未必肯来。"萧让道："黄信武艺高强，极有义气。只因权宜之计，借他名儿，破了三路大兵。前日调青州兵将会剿，他托病不来，足见昔时情分。今陷害了他，坐视不救，于心何忍？待小生掉三寸不烂之舌，说他同归山寨。若是执迷不肯，便也由他了。"栾廷玉道："萧先生言之有理。事不宜迟，恐登、莱残兵回去，说是青州统制内应，就有口难辩了。敢烦明日就行。"当晚宴罢。次早萧让原扮白衣秀士，取些银子在身边，作别下山不提。

且说登、莱两府的败兵回来说："青州统制黄信领五百兵来合营，结连败寇，引他晚间劫寨，在里面杀出，坏了三位将官、五千兵马。"两府一面会稿申报枢密府，就行关知会青州，把黄信收管。

青州太守姓张，是科甲出身，为官清正，一尘不染，与黄信极是相知。当下见了知会文书，不胜骇异。就请黄信到来，与他说知。黄信道："末将因有瓜李之嫌，又且染病，前日预先申复不去合营。这几时从不出城，恩府深知的。哪里有这样事？"太守道："统制你素履忠贞，本府佩服的。想是贼人反间之计，假冒将军领兵助战，破了官兵。现放本府作证，先回文至两处，说将军从不出城。然后申到枢密府，力为辨明。愿百口相保，不须忧虑。"黄信致谢不尽。回到府中，终是放心不下，闷闷不已。

过了两日，门上报道："有东京萧秀才来访。"黄信想道："东京有什么萧秀才？"再省不起。道："有请。"见是萧让，相见毕。黄信道："萧先生，你在东京供奉，哪得光降？"萧让道："为朋友一件事牵累，安身不得，特来投奔。兄长大才，复任青州，一向定是得意。"黄信道："向日为花知寨一事，宋公明劝上梁山。招安之后，东征西讨，留得性命，蒙圣恩重授此地。新任张太守与小弟极合得来，倒也无事。不料孙立、阮小七等不知为甚事，重聚登云山，枢密府差一员上将，领三千御营兵马，又会合登、青、莱三府统制征剿，行文来调我。因众兄弟在那里，左右皆难，只得推病不去。不知哪个假冒了小弟，打青州旗号去合营内应，三路兵将尽行败没。登、莱西府会稿申报枢密府，又行关来讨收管。太守虽极力分辩，恐有不测，因此纳闷。先生来得正好，与我筹划则个！"萧让道："总是朝廷昏暗，奸党专权，我们旧日弟兄一个也容不得。宋公明一生忠义，日望招安。血战多年，功高不赏，反赍鸩酒药死了他。小生是闲散之人，"指脸上金印道，"为安道全出使高丽，被卢师越谗谤，蔡京发怒，奏过圣上，着大理寺勘问。安道全知风潜避，开封府将小弟与金大坚申解，幸得宿太尉营解，从轻发落，刺配沙门岛。在登云山经过，被他们劫了上山。刚退邹琼来会剿，众寡不敌，存扎不住。恰好蒋敬上山来，扈成献这条计，叫他扮作兄长，就破了三路兵。兄长虽然不去，尽说青州统制内应，况又是旧日同伙，哪里去分辩？虽有太守作证，那高俅、童贯一班奸党岂肯听信？不如及早同了小弟去，免得祸到临头，悔之晚矣！"黄信沉吟半晌，说道："先生且留几日，看太守中文分辩得明，权且容身；若有变故，只得依着兄长了。"萧让见他犹豫，不好十分催促，只得住下看光景。

到第二日辰牌，只见一个将官，身披细铠，腰悬利刃，领百来个关西大汉，弓上弦，刀出鞘，直入统制府。黄信忙问来历，那将官喝令把黄信拿下，推过囚车囚住。原来是邹琼的女夫，姓牛，为济州都监。闻得丈人被黄信内应杀了，心中仇恨，不待枢密院来文，就先捉住。太守闻知，急来分解，哪里肯听？骂道："这贼子反性尚在，朝廷升你做都统制，不思量尽忠报国，又通同旧党坏了三路兵将！"

太守道："黄统制患病，与下官终日在此，并不出城！这是贼人诡计，假冒青州兵。下官可以力保。已申辨到枢密院了，不可造次！"牛都监道："他假推患病，潜到那里通谋劫寨，大小三军亲眼见的。太守你先有文书知会，也要连坐！"喝令军士推着囚车径去。太守嗟叹不已。

却说萧让见黄信拿了，如飞回到山寨报知。栾廷玉即点五百喽啰，引孙立、扈成、阮小七埋伏在青州来路。等到次日，只见牛都监气昂昂骑在马上，兵士簇拥囚车前来。林子里一棒锣声，闪出四骑马，五百喽啰一字儿摆开。阮小七道："知事的，留下买路钱，放你过去。"牛都监大怒，道："我是济州上司官，哪有买路钱与你这伙草寇！辄敢大胆！"阮小七道："莫说你这蠢牛，便是宋官家在此经过，也要脱下平天冠做当头。"牛都监也不回言，把泼风刀对面砍来。栾廷玉挺枪接住。孙立又提虎眼钢鞭横打过来，牛都监抵挡不住，拍马便走。阮小七、扈成早打开囚车，放出黄信。栾廷玉见牛都监走了，也不追赶。

黄信骑了喽啰一匹马，回到山寨，一齐拜见。黄信致谢道："这位好汉是谁？来救小可的性命。"孙立道："是祝家庄上教师栾廷玉，与我同学武艺的弟兄，除授登州都统制，请来做山寨之主。"指扈成道："这是扈三娘哥子扈成，这条妙计是他定的。"对蒋敬道："兄弟，你假冒我得好！"蒋敬道："若不是假冒，兄长在青州做官，威风凛凛，哪肯到山寨里来？"众人齐笑起来。萧让道："我苦口劝你，只管迟疑，谁知祸在顷刻。"黄信道："多蒙列位救拔，从此死心蹋地了。只是负了太守一片好心。"当下大排筵宴，与黄信庆贺。连夜差人下山，迎取黄信家眷。

酒至半酣，安道全道："萧、金二位为着小可无辜受累，赖众弟兄救得上山，只为两家宅眷寄在闻焕章庄上，不通音信，两地挂心。连日见山寨有事，不敢说起。今日宁静，意欲到那里接来，无有亲信人可托。自己下山，恐人认得不便。只有穆兄弟初到，身上没事，央烦走一次，不知意下若何？"穆春道："兄弟们总是一般，明早便去。"安道全大喜。当夜席散，安道全修了书札，封一百两银子相谢闻焕章。萧让、金大坚各有家信，穆春就下山。安道全道："闻焕章庄上离东昌十里，地名安乐村，在官道边。门前一座小石桥，有株古梅横过来便是。"穆春道："不消细说，路在口边。"挂口腰刀，提条朴刀，背上包裹，作别下山。

在路不消几日，到了安乐村，问到闻焕章家。有个小厮出来问道："客官哪里来？到此何事？"穆春道："访闻先生的。有安道全并萧、金二位家信在此。"萧、金两个娘子因久无音耗，甚是担心，说有家信，自走出来。穆春向前施礼。萧、金娘子问道："客官上姓？家信在哪里寄来的？可曾亲见我们官人么？"穆春道："我便是梁山泊上小遮拦穆春。二位哥哥俱在登云山寨里，恐二位嫂子记念，特要我来迎接二位嫂子到那里去。"就把家信递过，萧、金娘子道："原来是穆家叔叔。虽在山寨多年，不曾会面，故不认得，有劳叔叔远来。闻先生为着我们有些事故，到东昌府去了，敢怕晚上回来。我们这几日如坐针毡，如今有了音信，万分之美了。叔叔请坐。"转到里面，整顿午饭，叫小厮搬出来吃了。

穆春坐到将晚，闻焕章才来。相见罢，穆春道："小可从登云山来，有安道全书札在此。"打开包裹，取银子一并送过。闻焕章看了书中来意，道："足下高姓是穆，一向久慕的。安先生送银子来，便是客套了。"穆春道："教小可致意，略表寸心。"闻焕章收进，搬出酒肴相待，说道："小生一心耿直，路见不平，常受小人之累。蒙安先生托萧、金二位宅眷在家，萧小姐与小女情投意合，如嫡姐妹一般，终日做些女工针指，闲时吟诗写字。萧、金二位娘子俱各贤淑，竟是异姓骨肉。只为有一朋友，姓仲，字子霞，是个风雅之士，前边夫人生下一子，甫得六岁，夫人不幸得病身亡。那仲子霞因中匮无人，幼子没人抚养，只得续娶了一个姓胡的。那胡氏是再醮之妇，凶悍异常，性情恶劣。那前边的夫人聪明贤达，知书识理，夫妻相敬如宾。子霞当初看作世间极平常的道理，也就不知不觉过了。谁知续娶那胡氏，这般暴戾，大不相合。被媒人所误，只得无可奈何。在家一日也住不得，因有个旧友升任西川采访使，请他为记室，把儿子送在小生处读书。子霞出门之后，胡氏就唤前夫之子，绰号焦面鬼，来家同住。那焦面鬼禀了母气，一发狠毒不仁，唆着母亲，百般凌辱，竟把仲子霞幼子磨灭死了，占了他家私，一窝的快活。小生可怜那孩子受屈而死，未免发了几句公道话说，冲撞了他。这胡氏阴险之极，并不发怒，反央人来求小女的庚帖，聘做媳妇。又对人说：'不肯时，就把他的阴事到东京首报，怕他不连夜自己送过来！'我一闻知，气得发昏。我这女儿要觅个快婿，倚托终身。多有豪门世族要来聘定，一概谢绝。怎肯与焦面鬼为配？不要说他庸恶陋劣无赖小人，只是那胡氏，天下第一个恶妇，怎肯送到他手中磨折？回绝了他。果然那焦面鬼到开封府呈首，道是窝匿反寇家室，纵放钦犯，逆天大罪。行文到东昌府提人。我寻思提到开封府，自有宿太尉营救，料没大事。只为受了安先生万金重托，岂肯使二位娘子去出头露面？这叫作'为人谋而不忠'了。正在万难摆布的时节，得足下接了去，担子就轻，十分之美！"

穆春见说，怒形于色，说道："那恶妇与这焦面鬼住在哪里？我今夜杀了他！和闻先生同上登云山，怕他叫起撞天屈来！"闻焕章道："这个使不得。小生是闲旷的人，事情分解了便没事。只要二位娘子完美其事，就无对证，怕他怎的？穆兄你且耐性，我今日东昌去打听，呈首是真的，来文还未到，恐怕只在日内。"穆春道："如此，明日早些雇两乘车子押送到山。安先生知道，放心不下，必然要小可到东京来看觑先生呢！"闻焕章道："我到东京有人护卫，再不敢动烦。只是还有一件难处，拙荆亡过，只有这个小女。我到东京去时，舍下无人照管，又恐那厮心怀不仁，要使强暴。若带到京时，近日闻得金国败盟，统兵南侵，在京官员多有打发家眷回乡。若有变故，进退不得了，思量安顿在亲友处，亦无至亲切友可以托妻寄子的。如今世上人转眼相负，因此踌躇不定。况是萧小姐要与小女分别，恋恋不舍，各自流泪，正难为情。"穆春道："小可有个计较在此。安先生与尊驾为金石之交，萧让、金大坚蒙先生高谊，刻铭不忘。山寨里目下杀败了三路大兵，官军魂飞魄散，不敢正眼相觑，万分宁静。小可辈虽是粗人，都是顶天立地的汉子，立心不苟。不若小姐同到山寨，待事平之后，迎接还家，实为至便。"闻焕章道："便是二位娘子也是这般说。今得穆兄这般肝胆相待，事有经权，只此便了。这里邻家是个车夫，我去雇定了，五鼓启行。"进去对女儿说道："我到东京必无大事，只是放你不下。方才那穆兄讲得有理，明早同二位婶婶去，权且安身。有安先生在那里，自然无事，你还要谨慎。事若一解，我就来领你回家。"小姐见说同萧小姐去，也依允了。

当夜一家不睡，收拾行李停当，到五更吃了酒饭。车子到门前，先装了细软行李，萧、金娘子各坐了一乘，两位小姐共坐了一乘。闻焕章又分付一番："你出门之后，我也即上东京，不等来提。"萧、金娘子谢过登车。闻焕章取一封回书与安道全，并写寄托女儿之事。各各垂泪而别。

穆春提了朴刀，大踏步押着车子前进，到晚足行一百里路。晚间寻客店，拣一间洁净的房，安顿了女眷，自己在房门前安歇。

这客店是三岔路口，河北、山东、河南往来通路。客房里也下得人多。见一个人满面黑斑，两眼眍进，状貌狰狞，打角酒，一盘牛肉，同一个人共吃。那个人问道："你从哪里来？"这个人答道："我在东京开封府呈首反叛事情，已蒙准了，发在东昌府提人。我回家去料理。"那人道："你何苦惹这空祸？敢是有仇么？"这人道："仇也有些。若不去闯空头祸，我焦面鬼怎得香喷喷老婆到手？"那人道："明早晨赶路，不陪你了。"走了去。穆春仔细一认，又听他自说出诨名，暗记在心。到鸡鸣时候，各自起身。穆春看萧、金娘子并闻小姐上了车子，分付车夫道："你们先去，在十里亭等我，我就来。"车夫推着先走。原来这三岔路到登州过东，东昌反转落北。

穆春立在大路上，见焦面鬼背了布套子，独自出门。让他走过，随后跟来。行了五里多路，天尚未明。到一古庙边，周围一望，并无行人，赶上叫道："焦面鬼，和你同走。"焦面鬼只道昨夜同吃酒的人，就立住了脚。穆春向前，把脚做了铁门限，劈胸一拳，焦面鬼望后便倒。穆春喝道："你要香喷喷的老婆，叫你先吃碗板刀面，着！"拔出腰刀，照头砍下，直挺在地。庙前有口枯井，穆春提了腰胯，望黑洞洞井里一丢，眼见得井底窥天了。把布套子一抖，抖出一个小皮护书匣儿，一二两零碎银子，几张有字的纸，藏在自己缠袋里。提了朴刀，从旧路赶过来。

往回有二十里，车子歇在亭子上，车夫蹲着打盹。穆春道："小姐，我为闻先生报了仇了，到东京必然无事。"闻小姐不知缘故，不好问得。穆春唤醒车夫走路。

第三日，到了山边，先去通知安道全，备说闻焕章之事，萧让、金大坚出来接了家眷，自有顾大嫂、阮小七母亲陪进。安道全看了回书，见闻小姐同来，甚是欢喜。穆春道："还有一桩快事！"缠袋里摸出字纸来，却是焦面鬼开封府呈首的底子，说："他在店中吃酒如何讲，被我赶上杀死，丢在枯井内了。"栾廷玉与众头领赞道："兄弟，你真是好汉子！每事做得斩绝！"摆筵席与穆春接风，又与萧让、金大坚暖房。里面款待闻小姐并萧、金娘子自不必说。

正是：聚散却如萍打叶，欢娱深喜鸟归巢。

不知闻焕章到东京毕竟如何结果，且听下回分解。

穆春先送闻小姐上山，后来闻焕章便可护送呼延灼家眷径到登云。省却许多兜转，极得剪裁之法。

启兵端轻纳平州城　　逞神力夺转唐猊甲

【第十九回】

　　却说闻焕章被焦面鬼挟仇呈首开封府，要到东京分理，心中放女儿不下，却好安道全央穆春来接萧、金二位娘子，到山寨完聚，也唤女儿同去，身子才无羁绊。五更送上车子，未免有些孤凄。恐怕东昌府有人来提，把房屋封锁，托与邻人照管。自己即上东京，先去参谒宿太尉，把焦面鬼挟恨呈首开封府，萧让、金大坚宅眷有安道全差人来接，打发到登云山的事说了，恳求太尉分解。宿太尉道："不妨。我遣官对府尹说，把呈首人治他诬陷的罪就是了。"闻焕章拜谢而出。到大相国寺寻一寓所住下，且看下落。

　　那时智清长老已回首了，寺中一个老僧，法号真空，是个有德行的禅师，与闻焕章一向厮熟的，就留松月轩宿歇。真空到晚上唤侍者烹茶与闻焕章闲话，说道："闻先生，你真诚君子，隐逸避世，今日何故复到此地？"闻焕章道："只因愚直，触了小人之怒，有些事在开封府。早上见过宿太尉，与我分解，少不得要耽搁几天，借寓贵刹，但恐打搅不便。"真空笑道："只是有慢，何出此言！老衲虽是世外的人，眼中看不过，也要出京寻一个隐僻之所安身了。朝廷的事都被一班奸党弄坏，这不消说了。还有灾异的事，可曾闻得么？"闻焕章道："远在乡僻，不曾知道。"真空道："夜静无人，不妨闲讲。有龙挂在军器作坊，兵士取来做脯，大雨七日，京城水高十余丈。禁中出了黑眚，其形丈余，毒气喷开，腥血四洒。又有黑汉蹲踞，像犬一般，点灯时候就抢小儿吃。狐狸坐在御榻上。东门外一个卖菜的，至宣德门外，忽然痴迷，叉手骂道：'太祖皇帝、神宗皇帝使我来说，快些改过！'又有卖青果男子，有孕生子。酒店姓朱的妻子，忽生髭髯，长六七寸，宛然一个男子，特诏度为女道士。天狗星陨，有声如雷。彗出紫微垣，长数丈，北拂帝座，扫文昌。种种怪异，不可殚述。总之'国之将亡，必有妖孽'。眼见得天下大乱了。这是老僧饶舌，先生须要谨言。"谈至夜深，到客寮送单安寝。

次日，闻焕章会见高太尉，亦将此事嘱托。高俅道："军务倥偬，这些细事哪里来追究！不必挂心，我去对开封府说便了。"闻焕章辞谢，回大相国寺中不提。

原来大金与宋朝和议之后，以燕云之地与宋，将富室大家辽国旧臣左企弓等尽行东徙。那些百姓在路，流离困苦，弃子抛妻，逼辱鞭朴，备极艰辛。行到平州，一齐诉与守将张毂道："丞相左企弓等投降金朝，百姓多被迁徙，家业失散，妻孥被掳，生不如死。求公做主，使我等复归乡土，生死感恩！"张毂召诸将商议道："我本辽国大将，镇守平州，兵强将勇，何不投降于宋，兴复辽国，使百姓安集，名标青史，何所不可！"遂请丞相左企弓来说道："公为辽国大臣，当尽忠竭力，死守社稷。怎么金兵一到就稽首迎降，使辽国绝灭？今又将百姓东徙，备极苦难，皆汝之罪！"左企弓无词可对，张毂喝令武士缢死，弃尸野外。遣牙将李弼投降童贯军前。童贯密本启奏道："平州形胜之地，张毂总练之材，足以御金人、安燕境。"左司郎中宋昭谏道："不可。前者与金破辽，弃兄弟之国，亲虎狼之邻，已为失策。今新与金盟，纳叛受降，自启其衅，后必有悔。"王黼大怒，将宋昭削职为民，劝帝纳之，加授张毂为镇东将军，钦赐黄金彩缎。张毂受诏，遂改宋朝旗号，练兵守城。

金主闻张毂降宋，大怒道："那宋朝借我兵力破了辽国，好意分燕云之地与他，贪心不足，背了盟誓，不可不伐！"遂差大元帅斡离不领兵二万，攻打平州。一连攻打三日，张毂无措，只得弃了平州，同二子逃到童贯营中。斡离不得了平州，火速追来，切责童贯："弃盟纳叛，快把张毂送出，尚可饶恕。若是执迷留住不放，杀到东京，连那无道昏君，一并捉来。"童贯心慌，只得把张毂父子灌醉缢杀，将木匣盛了首级，送到金营。斡离不不肯罢兵，必要童贯亲自来谢罪。童贯心中害怕，哪里肯去，连夜逃回京师。那时郭药师专制一路，募兵三十万，心怀进退，闻缢死张毂，首级送到金营，愤然道："金人要张毂，即杀与他；若要我，也照样了！"即率众投金，作为向导，知宋虚实，领兵深入。

金国又遣大将粘没喝统兵十万，进攻太原。边报甚急，羽檄交驰。道君皇帝心中忧惧，集文武百官商议避兵之策。诏天下勤王，以皇太子为开封牧，将幸亳州。太常少卿李纲刺臂血上疏，请假皇太子位号，使为陛下守宗社，收将士心，以死捍敌，天下可保。帝意遂决，明日传位皇太子。太子即位，尊帝为太上皇帝，居龙德宫，改年号为靖康元年。以李纲为兵部侍郎，分遣十员御营兵马指挥使，各领兵二千，前往黎阳防遏金兵渡河。此乃朝廷大事，且搁过不提。

且说那焦面鬼的母亲胡氏在家，不见儿子回来，心内起疑。有个邻舍从东昌来，说三岔路口古庙前枯井内，地方人起出一个死尸，好似焦面鬼。胡氏闻知，魂不附体，就央邻舍领到那里，见抛在荒地上，面色从来焦黑，死后喜得不改，只是没有了一只腿，想是被狗嚼了。号啕大哭，身边带有银子，买口棺木盛贮停好了。回到家中，日夜悲哭，想道："必是闻焕章谋死。"要去东昌府告理。虽然阴狡，终是女流，邻里都恨他平日所为，无人帮助，患病起来，不消几日，也就呜呼哀哉了。古人说得好："青竹蛇儿口，黄蜂尾上针。两般犹未毒，最毒妇人心。"那胡氏既丧了丈夫，自该守节；既忘了昔日恩义，去再嫁仲子霞，又应该与他照管家业，抚育儿女；反溺爱前夫之子，把他一个聪俊孩子，可怜生辣辣磨灭死了。又怪旁人公道之言，教儿子去呈首陷害贤良。皇天有眼，母子俱亡，是不足惜。闲话丢过。

再说闻焕章，在大相国寺已久，不见焦面鬼来催审。开封府因宿太尉嘱托，并不来提。终日游玩，闲时与真空禅师谈说佛法。一日，在大殿上随喜，看赶庙市的。见一个军官跟两个家丁，骑着马，到寺内拜客。下了马，叫家丁递帖。见了闻焕章，举手道："久违了。怎的在此？"闻焕章看时，却是双鞭呼延灼。忙向前施礼道："老将军，阔别多年了。一向定当纳福！小生有些小事在此作寓。请进待茶。"呼延灼道："有一敝友亦在此作寓，特来拜他。"家丁来回复道："某爷出京了。"闻焕章邀进松月轩坐定，侍者献茶。呼延灼又问："先生为着何事？"

闻焕章把安道全偶然到庄上，留他看病，萧、金二人刺配，寄放家眷，被焦面鬼呈首的事讲了。呼延灼道："此是小事，无影无踪，怕他怎的？我们旧时的弟兄多事得紧，受了招安，为朝廷出过力，拜除官爵，也该守些本分。为什么东也起事，西也啸聚？不唯坏了宋公明一生忠义，连我们面上少了光彩，动不动说是梁山泊余党！"闻焕章道："总是为官司逼迫，出于无奈。就是小生局外之人，也牵惹在内。"呼延灼道："有个小儿，取名呼延钰，年已长成，颇有膂力，武艺也习熟了，只是不通文墨。欲屈先生训诲，不知尊意若何？"闻焕章寻思半晌："女儿已安顿得所，回家也无甚事，况且京师请先生是按月的，进退可以自由。"回言道："但恐才疏学浅，不能为公子之师。"呼延灼道："不必太谦。敝寓离此不远，少停奉迎。"举手作别出门。

果然到下午，家丁牵了一匹马拿一个名帖来接。闻焕章谢过真空禅师，骑马到门，呼延灼父子迎进。看那公子相貌魁梧，身躯雄壮，英气逼人，真是将门之子。进到中堂，呼延灼叫院子铺单，请闻焕章上坐。公子呼延钰倒身拜了四拜，闻焕章在旁边受了两礼。晚间设席款待。次日进书馆肄习，六韬三略，尽心讲训，公子也颖悟领略，不在话下。

一日，呼延灼营中操练回来，到龙德牌坊下，见侧首小巷里，一个人抱着一个红羊皮匣子，急忙忙奔出来。后面一个小学生，年纪不上十五六岁，眉目清秀，面白唇红，飞也赶来，大喝道："你这大胆的贼！拐了东西，往哪里走！"旁边三个闲汉一把拦定，道："小子，你为甚赶他？"那小学生焦躁道："你们敢是他同伙？"分挣不脱，小学生心中大怒，把前面的一掌，踉踉跄跄，倒过一边；又飞起右脚，将这个腰胯下用力一踢，便护疼坐了下去；还有一个，不敢向前。那小学生飞也赶上，将抱匣子的照背心一拳打倒，劈手夺过匣子，骂道："这十杀不尽的贼囚！拿去送官便好！"看的人挤满了，都道："恁般四个大汉，经不得这个小娃子动手，端的好气力！后来长成不知怎的哩！"呼延灼也勒住马看得呆了，唤道："你这小官人，是哪一家的？匣子内什么物件？"那小学生把呼延灼上下一看，知是有职分的，不慌不忙放下匣子，叉手答道："姓徐。匣子里是祖上三代传下的一副雁翎砌就镏金锁子甲，名唤'赛唐猊'。先父在日，花儿王太尉情愿出十万贯来买，不舍得卖他。先父从征方腊，途中病故，母亲又亡，只同一个乳母过活。家道虽然消乏，遵着遗训，珍藏在家，等闲也不把人看。三日前，这两个捣子说是老种经略相公差来借去一看，我回说没有了。怎奈打听我不在家，乳母是女流，竟闯进内室抢了出来。我恰好回家，方才赶来夺回。"呼延灼晓得是徐宁之子。见他勇力过人，又有志气，便道："这般说来，令先尊是金枪手徐宁了？我是双鞭呼延灼，曾为八拜之交。贤侄，你既父母双亡，何不到我家里与我小儿同学？现请闻先生为西席，通家之谊，极是便的。"那小官人见说是呼延灼，在山寨里也还依稀认得，向马前便唱一个大喏，说道："小侄苦无依傍，得伯父这等美情，不敢自外。"

呼延灼叫跟随的接过匣子，同到府中，与恭人说知就里，道："这般英俊，后来必成大器。"恭人也欢喜，即取一套新衣服换过，问道："多少年纪？"答道："小侄十六岁，名唤徐晟。"呼延灼道："小我孩儿一岁，叫他两个结为兄弟。"当下徐晟就拜呼延灼为父，恭人为母，呼延钰为兄。恭人分付衙中下次人等称为"二相公"。呼延灼到书馆中与闻先生说了，同拜在门下。徐晟便拜为师，自此同习兵书。资性聪明，非常颖悟，更兼做人谦让老成，上下都欢喜他。徐晟叫人去唤乳母，并家中物件搬来。闲时与呼延钰比较气力，走马试剑。呼延钰也使双鞭。徐晟原使父亲存下的一条金枪，呼延灼自来点拨。不消几日，两个一样精通。呼延灼夸奖道："这一对少年，他日必为朝廷良佐。"那恭人一发喜欢。因有个女儿，小字玉英，年长十五岁，生得容貌端妍，有心要招他为婿。

不上一月光景，呼延灼从帅府回来，说道："不好了，皇上轻信王黼、童贯，纳降平州守将张毂，金人借败盟为题，分道南侵，攻破河北州郡，将次渡河。圣上危急，思量避兵亳州，李纲请传位太子，改为靖康元年。明日点兵到黄河守御，特旨内侍梁方平为总监督帅，就在教场内阅武，招募天下英勇，有一番大征战哩！"呼延钰、徐晟道："既是阅武招募，孩儿们也要去看看。"呼延灼道："这也使得。只要五鼓起身。"

次早，呼延钰、徐晟一齐结束，执了器械，同呼延灼到教场里来。只见千军万马，摆列得十分严肃。各将官全副披挂，齐整整伺候。到辰牌时分，内使梁方平蟒袍玉带，百员家将簇拥而来。放了三个大炮，登将台而坐。左右摆着刀斧手，扯起帅字旗。中军官传下号令："若有膂力过人、深谙韬略、弓马熟娴、武艺出群的，不论有职无职，俱准面试。若果才技优长，不次重用。"三通鼓毕，各营各队的比较，其间优劣不等。中军官又传下令来："凡军民人等来应募的，要试三事：第一试力，将台下有两个铁墩，要提起走三匝；第二试箭，二百步外立下一标，标上画个红心，红心内安一枚金钱，马上射三支箭，要中红心，若能中金钱尤为超等；第三是试武艺。"传令已毕，那些应募的纷纷去试力。那铁墩重有五百多斤，提不起的多。有略提起的，走上几步就气喘吁吁，只得放下。马箭都有射中红心的，金钱眼内并无一人。试武艺这是容易的。

呼延钰、徐晟看了半日，并无一个才技绝伦的，就放胆走到将台边。两个俱是垂髫，穿着紧身绣袄，相貌齐整，尽皆瞩目。呼延钰、徐晟各立一边，将铁墩轻轻提起，绕将台走了三匝，原放在旧处，面色不改。众军士齐皆喝彩。唤家丁牵过两匹马，呼延钰、徐晟把手一按，腾身跨上，那马嘶了一声，如飞跑去。两个各张弓搭箭，流星掣电一般，两支箭齐插在金钱眼内，鼓声大振。梁方平见了也欢喜。以后四支箭俱中红心，团团把金钱围在中间。射完了箭，下马离鞍，呼延钰手执双鞭，徐晟提金枪，盘旋击刺，解数筋节，毫无破绽，多少老成宿将喝彩不绝。梁方平大喜，唤上将台，问甚姓名。呼延灼从左边班里走出，打躬道："两个都是末将的儿子。一个名唤呼延钰，一个继养的，名唤徐晟。"梁方平道："今日本监奉圣旨招募英勇，同各将出兵守御黄河渡口黎阳一带地方。许多应募的都是庸材，唯有将军两位令郎天生豪杰，堪为国家梁栋。承制先授骁骑校尉，就同出征。若退金兵有功，更加显职。"呼延灼同呼延钰、徐晟拜谢回班。梁方平命军政司拨御营十员名将，各领兵二千，分守汛地。明早即要出师，后期者斩。那十员将官是谁?

王进、刘光世、汪豹、岳飞、杨沂中、韩世忠、呼延灼、张俊、马杰、胡定国。

那十员将官有好几个有名宿将，其中也有个把搭色的。梁方平发放已毕，就去回复圣上，辞朝出师。各兵将尽回去，料理出征。

呼延灼同二子回家，对闻先生说道："今日梁太监奉圣旨在演武场点兵出守黄河，就招募英勇随征，并无出色的。唯有两个小儿技勇马步各样合适，除授骁骑校尉，随我出征。想起来金国遣斡离不攻河北，粘没喝打河东，各统十万雄兵。今梁太监点十员将官，各领二千兵去分守汛地，那十员将虽有几个好的，但恐众寡不敌，守御不住。倘金兵一渡了黄河，东京危如累卵，恐不可保。我同两个儿子去倒不打紧，只是贱眷们在京，放心不下。在朝官员多有送家眷回乡的，我意亦欲烦先生叫家丁跟随，送老荆、小女回到汝宁。那边有些薄产，可以住得。但是不敢动尊，不知先生肯否？"闻焕章道："承台翁这般雅爱，岂敢推托？在京中无事，学生亦要南还。送宝眷到了汝宁，也要看觑小女，这是两便的。"呼延灼大喜，即进去叫恭人收拾家资细软："我央闻先生送你们到汝宁家里。明早我同两个儿子从梁太监到黄河口防御金兵，不可迟缓。"恭人依命，又置酒饯别。一夜通不睡，五鼓雇车子坐了恭人、小姐，闻焕章骑马，四个家丁跟着，出门分手，未免各人含泪而别。

先说闻焕章押着车子出了京城。行不上三日路程，只见那些百姓携妻挈子，纷纷逃难。说是汝、颍、光、黄等处有土寇王善作乱，聚兵五十万，抢掠子女玉帛，杀人放火，甚是猖獗，官兵望风而没。闻焕章听得这消息，老大惊忧。下了马，到车子边，对呼恭人说道："有土寇王善作乱，光、黄、汝、颍州郡都破了，人民逃散，汝宁是去不得了。重回京师，又使不得。今在路途，进退两难，怎么处？小生的小女在登州，有几个道义朋友住那里，也是将军的旧相知，不若且去权住，待呼将军得胜回来，再做区处。"呼恭人道："我是女流，有甚见识？既是登州可以安身，但凭先生主张。"闻焕章就令车夫取登州路上去。

又行五六天，方到登云山下，使喽啰通报。安道全、萧让、金大坚、穆春齐来迎接，到聚义厅上，一同拜见。安道全等各加致谢，问："东京事情若何？"闻焕章道："我的事小，已解散了。所患金人败盟，攻破河北、河东，圣上传位太子，改为靖康元年。差内侍梁方平领十员名将去守黄河渡口，呼延灼亦在十员之中。他恐家眷在京有失，央我送回汝宁。不料土寇王善在那里作乱，回去不得，故同呼恭人、小姐来此权住。"众头领道："正该如此。"顾大嫂便请恭人、小姐到后寨，与萧、金两娘子并闻小姐相见。把细软家资收进，打发车夫回去。闻焕章父子重逢，这欢喜自不必说。大排筵宴，内外款待。穆春将店中遇着焦面鬼口出大言，次早跟到古庙边杀死，投入枯井中说了。闻焕章道："难得穆兄干此快事，怪道再不见原首人到了。"当夜尽欢而散。

正是：朝廷变乱难安坐，朋友欢逢且论心。

不知呼延灼出征何如，且听下回分解。

徐晟能守先世之雁翎甲，渊圣皇帝不能保祖宗之天下，真可怜也。

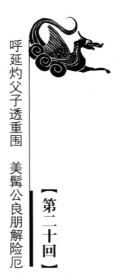

第二十回

呼延灼父子透重围　美髯公良朋解险厄

　　却说呼延灼打发家眷回到汝宁，连忙整顿鞍马、兵器，到酸枣门外取齐。各将官次第皆到，行伍整肃，等候总监梁方平启行。不逾时，梁太监摆列仪仗执事，许多内官牙将，传呼而至。各官向前呈上手本打躬。就分付放炮起马，旌旗金鼓，络绎不绝。马上飞报说："金兵将次渡河。"梁太监传令火速趱行。

　　到了黎阳，梁太监安营升帐，说道："边报紧急，有五处极冲隘口，当晓夜防备。今拨尔等十员将分为五营，各领四千兵，奋力同守。有功者升赏，失机者连坐。"呼延灼却派在杨刘村，是第一要紧去处，与汪豹合营同守。领了将令，遂与汪豹统兵来到杨刘村。正是黄河岸口，四野萧条，人民逃散。择地形下了寨栅，唤呼延钰、徐晟两路提防，晓夜不寐，不在话下。

　　却说那汪豹，原是一游手之徒，实无本领，投在蔡京门下，钻营做了御营指挥使。心术更是不端，见金兵势大，有心归附，暗地里使人到斡离不处通了线索，献这杨刘隘口以为进身之阶。恐怕呼延灼连营掣肘，请呼延灼到来，置酒相待，慢慢挑唆道："朝廷昏暗，大势已倾，非一木所能支。我与将军虽用尽血汗，哪个知道？若然得胜，上面的人奏了功去；倘一跌挫，归罪我们。岂不闻'良禽择木而栖'？唯要见机而做。"呼延灼听了这篇言语，毅然说道："汪将军差矣！我等深受国恩，当以死报。有功无功，在所不较。金国虽然兵多将广，我这里紧守隘口，黄河天堑，岂能飞渡？况有老种经略相公统勤王之师三十万，不日就到，胜负正未可知。大宋列圣相承，恩泽布在人心，大河以北，必有豪杰响应。金国孤军深入，亦未为得计。不可自挫锐气，以慢军心。"汪豹见说不动，冷笑道："将军之言，真金石之论。末将不过一时戏言，不可认真。自当同心竭力，共立功名！"将酒来劝，呼延灼推辞不饮。

回到营中，与呼延钰、徐晟商议道："方才那汪豹来下说词，要我见机而做，分明他有背叛之意。如何是好？"呼延钰道："两营并力备御尚且支持不住，他有了此心，倘私去卖国，如何了得？爹爹明日写一密揭，到梁太监处揭了他，免得日后连坐。"呼延灼道："汪豹见我词色俱厉，便改了口，又无实据，怎好轻易揭他？"徐晟道："那厮既是心变，见爹爹不从，恐有肘腋之祸。待我与哥哥分兵五百，另立一营在那前边小山之上，以为犄角之势。倘或有变，好来救应。"呼延灼道："此言甚是有理。"即分兵五百，结一营在小山之上。呼延钰道："虽然有了犄角，还防爹爹这边孤力无助，我与兄弟轮流一个在旁护卫，始可放心。"呼延灼喜道："此更有理。"遂分了两营，更加严守。那汪豹见呼延灼分小营在山上，已知他疑心。恐防泄漏，暗暗差人去金营，约定日期。所以一连几日，并无动静，也不见金兵一人一骑到黄河岸边。

忽然一晚风雨大作，天色漆黑。呼延灼道："这般风雨，更要严备！"同着徐晟领一队兵沿河巡哨。只见营里火光冲天，喊声震地。原来汪豹勾结奸细在营，乘这风雨昏黑，发作起来。呼延灼、徐晟慌忙赶回，已有数百金兵在那里杀人放火。汪豹在火光中指挥。呼延灼大怒，骂道："你这叛贼！怎勾引奸细背叛本朝？"把双鞭劈头打去，汪豹挺枪接住。徐晟前来助战，汪豹力怯，拍马便走。呼延灼、徐晟奋力赶去。不防金兵乘了大筏，竟过黄河，漫山塞野而来。急转身到小寨边，呼延钰知道，下来救应，正遇斡离不到来。呼延钰把双鞭抵敌，呼延灼、徐晟来助。那金营又有别将接战，相持了半夜，挡不得金兵众多，把呼延灼父子三人团团裹住。拼命到山上小寨，二千兵剩得百余。金兵又紧紧围住，无计可施。斡离不得汪豹献了杨刘隘口，无人阻挡，滔滔不绝，把十万大兵尽数渡了黄河，那各营支持不定，尽皆溃散。梁太监见各营俱败，弃了黎阳，也逃回京去。

再说呼延灼父子三人，困住了一日，粮饷已绝。徐晟道："且到夜深，拼命冲下山去，不可死在此间！"其时九秋天气，霁雨初晴。到二更时分，霜气迷漫，星光灿烂，西风萧飒，孤雁哀鸣。望见金营火光未息，呼延灼道："趁此时冲下去。若到天明，必然难保。"领着残兵，抖擞精神，三个并力冲下。金兵都起，四面围住，一将在马上挺枪刺过来，呼延灼见是汪豹，心中大怒，骂道："你这反国逆贼，敢来阻挡！"把鞭驾住。呼延钰、徐晟鞭打枪挑，杀条血路。呼延灼且战且走，汪豹犹然不舍，放马追来。呼延灼大喝一声，双鞭齐举，打下马来。金兵拼命救起，便不敢来追。出得金营，回头看时，兵卒尽无，只剩父子三人。黑暗里不辨东西，随路奔走。到天明，离杨刘村已远，喘息方定。呼延灼道："天幸逃得性命！如今哪里去好？被这汪豹所误，失了隘口，东京决去不得了。若同到汝宁，那些奸党必然罪我失机，哪里分辩？我想起来，那美髯公朱仝在保定府做都统制，且到那里权且容身，再看京师消息。"遂取路到保定来。

晌午时分，肚中已饥，见村里有座酒店，下了马进店，唤："打酒来！有什么嗄饭？"酒保道："金兵杀来，连日牛也不宰，只有几瓶熟白酒在此。"呼延灼道："也罢，拿酒来吃。做五升米饭。"酒保取三只大碗、两瓶酒、一盆熟菜。呼延钰见门前有一只大公鸡，在沙泥里抓寻虫蚁吃，说道："把这个鸡宰了，一发算钱还你。"呼延灼吃了几碗酒，叹口气，对徐晟道："我前日往讨梁山泊，被你父亲用钩镰枪破了连环马。我兵败了，要去青州借兵复仇，也到店中，身边没了盘缠，把金带解下回一脚羊肉煮吃。不料隔着多年，又被这逆贼所卖，教我有家难奔，有国难投。今日还亏有你两个在此，正不问得你们带得银子么？"呼延钰道："孩儿身边有些。"呼延灼笑道："还好，不然又要解金带。"酒保煮得鸡熟，搬过饭来。吃饱了，会了钞，把盔甲拴在马上，一同上马。

行到傍晚，已到保定城下。见城门紧闭，遍插旌旗，城外居民尽皆逃散。呼延灼仰面问守城军士道："都统制朱爷可在么？"军士道："为金兵犯界，朱爷在三十里外把守飞虎峪，不在城内。"呼延灼立马踌躇。只听得金鼓乱鸣，一二百皂雕旗拥到。呼延灼知是金兵，忙同二子拨转马头，望小路便走。那箭如雨的射来。把马加上两鞭，飞走得脱。在马上商量道："如今怎处？朱全会不着，金兵遍地拦截，到哪里去好？"又走错了路，都是山僻小径。看看红日西沉，深林中怪鸟乱啼。转过一个山坡，长松夹道，翠竹阴森，林子里一座大寺。殿阁嵯峨，钟声远彻。呼延灼道："好了，且向寺中借宿一宵，明日再处。"

到得寺前，正要下马，忽听一声梆子响，山门里赶出四五十个和尚，都执枪棍合拢来，喝道："你这饮马川强盗！敢来窥探么？"呼延灼道："我们父子三人，去保定府寻朱统制会不着。天色晚了，要在上刹借宿一宵，不是什么强盗。"和尚道："我这万庆寺，是北齐所建，今归顺金朝，颁下禁示，凡有面生奸细，拿去请赏。你马上现有盔甲，定是宋朝败将，捉去请赏！"众和尚把枪棍乱打来，呼延灼父子大怒，将鞭打去，早打伤了几个秃驴，余皆退去。呼延灼父子放马就走。又行一个更次，见大树下有一所山神庙。困乏了，且进去歇息。下了马，推开门看时，月光满地，并无人影，空荡荡的，落叶堆阶，蛩声唧唧，又饥又冷。在门槛上坐了一会儿，徐晟跳起身，取块石头敲出火来，将落叶引着，拆了竹扉，烧了引火，觉得身上温暖。又点火各处搜寻，并无一物。走到门外，寻枯树枝凑那火堆，往前一张，急转身到里面，提了金枪便走。呼延钰道："兄弟提枪到哪里去？"徐晟招着手，呼延钰也拿一条鞭跟来。徐晟到涧边，指道："哥哥，有一个獐子在那里吃水。弄了他，好当晚饭。"轻轻蹑去，把枪一搠，直透肚肋，那獐子还嗷嗷的叫。呼延钰拔出腰刀，剁落了头，就在涧边开剥洗净，提到庙里，说道："兄弟搠得獐子在此，权当夜宵。"两个重去搜出一个大酒坛，抹净，把獐子剁作十来段，装在坛里，放了些水，打下窗棂，四围煸炙。将次熟了，徐晟道："只是没有盐味，怎么好吃？"呼延灼道："行军勾当，常是淡吃，哪里寻得盐味？寻得獐子也就好了，譬如忍饿。"正要动手去撕开来吃，只听得隐隐哭声。呼延钰侧耳听着，说道："奇怪，荒山静夜，怎有哭声？莫不是有歹人？"

呼延钰、徐晟同走出门外，又不见人。只见大树边有条小路，月色明朗，两个随路进去，望见竹林中射出灯光。走近看时，恰有个小静室。细听，似有妇人声音喊哭。徐晟推开竹篱，从窗缝张看，只见一个和尚搂着个妇人，那妇人蹲在地上，极声的喊叫，又有个和尚来解妇人下衣。呼延钰也钻进来，窥见大怒，把亮格窗一扳，用得力猛，那窗裂开，同徐晟跳进去。那两个和尚开了侧门一闪逃出。徐晟大喝道："贼秃！往哪里走！"随后追来。

呼延灼在庙中不见两个走回来，也出庙门一看，听得徐晟声喊，又见两个和尚飞奔而来，撞个满怀，呼延灼顺手捞住一个，那一个走脱。徐晟赶到，拔出腰刀，将刀背一筑，早把和尚一只右臂筑断垂下，拖到静室里，妇人还在地上啼哭。虽是村妆，倒有些姿色，两鬓蓬松，衣衫不整。呼延灼问道："你从哪里来，落在和尚手里？"妇人拭泪答道："奴是近村人家，丈夫姓李。为金兵各处掳掠，丈夫携着婆婆并奴家到山僻处躲难。金兵冲来，不见了婆婆、丈夫，夜深路难，奴家行不得，只得坐在前边林子里。不防被这两个和尚看见，推拥到这里。奴家宁死决不受污，故此叫喊，亏得搭救。"呼延灼又问和尚道："你是何处寺里？怎不守清规，要强奸良家女子？"和尚道："小僧原是万庆寺里，要养静参禅，同师父筑此静室居住。因本寺新来一个住持，名唤昙化，是嵩山少林寺出身，使得好枪棒。他归顺了金朝，都要去点名。他的兄弟叫毕丰，前日占住龙角山，被饮马川强人所破。故此去金朝元帅斡离不处，请兵会剿这饮马川。我同师父吃了晚斋，到林子中经过，见了这妇人，是我师父不合起了邪心，扯到静室里。都是师父所为，不干小僧事。"呼延钰喝道："这秃厮还要抵赖！那个和尚一把搂住，你解他的下衣，还说不干你事？"徐晟扯到涧边，一刀砍了，回转静室。呼延灼道："小娘子，我们替你杀了这和尚了，到天明你自去寻丈夫、婆婆。"妇人拜谢道："多亏爷们救小妇人性命。若被和尚所污，必然撞死！"呼延灼道："好一个贞烈女子。"徐晟道："肚中饿了，又遇着这桩事，耽搁了半夜，可惜那个和尚被他走了！"笑道："那獐肉好煮烂了，哥哥，你去取来，这里自然有盐味，待我寻出来。"把灯到房里，开了食厨，甜酱、酸醋、米面、菜蔬，各件俱有。床底下搜出一大瓮好酒，徐晟大喜，把酒烫热。呼延钰取到獐肉，和了酱醋，大碗酒大块肉的吃，又把米做饭。三人吃得醉饱，也叫妇人吃些。

天色已明，商议道："到此地位，进退不得，不如到饮马川权且安身。"问妇人道："你晓得饮马川离这里多少路？"妇人道："只在西南上，不够二十里。闻得那山大王极有义气，只要取那不仁强横的财物，并不扰害良民。这万庆寺和尚比强盗更凶！"呼延灼三人遂上马，分付妇人自去，望西南而行。不上十里多路，平坡上见一骑马飞奔而来，后面喊声大震，一队皂雕旗金兵追那骑马的将官。呼延灼定睛看时，原来正是美髯公朱全。正要动问，那皂雕旗已赶近身边，把刀砍来。徐晟一枪挺去，早挑一个金兵下马。呼延钰舞着双鞭，也打伤一个。那金兵呼哨了一声，退转去了。朱全下马，仔细一看，道："原来是长兄。若不相遇，我性命休矣！长兄从何处来？这两位少年是谁？恁地英雄！"呼延灼正要回答，忽然一棒锣声，侧路里涌出三五十个喽啰，马上坐着个头领，押一和尚在前。

那头领见了呼延灼、朱仝，滚鞍下马，原来是锦豹子杨林。尽皆大喜。一同拜毕，在大松树下坐了。呼延灼道："我在东京做御营兵马指挥使，因金兵败盟，抢到河北、河东，圣上传位太子，命内侍梁方平督十员名将分守黄河渡口，阻遏金兵。我同汪豹连营，驻扎杨刘地方。谁知汪豹暗通金兵，放过隘口。那时兵败，幸得小儿呼延钰，与这金枪手徐宁令郎徐晟，也过继我为子，并力杀出。欲到保定投朱大哥。刚至城下，一队金兵冲来，只得望小路而走。夜深山僻，见座万庆寺借宿，那些和尚认作饮马川奸细，将枪棍打来，我与小儿打伤几个和尚。又走十多里，见一所古庙，进去歇息。闻妇人声，寻到静室里，见两个和尚搂住一个妇女强奸，被我拿住一个杀了，救了这妇人。父子三人进退无路，思量到饮马川。一路行来，却好会着朱大哥，不意又逢兄弟。"朱仝道："金兵犯界，太守命我把守飞虎峪。金兵势大，难以抵敌，兵卒皆散。我匹马逃生，幸遇贤乔梓，得解此难。"杨林道："此去饮马川不远，请同上去。"五人上了马，呼延钰见旁边押着的和尚，说道："这便是昨夜强奸妇人逃走的，哪里拿得来？"杨林道："万庆寺与山寨屡次作对，拿去几个喽啰。我今日见这和尚慌张逃走，也便拿住，到山寨里取他心肝做醒酒汤。不想正是强奸妇女的，一发该拿了。"

说话之间，已到饮马川。杨林先去通报，李应等齐出来迎接。到聚义厅上，一同相见。李应道："万庆寺昙化和尚要请金兵来攻山寨，喜得二位长兄到来，便不怕他了。"朱仝道："我同呼将军是过时的人。这两位少年，一个是呼延钰，乃呼将军令郎；一个是金枪手徐宁之子徐晟，真是后进英才。我方才被皂雕旗追来。被他一鞭一枪坏了两个，方得转去。"李应道："隔得几年，这般长成！若不说明，竟不认得了。可喜可敬！公孙先生、朱军师也在这里，因爱清静，筑一小院在白云坡。"叫人请来。杨林道："我拿得一个和尚，原来昨夜在静室里强奸妇女，被呼大哥杀了一个，这是逃脱的。"李应道："且监着，若昙化来打仗，杀了祭旗。"正说间，公孙胜、朱武来到，各叙契阔之情，设席款待，不在话下。

却说当夜静室内还有个道人，见有人跳进行凶，开后门走脱，见一个和尚杀在涧中，去到万庆寺报与昙化知道。那两个和尚是昙化付法徒弟，闻得死了，大怒道："这饮马川贼人这等可恶！几番来搅扰，与他势不两立！本待等兄弟毕丰到来，同去剿灭。如今忍不得了，待我自去斡元帅处，请兵扫荡他，出这口恶气。"
当下置备厚礼，侍者跟随，到金营报知。走进中军帐，见斡离不，合掌拜禀道：
"万庆寺是北朝胡太后所建的香火院，列朝并皆供养，护国祝圣。今大兵一到，首
先归顺。有饮马川草寇李应等，是宋江部下，梁山泊余党。占住山寨，打家劫舍，
无所不为。他要兴复宋朝，与大兵作对。前夜到静室，杀了我两个法嗣，殊为可
恨，不可不除！请元帅发兵，待贫僧自去扫平山寨，庶王化无梗，佛法兴隆。"遂
呈上珊瑚数珠一串、镏金缅佛一尊。那斡离不性极好杀，却深信佛法，尊隆三宝，
说道："我大兵一到，无不向化！这伙草寇，辄敢如此？拨五百皂雕旗的雄兵，随
师父去，立等报捷。"昙化拜谢，同领兵的将官到万庆寺，设斋相待。又选三百僧
兵，结束雄壮，在前引路。到十里松扎一大营，打点明早讨战不提。

却说李应和众头领叙谈，探事喽啰报上山来，说万庆寺昙化和尚领皂雕旗金
兵，已屯扎在十里松，来攻山寨。李应道："那和尚奸淫凶恶，正要灭他，却反自
来送死！"朱武道："那和尚不打紧，恐金兵剽悍，未可出战。且守寨栅，耐他两
日，待他锐气将阑，方可出战。"李应遣樊瑞、杜兴、杨林、蔡庆守定三关，各处
小路俱用木石垒障，安排炮石、火箭、檑木、灰瓶，把寨门紧闭，偃旗息鼓，等他
到来。

却说那昙化，五鼓造饭，扬旗展幡的杀来。到得山边，静悄悄并无一人。周围
一看，见路径尽皆断绝。喝令僧兵爬山，那炮石、灰瓶雨点的打下来，那僧兵像葫
芦一般滴溜溜乱滚下山脚，不能上去。无可奈何，到日色平西，只得退转十里松。

正是：世外尚然饶毒计，尘中哪不起雄心。

要知胜负，且听下回分解。

此回头绪颇多。作者如穿九曲之珠，一线串出，呼延父子兵败落荒，诛僧遇
友。读之有一波未平一波复起之乐。

扑天雕火烧万庆寺　小旋风冤困沧州牢 【第二十一回】

却说昙化和尚我相未除，毒心更炽，自去请了金兵到饮马川，思量即刻踏平山寨，泄了毒气。谁知紧闭寨门，塞断山路，并不出战。焦躁了一日。次早，又到山边，耀武杨威的搦战，只不见出来。那些皂雕旗大半去村中掳掠资财，奸淫妇女，昙化又拘束不得。

到下午时分，精神厌倦。正要回营，忽听得一声炮响，李应、呼延灼、杨林、樊瑞飞下四骑，领着四五百喽啰，来到阵前。那昙化身躯壮大，骑一匹白马，手执浑铁禅杖，有六十多斤重，宛如鲁智深转世，骂道："你这伙梁山泊杀不尽的残寇，敢来搅我清净法门！金朝大兵到此，快下马受缚！"李应喝道："杀不尽的秃驴，敢来寻死！"挺枪便刺，昙化抡禅杖来敌。斗三十余合，不分胜败。呼延灼忍不住，提双鞭助战。那和尚毫无惧怯，又斗了多时。那金兵呜呜的吹动笛声，直冲过来，杨林、樊瑞率喽啰混战，互有损伤。天色已晚，各自鸣金收兵。昙化退到十里松。

李应等回寨，说道："那秃厮果然骁勇，我同呼将军两个刚刚敌着。"朱武道："昙化武艺高强，只可智取，不可力敌。明日再守一日，不要出战，只在山上摇旗呐喊，缀住了他。另遣一支兵，从山背后下去，径攻万庆寺。那寺里必然空虚，先破了他巢穴，再差两路埋伏。那和尚闻知，必然回兵去救，我这里追去，必获全胜。"众头领尽皆称善。李应便请呼延灼、徐晟、呼延钰、杨林去破万庆寺，裴宣、蔡庆、樊瑞、杜兴分两路埋伏，自与朱仝对阵追赶。分拨已定。

三更时分，呼延灼、裴宣等各引喽啰下山，杨林引路。裴宣等四人埋伏在寺前二三里之外松林里。呼延灼等领三百喽啰到寺门，听得大殿上做晨朝功课。众喽啰把守门打开，一涌而入。寺里只留得一二十个老弱、装戒律、强吃斋的禅和子，并些火工道人。逢着便杀，霎时间尸横满地。杨林就要放火，呼延灼道："且慢。寺内必有积蓄，搬回山寨，都有用处。"三百多人到库房、方丈各寮遍处搜寻，取出若干的陈年好酒、薰腊火肉、腌鲞海错、果品蔬菜、油盐等物，又有金银、缎匹、衣服、布帛、铜锡、器皿、米麦豆面，不可胜计。里边又有一条曲折深巷，黑洞洞的，点了火把照进，有一扇石门。打开看时，内有幽房密室，花竹缤纷，麝兰氤氲，藏着十来个年少尼姑、二十多个有姿色的妇女。见打进来，都在睡梦里爬起，衣裤都穿不迭，也有尼姑披着女衫的，也有妇女拖了僧鞋的。见众人哄进，都跪下哀告道："我们尽是良家，被和尚拐骗来的，昼夜轮流奸宿，要出去不能够，求老爷饶命！"呼延灼唤出，教锁在一间空房里。把锦帐绣被玩好之物，一齐取出。喽啰便炊饭煮肉，打开好酒，尽意的吃，都醉饱了，伏在两廊，专等和尚回来。

却说昙化复引金兵到山边，又不见一人，山顶大吹大擂，摇旗呐喊，不觉怒气填胸。正无可奈何，只见寺里几个和尚，满面灰尘，汗流浃背，如飞的赶来，喊道："堂领，不好了！一班强盗把寺打破，常住抢光，大众都杀了。有一个强盗头现坐在方丈里，我们几个因在外巡山，逃得性命，赶来报知。"昙化听得，头顶上失了三魂，脚底下走了六魄，忙叫回兵。山上李应、朱仝见阵脚动了，知道万庆寺已破，统兵遣下，喊道："秃贼，休走！"紧紧追来。昙化无心应战，到三岔路口，那队皂旗金兵不顾和尚，从东去了。昙化一发势孤，只得奔前。将到寺前，只听一声炮响，松林里转出裴宣、樊瑞、杜兴、蔡庆四个好汉，一字摆开，喝道："快留下驴头！"昙化并不回言，抢禅杖就打。后面李应、朱仝已是追到。昙化心慌，拖了禅杖冲去。裴宣等让他过去，只把这些僧兵真如砍瓜一般尽数杀死。昙化将到寺门，呼延钰、徐晟双马飞出，昙化前后不能抵敌，被徐晟一枪刺着右肋，跌下马来。众喽啰拿来绑了。

李应到殿上，一同坐下。呼延灼说："密室内藏着许多尼姑、妇女，并搜出荤酒等物。"押过昙化来，问道："你既出了家，当慈悲为本，清净为心，怎么贪淫好杀，何苦与我们作对？这万庆寺是胡太后香火院，受列朝供养，是大宋的土地，受大宋的人民朝拜。金兵南来，胜败未分，你争先去投顺，引兵来攻山寨，是何道理？又暗藏妇女，恣啖酒肉，你也受用得够了！莫说我们容你不得，就是菩萨、金刚，也要怒目了！"昙化道："不必多讲，只求速死。"杨林立起，拿刀要砍，李应道："佛家弟子，不可加之刀刃。有个妙法，送他西归。"喝令喽啰把寺中所有之物，尽数搬运上山，放出尼姑、妇女，教他各自认路回家。发放已毕，放起火来，把昙化绑在殿柱上，看看火逼近来。樊瑞道："你这个和尚，今日圆寂了。可惜没处寻善智识封龛！我道士竟与你下火。"乃作偈：

> 昙化昙化，诸善不修，众恶尽作，朝酣酒肉，高坐莲台，夜搂妇女，
> 同归极乐。更好杀人放火，兼会趋炎使作。咦！这回送上三昧神光，扫尽
> 六根龌龊。

又有名贤作诗叹道：

> 世间何物最堪憎？蠹国殃民莫若僧。
> 梁武舍身朝见灭，汉明作俑祸旋兴。
> 低眉菩萨慈悲少，怒目金刚忿恚增。
> 更有一般堪恶处，奸淫阴毒罪难胜。

却说众头领俱在寺门立马观看，霎时间透上万道红光，焰腾腾火趁风威，如金蛇闪掣，眼见得那昙化荼毗了。

李应等马上加鞭，同回山寨，椎牛犒士，大排筵宴庆贺。正在欢畅之际，忽小喽啰报道："有一戴院长要见。"李应忙叫请进。戴宗走到，众头领阶下相迎，见过礼，就请上坐。戴宗道："小弟已在岳庙里出家，百念皆灰。谁知枢密府奏加原

职，再三勉强下山，军前效用，往来传递文书，受尽辛苦。及至回京，辞别还山，童贯又苦苦相留，说已题授本宫提点，候下敕命。不料王黼又开边衅，纳了平州守将张毂，金人来责败盟，郭药师做了向导，分道南侵，直渡黄河，把东京围住。那朝臣主和主战，纷争不已。幸得兵部侍郎李纲力陈守御，檄河北、河东、关、陕勤王之兵。老种经略相公和姚古、耿南仲之师已屯城下了，差我赍诏各处催促，因此先到大名府。谁道太守刘豫心怀不轨，投顺金朝，粘没喝许他立为中国之主，哄得他倾心吐胆，向着金朝。不唯不肯发兵，连各处诏书都焚毁了，还要把我解到金营。我走得快，只是失了诏旨，回京不得，思量到沧州投奔柴大官人。数日前，因浪子宰相李邦彦力主和议，与粘没喝讲定，割了三镇，再要一百万金子、五百万银子犒师。先在京城内搜刮巨室富商的财物，不够十分之一，就差使臣到各州县搜刮，若有藏匿不献者，全家处斩。这个旨意传到沧州，那太守高源正是高廉的兄弟，因前日宋公明破了高唐州，害他满门良贱，正是柴大官人对头。柴进撞着冤家对头，高源要与高廉报仇，凑着奉旨的大题目，要他三千两金子、一万两银子，哪里得来？这样乱世，太祖皇帝的誓书，哪里还讲得起？拿到州里，三日一比，连家眷同监禁了。我到牢中去看他，再三致嘱众弟兄救取性命，故特到此。"李应道："柴大官人义气最重，征方腊回来，虽不会面，书信长是往来。既然有难，岂可不救？烦众兄弟莫辞劳苦，到沧州走一遭。"就点一千兵，同呼延灼、杨林、呼延钰、戴宗、徐晟进发。嘱托朱全、樊瑞等道："倘金兵来与昙化复仇，只宜坚守，不可出战。缓急之间，戴院长往来通信。"戴宗道："前日，高廉有妖法，宋公明使我去请公孙先生，受尽跋涉。今高源若作妖法，喜公孙先生现在，不劳再请了。"李应道："戴院长作起神行法，先到沧州，通个信与他，使他安心耐守，我等兵马在路，还有几日方到。"戴宗依允，作法先去了。

却说那高源是狡诈之徒，极有恶才，手段最辣。也晓得饮马川好汉是柴进旧相识，恐怕来攻城，先把城垣修筑，栅木坚牢，城里城外编着保甲法，盘诘奸细；城门出入，尽用小票照验，甚是严紧。探得饮马川果然有人马到来，拽起吊桥，城门闸定，传令统制、团练等官，领兵各守汛地，又点民兵登城，堆垛石块、灰瓶等物，昼夜提防。

却说李应等兵马到了城下，戴宗来见道："城内水泄不通，并不容人出入，进去不得。"李应周围看了一遭道："城池虽小，却是坚固，急切难攻。且远远围住，再做算计。"却说高源全身披挂，亲自巡察，分付官兵："不许出战，只是坚壁清野，待这干贼寇粮尽力弛，方可追他。"李应等一连三日，无计可施。

那高源坐下州衙，传进两院节级、牢子，分付道："柴进这厮惯会结连山寇，谋为不轨。向年使黑旋风李逵打死殷直阁，我那大太爷也把他监禁在牢里，只是下手不早，反被他通着梁山泊贼寇引兵到来，攻破高唐州，全家受害。今是奉旨搜刮金银，并非公报私仇，他又约饮马川余党来侵犯，这是背道朝廷，罪在不赦了。我想那些贼寇不过徇旧日情面，故来搭救。你们今夜将柴进盆吊死了，明早把尸首抛出城外，他们见柴进死了，难道真有什么生死交情？自然败兴而回。我自用计擒他。速速下手，不可迟误！天明立等回话。"节级、牢子领了钧旨下厅。

那两院节级姓吉，名孚，为人仁恕，虽在公门，肯行方便。心里沉吟道："那柴大官人是个金枝玉叶，仗义疏财，真是好男子。州官将奉旨为名，明是要报私仇。今夜要害他性命，如何下得？眼见天下大乱，这州官的冰山也将次倒了。何不救了他，却是一桩老大的阴骘！"以口问心，算计定了，就稳往小牢子，说道："相公钧旨，要盆吊柴进，且未可行事。他身边有的是银子，待我再去哄些出来，与你们用度。直待五鼓方可下手。"众牢子尽皆欢喜。

吉孚到牢里，对柴进道："大官人，你知喜信么？"柴进道："我在牢里，知什么喜信？"吉孚道："饮马川贵相识已领兵到城下，攻打三日了。"柴进听见，喜动颜色，便问道："胜负若何？"吉孚道："州里相公倒有主意，只是高垒深沟的紧守，并不出战。"柴进道："若是这等，攻打也无益。"吉孚道："还有一个喜信，不好说得。"柴进只道有甚解救，急问："怎么不好说得？"吉孚道："方才领相公钧旨，道前年在高唐州留你性命，不早下手，致被梁山泊攻破，杀哥哥全家。今夜分付牢子，把你盆吊死了，抛尸城外，饮马川兵马自然退去。"柴进听了，吓得魂飞魄散，一字也说不出，泪如泉涌。吉孚道："哭也无益。你身边有银子拿出来，我与你调度。"柴进道："还有一百多两，尽数送你。我死之后，烦你保全我的家眷罢，我在九泉也得瞑目。"吉孚道："奉旨搜刮金银，若隐藏不纳，全家处斩，哪里保全得来！若是我有了银子，也保全不得自己。"柴进道："不消说了，只累你买口棺木盛殓我罢。"就取出大包银子递过，吉孚道："这不难。"接了银子，径出监门，到使臣房里。那些小牢子还坐着等。吉孚把二十两分给众人，又将二两置办三牲福物："祭了青面圣者，吃了散福酒，然后动手。"众牢子得了银子，俱喜攒攒去分了。

到三更时分，将牲醴香纸祭赛青面圣者。吉孚唤柴进道："你也来拜拜，要圣者引出，免得魂沉狱底。"柴进道："死在顷刻，拜之何益！"只不动身，眼睁睁看吉孚同众牢子尽意的吃。吉孚拿一分福物、一壶酒，对柴进道："你也受用些，做个饱鬼。不是我不救，奈上命差遣，概不由己。你叫我买棺木盛殓，明日把尸首抛出城外，贵相识不忍，自然好结果你的，不必挂心。"柴进见吉孚这等说，冤苦填塞，如万箭攒心，哪里吃得下，连哭也哭不出了，如死人一般，呆呆等着。吉孚侧耳听谯楼已打四鼓，提铃喝号，巡视狱官已过，对小牢子道："此时好下手！"喝道："剥下衣服，扁扎起来！"众牢子七手八脚，拿麻绳的，取套索的，正要套上脖项，吉孚道："且慢，晚上又领相公钧旨，道临到用刑可再到衙内，还有什么言语分付。你们且看守在这里，不可睡着，我去禀复一声就来。"提灯笼出监门而去。柴进此时倒无别念，惟打点尝这上路滋味。

不一时，吉孚叫开狱门。柴进听得，魂已轻轻飞举半空。只见吉孚手内执着一根火签，急急走来说道："这相公好不糊涂账！又要带柴进到内衙去，另有发落。你们且伺候着，恐怕也要叫进内衙。把狱门锁好，还有许多重犯，恐怕走失。"即将柴进绑缚解开，穿上衣服，提了灯笼，牵了柴进，径出狱门，往一小巷偏走。到府门口，叫守门的开了门，说道："奉相公钧旨，押这犯人到一处安放。"守门人役见是两院节级，囚犯是他执掌，不去诘问。出了府门，从大街上走，将来到一小巷，见火把照耀得通红，一二十个兵丁，都是营中出来巡哨的。马上骑着一个将官，吉孚看时，却见孙统制城上巡察过来。孙统制喝道："什么人？此时还夜行！拿下锁了，带进营去。"吉孚不慌不忙，跪下禀道："小的是本州两院节级吉孚，奉太爷火签，捕得一名奸细，押到死囚牢里去。现有火签在此。"孙统制见有火签，又是节级，分付道："去罢。"吉孚和柴进反慢慢的走。见孙统制去得远了，方急进小巷。

又转过两个弯，到一人家门首，轻轻把门弹了一声，就有人开门出来，放吉孚、柴进走进，重把门闩好了。引到后半间屋里，点着灯火，吉孚把柴进项上青索子解下，说道："大官人，此时恭喜了！"柴进不知所以，不好回答。吉孚道："我敬你是个好汉子，用计来救你。恐怕小牢子作梗，故把银子稳住他们，领你到这个所在。这个人是郓城县里出身，叫作唐牛儿，向托着盘卖糟姜过活的，常常得宋公明周济。宋公明杀了阎婆惜，虔婆骗到县前买棺木，扭住叫喊起来，唐牛儿向前解救，宋公明便走脱了。他顶替罪名，刺配到沧州。罪是满了，没有盘费，回去不得。我见他有义气，常看顾他做些小营运。我要救你，无处安顿，想到这里，先与他说知等候。”柴进听了，如死去还魂的一般，扑地便拜倒：“再生之德，实难补报！”吉孚扶起道：“还有商量。我也出身不得了，幸无妻小，没有牵挂。你的家眷还在监里，怎的救解？你写起封书来与唐牛儿掷到城下，叫他们退兵。少不得开门放樵采，使勇士扮作百姓杂进城内，复引兵攻打。有了内应，方可破得。”柴进大喜道：“我的恩哥，你怎不先通知一声，免得这般吓破肝胆！”吉孚道：“若先说了，你心上不慌，就做不出这般悲苦脸来。那些牢子久惯成精，看出破绽，岂不误了大事！我所以无半个字的口松，扁扎起来，到万分危急，方好脱身。大街幸遇孙统制，还好掩饰，若州官自来巡察，我两个性命休矣！”唐牛儿烫出一大壶热酒、一只熟鸡。柴进道：“监里教我吃酒，如何咽得下！这回要吃了。”吃罢，手颤颤的修了封书付与唐牛儿，辛苦了一夜，且在炕上暂息不提。

且说高源天明就坐早衙，唤吉孚将柴进尸首呈验。小牢子禀道：“昨夜三更扁扎了，正要动手，吉孚称相公还要带进内衙回话，带出监门去了。”高源大怒，唤守门人役，喝道：“为何放了柴进出去？”门役禀道：“三更时分，见吉孚手持火签，说相公叫带这犯人到一处去。小的见囚犯是他掌管，又有火签，故此放出了门。”高源道：“眼见得这厮卖放了。现今城门闭着，怕他飞上天去！”把牢子、门役各加重责，唤该司速传晓谕各坊铺小甲，沿门搜捕，若擒得者，给赏钱一千贯；窝匿者，按军法斩首。霎时间，满城传遍，沸腾起来。沿门逐户，庵观寺院，三瓦两舍，废廨东厕，翻转地皮。搜检已遍，哪里有些影响？

再说唐牛儿上城守垛，乘旁人眼空，把石块包了这封书抛下，亲看见一个好汉捡去。轮次回家吃饭，大开了门，盛一碗小米粥，堆一箸盐菜在上面，隑着门棂上吃，对着邻舍道：“连日闭了城门，出去营运不得，身边一文钱也没有，剩得这些小米胡乱熬碗粥吃。再过两日，就要饿死了。若拿得柴进时，领一千贯赏钱，尽够发迹哩。”巷口邻舍道：“唐大官，你上城时，本坊小甲到这巷里搜寻，见你锁着门，我们取笑道：‘敢是反锁在这屋里？’小甲也笑道：‘这丢丢小房子藏隐不得，谅他也没有这胆！’”唐牛儿道：“列位不放心，请进来看看，省得日后败露出来，连累各家。”一个道：“我是说笑话，你便认起真来。”一个道：“便进去看看，嗔道瞧了他嫂子！"真个探头一望，见后半间黑洞洞，一个破炕上面有几件破衣服，堆着乱柴草。唐牛儿笑道："炕上窝藏的是'柴'，却没有'进'。我家里柴毛也没有！我的大嫂老大怨怅。真是再关两日，板凳儿就要晦气了。你一身一口，倒有得堆着哩！"正说间，听得巷口人说道："贼兵都退了，好了！"

正是：烽烟暂息人安枕，金鼓重鸣血满城。

不知究竟如何结果，且听下回分解。

极奇、极险、极快文字，如驰快马，峻坂收缰，如张饱帆，江心回舵。读者至更无可转身处，几几乎有死之心、无生之气。何况身履其地者？宋遗民自评：通篇精神，周匝章是，不减前传，真叫苦自知之言。

破沧州豪杰重逢　困汴京奸雄远审

【第二十二回】

　　却说吉孚用计救出柴进，使唐牛儿上城抛下书札。杨林拾得，与众头领看了，商议道："柴进既已出狱，家眷尚然监禁，他又不能出城，当依他计策，退兵到枫树坡埋伏。候有了内应，再来攻打。"遂传令回兵，旌旗倒卷，戈戟横肩，拔营尽去。守城军士见敌兵尽退，报与太守。高源道："柴进城中缉捕不着，想是又有奸细吊下城去。他的家眷还在，尽行诛戮，亦可泄愤。"又见在城百姓纷纷来禀："城门闭久，薪米俱绝，乞老爷军令开城，暂放樵采。"太守只得下令开门，只许巳、午、未三个时辰。出入的人严加盘诘。

　　却说杨林、戴宗扮作行公文的承差，呼延钰、徐晟装小学生模样，使人挑着书包，小喽啰挑几担柴草，暗藏军器、火药混进城来。原来唐牛儿住的一条小巷，贴近城门，屋后便是城墙。左边是段空地，右边一家锁了门，往乡间去了，并无紧邻，便于隐藏，都在书札中注明。戴宗等四人赶进城，一溜进唐牛儿家里，暗屋中与柴进、吉孚见过。小喽啰的柴草，唐牛儿只说买的，也挑进屋里，只等兵马到来。

　　至二更左侧，忽听得炮声连响，守城的军士飞报到州衙。高源亲自上马巡察，又拨民夫上城，唐牛儿与邻舍俱去守垛，戴宗、杨林也跟上去。到四鼓之时，守城的民夫都神思困倦。戴宗取出一条白绢号带竖起，城下望见，将竹梯依着，喽啰鱼贯而上。守垛的喊叫，杨林拔刀就砍。呼延钰、徐晟就到城门边杀散守门的，大开了门，放下吊桥。李应、呼延灼领兵拥入，一连放了几把火，照彻通红，城中鼎沸。高源闻得西门失守，同孙统制领兵来拒战。李应、呼延灼劈面遇着，更不答话，李应把高源一枪挑于马下。孙统制拍马便走，呼延灼赶上，一鞭打死。那些兵各自逃命。柴进、吉孚也出来，与李应、呼延灼相见，致谢不尽。一同到州衙里，把高源家口杀得罄尽。柴进、吉孚引杨林进牢，小牢子早皆躲开了。吉孚把一应罪囚尽皆释放。柴进自去领出家眷，对杨林道："若无这个节级，我已冤沉狱底矣！"一行人坐在州堂上。呼延钰、徐晟、戴宗皆到，李应传令，救灭了火，不许秋毫相犯百姓。将高源衙内资财并仓库钱粮，俱装载回寨。唐牛儿对柴进说："取数挑米分给巷内邻舍。"尽皆感谢。一个道："前日我们取笑，果然藏在里面。唐大官真个好大胆！"

　　天已大明，遂收兵出城，原行到枫树坡，安营造饭。柴进自去把家财也载上山。一路上闻得东京十分危困。李应道："我们都是大宋子民，自祖宗至今，恩养一百六十年。君父有难，也该去探个真消息。欲烦戴院长去走一遭，再得一个同去便好。"转过杨林道："小弟愿往。"李应大喜，多取银两与杨林藏了。打过中伙，柴进自同家眷、吉孚、唐牛儿随李应等到饮马川不提。

　　且说戴宗、杨林作起神行法，不消几日，到了东京。尚隔十里多路，人民逃散，遍地干戈。天色已晚，并无宿店，官道旁有座清虚观。戴宗道："我进城不得，且借观中安寓。你明日进去，探听消息。"取下甲马，两个走进。玉皇殿上静悄悄，不见一人，烟消烛灭。寻到厨房内，只有一个瘸脚道人在那里扫地。杨林问道："恁般一座大道院，只有你一人在此？"道人仰起头来，答道："施主，你难道不知金兵把京城围住，杀人抢掠，居民尽皆逃散。我这清虚观在大路上，兵马不时往来，哪里搅扰得过！房头师父都躲避了。我是残疾人，没有去处，只得守住。死生大数，听他便了！"戴宗道："我两个要进城探望亲戚，天晚去不及，要借你观中一宿。有米一发借些煮饭，明早送香金与你。"道人道："在此留宿不妨，晚间只要自己即溜些。米却没有。"杨林道："可有买处么？"道人道："有了银子，只怕近村人家还有。我是病的，脚上又生个大疖子，走不动。你出了观门，从东首转过大树林，有座石桥，过桥就有人家。"杨林道："有瓦罐子借一个，看有酒也沽些来。"道人掂手掂脚到里边，提出一个没嘴的大瓦罐。杨林提了，依道人指点的路径走去。果是出了林子有座石桥。立在桥上，看那景致清幽，一带清溪，潺潺不绝。靠着山冈，松竹深密，有十余户人家，都是草房。门前几树垂杨，一阵慈鸦在柳梢上呀呀的噪，溪光映着晚霞，半天红紫。下得桥来，人家有锁着的，有紧闭的，通不见有个人影。到村尽处，一带土墙，竹扉虚掩。杨林挨身进去，庭内花竹纷披，草堂上垂着湘帘，紫泥垩壁，香几上小炉内袅出柏子清烟，上面挂一幅丹青，纸窗木榻，别有一种清幽。杨林立住了脚，咳嗽一声。里面走出一个双丫髻小厮，问道："为甚的？"杨林道："过往客人，在清虚观借宿，要买些米做饭，你家可有得卖么？"小厮道："东人不在，做不得主。"杨林只得走出，到门边呆呆立着。想道："哪里去买？今夜只索耽饥了！"

正要转身，西首山巷里走个人来，巾帻短袍，丝鞋净袜，手里拿一张弩弓，背后小厮跟着，折一枝野花，并提一对斑鸠。那人把杨林一看，说道："亏你寻到这里！"杨林不胜之喜，两个纳头便拜。此人是谁？就是浪子燕青。便邀进去。杨林道："还有戴院长在清虚观。"燕青道："兄长接了回来，我在此等。"杨林忙走到观里。戴宗道："怎去了许久？可买得米？"杨林道："不消买了，有个弟兄在此，请你同去。"还了道人瓦罐，叫声聒噪，背了包裹，同走出观。戴宗问是哪个，杨林道："到那里便知。"

走进草堂，燕青已点了灯火等候。戴宗见了大喜，相见后各叙阔踪。燕青道："没处买米，想是饥乏了，先拿些东西吃了再讲。"小厮捧出菜蔬野味，一大盘鹿脯，斟了好酒，吃了一回。戴宗、杨林把从前事迹说过："李应要我两个探听东京消息。若不借宿清虚观，到村中买米，一世也会不着！"燕青道："小弟从征方腊回来，苦劝我东人隐逸。明知有'鸟尽弓藏'之祸，东人欲享富贵，坚执不从。我只得将书束别了宋公明，潜身远害。东人有个姑娘的儿子，冒姓了卢，称为卢二员外，在京城里开个店铺，来投奔他。因我好那清闲，他这里有个庄子，我就住下，打些鸟鹊，植些花木，逍遥自在，魂梦俱安。前年闻得宋公明和东人被奸臣所害，我东人葬在庐州，我到坟前哭奠，又到楚州墓上奠了宋公明，回来就不出门。东京里面消息大是不好。金兵扎营在驼牟冈。皇帝又是个柔软的，拜李邦彦为相，力主和议。那兵部侍郎李纲是个文武全才、忠贞为国的大臣，反不听任。割了三镇，搜刮富室金银犒师。百姓愁苦，不可胜言！我卢二员外被拷不过死了。旨意行到外边州郡，若不献纳，全家斩首。前日正闻得柴大官人也遭此事，监在沧州牢里。如今得众兄弟救出，这是极好的事了！目下京城光景，虽有老种经略相公、姚平仲等勤王之师齐集城下，那误国之臣，偏要和议，不许出战，眼见得大势已去了，城内城外水泄不通，二位兄弟如何进得去？不如住在庄上，听个消息。若汴京破了。此处也安身不得，要别寻去处了。"杨林道："小乙哥，众兄弟都重聚会了，何不也上山寨？"燕青道："且看。"自此，戴宗、杨林只住在燕青庄上不提。

且说钦宗皇帝，五更早朝，文武百官皆列班次。钦宗道："金兵攻打各门甚急，诸卿何以御之？"宰相李邦彦奏道："金朝兴十万大兵来打河北、河东，其势方张，莫能相抗。今四面合围，三军丧胆，若与之战，如泰山压卵。请圣上暂幸襄阳，以避其锋，俟天下勤王之师，以图再举。"班部中闪出一员大臣，绯袍象简，乃是兵部侍郎李纲，叩首诤谏曰："不可。道君皇帝挈社稷以授陛下，京师百万生灵，奈何委而弃之？且天下城池，岂有如京师这般坚固！今日之计，当整饬军马，固结民心，以待勤王之师。若出都城，金人健马来追，何以待之？"钦宗道："当今谁可为将以退敌兵？"李纲道："朝廷高爵厚禄崇养大臣，原为有事之用。如种师道、姚古、宗泽等，皆老将知兵，拜为大将，悉以外事付之。京城里面遣大臣弹压，随机应变，凭城固守。待金兵粮尽力疲，然后出战，必获全胜。如此，则宗社可安。"钦宗道："种师道即拜大将，授以兵柄，城内防御，无过于卿。"即除尚书右丞，兼亲征行营使，东京留守。李纲谢恩而出，整顿守城之策。李邦彦、白时中又奏道："李纲书生之见，不可听从。种师道年迈八旬，岂可为将？今军心离散，势已崩溃，万一都城失守，岂有圣躬竟作孤注？昔太王迁于岐州，兴周家八百年之基业。断无舍万全胜策，蹈此险着！"钦宗听了，颜色陡变，道："几为李纲所误！"仓促降御榻道："朕不能再留了！"命禁兵擐甲，帝驾乘舆并六宫妃嫔将出宫门。李纲闻知，趋到驾前，恸哭死邀道："陛下已许臣留，今复成行，何也？六军父母妻子皆在都城，愿以死守。万一中遭败归，陛下谁为护卫？昔日唐明皇闻潼关失守，仓皇幸蜀，宗庙朝廷毁于安禄山。陛下奈何蹈其故辙？试呼禁卒遍问，还是愿守宗社？愿从行幸？"钦宗传旨询问，禁兵皆说愿意死守。钦宗感悟，遂止不行。禁卫六军拜伏，皆呼万岁。

时有太学生，姓陈，名东，是个忠贞之士，学贯古今，道师孔孟，遇事慷慨激烈，不避权贵。见钦宗止辇不出，遂率诸生俯伏奏道："太祖皇帝，天纵圣神，削平祸乱，打城四百座军州；太宗以下，列圣相承，深仁厚泽，培养元气。故天降祥瑞，五谷丰登，人民乐业，遂成一百五十余年至治。自王安石首变旧章，纷更新法，天下为之凋敝，至今切齿。太上皇帝任用群小，不理国事，渐至土崩瓦解。蔡京父子为宰相二十余年，妒贤嫉能，贪婪无厌，误国欺君；高俅、童贯皆一介小人，攀附蔡京，置身显爵，朋党弄权；王黼、杨戬扰乱朝纲，擅启边衅；梁师成结怨于北，朱勔遗祸于南。此数贼者，同流合污，败坏国政。陛下新登宝位，宜信任贤良，远斥奸佞，庶使宗社危而复安。请亟发玉音，将此数贼即加杀戮，使万民吐气，六军欢心，则金人不战自退矣。"钦宗道："朕在东宫，深知此数人坏事，但是太上皇帝宠任大臣，朕初即位，未可骤改其政，以伤太上之心。可将此数人贬斥远方，俟金兵退后再加诛戮。"遂传旨到开封府提问，陈东谢恩而退。

却说那开封府尹，姓聂，名昌，为人耿直，亦素嫉此辈。当下奉了圣旨，即刻差使臣将蔡京、蔡攸、高俅、童贯、王黼、杨戬、梁师成等，并家属俱已拿到，细加勘问。蔡京等见时势已易，权不在手，无可营谋，各俯首伏罪。聂昌逐款逐事勘对明白，皆发远恶军州安置。家属俱发配充军，田产资财籍没入官，充为军饷。具狱奏闻，钦宗依拟。即日押出都门，不许停留，京师百姓无不踊跃称快。

尚书右丞李纲请府尹聂昌到来商议，道："那六贼酿祸已深，得陈东敷奏，圣上俞允，敕批贵府，充军籍没，安置蛮烟。人心虽快，犹未足尽其辜。圣上因初登天位，恐伤犯太上，故不肯加戮，况本朝亦无诛斩大臣之例。贵府若金解出京，我这里有一勇士，名唤王铁杖，此人力可扛鼎，胆气粗豪，遣他去把六贼刺死，与天下伸冤。倘圣上知道，我自去密奏，必不妨事。况这班奸党不知屈害多少忠良，即以其人之道还治其人之身，极是快心之事！"聂昌道："李大人之论，正与下官暗合，就去行事。"李纲唤出王铁杖，叩见府尹聂昌。看那王铁杖：

七尺以上身材，三旬之内年纪。两臂如镔铁之坚，筋络结成紫块；双眼比铜铃之大，瞳神暴露赤丝。腰悬利刃，惯能黑夜除奸；胸蕴机谋，偏要众中刺佞。若非易水悲歌客，定是吴门任侠流。

府尹见了王铁杖这般雄猛，说道："此人的是可用。"遂作别而去。到了府堂，签押文书，把各家人眷另行发遣。蔡京、蔡攸、高俅、童贯作一起，押赴儋州。王黼、杨戬、梁师成作一起，押赴播州。连夜赶出汴京，不许迟延一刻。那押差官不敢迟慢，火速催逼起身。

那蔡京毕竟是老奸巨猾，与高俅、童贯商量道："我等作尽威福，真是一人之下万人之上。只道万年富贵，传之子孙，谁知仓猝变起。道君皇帝传位太子，我等便失了势。朝廷别用一班人物。那新进书生，下手必毒。虽蒙圣恩安置烟瘴地方，只得苟延性命，但万里之遥，前途难保无事。先要结识那押解的官，悄悄出城，不要去落驿馆，随路借赁民房。挨到那里，再看机会，以图生还。二位以为何如？"高俅道："老太师所见甚明！平日只瞒圣上，恣意而行，未免结怨于人。今已失势，决宜谨慎。"童贯道："从来贬谪大臣，多有中道被害，况这等事我们长做过的，轮到身上，岂可不见机而做？"蔡京就与押差官殷勤款洽，厚送礼物，求他保护，差官允诺。连夜出京，从小路而去不提。

那王黼、杨戬、梁师成原用旧日规模，随着家人，多携行李，一路馆驿宿歇，毫不准备，又不加礼于押差官，意气自若，夸口道："朝廷还有用我们的日子。待金兵退了，使道君皇帝复辟，大行诛戮，那些后生小子还不知我们手段哩！"行至雍邱驿，嗔驿丞不来迎接，王黼大怒道："我是极品贵臣，虽遭贬谪，还是节度副使，你这厮怎的不远接？"驿丞道："兵马充斥，供应皆缺，凡有官员来往，先发勘合，好准备伺候。今蓦地里到来，焉知是贵官不是贵官？这等威势，只好前日使，如今用不着了！"径自走了出去。

王黼自想，原说不通，只得罢了。叫家人自备夜膳，与梁师成、杨戬同饮。押差官见不请他，已含怒意，教官丁看守，自去别房安歇。王黼饮至半酣，说道："我三人曾做掀天大事业，不料一旦失了权柄，受这小人欺慢。少不得再寻头路，别图富贵，岂可郁郁到那烟瘴地方，埋头缩颈的过日子？"杨戬道："'时乎时乎不再来！'道君皇帝传了宝位便是闲人，诏旨一些传不通，何况我等！只索达命安时罢了。"梁师成道："不是这般讲，天下事尚可为，难道就罢了？王老先生必有一个大主意，不要把自家的气先馁了。"王黼笑道："实不瞒二位先生说，我已使小儿王朝恩到金营与元帅粘没喝说了，道不日攻破汴京，掳二帝北去，立异姓之人为中国之主。"捻着白须笑吟吟的道，"安知我三人不在议立之中？不消几日，便有好音。"杨戬、梁师成听了，喜动颜色，称赞道："王老先生真有旋乾转坤手段！若然事成，我二人当尽心辅佐。"王黼道："富贵共之，不必多言，恐有泄漏。"于是开怀畅饮，大醉归寝。

却说王铁杖领了开封府尹之命，扮作差官，挎口腰刀，又藏鹘翎匕首，一路踪迹来。寻那蔡京一起，并不见影，那王黼三人晓得落了雍邱驿。黄昏时分，先已飞入驿垣，闪在照壁后，窥见王黼、杨戬、梁师成共饮。王黼所谈的心事，句句听得明白，吐着舌头："这贼如此无礼，怪不得尚书和府尹要杀他！"思量就要动手，恐怕人多未睡，惊动走了。耐至夜深，俱已大醉熟睡，家人等亦去安息。轻轻抉开了门，闪入房中，把残灯剔起，明白地好下手。见王黼等三人各自在张床上，鼾声如雷。在衣褶底取出匕首，那匕首真如一泓秋水，价值千金，刺出了一缕血，即便身死。拿起匕首，将大指捺定，向王黼咽喉一刺，又复一搅，血如泉涌，真够直挺挺的，并无声响。又向杨戬、梁师成两个，亦用此法。不消半杯茶时，三个穷凶极恶的奸臣，轻轻送入地狱了。王铁杖看那匕首，毫无血污，纳入鞘中。又拔出腰刀，将三人首级割下。身边有一皮囊，将首级纳入囊中，收了口线，把腰刀也入鞘中。背了皮囊，原从驿后墙上跳出，真是会者不忙，不费一毫气力。

昔贤有诗叹曰：

> 开国承家远小人，殃民陷主亦亡身。
> 千年遗臭污青史，玉带绯袍化野磷。

不说王铁杖背了皮囊去回府尹的话，且说押差官五更起来，催趱行程。那些家人装束行李在牲口上，请三位老爷起身，再唤不应。把手去推，见血污满手。急忙拿火去照，只见三个无头的死尸，直僵僵在血泊里，吓得魂魄俱丧。押差官走来验视，晓得被仇家所杀，只得自回京城申报。家人买下棺木，将没头的尸骸入殓，寄放郊外，候旨发落。

正是：阳间幸少狐群辈，地府新添狞恶魂。

不知后事如何，且听下回分解。

擅开边衅者，王黼也。放逐之后，犹妄意议立异姓，俨然自居，贼臣罪通于天矣！王铁杖之匕首，定然匣中先啸。

【第二十三回】

跨青骡英雄寻退步　演六甲儿戏陷神京

　　却说王铁杖到雍丘驿里，将千金匕首刺杀了王黼、杨戬、梁师成，把三颗头割下纳入革囊，回到开封府复了府尹，将首级呈验。府尹大喜道："这三个奸贼也有今日，可与天下后世吐气！只是可惜放过了蔡京、高俅、童贯！"王铁杖道："从京城暗暗尾去，只见王黼这一起，那蔡京等并无踪迹，不知打哪一路去了。"府尹道："不打紧，且等他到了儋州，慢慢的处置他。"重赏王铁杖，教去回复李尚书，把这三个首级沉于汴水之中，不在话下。

　　那押差官也来申报。李纲在睿思殿朝见。钦宗道："王黼等朕宽宥他，谁知在雍丘驿被仇家所杀，也算做申了刑章。这不必提起。只是金兵不退，朕日夜忧心，卿有何策可以拒之？"李纲道："现今种师道、姚平仲勤王之师已集城下，陛下可即召见，筑坛拜将，总统六军，则金兵不日可平矣！"钦宗开安上门，命李纲延入。时种师道年高，天下称为"老种"。钦宗一见甚喜，道："今日之事，卿意如何？"种师道朝见毕，奏道："金人不知兵，岂有孤军深入而能善其归乎？"钦宗

173

道："业已讲和了。"师道对曰："臣以军旅之事事陛下，余非所敢知也。昔日澶渊之役，真宗皇帝独奋乾纲，寇准劝御驾亲征，六军望见御盖，皆呼万岁，故能成其和好，百年得以宁谧。今金人逞无厌之求，要割三镇，搜刮金银犒物。三镇为汴京之捍蔽，若一旦与之，则汴京势孤，无险可守。犒师之费，虽竭天下之力，尚不能足。廷臣不知立国之本，但从和议，被金人所欺，将见财穷地削，国运随之。金人自称有兵十万，今臣与姚平仲勤王之师共三十万，城中弓弩手尚有七万，以数倍之众，岂不能相拒？待其力尽渡河，遣兵追蹑，缴其辎重，夺还子女，使彼畏惧，再不敢南侵矣！"钦宗大喜道："朕知卿老成练达，深晓兵机。"即拜同知宣抚使，统四方勤王兵，以姚平仲为都统制。种师道、李纲同出朝门，料理军事，克日交战不提。

却说李邦彦，见钦宗信任老种，慌忙奏道："种师道年已衰迈，况且有病，如风中之烛，岂堪为大将？金兵攻围甚急，倘一战而败，陛下求为匹夫而不可得，何有于三镇？何有于金银等物？莫若力主和议，则国家有泰山之安、磐石之固矣！"钦宗心中惶惑，复以张邦昌为计议使，奉康王构往金营为质求成。张邦昌、康王乘筏渡濠，自午至夜分，始达金营。斡离不道："和议已成，何得违誓用兵？"张邦昌恐惧，涕泣对道："用兵乃李纲、姚平仲耳，非朝廷意也。"康王屹立，颜色自若，略不为动。斡离不甚是重他，命康王还，更以肃王枢为质。

李邦彦又奏："乞罢李纲，以谢金人。"钦宗从之。太学生陈东率都民数万人上书言："李纲奋不顾身，任天下之重，所谓社稷之臣也。李邦彦、张邦昌等庸谬忌嫉，不恤国计，所谓社稷之贼也。恐李纲成功，乘间阻挠，正堕金人之计。乞复纲而斥邦彦等。"李邦彦尚不知人情汹汹，摆着头踏，传呼入朝。陈东直至其前，大骂道："你这伴食庸流，窃取大位，主和议而害忠臣。不杀误国之贼，何以谢天下！"上前一把揪住，毁裂衣冠，挥拳乱打。百姓挝破登闻鼓，喧声动地。殿帅王宗濋极力救解道："诸生且退，待我奏闻。"启奏钦宗道："人心已变，乞亟复李纲，以免生变。"钦宗遂命内侍朱拱去宣李纲，复为尚书右丞，充京城四面防御使。内侍失拱躯体肥胖，行步甚迟，百姓大怒道："你这阉狗，一向专权用事，蒙蔽圣聪！今着你宣召李纲，故意迟慢，违背圣旨！"众人顷刻脔割了，并杀内侍十余人。诏趣种师道入城弹压，师道乘舆而至。众褰帘看道："果是我相公也！"师道一挥，声喏而散。

当下李纲与种师道、姚平仲商议进兵。师道曰："敌势方张，不可侥幸。待我舍弟师中到来，他有关兵二万，皆是貔貅之士，方可并力成功。"李纲唯唯。平仲道："汴京危困已久，君父焦劳，士民倒悬。今有胜兵三十万，可以一战，何必要等师中来？若逗留不至，恐失天下之望。"师道不听。姚平仲忿然回营，召将校计议道："种师道真是老悖无能！身为都将，手握重兵，不肯速战，必要等师中到来。此不过功名欲出于一门耳！我姚氏世为山西大将，何弱于种家！我独驱麾下二万精兵，去驼牟冈，自破金营，生擒斡离不，奉肃王而还，岂不成震世之功？羞杀那老悖！"众将校皆踊跃愿战，姚平仲大喜，遂挑选精兵二万，兵器锋利，盔甲鲜明，待明日黄昏进发，部署已定。谁料麾下有一裨将，犯了军令，姚平仲喝令斩首，从将请饶，免了罪，打一百棍，正怀恨在心，闻知去劫金营，暗思道："何不去通报金营？不唯泄了这恨，抑且富贵可图。"遂偷出到金营，报与斡离不，已做准备。

姚平仲至初更时分，人衔枚，马摘铃，领二万雄兵到驼牟冈来。听得金营内鼓打三更，并无动静。排开鹿角，大喊杀入，是个空寨。姚平仲大惊，知是中计，连忙退兵。只闻号炮连声，四面八方的杀来。姚平仲虽然英勇，怎当十万大兵攒杀拢来。奋起神威，杀条血路，出得金围。回头看时，二万雄兵尽皆陷没，只剩得一人一骑，仰天长叹道："皇天不佑大宋，何不能使我成功也？"泣数行下，寻思道："主上懦弱，李邦彦等力主和议，独有李纲一人忠心为国，极劝交战。今全军覆没，有何面目去见那班奸党？种师道持重，也嗔我恃勇轻进了。虽然后会可图，大丈夫岂受他人之辱！不如自刎！"遂抽出佩刀。又寻思道："人生富贵功名如水上浮沤，纵使成得功来，也不免兔死狗烹、鸟尽弓藏，所以范蠡做五湖之游，张良访赤松之迹。父母妻子，亦不过爱欲缠牵，与自己有何关系？不如寻仙访道，做世外之游，是英雄退步的本色。"把念头放下，顿觉遍体清凉。脱了血污的袍甲，除下兜鍪，把兵器掷于道旁。又寻思道："到何处去隐逸方好？"猛然想着道，"从关、陕、秦、陇入蜀，那有峨嵋青城之胜，必然神仙窟宅。那时求师修炼罢了。"看官，那姚平仲是熙河宣抚使姚古之子，世为将种，身长八尺，奕奕紫髯，有万夫不挡之勇，胸怀慨爽，爱惜士卒，是一员名将。那乘着的青骢，矫健如龙，浑身青毛，无一点杂色，日行八百里，是一神骏。姚平仲道："青骢！青骢！我思量与你共立功名，以垂不朽，谁知不偶，弃职归山，永做世外闲人，你也免受奔驰矢石之苦。我今与你如骨肉一般。"遂加鞭前进，不分昼夜，兼程而行。那青骡也会意，四蹄腾空，如流星掣电相似。

到了青城山，长松古涧之傍，解了鞍辔，放青骡去吃草饮水。姚平仲见峰峦奇秀，涧壑幽邃，伸一伸腰，道："这身躯今日才是我的了！若在富贵场中，不是鼎镬，便是斧锧。要甚分茅胙土！要甚荫子封妻！不如餐霞吸露，养汞调铅，才是英雄退步也！"正在自言自语的说，只见山冈上走下一个道人来，头绾着双髻，坦开大肚子，敲着渔鼓简，唱来道：

> 咄，咄，咄，茫茫大地如墨黑。休，休，休，世人尽到乌江头。忍，忍，忍，弄尽聪明反作蠢。来，来，来，战场白骨生青苔。

姚平仲看那道人，生得清奇，唱得透彻，想道："必是神仙了。"道人道："你为着蛮触上一丢儿功名，陷害了二万人的性命，这罪业却也不小。"姚平仲吃了一惊，拜伏在地。道人笑道："幸你见机得早，事迹与我同类，特来度你。我是大汉钟离权是也。你虽有根器，还须行顿渐之法，方成仙道。你随我来。"姚平仲起身，那青骡像认得路一般，在前先走，道人与平仲逾山度岭而去。

后至孝宗年间，吴郡范成大为剑南采访使，已过五十多年，在青城山遇着姚平仲。紫髯过腹，两目炯炯如电，长啸一声如裂帛，响振山谷，跨着青骡，在层峦叠嶂之上，如飞而去。盖真得道者。陆放翁有古风一篇纪其异云：

> 造物困豪杰，意将使有为。功名未足言，或作出世资。姚公勇冠军，百战起西陲。天方覆中原，殆非一木支。脱身五十年，世人识公谁。但惊山泽间，有此熊豹姿。我亦志方外，白头未逢师。年来幸废放，倘遂与世辞。从公游五岳，稽首餐灵芝。金骨换绿髓，歘然松杪飞。

闲话休提。再说斡离不获了全胜，反遣使臣王汭来责败盟用兵之故。钦宗不胜战栗，心中甚悔，命吴枡复去求成。斡离不不准和议，攻城甚急。李邦彦从中又加谗谤，因罢李纲、种师道兵权。时有参知政事孙傅奏道："臣遇异人，姓郭，名京，善演六甲遁法，谈笑之间，可退金兵。"钦宗便教宣来。

原来郭京在建康哄王朝恩，取花恭人、秦恭人、花逢春监在东楼，被乐和用计逃出，一场扫兴。归到东京，原在林真人门下，林灵素死后，无得归着，因王朝恩一脉，去趋附王黼。王黼又贬削被刺，寻一荐主，得入孙傅之门。那孙参政是个诚朴的人，被郭京一片浮词说得天花乱坠，信为实然，遂去保奏。奉旨宣召，同进内廷。郭京朝拜毕。钦宗道："孙参政奏卿有六甲神术，可退金兵，不知果否？"郭京道："臣从幼好道，修炼西蜀鸣鹤山中，得汉天师张道陵所藏秘诀，遂能役鬼驱神，移山倒海，五行遁法。纵有十万敌兵，只消作法一昼夜，尽皆伏倒，欲诛则诛之。恐伤上帝好生之德，令其纳款输心，抱头鼠窜而去，终世不敢再来侵犯。臣祖父以来，世沐皇恩，亲见陛下睿思不宁，故与参知政事孙傅言之。今蒙圣上宣召，敢不竭尽犬马之劳？使金人降伏，社稷复安，臣之所幸也！"钦宗大喜道："太祖列宗有灵，降此奇人以佑社稷。凡有应用之物，卿可开列，敕该衙门备办。"郭京道："命有司择一空阔之处，筑一座天坛，三层共高七丈二尺，摆列九宫八卦、天地风雷、五行旗帜、华盖幢幡。选民间十六岁以上十八岁以下相貌端妍的童男童女，捧剑执炉，司香秉烛，共二十四名。甲士选七千七百七人，不论军民杂役，只要年甲相合的。并牲醴采缯什物。演法七昼夜，然后出师，金兵自然退服。"钦宗准奏，即命孙傅监督料理。各部钱粮，并许调用。孙傅、郭京领旨出来，即择艮岳中高爽之地，依法筑台，置备应用之物。郭京出了晓谕，招集年命相合的人，旬日之间，俱已齐备。钦宗御驾到坛焚香祝天，祈求保国。看郭京披发仗剑、步罡踏斗、书符唤水毕，圣驾还宫。郭京每日演法三次，支用金帛，俱乾没入囊。其童男童女，晚间随侍，多被玷污。那郭京原是贪淫小人，前日见了秦恭人、花公子，不胜垂涎，岂有端妍妙龄的男女，奉圣旨听他调度，安能放过？只是朝廷合当倾败，信此邪法，思量去退劲敌，真是贻笑后世。

却说斡离不望见城中起这座高台，香烟缭绕，绛节飘摇。不解其故，使细作打探，却是郭京演法。斡离不大笑道："这宋官儿这等孩子气！两军对垒，不去挑兵选将，却行邪术，真是死活不知的！我所忌者，李纲、种师道二人，如今俱已罢职。任他百万天兵，我何畏哉？"遂催兵昼夜攻打。满朝文武，尽皆寒心。钦宗深信七日之后决能破敌，在宫中且自饮酒作乐，反不以社稷为事。郭京演法七日，毫无应验，谈笑自若，说道："非至危至急，吾师不出。"

时大雨雪，旬日不霁，万民愁叹。金兵却分四翼攻通津门。钦宗差内侍催郭京出兵。郭京遣守御兵尽皆下城，不许窥探，大开通津门，领年甲相符的七千多人出战。都被金兵如风卷残云，杀得一个个罄尽，死尸填满护城河。郭京知事已败，慌忙收拾金资逃遁。金兵鼓噪登城，无人敢敌，把汴京陷了。这分明是"开门揖盗"。钦宗闻之，恸哭道："悔不听种师道之言，以至如此！"何栗、范琼欲率民兵巷战。斡离不宣言："自古有南必有北，不可无也。今日所议，请道君与少帝亲到营中面商和议，割地退兵。"钦宗道："上皇惊忧成疾，不能出城，如必要往，朕当自去。"遂奉表请降。士庶太学生等迎谒。钦宗掩面大哭道："宰相误我父子！"观者无不流涕。

钦宗至金营，斡离不留住不放，索黄金一千万锭、白金二千万绽、采帛一千万匹、割河北、河东三镇，逼帝易服。侍郎李若水抱持而哭，斡离不令曳出仆地。旁边有人劝道："事无不可为，今日顺从，明日就富贵了。"若水叹道："天无二日，我岂有二主哉！"骂不绝口。金兵大怒，以刃断颈裂舌而死。斡离不道："辽国之亡，死义者十数；南朝唯李侍郎一人！"斡离不下令逼道君皇帝、太上皇后、康王之母韦妃及夫人邢氏、诸妃、诸王、公主、驸马、都尉及六宫有位号者，皆至金营。独元祐王后以废居私第得免。凡法驾卤簿、冠服、礼器、法物、大乐教功、八宝九鼎、圭璧、浑天仪、铜人、刻漏古器、秘阁三馆书、天下州府图籍及官吏、内人、内侍、伎艺、工匠、优倡、府库积蓄，为之一空。又遣吴升、莫俦入城，集百官议立异姓为主，众莫敢出声。王时雍探知金人之意，以张邦昌姓名入议状。太常寺簿张浚、开封士曹赵鼎、司门员外郎胡寅，不肯署名，逃入太学。余皆唯唯。金人遂立张邦昌为楚帝，朝见百官，署职加称"权"字。是日风霾，日晕无光，百官惨沮，邦昌亦变色。王时雍劝邦昌坐紫宸垂拱殿。吕好问道："相公认真要立为楚帝呢，还是暂塞金人之意徐作良图？"张邦昌道："说什么话？我身为大臣，不能匡救国难，今为金朝所立，勉强应命，岂有自立之意！"吕好问道："中国人民共沐大宋恩泽，无日不思其德，特畏金朝兵威，暂时顺从。若金兵一去，就不能保如今日了。只看康王为大元帅征兵于外，元祐皇后垂帘于内，此殆天意欲中兴宋祚，相公亟宜改图。且宫省故吏，岂可一旦居正殿！宜寓宿直殿庐，毋令卫士夹陛下。行文书，不可称圣旨。为今之计，当迎元祐孟太后，请康王早正大位，庶可转祸为福。天命人心，皆归康王，相公先遣人推戴，则功在社稷。若贪居天位，迟疑不发，他人声罪致讨，悔之晚矣！"于是张邦昌乃遣谢克家至济州迎请康王还都。

且说康正在金营逃回，追兵赶来，黑夜之中躲在树林里。忽见一匹白马腾嘶，康王连忙跨上，加了两鞭，那马咆哮飞走。到得天明，离金营已远，那马便立住不肯走。康王仔细一看，乃是崔府君庙中的泥马。至今传说"泥马渡康王"，可见真命天子百灵自然呵护的。康王不胜奇异，下了马，东西瞻顾，不知投何处去好。只见旌旗闪动，金鼓齐鸣，尘头起处，一彪人马到来。康王只道金兵追到，心惊胆战，道："这番性命休矣！"近前一看，乃是东京留守宗泽领一万人马来勤王，见了康王大喜，拜毕，说道："天幸留得殿下，中兴有日！"即请到济州，州衙暂做行殿，招集四方豪杰。旬日间，张俊、苗傅、杨沂中、田师中、梁扬祖等一班战将，皆归麾下，兵势大振。当日集各将商议进兵。闻得二帝俱留金营，东京已破，张邦昌立为楚帝，康王大恸。宗泽等功道："大王当枕戈尝胆，即日兴师，克复京城，以救君父之难。哭之无益。"忽报谢克家赍元祐孟太后手诏迎接还都。康王收泪接诏，率众将开读。诏云：

> 大宋历年二百，人不知兵，传序九君，世无失德。虽举族有北辕之
> 衅，而敷天同左袒之心。乃眷贤王，越居旧服。汉家之厄十世，宜光武之
> 中兴；献公之子九人，唯重耳之尚在。兹乃天意，夫岂人谋！亟嗣统绪，
> 以永皇图。

开读诏书已毕，请将皆劝进。宗泽道："南京乃太祖兴王之地，为四路之中，漕运尤便，请幸之以图大事。"康王遂决意趋归德，改为应天府，命筑坛于府门之左。五月庚寅朔，康王登坛受命，恸哭遥谢二帝，尊钦宗为孝慈渊圣皇帝，生母韦氏为宣和皇后，遥立夫人邢氏为皇后，其下文武百官升拜有差。改为建炎元年，是为高宗。

不说南京即位之事。再说金兵屯在驼牟冈，斡离不因金帛未足，必要勒完。户部尚书梅执礼道："天子蒙尘，臣民皆愿致死，虽肝胆不计，于金银何有！实是比屋枵空，无以应命！"斡离不大怒，将梅执礼枭首示众，仍着监禁各饷户家属责限比完，士民无不陨涕。

却说那戴宗、杨林在燕青庄上，闻知汴京已破，二帝俱留金营，嗟叹不已。戴宗道："大势已去，我同杨林回到饮马川去复李应。"燕青道："且再留两日，更

有商量。我想京城已陷，河北、河东皆割与金朝，此间亦不能久住。我欲更寻去向，只是还有一段心事要完，待做了，方送二位还寨。"戴宗道："有何心事？就去做来。"燕青笑而不言。

　　正是：亡国孤臣空饮恨，读残青史暗销魂。

　　不知燕青说出什么心事来，且听下回分解。

　　虎头健儿化作鸡皮老翁，良可浩叹。姚平仲骑骡，一夜入青城，可谓神龙见首不见尾。读之如冰雪一浇。又见郭京一段儿戏，渊圣之弃天下犹弃敝履也。觉平仲之弃官入道，还算不得达人！为之掩卷一笑。

【第二十四回】

换青衣二帝惨蒙尘　献黄柑孤臣完大义

却说金兵羁留二帝，并后妃宗室，尽驱归北。因追索金银缎匹不完，屯扎在驼牟冈。其时四野萧条，万民涂炭。戴宗、杨林要到饮马川回复李应，燕青道："我有桩心事未完，再消停两日。"问他，又不肯说。

次早对杨林道："今日我同兄长到一处去完心事，戴院长且住在这里。"燕青扮作通事模样，拿出一个藤丝织就紫漆小盒儿，口上封固了，不知什么东西在里面，要杨林捧着，从北而去。约有十五里多路，只见一座山冈下，平坡之上，扎一个大营。排千余顶皮帐，数万金兵屯驻。杨林道："怎么走到这个所在来？"燕青道："你只不要开口，只顾随我走。"到得营边，杨林举目一看，但见：

　　刀枪密密，戈戟重重。皂雕旗，闪万片乌云；黄皮帐，映千山紫雾。如山马粪，大堤上消尽无数莺花；遍地人头，汴渠中流出有声膏血。悲笳吹起，惨动鬼神；呐喊声齐，振摇山岳。石人见了也生愁，铁汉到来多丧胆。

杨林是个杀人不眨眼的魔头，见了不觉毛发直竖，身子寒抖不定。燕青神色自若，向着守营门的官丁打了一回话，叫小校执支令箭引他两个进去。转过几个大营盘，中央一座帐房，内有二三百雄兵把守，摆列明晃晃刀枪。只见太上教主道君皇帝，头戴一项黑纱软翅唐巾，身穿暗绿团花九龙环绕的袍子，系一条伽南香嵌就碧玉带，着一双挽云镶锦早朝鞋。一片红毡铺着，坐在上面，眉头不展，面带忧容。燕青走进帐房，端端正正朝上拜了五拜，叩三个头，跪着奏道："草野微臣燕青，向蒙万岁赦免。罪犯流落江湖，天高地厚之德，粉身难报！今闻北狩，冒死一觐龙颜。"道君皇帝一时想不起，问："卿现居何职？"燕青道："臣是草野布衣。当年元宵佳节，万岁幸李师师家，臣得供奉，昧死陈情，蒙赐御笔，赦本身之罪，龙札犹有。"遂向身边锦袋中取出一幅恩诏，墨迹犹香，双手呈上。道君皇帝看了，猛然想着道："原来卿是梁山泊宋江部下。可惜宋江忠义之士，多建功劳。朕一时不明，为奸臣蒙蔽，致令沉郁而亡。朕甚悼惜！若得还宫，说与当今皇帝知道，重加褒封立庙，子孙世袭显爵。"燕青谢恩。唤杨林捧过盒盘，又奏道："微臣仰觐圣颜，已为万幸。献上青子百枚、黄柑十颗，取苦尽甘来的佳谶，少展一点芹曝之意。"齐眉举上。上皇身边只有一个老内监，接来启了封盖。道君皇帝便取一枚青子纳在口中，说道："连日朕心绪不宁，口内甚苦。得此佳品，可以解烦。"叹口气道，"朝内文武官僚，世受国恩，拖金曳紫。一朝变起，尽皆保惜性命，眷恋妻子，谁肯来这里省视？不料卿这般忠义，可见天下贤才杰士，原不在近臣勋戚中！朕失于简用，以致如此。远来安慰，实感朕心。"命内监取过笔砚，将手内一柄金镶玉把白纨扇儿，吊着一枚海南香雕螭龙小坠，放在红毡之上，写一首诗道：

笳鼓声中籍毳茵，普天仅见一忠臣。
若然青子能回味，大赉黄柑庆万春。

写罢，落个款道："教主道君皇帝御书。"就赐予燕青道，"与卿便面。"燕青伏地谢恩。上皇又唤内监："分一半青子黄柑，你拿去赐予当今皇帝，说是一个草野忠臣燕青所献的。"内监领旨而去。燕青还要俄延，当不得执令旗的小校连次催促，止不住泪落满腮。上皇亦掩面而泣，又降玉音道："和议已成，蒙金朝大元帅许放我父子回朝。那时宣卿特授清职。"燕青复拜了四拜，随小校而出。守营官见燕青手内纨扇上有字迹，恐传递机密事情，细细盘问，燕青解与他听，方才放出。

两个取路回来，离金营已远，杨林伸着舌头道："吓死人！早知这个所在，也不同你来。亏你有这胆量！"燕青道："遇着要紧所在，再变不得脸色，越要安舒，方免疑惑。我已完了这件心事了。当初宋公明望着招安，我到李师师家，却好御驾到来，乘机唱曲，乞这道恩诏，实是感怀圣德。可怜被奸臣所误，国破身羁，心中不忍，故冒死朝见，以尽一点微衷。他还想着回朝，这是金人哄他的说话，恐永世不能再见。"杨林道："天下多说是个昏君，今日看他聪明得紧，怎么把锦绣江山弄坏了？"燕青道："从来亡国之君多是极伶俐的，只为高居九重，朝欢暮乐，哪知民间疾苦？又被奸臣弄权，说道四海升平、万邦宁静，一概水旱饥荒、盗贼窃发皆不上闻。或有忠臣谏净，反说他谤毁朝廷，诛流贬责。一朝变起，再无忠梗之臣与他分忧出力，所以土崩瓦解，不可挽回的。"杨林道："我们平日在山寨常骂他无道，今日见这般景象，连我也要落下泪来。"

两个说着，走不上五里路，只听得一片哭声。一队兵押着男男女女二三百的难民，都是蓬头垢面，衣衫褴褛，号啕的哭来。走得慢的，那兵丁拿藤条劈脚打来。燕青、杨林闪在一边，让他们走过。内中有个中年妇人，携着一个青春女子，见了燕青，一把扯住，哭道："小乙哥，你救我母子两个！"拿藤条的又是一棍，道："还不快走！"那母子哀求道："要纳银子时，遇着亲人，也要通个信设处。"又哭道："小乙哥，二员外比责不过，已身故了。还要八百两银子，才可足数。如今家资荡尽，女流之辈，哪里得来？开封府不顾死活，把我母子二人和一班未完的，解到金营追比。若三日不完，带到大名府老营里去。再若不清，拿去做奴婢驱使。少年有姿色的卖为娼妓。这怎么做得？你是至诚君子，必要救我母子二人性命，再不忘恩！"燕青满口应承道："二安人不必忧心，我小乙明早必来回赎。二员外身亡我知道的，只因京城围住，进来不得。今见了二安人和小姐这般惨状，如何不动念？"二安人又千叮万嘱，洒泪而去。

燕青又挑着愁担子，回到庄上，与戴宗说知：朝见道君皇帝，进献黄柑青子，蒙圣恩赐这柄白纨扇，上面亲题一首诗。戴宗接过看道："写得这般好字，却救不得身陷国亡，说也可怜！"杨林道："院长，你不见金营中这般威势！我见了胆寒起来，亏小乙哥不动声色。"燕青道："这个心事也算完了。只是卢二安人和小姐解到金营，还要八百两银子才好回赎。莫说我受东人这般抬举，二安人是他至亲瓜葛，该当搭救报恩。杨林哥，你见的那般惨状，铁石人也要慈悲！我从山寨里分给的，并从征赏劳的，都积在这里，一毫也不敢妄用，思量做些正经事。今日去回赎二安人、小姐，极是正经事了。难道是守钱房吝惜财物的？但不知有这许多也没有，待我取出来看。若凑得来，又完了我身上一件心事。"走进房里，倾囊倒箧，尽数取出来，称估一番，正符其数，欢天喜地的道："我便应承，唯恐不足，如今恰好，这是天从人愿了。"叫小厮把报晓的公鸡宰了，取着弩箭，同戴宗、杨林到冈子边树林里道："我前日要上梁山泊，请兵救卢员外，身边没有盘缠，刚剩一支弩箭，见一只喜鹊飞来，我对天买卦：'若射得这个鹊只，卢员外性命还有救。'一箭射去，正中喜鹊尾上。我今日兑足银子要去赎回安人、小姐，这枯枝上一群的慈鸦，若赎得回，也要射一只下来。"一眼觑定，叫声："如意子，不要误我！""嗖"的射去，倒跌下两个。原来弩箭锋利，慈鸦并栖，射透一只，伤着那只翼翅，也坠下来。燕青不胜之喜，说道："本意要中一只，却是连中，正应他母子二人。"正说着，见个兔儿扑速的跑来，见了人往草中一钻，杨林便随手抓住，同那慈鸦拿回来整理起来，吃得欢畅。

次早，又同杨林把银子打作两包背了，从旧路到驼牟冈来，寻着看守收饷银的头目说："是开封府解来卢俊德的家属妇女两口莫氏、卢氏助饷缺额银八百两，今来交纳回赎。"那头目把饷簿查阅，果有这妇女两口，尚少八百两。唤出莫氏、卢氏当面认过，把天平兑足银子，给了征收印票。二安人见燕青来纳银子，已收过了，心中欢喜，思量同燕青走出，头目喝住道："往哪里走！在开封府交纳，只要此数目；既解到营中，还要三百两常例。若去大名府，就要六百两了。"燕青目瞪口呆，半晌开口不得，寻思道："已尽数收拾，哪里再讨得来？"二安人两泪交颐，只要寻死。燕青道："也罢，限我五日再纳常例。"头目道："若不拔营，十日便限你；若拔起营来，一刻也限不得！兑足六百两到大名，即刻便放。"燕青见那人是东京声口，装作金兵模样，便道："三百两银子也是小事，只一时不凑手。上下也同是本京人，略放些情面。"头目道："钱粮干系，一毫也通不得情。若是不舍得，连这八百两也拿了去，只怕这两口妇女到大名府要受苦哩！"杨林在旁，心头火发，两眼睁起，恨不得一刀就砍了他。燕青知道拗不过，安慰二安人道：
"正额不缺，现有印票在此，五日内决寻这三百两常例来。若到大名府，只索加上
三百两，必来相赎，不可心焦。"又取五两零碎银子递与二安人道："这银子放在
身边，恐怕还要小使用，买些食用。"二安人哭谢，可怜又被牵了进去。

　　杨林走出营门，说道："怎奈这厮本是东京人，却装出这般腔子来勒唗人，哪
里看得过？"燕青道："莫说这些小人，多有朝廷大臣，一掇转身子就变了心肠。
所以人心不好，天降祸乱，正好杀戮哩！这不必提起，只是哪里去寻这三百两银
子？"杨林道："不难。要戴院长作起神行法，去山寨里取了来就是。"燕青道：
"我也是这般想，故要他限五日，只恐怕来不及。"两个有兴而来，没兴而返，一
步懒一步。走回对戴宗道："极刁恶的是中国人！搜刮金银，本要和议，今京师已
陷，二帝宫嫔俱留住营中，眼见得和议不成了，便可饶了那些助饷的百姓，偏要献
勤解到金营，敲脂吸髓，竭尽无余。正数不少，也就罢了，又加出什么常例，睁起
双眼，不留一些情。你说气得过气不过！我想'救人须救彻'，这里再无摆布，要
烦院长去饮马川，说我一时仗义，要救安人、小姐，尚少三百两常例，求弟兄们完
美这桩事。不知五日内，可往回么？"戴宗道："空身转回也来不及，带着银子
作不得神行法，须用牲口驮着，五日决不能够。"燕青道："若移营到大名府，又
增出三百两，一发鼎致众弟兄那借六百两，敢恳院长作速径到大名府城外，我同杨
哥在那里等候。"戴宗依允，到五更自去不提。

　　燕青、杨林到午后又去驼牟冈，看拔营也未，只见净荡荡地，昨夜就去了。道
君皇帝和钦宗、六宫妃嫔、文武官僚，并助饷百姓，抢掳来的子女、玉帛，一齐北
去。那营盘空地上，无非杀戮的死尸，牛马撒的屎，臭秽不可当。燕青不胜感叹。
有诗为证：

　　　　　艺祖开基惠泽存，金瓯无缺锦乾坤。
　　　　　青衣行酒重遭辱，野老江头声自吞。

　　燕青道："大营已拔，在此无益，我和你到城中去看看，明日起身到大名也未
迟。"杨林道："使得，看乱后的光景怎么样。"两个迤逦行去，从宣化门进城。
只见万户萧条，行人稀少，市肆不开，风景凄惨。那龙楼凤阙，依然高插云霄，只

是早朝时分，鸣钟伐鼓，九重之上百官朝拜的不是姓赵的皇帝了。燕青不胜伤感。转过两条街，到卢二员外门首，见房子已被火焚，一片瓦砾之场。邻人大半逃散，又增一番悲切。杨林道："肚子已饥，没处买东西吃。天色将晚，出城回去罢。"

燕青走不上百步，见个人衣襟内包了二三升米走来。燕青认得是二员外家小主管卢成，叫住问道："这房子几时烧的？"那卢成见了，大哭道："小乙哥，二员外死得好苦！安人和小姐又被解到金营去。小的去寻访，管营门的不肯放进，杳无音信。闻得拔营到大名府去，也是死数。房子是破城时放火烧的。家伙荡尽，我在后巷里赁间房子住。手内苦无一个钱，饥馁不过，把件衣服换得这三升米。"正说间，天忽然下起一阵骤雨来，卢成道："且到小人家里躲过雨。"燕青、杨林急走到后巷。

卢成推开门，是一间破房子，掇一条折脚的板凳坐下。燕青道："安人、小姐解到金营，尚缺正数八百两银子，我已兑足，现给印票在此。还要六百两常例，到大名府回赎，使人挪借去了。我明日就赶到大名府去赎领回来。"卢成道："难得小乙哥这般仗义！若论我但有伤心，要寻一贯钱也设处不出。"燕青见雨又不止，天色昏黑，出城不得，取出二钱银子，叫卢成买些酒："且过了夜，明早出城。你在此艰难，可跟我到大名去回赎安人、小姐。"卢成道："小人也巴不得见安人一面，恁地便好。"到邻舍家借了酒壶，不逾时，买了酒，提一块熟羊肉回来，烫酒煮饭同吃了。没有铺陈，睡不得，同杨林就坐在板凳上打盹，巴到天明。卢成并无家业，一同出城。到庄上，燕青把细软衣服装作两担，两个小厮，唤大的随去挑行李，那小些的是本村人，把家内什物并田园产业，俱着他父母来居住看管。

他四个都换了服色，杨林提把朴刀，燕青挎口腰刀，挂了弩箭，卢成和大小厮各挑一担行李。在路行了几日，雨霖不止，道路泥泞，甚是难走，又多土寇乘机劫夺。燕青道："这般泥泞天气，男子尚然难行，不知二安人和小姐怎地受苦哩。本等纳了正数就该放回，又增出常例。都是人心不好，天运逢着劫数，自然生出许多磨难来，把人性命细细消磨。"

一日天晴，正是五月间，甚是暄热。燕青、杨林空身走还好，卢成、小厮挑着重担子赶不上，长差一二里路。有座小冈子，燕青、杨林先走上，也觉喘急，坐在松树下等他两个来。半日不见到，燕青、杨林重复下冈。只见卢成空着身子如飞赶来，见了燕青道："不好了！小厮被剪径的害了，还要杀我，只得丢下担子才走得脱。"燕青吃一惊，问道："在哪里害了？"卢成道："东首庙边。他在前面走，不防闪出两个人，一棍打倒。我慌了，撇下担子走来报知。"燕青、杨林同到庙边，果见小厮头破脑裂死于地下，燕青道："可怜！这小厮随我几年，倒也乖觉，却被人暗算死了。怎地抓出那毛贼与他报仇？"叫卢成庙背后掘一深坑，把他埋好，免得暴露。杨林与卢成把死尸抬到庙后，择一块平坦之处。又没有锄头，怎生好掘？杨林将朴刀把泥土掘起，约有三四尺深，将来放好，把泥土盖上，又寻两块石头压在上面，恐有野兽来侵犯。不多时埋好了，燕青道："衣服盘缠都没了，怎处？"杨林道："我身边还有几两银子。"燕青道："既如此，快去赶宿头。"

正要到庙前大路上，只见尘头起处，金鼓齐鸣，有一起过路客商如飞的走，说道："不好了！金朝大兵在此经过，随路杀人，到哪里躲避方好！"燕青、杨林也退了转来，隐身在树木深密处，偷瞧那金兵一队队的来，络绎不绝，旌旗拥蔽，戈戟森严，一队步兵一队骑马间杂而来，尘沙蹴起，半天昏黑。燕青道："十来万大兵，明日也过不完。这里不可久住，万一被他看见，性命难保。且去寻条小路，抄出大名方好。"遂取小路进去。

不上四五里，有个小村庄，挑出酒帘。杨林道："且买些酒吃，就好问路。"走进店中，叫酒保打角酒："有什么过口？"酒保道："大兵荒乱，宰不得牛，只有盐煮豆子。"把三只大碗，一盘煮豆，吃了一回。燕青问道："这里可有小路转到大名府么？"酒保道："有条山路，比大路近一百多里。只是崎岖险峻，不好行走。再走五里，便是金鸡岭，下岭是野狐铺，到大名只有一日路程了。"燕青道："如此，快去。今日赶到野狐铺安歇。"杨林算还酒钱，出门便走。果有五里远近，见那金鸡岭却也险恶。三个都立住脚，听得雷鸣的响，不知什么声音。

有分教：狭路相逢天网密，军中难辨故人欢。

此去野狐铺有何事故，且听下回分解。

燕青之忠君念旧不由勉强，随他做不来。寻不到处，必要婉转成就，完其本愿。世徒赏其灵变机警，非知小乙哥之深者。其知可及也，其愚不可及也。

野狐铺正言折王进　大名府巧计救关胜

【第二十五回】

却说燕青挑行李的小厮被剪径的闷棍打死，杨林、卢成将他埋在庙背后。正值金兵经过，前去不得，问酒保，走出小路。到金鸡岭下，忽听得雷声轰激的一般，原来是一道瀑布泉，从高峰顶上冲到石潭内，放溜下去。那碎石阻住，水势激怒，故这般作响。将要上岭，见大坟茔内两个人厮打。听得一个道："你这没人伦的禽兽，怎么把嫂子占了？今日又要独吞这两担行李！"那个也骂道："没廉耻！什么嫂子！白欺占的！自然公用。两担行李是我动手的，理该多些。"杨林听得道："这两个说得诧异。"卢成仔细一看，便道："那个脸上有刀疤的就是打死小厮的。"杨林挺朴刀赶去，大喝道："你们这两个毛贼！打死我小厮，在这里分赃不明，吃我一朴刀！"那两个见了，放了手便走。一个走得远的，却先倒地。杨林把这个砍中，头颅跌在一边。那先倒的是燕青放弩箭射中心窝，口吐鲜血而死。

那坟茔前面有座祠堂，杨林推门进去，见行李俱已打开，一个村庄妇人闪在床背后。杨林扯出，妇人跪下说道："奴不是那两个贼人妻子，是城内乡宦人家看守坟茔的，丈夫名唤井大。因这旷僻去处，并没有邻舍，那两个是弟兄，叫作郎富、郎贵，不知是哪里人。黑夜赶来把丈夫杀死，轮占了我。这郎贵要与哥子厮拼，今日为这两担行李，故此相闹。"燕青道："乡村妇人不知节义，责备不得许多，饶他起来。我且问你。被他欺占几时了？还有宗族可回去么？"妇人道："不上一个月。日间锁我在屋里，晚间去剪径。我有个哥哥在城里，因兵荒马乱，几时不来，若无人拘管，自会去寻。"燕青见日色平西，问道："过这金鸡岭到野狐铺有多少路？"妇人道："差不多七八十里。那岭上虎狼极多，晚了上去不得。"燕青对杨林道："真是晚了，去不得，且到酒店宿了，明日过岭罢。"妇人道："多亏了官人们杀了那贼，与丈夫报仇。我这里害怕，也住不得，明早去寻哥哥。官人们就在这里宿了，这两个是猎户出身，有腌腊野味在此。"燕青笑道："我们也不是好人，你要仔细。"妇人道："看来是斯文君子，不比这两个贼头贼脑的。"燕青道："他把我小厮打杀了，抢这两担行李。因大路上金兵经过，抄出小路，却偿了小厮的命，可见天理昭彰。"叫卢成把两个死尸拖过。燕青、杨林玩那瀑布泉，多时回来，妇人整备了两瓶烧刀子，几品獐、兔、野鸡之类。吃饱了，把草柴铺在饲堂内，将被窝打开，睡了一夜。天明妇人又整顿早饭吃过。杨林道："今日我要挑这行李了。"妇人拜谢。

燕青三人上了金鸡岭，远望大路上金兵还未过完，看了一回，急急下岭，到野狐铺，已是申牌时分。杨林一看，说道："前日来时，闹嚷嚷是个大市井。想经着兵火，一家店房也没有。今夜到哪里安歇？"只见市内结一个营寨，有五六百人把守。见杨林、燕青是金朝服色，一队兵赶来，鹰拿燕抢的来捉。杨林便要动手，燕青摇头道："不可。去见将官，自有分辨。"三个被扯至中军，见一员老将坐在上面。燕青看时：

　　头戴金扎额蓝缎包巾，身穿龙吞肩绿绸战袄。腰系九连环挺带，脚踏
三接云鞴鞋。苍白须髯，还赛黄忠老将；渥丹颜色，常同伍相忠心。

那老将军升帐，两边摆列刀斧手，甚是威严。中军官禀道："拿得三个奸细在此，听候发落。"老将喝问道："这等大胆，敢来做奸细？"燕青道："不是奸细，是被难的良民。"那老将大怒，案上一拍道："若是金朝人还可恕，说是百

姓，其实难容！推出辕门斩讫报来。"刀斧手便来扭拽，燕青全无惧色，说道：
"我们不怕死的，要杀便杀！只是你说得不明白，怎么百姓倒容不得？"老将笑
道："金兵是本国人，自然要遵制度。若是大宋的百姓，受列圣惠养之恩，不思
报效，一见金兵，便争先投顺，改换服色，反去挟制乡民，你说该杀不该杀？"燕
青也笑道："但知其一，不知其二。朝廷设兵以卫民，若敌国犯境，忠良壮士当捍
御疆场，使百姓安堵，才是道理。那骄兵惰帅，平日受了大俸大禄，畏敌如虎，不
敢一矢相加，以致京都失陷，二帝蒙尘。建旄拥纛的元戎倒戈归顺。比如老将军算
有忠心，犹能建立宋朝旗号。然仅逍遥河上，逗留不进，坐视君父之难，只算得
以五十步笑百步。这几个细民，如何拗得过？老将军见了难民，还该矜恤，反要
加刑，岂不是责人则明、恕己则昏了？"老将见说得有理，没有半个字回答，便
道："且慢，我且问你，是哪里人氏？到何处去？姓甚名谁？"燕青道："本贯东
京，要到大名赎回被掳的亲戚。行不改名，坐不改姓，是梁山泊上浪子燕青。已受
招安，为朝廷征讨方腊建立功勋过的。"老将又问道："可晓得梁山泊上有个史
进么"？燕青道："九纹龙史进，是天罡星数，同聚大义，从征方腊，没于王事
了。"老将便唤小校："去请凌将军来认一认看。"

　　不多时，走出一个将官，见了燕青，急叫道："小乙哥，为何在此？"老将连
忙下来，施礼道："久仰大名！适才冒犯，望乞恕罪。"燕青即便回礼，又与那个
将官相见，便是轰天雷凌振，凌振也与杨林作揖。老将问："这位是谁？"凌振
道："也是结义弟兄，锦豹子杨林。"老将便请燕青上坐。凌振问向来踪迹，燕青
把多年隐逸，前日在驼牟冈朝见道君皇帝，进献青子黄柑，御赐白纨扇，今日欲到
大名赎卢二安人的话说了："方才与老将军辩难，甚是得罪！"老将道："足下英
才明辨，果不虚传。又能忠君为友，一发可敬了！老夫便是九纹龙史进的师父，东
京八十万禁军教头王进，为高俅怀先父旧恨，思量报仇，逃到老种经略相公处。屡
立战功，授兵马指挥使。勤王到京，圣上命梁方平领二万兵，点我们指挥使十员守
御黄河渡口。不意汪豹献了隘口，金兵渡河，抵敌不住，尽皆损兵折将。老夫剩得
五六百兵，正在进退两难，权屯在此，相机而动。凌将军在梁太监中军管火药，梁
太监败还，故留在此。"燕青道："这里无险阻可守，是四冲之地，金兵大队不日
到此，还该移营。"王进谢道："承教。"命设宴相待。夜间凌振同帐，各诉心
事。次早燕青、杨林别去，王进有依依不忍舍之情。

卢成挑了行李，次晚到了大名府。戴宗先在店中等候，说："李应差军汉押送银子在此，一路上带了银子，不好走得紧，说道：'往大名赎家口的。'倒无人敢动。众头领致意，事务若完，请到寨中相会。"燕青致谢，当晚店中歇宿。次早，燕青道："我同院长、杨哥先去城中一探，可拿银子进去。"叫卢成看行李。戴宗道："我连日辛苦，在此将息，不进城罢。"燕青、杨林自去不提。

却说斡离不大兵不到大名，径回北去，只把助饷的人犯发与大将挞懒收管、征足。有三万兵守着大名府，太守姓刘，名豫，是个狡猾之徒。见宋运已衰，金朝兴旺，率先归顺，钻刺营谋。金朝见他能干，就把河北地方属与他，立为齐帝。看官，你说金朝百战得的地方，为什么把河南与张邦昌为楚帝，河北与刘豫为齐帝？有个缘故：宋朝已历二百年，深仁厚泽，惠养百姓，人心思汉，未易慑服。康王即位，两河豪杰，往往有响应的，故把虚名笼络他两个，要他捍卫边疆，使他自相攻击，到后来可收渔人之利。这是极巧的计策。这张、刘二贼睡在鼓里，被他愚弄，全然不知。那刘豫就妄自尊大，兴造宫殿，建设百官，立皇后、太子，这般做作起来。

内中只有那大刀关胜，原是大名府正兵马总管，心中不忿，纳还官诰，乞归故里。刘豫骇然道："孤家应天顺人，称霸一方，尊居河北，正要授你征南大元帅，扫平宋孽，何故乞归？"关胜道："末将先人扶立汉鼎，流芳万古。某虽谫劣，亦不敢污了清白一身，改事二姓。"刘豫便厉色道："你既怀忠义，何故上梁山落草为寇？"关胜道："一时误陷，终受招安，已为建功立业。台相受天朝宠命，出典大郡，自该固守封疆，如颜常山建立义旗，兴复唐室。怎遽自称尊，贻讥后世？孟太后颁诏，康王承统，即位济州，河南、淮北尽归麾下，兵势大振。时张邦昌亦受金命册为楚帝，宗留守统兵恢复，张邦昌随即被诛了。前车之覆，请自三思。"刘豫大怒道："这厮大逆不道，反指斥孤家！"唤武士牵出通衢斩首，号令："如有违阻朝令者，以此为例！"关胜道："自甘一死，九泉可见太祖列宗之灵，不似你这逆天悖理，碎尸万段！"武士即将关胜捆绑，押出朝门。

当下刘豫大怒，便有丞相、枢密一同启禀："关胜虽是不识天时，出言狂妄，但是河北一员上将，有万夫不挡之勇。目今用人之际，斩此似为可惜。请主上暂息雷霆，把他监候，待臣等慢慢将好言劝慰，自然畏威感德，以为后用。汉高封雍齿，群臣息沙中之语，至今称为豁达大度。愿主上听允。"刘豫沉吟道："既是卿等保奏，暂时监禁。"文武大小官领命而去。

却说燕青、杨林进城，要问到金营，只见市曹内金鼓齐鸣，一簇刀斧手绑一人在法场上。燕青、杨林挨身一看，惊骇道："此是关胜，正忘了他是大名府正兵马总管，为何绑在法场？"甲兵围住，不好问得，暗自叫苦。监斩官挥动红旗，刽子手要关胜跪下，好用刀。关胜不肯，怒骂道："我一片忠贞，不料为逆贼所害，死去定为厉鬼杀贼！生为大宋之臣，当南面受刑，怎么肯向北而跪？"监斩官与刽子手都敬他为忠臣，又为平日情面，不甚催迫，看的人尽皆下泪。俄延间，传奉官飞马到来，叫："刀下留人！奉殿下令旨，发在东司监候。"连忙松了绑，甲士拥护去了。

燕青、杨林也跟到东司，已收进去，把门封闭了，又不好进去，问守门的道："方才法场放转收进监的是什么人？"守门的道："难道你不认得？这是蒲东解梁关爷爷之后，为河北正兵马总管，为人忠勇，百姓都感戴的。"又低低道，"刘太守归顺金朝，册封齐帝，那关总管正言规谏，激怒了刘太守，故要斩他。幸有人保奏，监在东司，正是天翻地覆，好人难做！"燕青道："原来如此。"慢慢走开，对杨林道："若是方才杀了，虽要救他，也难措手。今已监候，还须计较救他出来。"杨林道："除非去山寨里引兵来，方可救得。"燕青道："挞懒有三万大兵在此，攻城不得。且看机会。"取路到金营前，见贴晓示："助饷人等，限三日纳足放回，过期不准取赎。"燕青道："既有晓示，不必进去问，明日带银子来便是。耽延半日，且去吃杯酒着。"

走到一个大酒楼上。那上首座头，先有一个金营的官、两个承局打扮的在那里饮酒，附耳低言的说了一回，那官在腰袋里摸出一尺多长一条木夹，上面烙着许多字迹，与那两个看了，顺手插入腰袋里。一个斟大碗酒，奉与那官只顾吃。燕青、杨林坐在对面座头，酒保搬上酒馔，燕青、杨林也吃了一会儿。那承局打扮的，生得鲜目疏眉，身材瘦小，三十左右年纪，把眼瞧着燕青，开口问道："足下莫非是东京雍邱门外开绒铺的米小舍么？"燕青是乖觉人，含糊应道："便是舍亲。足下也有些面善，一时想不起。"那人道："在下是殿帅府前过东牛皮巷内第三家，姓柳，任开封府勾当。有一敞友，为些小事，在齐王府中要救出来，用无数周折，弄得方才这个木夹，请那位爷去提人。"燕青道："要这木夹何用？"那人道："金朝的法度，不用文书，凡钱粮、兵马、要紧人犯，全凭这木夹照验，即刻发行，再无隐弊。"燕青道："倒也简便，不要费纸札繁文。"那官酒喝多了，踉踉跄跄立起便走，这两个人还要留他，也随下楼。燕青看见这木夹掉在楼板上，连忙捡起，藏在身边。原来那官插入腰袋落了个空，外面有皮套子，所以不听见响声。吃得醉了，就走下楼。燕青拾了木夹，扯杨林急走下楼，到柜边取一大块银子丢在柜上道："明日来算。"抄小路如飞走出了城。杨林不解其意，说道："要这东西何用？这般慌促！"燕青笑道："自有用他处，明日便见。"到店内对戴宗道："刘豫立为齐帝，关胜正在他标下做正兵马总管。忠言谏净，激怒了刘豫，绑出法场处斩。我两却好撞见，无计可救。幸有人保奏，监候东司了。"戴宗道："我们不知便罢了，既然监在东司，去探望一番，也见昔日交情。"燕青道："探也无益。有个机会，不知做得来做不来？且赎回二安人母子再处。"

次早，叫卢成背了银子再和杨林到金营。寻见在驼牟冈收银子的头目，与他说明，将印票验过，就补上六百两银子，一毫也不少。燕青道："如今也没得说了。"头目道："你这人倒也能干。凡饷户先发印票的，在这里回赎。若不讨得印票，又要营内领一木夹，到齐王府内照验，才好领回。只这木夹，又要费一二百银子，还把礼物酬谢掌管的官。有这许多周折，所以这班饷户，虽父母妻子，只好弃下了。"燕青道："那木夹只好讨助饷的人，别样事情，还可用得着么？"头目道："金朝全凭这个木夹信验，随你钱粮、兵马、机密军务，就是在法场上要杀的重犯，见那木夹，立刻便放。"燕青听了，心中暗喜。当下头目收清银子，就领出莫氏、卢氏交还。

二安人见了燕青，悲喜交集，感激不尽。燕青雇两乘车子，同杨林到店中，央主人家媳妇烧香汤沐浴，买几件新衣服与母子二人换过。二安人又谢道："小乙哥，你真是天下第一个好人，我母子性命得以重生。无恩可报，二员外在日，几番要招你为婿，你百样推辞。我母子无路可归，毕竟把这女儿婚配于你，终身倚靠你了。"小姐见说，满面娇羞，低头走了进去。燕青道："若是这样说，我小乙无私也有私了。不要说东人情分，安人遭这般患难，便是路人也惨伤的。有些积蓄尽数拿出来，不够，又央这两位长兄那借将来，方得完美。今叫卢成在此服侍，自然安顿安人、小姐，选一东床孝养便了。"二安人致谢。戴宗、杨林道："小乙哥，你忒杀古板！二安人自然要知恩报恩，但不是今日讲的。成说美事，都在我两个身上。"二安人又谢了进去。戴宗道："明早起程，且到山寨。兵戈扰乱，内眷们安顿在那里再处。"燕青道："自然如此。再消停一日，待救出关胜一同回去。"笑嘻嘻摸出木夹来道："天假其便！有这东西，可以救得了。"戴宗接来一看，花斑斑烙成许多异样篆文，说道："这是什么物件，要他何用？"燕青说："酒楼上一个官儿掉下，我拾得了。恐怕来寻，不及会钞，丢银子在柜上，连忙出城。今日营中又讨了实信，明日可依计而行。那姓柳的无端告诉我，也是关胜命当有救。只是他们没有了木夹，不知怎地哩！这也顾他不得。"杨林道："你真是天巧星，有这许多机变。"大家欢喜安歇。

次日，燕青装作金营里官，戴宗、杨林扮承局进城，又打探得刘豫虽然册立，每有大小事务，俱要禀过挞懒方好行得，设立通事府，彼此承发。燕青同戴宗、杨林到通事府，昂然直入，一口金话，甚是合适。叙了来意，把木夹验过，通事府官不敢怠慢，立刻启禀刘豫说："挞懒元帅闻知关胜骁勇，不肯受职，监候东司，要提到军前重用。若再违逆，处以极刑。有一员官、两个承局，将木夹照验，在此守提。"刘豫不敢不遵，即传令旨到东司，放出关胜，交付过去。不逾时，关胜到了，燕青又打了话，对关胜说许多言话，关胜全然不懂，口里要问出来，燕青又喝了一声，通事官道："挞懒元帅要请将军到营中重加任用，特差这位爷来提。"关胜道："某世代忠良，不事二姓。若贪爵禄，不激怒刘豫了，此去拼得一死！"通事官道："也要通融，不可任性。"燕青假做发怒，扯了就走。关胜寻思道："这分明是戴宗、杨林、燕青他三个，俱不愿为官，怎么反顺了金朝？可见立志不坚。就是顺了金朝也罢，见了我并没有些情义，又可可是他三个来提，这也奇得紧。"只得随他走去。不进金营，竟出城门。到客店中，戴宗、燕青、杨林扑地便拜，关胜回礼不迭，还未解其意，心内狐疑。

正是：从空伸出拿云手，提起天罗地网人。

不知后事如何，且听下回分解。

燕青是本传第一出色人物，前篇表其至性，此回写其才情。中间夹叙王进、关胜峥峥卓荦品格，各自不同。所谓欲画猛虎，四围草树冈峦，皆挟劲势也。

　　却说燕青扮作金营的官，将木夹照脸，救出关胜。店中相见华，戴宗道："关将军，若无小乙哥这偷天手，你不免于虎口了！"关胜道："小可义不受污，已拼一死，不知三位为何在这里？怎地救我出来？"燕青先将驼牟冈朝见道君皇帝，路遇卢二安人要银子赎回的事说了："那日同杨林进城，见法场上绑着兄长，无计可施。发监东司，跟到那里，进来探望不得。到酒楼上吃酒，偶遇一个军官醉了，掉下木夹，就拾了，假扮来提，也是天幸，不致弄破。"关胜感谢道："真是患难弟兄！再生之德，没齿不忘。方才见小乙哥假扮时，一毫情谊也没有，心中老大不然，谁知暗藏机彀。小乙哥，你真是忠义两全、古今罕有的！只是此身何处安顿？"杨林道："不妨。李应等在饮马川聚义，明早可一同去。只不曾问得，可有宝眷在城中么？"关胜道："并无儿女，只有一个拙荆。知我监候，拙荆寄信来，要寻自尽。我身幸脱，如今只恐怕顾他不来。"燕青道："不是这样讲，尊嫂贞烈，通为着长兄，岂有不顾之理？都写起信来，我明日再进城，迎来便是。"关胜道："这是极好。但城门上不许放妇女出城，我的家眷一发不肯。倘败露出来，不是当要。"燕青指着木夹道："现放他在此，怕怎的？"关胜道："这样事只好弄一番，此去必然识破，如何做得？"燕青道："那木夹是真的，不过人是假扮。东京人多少投在金营，这有何妨。只说挞懒元帅重用将军，即命领兵南征，送家眷完聚。刘豫哪去查考？那木夹这般贵重，难道用得一遭就丢了？包你无事。"关胜听从。

燕青明日起来，又同戴宗、杨林到通事府打话，重取本夹验过，通事官又启刘豫道："关胜到金营，不敢违逆，挞懒大喜。授了征南将军，领兵三千镇守彰德府。原差昨日这个官，把木夹照验，来取家小，一同赴任，并要城门挂号送出。"刘豫道："我量这厮有多大胆量！自然顺从。若不是这等威行，他还要倔强呢。"就挂号送出城去。通事官给了挂号牌，燕青接着，问到关胜家里。

却说关恭人闻得金营提了人去，唤家丁打听不出，未知生死如何。正在烦恼，只见门上报道："有一员官、两个承局，要见恭人有话说。"关恭人只得出来。燕青不开口，杨林道："这位爷是挞懒元帅派来的。关将军已归顺金朝，授征南将军之职，镇守彰德府，领兵扎在城外，请恭人收拾家资一同赴任，故此来请。"恭人虽在梁山泊，内外隔绝，不曾认得。心内思量；"算来未必肯投顺金朝，据这般说又不能不信。"。即到里边把家资细软结束了，还有四个家丁、两个养娘，后槽牵出马匹。恭人上了马，家丁背着包裹，一同到城门边。杨林将挂号牌与守门官丁看了。燕青又打话，不知说什么，连忙放出。到了店中，关胜大喜，燕青道："幸不辱命！如今不可久停，今夜同戴院长作起神行法先到山寨。恐长兄这般仪表，又在本地为官已久，人都认得。倘有差池，再难措手。我等明日雇了车子也就起程。"关胜与恭人说知："通是旧日弟兄，用的计策。我今夜先去了，你同卢安人一起来。"关胜、戴宗作别而去。燕青到明早雇了几乘车，关恭人、二安人、小姐和养娘都坐了车子，把行李也放在里面。那匹马与杨林轮换骑着，重谢了店主人，一行人取路进发。

走了一日，到野狐铺，王进的营寨已不见了，杀死的尸体满地。燕青想："是王进的寨破了。"天色将晚，并无有住家人烟，只得又赶一二十里。雷雨大作，路途又黑又滑，寸步难行。望见松林里有一点灯光，勉强挨到，却是一座寺院。到佛殿上，空荡荡的。请内眷下了车子，把马牵在殿后。杨林走进禅堂，有一盏孤灯挂在壁上，故此射出光来。提了便走，禅床上有人哼着道："老僧患病，睡在这里，哪个提了灯去？"杨林不应，走到殿上，唤卢成家丁去香积厨烧壶热水来，且吃干粮着。卢成热水烧到，取出炊饼肉粑子，大家分吃了些。燕青道："这佛殿上不稳便。"唤养娘服侍安人们在东廊下权住安息，车夫、家丁等到西廊打盹，辛苦了一日，都睡去了。燕青、杨林在殿上闲话。

雨过天晴，推出一轮明月，分外皎洁。看玩多时，困倦起来，也思量去睡会儿。忽听得外面脚步响，恐怕歹人，闪到廊下，取器械防备。在窗棂内张看，见两个军官、十来个大汉，都有腰刀、弓箭，到佛殿上站住，又对着月色浩叹道："有何面目去见老种经略相公！燕青原说四冲之地，劝我移营，悔不听他，为贼徒所败。一世英名都丧了！幸无家累，不如自尽以报朝廷。"那一个劝道："从千军万马中挣出性命来，岂可不明不白死在这里？困倦了，且将息一晚，明日再处。"燕青、杨林走出叫道："老将军，不可短见！燕青在此。"王进不胜惊喜道："怎地又得相逢？足下真有先见之明。我正要移营，被那刘猊小贼子去高鸡泊招降张信、毕丰贼首回来，有五千人马，紧紧围定。我同凌将军拼命杀得出来，标兵尽皆覆没，无路可归了。"燕青："康王已即位南京，号召四方英杰。宗泽留守东京，恢复两河。我有旧弟兄屯聚饮马川，且到那里消停几日，整旅南还，去投宗留守，以佐中兴，有何不可？"又对凌振说，"救了关胜，先和戴宗到山寨里去了。"凌振道："你干的事出人意料之外，其实可敬！"杨林取剩下的炊饼肉粑点饥，直谈到五更。叫起家丁、车夫，坐了内眷，让马与王进骑了，取路前往。

行了半日，并无村店，尽皆饥饿。后面尘头起处，一簇兵马到来，却是刘猊的游兵，有三百多人马，都是轻弓短箭，飞风赶来。燕青忙叫把车子推入树林躲避。那先到的见了，叫道："那知事的汉子，快把车上妇女献来陪我们吃酒！"王进等大怒，各掣腰刀抵住。马上为头的笑道："你这十四五个人，怎经得动手？"燕青早放一支弩箭，射中面门，翻身落马。杨林又砍着一个马胯，也颠下来，被王进一刀断为两段。那三百兵马一齐裹拢来。正在危急之际，忽有一队人马冲来，一个将官舞着双鞭杀人，把那游兵杀得落花流水，四散逃走了。燕青看时，却是呼延灼、樊瑞、戴宗。燕青大喜，下马相见。戴宗道："李大哥唯恐路上难走，要我领三百兵来迎接，恰好在此相遇，幸喜不曾损伤。"呼延灼见了王进道："王将军，你怎地也在此？"王进道："呼将军，你同汪豹守杨刘村，怎放金兵渡河？各营俱败，我领残兵扎在野狐铺，又被刘猊所破。昨夜在古寺中会着燕大哥，同行到此。"呼延灼道："我被汪豹所陷，几乎性命不保。有众弟兄在饮马川，只得暂住。"又与燕青、凌振各叙契阔之情。叫安了营，打中伙。那游兵死三十多人，收得十来个马匹，同坐了到山寨。李应等出来迎接，聚义厅一起见礼，送王进上坐，其余次第坐下，各叙仰慕之意。燕青打发车夫回去。关恭人、二安人、小姐自到后寨，李应娘子陪接不在话下。李应做庆贺筵席。关胜感激燕青不尽。呼延灼道："平日只晓得他巧慧，见机而做，不想有这副忠肝义胆，妙计入神。我等只晓上前厮杀，哪里及得来？"众头领各各赞叹，一连畅饮了三日酒。

却说游兵伤了三十余人，去报刘猊，说被饮马川贼人所杀，请兵去追不提。

且说那日东京这姓柳的，同金营官吃酒，失了木夹，忙到酒楼上寻觅，哪里得见。原来木夹照验了就要缴进，当日失了，那官打了一百鞭，两个承局都发充军。酒店里也费了好些银子。齐王通事府查号，又多出两号木夹来，方知关胜走了。又有人见他上饮马川。刘豫大怒，正要发兵征剿，又报伤了游兵，即刻遣刘猊到挞懒处请兵，备说饮马川强人肆横，不可不除。挞懒道："闻知是梁山泊余党，多有智勇的人在里面，我还要招他。"差勇将秃鲁领皂雕旗一千去先抚后剿。刘猊领命而下。毕丰道："小将前日在龙角冈被他所破，哥子昙化又遭他害，火烧了万庆寺。此仇钉入骨髓。愿与张信为先锋，领本部五千兵去扫平山寨。"刘猊道："你两个先发，我同秃鲁随后。只是要相机而行，挞懒元帅还要招他。"毕丰领诺，即同张信浩浩荡荡杀到饮马川，恨不得踏平山寨，泄恨报仇。

且说众头领在寨中饮酒，小喽啰报上山来，说："毕丰与昙化报仇，同高鸡泊张信领五千人马到了，随后刘猊领秃鲁皂雕旗助战。头领可速准备。"李应与众头领商议何以御敌。朱武道："那高鸡泊是隋唐时李密、程咬金屯聚的所在。闻得张信骁勇，又有金兵相助，不可轻敌。我这里先到山边立了寨栅，设四队游兵往来接应。王进、关胜、呼延灼为正兵拒战，朱仝、樊瑞、呼延钰、徐晟为游兵接应，戴宗、燕青往来传递。"分派已定，刚立得营寨，张信、毕丰已到。

两阵对圆，三通鼓罢，张信、毕丰双马并出，手执兵器大叫："贼寇快来纳命！"李应、呼延灼、王进、关胜齐齐出马。毕丰又骂道："梁山泊狂魂！杀我亲兄。今领大兵到此，快下马来受缚！"李应喝道："无知小寇！敢肆胡言！那秃驴奸淫万状，自合天诛！你是我手里败将，半夜跳墙逃得命罢了，又来寻死！"毕丰大怒，把大杆刀砍来。李应挺铁钢枪接住，斗了二十合，不分胜败。张信忍不住，拍马持三尖两刃刀助阵，关胜把青龙偃月刀接战，四匹马儿转灯儿相杀。李应卖个破绽，拖枪便走。毕丰不舍，拍马赶来。李应带着枪，暗掣飞刀，中了毕丰左臂，负痛回马。李应又追来。张信见毕丰败阵，也要回马。关胜架住，不能脱身。凌振在山顶见了，放起连声号炮。呼延钰、徐晟、朱仝、樊瑞四路里杀来。张信、毕丰首尾不能救应，急退兵时，自相践踏，早伤了一千多兵，退到万庆寺火场上，却好刘猊、秃鲁已到。毕丰说兵败之事，刘猊道："我曾分付不可造次，你恃勇轻进，挫了锐气，且扎营在这里。挞懒元帅有令，原教先抚后剿，差员裨将去唤来投降。"

却说众头领得胜回寨，商议道："毕丰虽然败去，刘猊必然就到，不可便上山去。"正说间，探事的报来说："齐太子差官在此。"李应道："此来为何？"朱武道："必然来做说客。且看来意，随口依允，不可便发怒。"原来这裨将是蓟州营卒，抢病关索杨雄花红缎匹，被拼命三郎石秀打倒的踢杀羊张保。金兵到蓟州，这厮纠集亡命，乘机劫夺，投顺刘豫，署为裨将。当下刘猊教他来做说客。

张保气昂昂走进，李应与他相见，道："足下此来有何见谕？"张保道："奉齐太子令旨，请将军去高擢爵位。"李应道："我等是宋朝臣子，借饮马川暂歇，与齐国并无干涉，何故说授爵授位？"张保道："大金应天顺人，建立齐国，河北地方并属所辖，这饮马川亦在境内。将军恁般英雄，宜及时建立功名。今上不着天，下不依地，恐非长策。"李应道："且请足下暂留，待与弟兄商议定了方好回复。"便送上山着人看守。

李应集众头领计议。王进、关胜、呼延灼、朱仝一齐说道："我等受朝廷官职，不幸兵败，得遇众好汉在此，同心协力，先攻破大名府，剿灭刘豫，恢复河北。虽身膏草野，亦所不辞！"朱武道："各位将军虽是忠心激发，但刘豫之势方张，又有挞懒三万大兵镇守大名，岂可破得？先把刘猊、毕丰杀他片甲不留，守住山寨，候宗留守消息，然后进兵。"燕青道："攻固不可，守亦甚难。我等兵卒不过三千，终日征战，必至疲敝，倘挞懒自领兵来，断然支持不定，如今款住张保，刘猊定然发怒，自引兵来。请将军如此如此，必获全胜。然后收拾回南，去投宗留守，共佐中兴，此为上策。"众头领皆喜，依计而行。

果然，刘猊在万庆寺守了三日，不见张保回报，焦躁道："这伙贼寇恁般可恶。"唤毕丰、张信为先锋，自与秃鲁为中军，杀到饮马川来。战场净荡荡的，并无一人。寨门紧关，随你叫骂搦战，不见出来。

到第三日，天色未明，一声炮响，摆成阵势，众好汉立马阵前。刘猊出阵，头带紫金冠，高拴两条雉尾，身穿黄金锁子甲，骑匹五花骏马，手执方天画戟，高喝道："你们这草寇真不达理！我奉元帅挞懒之命，好意差官唤汝等来降，以免一死。怎羁留来使，尚自执迷？"又见关胜在对阵，大怒道："你这匹夫！自夸有忠义之心，怎假传木夹，又逃来做贼？"关胜道："乳臭小儿，辄敢大言！你父子受朝廷厚恩，不思报效，反悖逆称尊！我今拿你碎尸万段，先正典刑。"举青龙刀砍来，刘猊将画戟相迎，不上三合，气力不加，勒马便回。张信、毕丰双马并出，李应、呼延灼一同接往，战了三十多合。毕丰终是左臂未瘥，被呼延灼打着肩窝，翻身落马。张信撇了李应来救毕丰，燕青在旗门影里看得真切，一弩箭射中胸膛，也颠下马来。关胜、朱全两把刀一同砍下，不防在刀口上自相碰磕，火光迸出。张信、毕丰都逃回本阵。呼延钰、徐晟大喊杀入。秃鲁见不是头，领了皂雕旗先走。众好汉一齐赶杀。刘猊弃甲丢盔而走，杀得尸横遍野，血流成渠，又折了二千多兵，退到万庆寺喘息方定。刘猊道："不灭这班草寇，誓不回去！差人去讨救兵来。若容留在此，倒是心腹大患。"传令将士谨守，防备劫寨不提。

却说众好汉到黄昏时分，结束起来。李应叫带过张保，叱道："你这厮好大胆，敢来做说客。今晚借你这颗头祭旗！"叫军士枭了首级。吃过晚饭，一齐骑马到万庆寺，已是三更天气，万籁无声，月光惨淡。万庆寺虽然烧了，四围墙垣不倒，如城子一般。左边靠一座山冈，右边通着大路。刘猊也怕劫寨，前后俱排木栅拒马。望到里面，打十来个火堆，那皂雕旗张了皮帐在中间睡，其余兵将尽不卸甲，蹲身打盹。更鼓分明，提铃巡哨，却也严紧。李应分拨呼延灼、王进截住后门，朱全、徐晟、呼延钰守在右边，自同关胜、樊瑞抵住前面，只候公孙胜作法。听得狂风忽起，飞砂走石，一声号炮，那一带松涛如千军万马驰骤。刘猊、张信、毕丰慌忙惊醒，虽然准备，挡不得这一日征战，力倦神疲，立得起身，见寺前寺后火把通红。那秃鲁与皂雕旗先自乱窜，要夺路而出。前后多是强弓硬弩，兵马如林，都被射转。正没理会处，那寺基平地上天崩地裂，一片霹雳之声从底下发起，火光万道，飞到半天，打得人马尽成齑粉。张信推倒右边墙垣，蔽翼刘猊。呼延灼一鞭正中张信脑袋，跌下马，踏成肉泥。毕丰和秃鲁冲到前门，关胜一刀，秃鲁闪遁。毕丰慌忙转身，李应一枪挑于马下，樊瑞加上一刀，衬了马足。皂雕旗尽皆烧死，单走秃鲁、刘猊两个。焦头烂额的兵不上四五十人，抱头鼠窜而去。这计是燕青用的：拘留张保，激怒刘猊，来攻山寨。三日不出战，使杨林、蔡庆、杜兴、凌振去万庆寺埋地雷，待他败阵，不尽情追赶，重扎营于寺基。公孙胜在山顶祭起风来，凌振引着药线，天雷与地雷同发，四面有兵围住，教他哪里走！自然一堆儿死在里面。有诗为证：

丞相南征汉鼎分，渡泸五月涨蛮云。

火攻一样同奇妙，浪子能烧藤甲军。

李应等大获全胜，回到寨中。燕青道："虽然杀得刘猊只轮不返，必然去请挞懒大兵到来。众寡不敌，恐有失着。不若乘此大胜之后，拔寨南还，去投宗留守，共建功业，完我弟兄们一生心事。"众头领尽皆大喜，即拨呼延灼、杨林、樊瑞、呼延钰、徐晟为前队；李应、公孙胜、朱武、柴进、燕青、杜兴为中军，保护家眷辎重；关胜、王进、朱仝、蔡庆、凌振为断后；戴宗往来通信。共有三千多兵，五百匹马，二百乘车子装载粮饷，放火烧了寨栅，即日起程。一路关津见兵威整肃，不敢阻挡。迤逦行到黄河渡口，见一个大营，刀枪密密。此是金、宋交界之处，金朝设兵防守。河水滔滔，并无船只可渡。李应等也扎下寨栅，算计渡河。

正是：茫茫河水英雄泪，冉冉征云战气悲。

不知怎地过河，且听下回分解。

登云山、饮马川两处，譬诸江汉分流。此番大征战，结饮马川之局，以便并入登云，如汉水入江，同归于海，洵是巨观。

第二十七回

渡黄河叛臣因授首 进鸩酒狭路巧相逢

　　却说李应众好汉弃了饮马川，整旅南还，行到黄河渡口。此是南北交界之处，北岸边金朝扎下一个营寨，有大将乌禄与前日放过金兵的叛臣汪豹镇守。李应也安了营，商议道："乌禄、汪豹领五千兵在此，又无船只可渡，必须破了他，方好过去。"呼延灼、王进道："那汪豹贼子输诚卖国，使二帝蒙尘，汴京失陷，是个罪魁。今日遇着，恨不生食其肉！我二人就去打寨。"李应道："汪豹不打紧，有乌禄在彼，不可轻敌，须要小心。我自领兵接应。"呼延灼、王进领五百兵前进。

　　却说乌禄，正在军中商议道："那饮马川草寇弃了巢穴，逃回南去，我这里不提去大元帅处请功，等到几时？"汪豹道："归师莫掩，穷寇勿追。他孤军到这里，利在速战。我这里深沟高垒，不与交锋，必然粮尽力疲。速发文书去挞元帅处，再请兵来，首尾夹攻，自可一鼓而擒。"乌禄依言，传令守住寨门，不许出战。就差"夜不收"二名赍文书去请兵不提。

　　王进、呼延灼前队到了，见那寨门紧闭，排满鹿角蒺藜，甚是坚固，攻打不开。李应引众好汉一同到来，随你百般搦战，只不出来。无计可施，只得回营。燕青道："他有五千兵不来出战，不是怕我们，必然有计。待我师老粮尽，去请大兵来夹攻。我这孤军没有救应，如何是好？可差探事的四处巡缉，若有去请兵的拿来，自有计策。"李应就差蔡庆、杜兴领喽啰巡哨，不上半日，拿到乌禄的"夜不收"二名，搜出请兵文书。李应叫拿去砍了，呼延灼却有些认得，叫转来问是哪里人。那"夜不收"大叫道："将军，小的就是将军部下。前日汪豹献了隘口，没奈何归顺了。"呼延灼道："那乌禄怎不出战，紧守寨门？"那"夜不收"道："乌禄就要出战，是汪豹阻住，教请兵来夹攻。"燕青好言安慰道："你两个若肯归顺，不唯不杀，还有重赏。""夜不收"跪着垂泪道："小的是东京人，有父母妻子在家，被汪豹留住回去不得。将军肯饶性命，赴汤蹈火亦所不辞！"燕青叫取酒食压惊，留住营中。对李应道："大名府往返也须五日，到第六日，我有一计可破乌禄。只是也要谨守，晚间防他来劫寨。"到第六日，燕青摸出木夹来道："如今又要用这东西了。前日破了皂雕旗，剥得衣帽在此，唤杨林、樊瑞、杜兴、蔡庆打扮作家丁，我原装金营将官，教了'夜不收'言语，我们先去。这里选四员大将，领一千兵攻打，他自然出战。我在里面放起火来，方可破他。"

燕青就同了"夜不收"到乌禄营中。夜不收先禀道："挞元帅不肯发兵，原批带回，差一位爷在这里。"燕青上前与乌禄行了礼，把木夹照验。打话说道："挞元帅说，这里有五千兵马，难道几个草寇剿不得，又要请兵？"乌禄道："咱原要出战，被汪豹阻挡。"燕青道："元帅又说，汪豹是南朝人，不肯出战，恐有二心。若再推阻，定以军法从事，斩首号令。"汪豹在旁眼睁睁看他两个说话，因懂不出语言，无可分辨。忽报到寨前有四员大将，耀武扬威在那里大骂。乌禄唤取披挂来，绰枪上马，开营出战。汪豹谏道："大兵未到，不可出战。"乌禄大怒，叱道："无能小辈！听了你，几乎坏事。你若不肯出战，先斩首级！"汪豹没奈何，也只得持刀同出。

两阵对圆，呼延灼见了汪豹，怒从心起，舞双鞭竟打过来。汪豹把刀接住，斗了十来合。乌禄见汪豹力怯，自挺枪出马。关胜敌住，也斗上三十合。凌振放起号炮，燕青、樊瑞在寨里放起火来，杨林、杜兴拔刀乱杀。乌禄见寨中火起，拨转马头回到寨边。杨林、杜兴、蔡庆、燕青、樊瑞一齐杀出，乌禄拍马落荒逃去。汪豹心慌，也思量走脱。呼延灼赶上，一鞭落马，小喽啰绑缚了。那乌禄的兵死的死、逃的逃，尽皆星散，无人拦阻。只是黄河浊浪滔天，无船可渡。"夜不收"禀道："汉里暗藏三百只大船，可以渡得。"李应大喜，遂拔寨到船边，把家眷、辎重装载在船，然后把兵马一同渡过。

顷刻到了南岸，黎阳城中也有来兵把守，却是王进标下。接进城中，王进问得老种经略相公一月之前身故，不胜凄切。李应取二百银子赏了两个"夜不收"，教他回去。燕青道："偶然拾得这木夹，干了三件大功劳。"呼延灼道："若无兄弟你这副大胆，会讲各处乡谈，也做不来！"叫带过汪豹，骂道："你这逆贼！朝廷差我们十员将官来守黄河渡口，杨刘村是第一个紧要去处，你怎么背国私降，引金兵过河，断送了宋朝二百年社稷山河，使两朝龙驾没陷沙漠，害了数百万生灵！你思量贪图官爵，荫于封妻，怎想也有今日！我为朝廷正典，为天下伸冤！"命立一旗杆，在百步之外，把汪豹吊上去，唤军士乱箭射死。下面设酒庆贺。不消半刻，汪豹身上箭如犯毛，放下来把肉割碎喂狗。众头领尽皆欢畅。

话说李应仍将兵马拨为三队，往河南进发。李应道："烦戴院长先去东京探个消息，好投宗留守。"戴宗领命去了。一路无话，行了几日，到了中牟县。人民逃散，只剩一个空城。李应道："且屯在城里，候戴院长回来，再定行止。"遂进城扎下。其时，兵戈之后，四野萧条，荆榛满地，行人稀少，豺虎成群。等了两三日，不见戴宗回来。燕青、杨林、呼延钰、徐晟跟十数个兵，弹弓弩箭，去野外打鸟雀玩耍。

到日色平西，带了些野味回来。见大路上两乘车子坐着四个人，都是方巾便服，后面马上骑着一个军官，背着敕命，有两三担行李，脚夫挑着逶迤行来。燕青见了寻思道："那车子上坐的两个人，有些面善，一时想不起。马上军官背着敕命，想是流贬的官儿。"也不放在心上。不上半里之遥，又见十名军汉，都带腰刀弓箭，提着朴刀走来。为头的见了燕青，叫道："小乙哥，你怎的在这里？"燕青看时，却是东京城内卢二员外的邻舍，叫作叶茂，是开封府内的马头军。燕青也叫道："叶大哥到哪里去？"叶茂道："晦气！要走八千多里路哩！"燕青道："怎走这远路？是何勾当？"叶茂道："总为这几个害人精！你道前面车子上坐的四个是什么人？说出来神惊鬼怕！"燕青道："又来取笑。那四个人，方才我见满脸的晦气色，怎恁地了得？端的什么人？"叶茂道："便是写谨具帖子送宋朝天下与金国那班大臣。"燕青吃了一惊，问道："敢是蔡京、高俅、童贯？这年纪少些的又是哪个？这几个人汴京未破时早已流贬，为甚今日还在这里？"叶茂道："那便是蔡京儿子学士蔡攸。你不晓得，汴京未破时，太学生陈东劾奏六贼误国殃民，奉旨尽皆谪贬，分两起押解。一起是王黼、杨戬、梁师成，到雍丘驿被冤家刺杀了，已是清账；那一起是这四个。毕竟蔡京阴猾，见金兵攻打汴京危急，贿买了押差官，宽纵了，隐匿乡村，在那里观望，又要投顺金朝做官。兵戈扰乱，没处查考。康王正位之后，李纲为宰相，严查起来，儋州知会从不见到。有仇家首报，挨缉出来，把前番押差官问罪，又差我本官押解，点我们护送。因杞县那一带有土贼，不可走，在这里绕转来。"燕青道："前面到何处安歇？"叶茂道："打点到中牟县城里。闻有兵马屯扎，且再行去看。"燕青道："县里的兵马是我的相好弟兄，宿歇不妨。久不会面，寻杯酒儿叙叙旧情。"两个一头说一头走，到了城边。叶茂赶到押差官马前说道："前边并无宿店，中牟县内虽有兵马，却有相识在内，可以安歇。"押差官便叫进去，寻一所空房住下。

杨林、呼延钰、徐晟虽见燕青与叶茂打话，却不关心，不知说什么。燕青走来与众人说道："偶然遇着四位大贵人，须摆个盛筵席待他。"李应道："又是什么大贵人？"燕青笑道："这四位贵人，平日有恩惠在我们面上。今狭路相逢，不可怠慢！"便将蔡京父子、高俅、童贯责贬儋州，从此经过的话说了，"我已请到城内了。"众人一齐道："真是难得相逢！每人赏他一刀便了，摆甚筵席！"燕青道："若是一刀，有甚趣味？须要慢慢消遣他。如此如此才妙。"众人依言。

燕青遂同杨林、樊瑞、蔡庆、杜兴到押差官寓所。见蔡京等四人立着闲谈，燕青拱手道："李将军闻得蔡太师、学士、高太尉、童枢密在此，旅邸萧条，特备小酌，遣某等来迎请。"蔡京等愕然道："哪位李将军，承这盛情？我等羁旅之人，不便过扰，辞了罢。"叶茂见燕青来请，便对押差官道："这个便是邻舍，李将军想是他相识。"燕青道："敝友极是世情的，就屈台驾同往。"押差官道："李将军敢和太师有旧？是何官职？"燕青道："正是。极蒙太师、枢密抬举的，一去便知。"蔡京寻思道："想是门生故吏。世态炎凉，还有这一存厚道的人。"押差官撺掇，遂一同起身。燕青使杜兴先去通报。李应把队伍摆列得十分严肃，都是弓上弦，刀出鞘，衙厅上灯烛辉煌，摆设盛席，众好汉结束齐整，立在两边。见蔡京到了，动起军中鼓乐来。李应降阶相迎，逊至厅上，逐位分宾主。见了礼，即送蔡京等四人和押差官上坐。蔡攸因父亲在上，谦避东边第一位。众好汉依次两旁坐定。

酒过三巡，食供两套，蔡京、高俅举目观看，却不认得，忍不住开言道："某等放废之人，何劳盛举。只是素未识荆，好生不安。"李应笑道："太师是一人之下万人之上，四海具瞻的。虽是向日屡沐恩波，但不得一觐龙光。高太尉、童枢密会过两三次，难道便忘了？"又饮够多时，李应道："太祖皇帝一条杆棒打尽四百军州，挣得万里江山，传之列圣。道君皇帝初登宝位，即拜太师为首相，燮理阴阳，掌军国重事。怎么一旦汴京失守，二帝蒙尘，两河尽皆陷没，万姓俱受灾殃，是谁之过？"蔡京等听了，心中不安，想道："请我们吃酒，怎说出这大帽子话来？"面面相觑，无言可答，起身告别。李应道："虽然简亵，贱名还未通得，怎好就去？"唤取大杯斟上酒，亲捧至蔡京面前，说道："太师休得惊慌，某非别人，乃是梁山泊义士宋江部下扑天雕李应便是。承太师见爱，收捕济州狱中，幸得救出，在饮马川屯聚，杀败金兵。今领士卒去投宗留守以佐中兴，不意今日相逢，请奉一杯。"高俅、童贯、蔡攸俱各送上。

蔡京等惊得魂飞魄散，推辞不饮，只要起身。李应笑道："我等弟兄都要奉敬一杯。"只见王进立起身来，把白须一张，喝道："高俅！我非是梁山泊上人，是八十万禁军教领王进。你本无赖小人，学使枪棒本事低微，要与我先父较量，一棒打翻。不归咎自己，反要挟仇报怨，害我性命。幸投老种经略相公处，升授兵马指挥使，今日特地与你剖明。"高俅顿口无言。

又见小旋风柴进出位来道："我是大周柴世宗嫡派子孙，住在沧州横海郡，小旋风柴进便是。先朝赐有丹书铁券，安居乐业。你使族弟高濂做高唐知州，那殷天锡恃了姐夫的势，把我叔父柴皇城呕死，要占花园。黑旋风李逵路见不平，把殷太岁打死，高濂将我监禁在狱，幸得宋公明救上山寨。受了招安，破方腊时曾建大功，我辞了官爵，归隐沧州。你又使高源为沧州太守，凑着奉旨搜刮金银。高源公报私仇，要杀我全家。通倚了你的势！如此横行，怎生忍得？"高俅亦无言可对。

裴宣执着双股剑走到筵前道："这是旧事，不必提起了！军中无以为乐，待我舞剑以助一醉。"出双剑左盘右转，如两条电光缭绕映带，寒光闪闪，冷冷飕飕，尽皆喝彩。舞罢，弹着剑作歌道：

> 皇天降祸兮，地裂天崩。二帝远巡兮，凛凛雪冰。奸臣播弄兮，四海离心。今夕殄灭兮，浩气一伸！

　　蔡京四人听得面如土色。燕青道："舞剑不如相扑。高太尉，可记得统兵到梁山泊战败之后，你被浪里白条捉上山来，宋公明设席相待，酒后我和你相扑？今日夜长无事，再和你交交手看。"樊瑞道："童贯！你听信赵良嗣、郭京说公孙胜会使妖法，差兵马去二仙山捉拿。与公孙胜什么相干？通是我混世魔王樊瑞干的！教你今夜认得，那右边第二位，头戴星冠，身披鹤氅的，就是公孙先生。"押差官道："列位也讲得够了，夜深酒多，即此告别。这四位是朝廷犯官，小可押解亦不可造次。"樊瑞圆睁怪眼，倒竖虎须道："你这什么干鸟，也来讲话？我老爷们是天不怕地不伯的。这四个奸贼不要说把我一百单八个弟兄弄得五星四散，你只看那般绵绣江山都被他弄坏。遍天豺虎，满地尸骸，二百年相传的大宋瓦败冰消，成什么世界！今日仇人相见，分外眼睁！难道不容我们说几句话么？你这干鸟若再开口，先砍你这颗狗头！"押差官吓得浑身冷汗，哪里敢再开口。

　　李应叫把筵席撤开，打扫洁净，摆设香案，焚起一炉香，率领众人望南拜了太祖武皇帝在天之灵，望北拜了二帝，就像启奏一般齐道："臣李应等为国除奸，上报圣祖列宗，下消天下臣民积愤！"都行五拜三叩首礼。礼毕，抬过一张桌子，唤请出牌位来供在上面，却是宋公明、卢俊义、李逵、林冲、杨志五人的名号。点了香烛，众好汉一同拜了四拜，说道："宋公明哥哥，众位英魂在上，今夜拿得蔡京、高俅、童贯、蔡攸四个奸贼在此，生前受他谋害，今日特为伸冤，望乞照鉴！"

　　蔡京、高俅、童贯、蔡攸尽皆跪下，哀求道："某等自知其罪。但奉圣旨去到儋州，甘受国法，望众好汉饶恕。"李应道："我等一百八人，上应天星，同心协力，智勇俱备。受了招安，北伐大辽，南征方腊，为朝廷建立功业。一大半弟兄为着王事死于沙场，天子要加显职，屡次被你们遏住。除了散职，又容不得。把药酒鸩死宋江、卢俊义，使他们负屈含冤而死。又多方寻事，梁山泊余党尽要甘结收官，因此激出事来。若留得宋公明、卢俊义在此，目今金兵犯界，差我们会拒敌，岂至封疆失守，宗社丘墟？今日忠臣良将俱已销亡，遂致半壁丧倾，万民涂炭，是谁之咎？你今日讨饶，当初你饶得我们过么？还有一说，蔡京若不受贿赂，梁中书也不寻十万贯金珠进献生辰纲！豪杰们道是不义之财，取之无碍，故劫了上梁山。高俅不纵侄儿强奸良家妇女，林武师也不上梁山泊。不受了进润，批坏花石纲，杨统制也不上梁山泊。童贯不纳赵良嗣狂言去夹攻辽国，金人无衅可乘，哪见得国破家亡？今尔等不思主忧臣辱，主辱臣死，二帝六宫俱陷沙漠，天日难睹，还想腼颜求活？只是石勒说得好：'王衍诸人，要不可加以锋刃。'前日东京破了，有人在太庙里看见太祖誓碑：'大臣有罪，勿加刑戮。'载在第三条。我今秉遵祖训，也不加兵刃，只叫你们尝尝鸩酒滋味罢。"唤手下斟上四大碗。蔡京、高俅、童贯、蔡攸满眼流泪，颤笃笃的，再不肯接。李应把手一挥，只听天崩地裂发了三声大炮，四五千人齐声呐喊，如震山摇岳。两个服侍一个，扯着耳朵把鸩滴灌下。不消半刻，那蔡京等四人七窍流血，死于地下。众好汉拍手称快，互相庆贺。李应叫把尸骸拖出城外，任从鸟啄狼餐。有诗为证：

> 误国元凶骨化尘，英雄积闷始能伸。
> 平生不做皱眉事，世上应无切齿人。

却说那押差官见四人死了，惊呆半晌，说道："列位将军不差，只是教我怎生去复命？"李应道："不妨。说是梁山泊好汉有冤报冤，处置死了。"唤取二十两银子送与押差道："免得你万里跋涉。"押差官谢了。燕青也取十两银子送与叶茂道："亏你通信，消了一口恶气。"叶茂道："卢二员外房子被焚，可怜安人母子解到金营，不知下落。"燕青道："我已赎回，现在这里，有劳记念。"卢成出来道："叶大叔，我同安人小姐想不能还家，烦你把赁下的一间房子退了。有几件破家伙，前日借了你三钱银子没有还，准折了罢。"叶茂道："小事。"遂同押差官去了。

倏忽之间，天色已明。却好戴宗回来，说道："宗留守招纳豪杰，王善、李成都领部下归顺，将一片忠肝义胆，人人抚循，尽愿效力，兵势甚盛。一连三疏，请皇上还都，谁知被汪伯彦、黄潜善所遏，气愤填胸，因得重疾。临卒之时，不及家事，大呼'过河'三声，呕血而死。将士尽皆流涕。朝廷差杜充来继任，暗弱无能，不惜将士，尽皆解体，重复散去了。又闻兀术四太子领十万大兵要到建康。杜充畏惧，金兵还未到，弃了河南，引兵退到淮西。百姓重番逃散，京城依旧一空了。"众头领听了，愕然道："宗留守既亡，我等何所归着？况兀术南下，这个空城怎生住得？进退两难，如何是好？"戴宗道："小弟在山东路上，遇着一个弟兄，说他那里甚好，不如暂去容身，再做道理。"

有分教：梁山泊上起微波，忠义堂中瞻后劲。

不知戴宗说到哪里去，且听下回分解。

按正史，蔡京流贬儋州，年八十余赐死。家属四十三人，皆诛戮。今借供众好汉唾骂，以快人心耳。可谓《水浒后传》成，而乱臣贼子惧。

横冲营良马识故主　靖忠庙养卒奉英灵

【第二十八回】

　　却说李应兵马屯扎中牟县，戴宗回来说：宗留守身故，杜充弃了汴京，回到淮西，兀术领兵将到建康。众人一时进退两难。戴宗道："我会着穆春来打探东京消息，说阮小七、孙立等在登云山聚义，兵精粮足，十分兴旺，要我回去。我说众弟兄俱在中牟县，要等回复宗留守消息，过几日到来。那穆春先回去了。我想登云山僻在海隅，兀术的兵不在那边经过，何不且去权时安顿？然后到建康，径归朝廷，亦无不可。"众头领依允。遂仍旧做三队，陆续进发，望山东道上来，一路无话。

　　将近东昌府，天色已晚，戴宗沿途侦探，飞也似走来，说道："兀术大兵将次已到，中军、后队作速回避，我去招前队转来！"又飞也似走了。李应急令兵马从小路进去十里多路，卧虎岗下扎住。

　　却说呼延灼领前队兵，凑着兀术的前锋已到，大路上无处隐避，被大队人马一冲，四分五路，各自奔走。幸得黑夜，容易躲过。到天明查点，不见了呼延钰、徐晟二百多名兵。到日中，后队俱到，呼延灼道："昨夜不打仗，未必杀害，他两个心机灵变，又有一身本事，决不妨事。"李应叫扎住寻觅，呼延灼道："这四冲之地怎生扎得？且上前去，他自会寻来。"遂拔营前去。

话说呼延钰、徐晟见兀术兵来，跨马先走。黑暗里谁想混入金兵队中，不能脱身。那前锋将阿黑麻是兀术标下第一员勇将，专要掳掠二十以下、十五以上的小厮，训练精熟，号为"横冲营"。取他少年胆壮，扒城打仗不顾死活，横冲直撞的意思。已有五百多人，自成一队。见呼延钰、徐晟状貌奇伟，带有兵器，问是哪里人，什么姓名。呼延钰答道："我兄弟两个，名唤张龙、张虎，是河北人。父亲张得功，现在齐王殿下做正兵马总营。"阿黑麻道："可会武艺么？"呼延钰曰："都晓得。"呼延钰舞动双鞭，徐晟将金枪轮使一回，阿黑麻大喜道："我猜是将门之子，果然不差。"取两扇木牌，烙了字："你可带着，署为'横冲营小飞骑'，五百名冲锋的孩子通服管辖。须要尽心出力，还有升赏。不可逃走，若拿转来，立刻砍了！"呼延钰道："我的父亲在齐国做官，是一家人，逃到哪里去？"两个领了木牌，到了本营，一般有人服役磕头参谒。两人暗地商量，且暂时哄他，乘空便走。他两个乖觉，随口和顺，各营兵将尽喜欢他。又不时到阿黑麻面前出力献勤，阿黑麻待以心腹，赏赐衣帽、饮食，不消两日，习成一般的腔调了。

呼延钰对徐晟道："既是做了小飞骑，该把本标的兵逐名点验，册籍注明，也好查核。"徐晟笑道："有理。做此官，行此礼。"设了公座，摆列朱匣笔砚，一同坐下，逐名唱过。点到一名宋安平，神清骨秀，是个文弱书生。呼延钰有些面善，问道："你是哪里人？可有父母？几时归营的？"宋安平垂着眼泪答道："是郓城县管下宋家村人，父亲名唤宋清，同母亲在堂。"呼延钰道："可晓武艺么？"宋安平道："可怜幼读诗书，曾科举到京，中第三甲进士，不曾补官。因汴京破了，还到家乡，被大兵拿住，僮仆失散，将近十日了。"呼延钰明晓得是宋公明侄儿，向徐晟丢个眼色，说道："你既是读书人，升做记室，同我一处安歇。"点完散去。呼延钰道："你可认得我两个？"宋安平道："像是会过，一时想不起。"呼延钰道："我便是双鞭呼延灼之子，名唤呼延钰。他是金枪手徐宁之子，名唤徐晟。从父亲、李应、关胜、燕青等伯叔在饮马川回南，遇着阿黑麻，大兵一冲，乱军裹了来。原是世弟兄，觑个空我们逃去，不可泄漏。"宋安平大喜道："小弟文弱无能，全仗两兄挈带。"自此，宋安平与呼延钰、徐晟做一处，每事商量。

一日，同到马坊内闲耍，见有上千马匹，云锦一般。有一匹白马，龙睛凤臆，身驱高大，昂然直立。又有一匹黑马，四蹄却是雪白的，骨相与凡马不同。看官，你道这两匹马是何名色？那匹白的便是段景住西番得来"照夜玉狮子"，被曾头市夺去与教师史文恭乘坐，后来卢俊义杀了史文恭。那"照夜玉狮子"宋公明极爱，他自己骑着。那匹黑的，便是呼延灼征梁山泊御赐的"踢雪乌骓马"。那两匹马，真是千里龙驹。当年招安到京，童贯晓得这两匹骏马，使人盗了去。宋公明怕惹事，不敢声张。不知怎么又属了金朝。原来好马与人的寿数一般，精力强健，有几十年本事。这两匹马正在壮盛之时，良马比德君子，见了宋安平、呼延钰似有故主之情，一时咆嘶不已，似有喜跃之状。宋安平、呼延钰哪里晓得，看了一回，走了出来。时贤有诗叹道：

> 马逢伯乐尽嘶风，故主情深鸣亦同。
>
> 不信试看飞赤兔，尚随关圣五云中。

却说兀术兵马已到山东地面，那济州府是宣抚使张所镇守。那张宣抚忠勇兼备，兀术忌他威名，不敢打济州过，要抄路到淮西，传令箭唤阿黑麻到大营议事去了。徐晟曰："趁阿黑麻不在，便好走脱。若拔起营来，便难为计了。"呼延钰道："身边没有盘缠，待我设法弄些去。"坐了公位，唤齐一营孩子说道："方才将军教我带了册籍到四太子大营里，凡年幼没有膂力的便放回去。只是我要常例钱，方肯开出。"那些孩子巴不得要放，身边所有尽拿出来，也有一两的，也有五钱的，共有四五十两银子。徐晟拴在腰边，到马坊对管马的说道："将军传令箭来，教我带本营册籍到大营里查点。这宋安平是掌册籍的，也要同去，须选三匹马骑去。"那管马头目见阿黑麻宠任这张龙、张虎，不敢阻挡，说道："小飞爷，你自去选。"呼延钰、徐晟便带出"照夜玉狮子"、"踢雪乌骓"，又拣一匹"五花骢"，搭上鞍辔，同跨上了，加了两鞭，如风的去。

顷刻四五十里，离营已远。呼延钰道："幸喜已脱虎口，只从小路去。此去是宋朝地面，身上衣帽脱去了罢。"径把帽子除下丢在路旁，光油油露个总角儿。徐晟道："我们三队兵马前夜失散，不知哪里去了？没处访问，径到登云山罢。"宋安平道："小弟承两兄不忘世谊，得脱此难，没世不忘。郓城县是济州管下的，想离此不远，且到舍下消停两日，再去未迟。"呼延钰道："这也使得。"

又行了四五十里，见道旁有座酒店，挑出酒望子。徐晟："走了这半日，肚里饥了，且吃些东西再走。"跳下马把马拴在门前柳树上，进店拣副座头坐下，叫打三角酒，有好嗄饭拿来。酒保捧出一盘胡羊肉、一只肥鸡、三十个肉包子，把酒斟上。又饥又渴，吃了一回，叫再打酒来。酒保道："有一瓶香糯酒，只是浑些，不知用得么？"呼延钰道："只要味酽，浑些不妨。"酒保烫出一镟热酒来。那酒不吃，万事全休。呼延钰三人哪里晓得，才一到口，便头重脚轻，昏晕了去。酒保唤伙家先来牵马进去，喝彩道："这三匹好马就值二百多两银子了！"把三个身上搜寻，只徐晟腰边有四五十两银子，便要扛进作坊里去。里边走出一个人来，年纪不上三十，绰口髭髯，鲜眼睛，瘦骨脸的，仔细一看，说道："不要动手，像是好人家的。花也未开足，不可害他性命！"

看官，你道这汉子是谁？更有一段话头。这个人便是帮武大捉奸报信与武都头杀死潘金莲、西门庆的卖雪梨的郓哥。虽是小经纪，倒有一片热心，最是路见不平，惯要出头。因兵马扰乱，做不得生意，到这里投奔一个人。那个人姓江，名忠，原是梁山泊管粮料的小头目，为人诚实。宋江在日，托为心腹，招安时节，有了年纪，归农在家。后来道君皇帝晓得宋江、卢俊义屈死，又梦游梁山泊，因敕有司建庙在梁山泊春秋祭扫。那江忠亦因兵乱安身不得，就住在祠内，不忘宋公明昔日之恩，添香供水，如香火秀才一般。召集几个闲汉做些小勾当，郓哥也入了伙。依朱贵故事，在李家道口开座酒店，打听客商来往。进店吃酒的，有些油水，把蒙汗药弄翻了取他财帛。

当下郓哥把解药救醒，呼延钰先起来道："有这样好酒，就睡了去！"徐晟、宋安平也醒了，擦着眼道："吃不多就醉倒了！"郓哥在旁只是暗笑。呼延钰道："兄弟会了钞，我们好赶路。"徐晟去腰边摸银子，却没有了；呼延钰看柳树上系的三匹马，也不见了。徐晟大怒，劈胸揪住酒保喝道："你这厮好大胆，怎偷我们银子？把马牵过，快拿出来，不要惹老爷性发！"轻轻一推，酒保跌去二三丈路。郓哥陪话道："郎君息怒，银子与马通在这里，自然送还。郎君上姓？要到哪里去？"宋安平接口道："我们是本县宋家村上人，要回家去。"郓哥道："宋家村有个铁扇子宋四员外，可是盛族么？"宋安平道："便是家父。"郓哥道："既如此，请进后面去。"

三个走到水亭上，推窗一看，只见烟波万顷，山光滴翠。徐晟曰："这好像蓼儿洼，我们幼时玩耍过的。"郓哥道："有眼不识泰山，伙家甚是得罪！"搬上齐整酒肴，郓哥斟了敬上。呼延钰道："你是何人？说明了好吃！"郓哥道："小人一片好心，请坐了。这便是梁山泊徽宗皇帝敕建靖忠庙，装塑各位义士尊容在内，一向无人看守。近来有个江忠，原是宋将军旧日小头目，因兵乱乡间不安稳，到庙内侍奉香火，朝夕礼拜，酬报旧恩。有几个人生理失业，也存身在那里。小人便是郓城县里卖雪梨的郓哥。适间伙家不省得，其实酒里有些不那个。小人见三位郎君相貌非凡，把解药救醒。银子在这里，一毫也不敢动，马在后槽喂料。只不敢拜问郎君高姓。"呼延钰道："你既是好人，说也不妨。我是呼将军之子呼延钰，这个兄弟是徐将军之子徐晟。"遂把东昌被捕，金营遇着宋安平，偷营出来的话讲了。郓哥道："果是英雄将士，待报知江忠，迎接上山去瞻礼各位尊容，却不是好！"三个听了，就起身要去。郓哥道："且宽饮几杯。有个道理，待我射支响箭去，那边自摇船过来相接。"徐晟道："我记得山前有条大路，骑了马去好不爽快！谁耐烦坐在船里？"郓哥留不住，牵出马来跨上，扬鞭而去。郓哥也便跟来，先报与江忠知道。下来迎接到堂上，江忠纳头便拜，呼延钰三个回礼不迭。看那江忠时，六旬以上，精神强旺，称谢道："世态炎凉，转眼负恩，哪里有你老人家恁般忠厚！"江忠道："小人年老无能，蒙各位将军向日抬举，在此朝夕顶礼，唯愿早登仙班。三位郎君这般伟俊，可见英雄有种。老眼晕花，也觉霎时亮了。"点起香烛，伐鼓鸣钟，呼延钰三个躬身展拜。拜毕，看见殿宇嵯峨，金身焕彩。上面塑晁天王、宋公明，左边三十六位天罡，右边七十二位地煞，状貌俨然，威仪凛烈。怎见得：

　　绀殿凌云，珠帘映日。金炉内香霭氤氲，玉盏中甘泉澄澈。天地显罡煞之精，人境合英灵之美。义胆包天，忠心贯日。不贪财，不好色，尽是熙朝之民；同任侠，同使酒，皆吐浩然之气。有时撼岳摇山，不过替天行道。面虽异，精神常在；心则同，生死不移。八百里烟波，流不尽英雄血泪；百八人气谊，挽回住淑世颓风。江湖上名姓远闻，如雷灌耳；伏魔殿星辰出世，似水朝宗。绿林煞出一片忠诚，麟阁标来许多功业。殁者重归金阙，生的再扰红尘。须眉张动，犹然气吐虹霓；铁马惊嘶，尚欲踏平山岳。

　　正是：不因妙手开生面，哪识当年聚众英。

　　那呼延钰三人逐位瞻仰，宋安平、徐晟不觉潸然泪下。呼延钰道："果然装塑得好，昔日英雄尚在！我们到此一番，也是难得。"取五两银子叫郓哥置备福物，明日祭奠，尽一点孝思。又到山前山后各处游玩。呼延钰道："兄弟，你还记得那年夏天，叫小喽啰撑一只小船，同花叔叔的儿子去采荷花，你翻下水里去么？"徐晟道："那时吃了几口水，又是几年了。"江忠摆设夜饭吃了，在耳房中安歇。次日，郓哥买到猪羊祭物，整理了。三个祭奠已毕，呼延钰道："我三人原是世谊兄弟，今日就在神前结为生死之交何如？"宋安平大喜。问起年纪，宋安平居长，呼延钰第二，徐晟第三。焚起一炉好香，歃血为盟。先向神前展拜，三个又同四拜，自此遂为异性骨肉。郓哥将祭物剖开，叫江忠一同散福，开怀畅饮。江忠说："当初不曾建庙，我未来之先，闻得阮头领在此祭奠，张通判来巡山，惹出事来。"

　　正说未完，忽见店内伙家飞也似赶来，报道："祸事到了！山下有一伙人，为头的却是郓城县昔年做都头的赵能儿子，绰号百足虫，是个无赖。乘金兵扰乱，他纠集一班不成材的，假扮金兵，沿村掳掠，奸淫妇女，无所不为。他说父亲、叔子俱被梁山泊上杀了，如今要来报仇。把神像拆毁，占住庙宇改作山寨。已从大路上来了！"呼延钰道："宋哥哥，你住在这里，我同徐兄弟去砍了那厮的头就来！"扎缚起衣服，把腰刀拔出鞘，同徐晟大踏步迎到大路上去。江忠拦住道："郎君不可造次！且看势头，恐众寡不敌。"徐晟道："我弟兄两个在饮马川和金兵打过大仗来，希罕这几个毛贼！"江忠、郓哥也拿把竹叶枪跟来。却好在山前撞着那百足虫。那百足虫不知哪里来的一匹黄马骑着，手内提把长柄斧子，吃得醉了，踉踉跄跄的颠来，后面有一百多人随着。呼延钰、徐晟抢到马前。百足虫见了道："你两个小官要跟我做门子么？"呼延钰也不回答，把刀拦腰一截，早倒撞马下。徐晟枭了首级，排头儿砍去，又杀了四五个。那些人飞也似逃命去了。剩下五六个妇女，一堆儿跌倒。呼延钰道："不要慌！你们想是抢来的，各自回去。"有一个婆子倒在地上，如辘轴一般，再爬不起。郓哥见了道："王干娘，那百足虫要抢你做押寨夫人！"伸手拽了起来，见是郓哥，说道："小猢狲，你来伤犯老娘！"内中有一个女子，云髻蓬松，玉容憔悴，低低道："奴是御营指挥使吕元吉之女。京城破时，父亲阵亡，同母亲南还，被金兵把母亲杀死，童仆抢散。幸遇这妈妈搭救，同到他家，不想又遭这强人抢到这里。"呼延钰道："原来是吕小姐。尊公与我爹爹同僚，天幸遇着。且同这妈妈到里边去。"打发这些妇女还家，叫郓哥拖过尸首，同进祠里来。

原来这妈妈是卖茶的王婆，与阎婆惜做媒，和张文远合口，最是性直。兵乱开不得茶坊，躲在乡间，见吕小姐宦门行径，收留在家，待他亲人来寻。不料被这百足虫抢来，他放心不下，一同随来。郓哥道："王干娘，你一世做媒，今日有一头好亲事在这里，我也与你做媒。那江头目少个老伴，撮合了罢。"王婆道："我七十三岁了，要嫁老公，还要后生些，哪里要这老滞货。"江忠道："我一世不娶老婆，也不要你这老咬虫！"取笑了一回。呼延钰叫王婆随吕小姐到西耳房，拿夜饭去吃。可怜吕小姐绣鞋走绽，罗袜沾泥，伤痛父母，只是泪下。王婆劝用了些夜饭，草草安寝。呼延钰三人又同江忠、郓哥吃酒。江忠道："不料两郎君如此便捷勇猛！"称赞不已，直至夜深方散。

次早起来，徐晟道："东昌失散，又经多时了，恐爹爹担忧。今日送大哥到宋家村，然后到登云山。只是吕小姐怎处？"呼延钰道："救人须救彻。这山野去处怎生住得？况吕小姐容貌非凡，恐别生事端。且送到宋家村安顿，待他亲戚领回才是。"王婆道："老身情愿服侍吕小姐去。"徐晟道："恁地便好。"对江忠道："你年纪高大，相烦侍奉香火。可散了这伙人，也不要开酒店，安分为上。叫郓哥随我们去取五百两银子与你养老。自古道：'瓦罐不离井上破。'只留一二人相伴，毂了。"江忠称谢。当下分些盘缠，叫这伙人散去。牵出马匹，呼延钰道："那匹五花骢看来驯良。"让与吕小姐、王婆叠骑了，郓哥笼着慢慢的走。那宋安平骑了百足虫遗下那匹黄马，呼、徐两人亦上马，别了江忠，一同取路到宋家村。郓哥引路，不消问得。

梁山泊到宋家村不过百里之程，下午好到，三个在马上闲谈。宋安平道："天下大乱，不知道怎的。我侥幸成了进士，也不思量做官，只守着村庄养赡父母，娱情书史，再图欢聚。"呼延钰道："如今且随大队，暂且安身。若做得来，干些功业。时不可为，也就罢了，哪里去播标卖首！今晚到了贵庄，安宿一夜，就要启行，恐怕他们寻觅。"宋安平道："不敢多留，两三日儿也不妨。"一路叙话，不觉到了。宋安平一望，只叫得苦。

正是：鸡犬无声人迹断，桑麻砍尽火场余。

正不知为甚缘故，且听下回分解。

是书亦有四公子传。如此篇专写呼、徐两郎，分外精彩。中间串出小宋，遥映花公子。妙在同上梁山，重叙通家世谊，岂盗泉恶木皆有根源耶？读者勿因雕龙绣虎之文，误作芝醴观也。百足虫必骑黄马上山，作者正为明日吕小姐下山计耳。看宋安平换坐五花骢，便知四人走路，有妇人焉，三马必难换坐，不如借重百足虫，先骑黄马，也是作者苦心处。

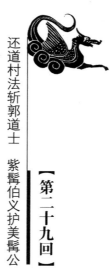

还道村法斩郭道士　紫髯伯义护美髯公

【第二十九回】

话说呼延钰、徐晟送宋安平还家，就寄顿吕小姐，兴纠纠并马同行。宋安平心内想道："幸遇得这两个弟兄，脱了患难。对父亲说知，款留他两日，聊尽寸心。"不料到村中，忽然庄院变成白地，父母不知下落，不胜凄苦。遍处访问，并无人烟。呼延钰道："自然遇着兵燹，家眷隐避在哪里，不必惊惶。天色已晚，暂到前村安歇了，再去寻访。"

出了宋家村，走不上三里，见一座神祠，扁额上写道"玄女行宫"。宋安平认得还道村。这九天玄女庙是伯父宋公明梦授天书处，后来衣锦还乡，重塑金身，盖造得十分壮丽。募几员道士住持，置买田产，做香火衣粮。宋安平先下马，走进宫里，道士施礼迎接。呼延钰、徐晟也下马进去，叫王婆扶下吕小姐，寻一间闲房安下。宋安平便问："我村中为甚烧毁？宅眷避在何处？"道士道："三日之前，郓城知县同团练官领二三百士兵，围住贵村，烧掠一空，把四员外和安人俱捉了去。闻说与团练有甚仇隙，监在牢里了。"宋安平听知，大哭起来。呼延钰道："哥哥且慢悲伤，明早到县间，打听的确，再做商量。"道士安排素酒相待。各人有事在心，都睡不着，就在殿上琉璃灯下叙谈到五鼓。呼延钰道："郓哥，你是本处人，路径熟，烦你到县间打探个实信。"取十两银子与他，要做些使用。郓哥急急去了。宋安平只是哭，呼延钰、徐晟劝慰，吃些早饭。

等到日色平西，郓哥回来道："那团练叫作曾世雄，是曾头市曾朝奉之孙，曾涂之子。当年老将军攻破曾头市，把他全家尽杀了。那曾世雄乱军中逃出，长成起来，投了金兵，谋做郓城县团练。这新任知县姓郭，闻说东京道士出身，极是狡猾。他二人商通了，领士兵来烧抢。拿着四员外、安人，曾世雄便要杀害。知县要诈三千银子，监在牢里。小人到城门边，着实盘诘，亏有人认得，才放进去。到监口里用些银子，方得见四员外。将郎君近事备细说了，四员外叫作速来救。小人将银子与节级使用，员外并不吃亏。"呼延钰道："除非到登云山领大队人马来打破城池，方可救得。我同徐兄弟便去。吕小姐路途不便，哥哥你同郓哥在此。若上登云山，有十来日往返，不可心焦。再要郓哥进去回复一声，教他耐心。"分付王婆好生陪侍吕小姐，取五两银子与道士做盘缠。宋安平哭道："烦兄弟作速便来，不可耽误。"呼延钰道："不须多嘱。"两个飞身上马，望登州大路进发。

走不上二十里，只见戴宗坐在邮亭上。呼延钰、徐晟跳下马相见，戴宗道："你两个在哪里多时？叫我寻得好苦！又因朱仝去领家眷，也不见到；杨林同来寻访，他行得慢，我坐在这里等他。"呼延钰将东昌为金兵所掳，发在横冲营做小飞骑，救了宋安平逃出，李家道口被酒保药翻，郓哥救醒，上梁山泊祭奠，遇百足虫来报仇烧毁，夺转吕小姐，送宋安平回家，又被曾世雄烧劫，拿宋清监禁，郭知县要三千银子的话说了。戴宗道："当夜失散，你父亲说不妨得，就拔营到济州。那里是宣抚使张所镇守，兀术忌他威名，不敢取城，从淮南而去。众头领会投张宣抚，极蒙优礼，屯在城下二十多天。正要奏闻加封官职，谁道康王听信黄潜善、汪伯彦力主议和，斥罢李纲，张宣抚安置道州，那济州被牛都监献与金朝，使阿黑麻守住。众头领无计奈何，只得原要到登云山，离此不上一程。二位何不且到大营，与众头领商量来救宋清？只是朱仝去领家眷，十余日不到，未知何故。"正说间，杨林到了。

一同到营中，拜见各位，说知前事。呼延灼大喜，众头领无不啧啧称羡。李应道："宋清有难，不可不救。量此荒城，何须大队？就拨前营兵，关胜、燕青、樊瑞、杨林、戴宗领会。我等径在登云山相会。"呼延灼道："我的贱眷托闻焕章带到汝宁，便同两个孩儿到汝宁就回。"呼延钰道："孩儿与宋安平定盟，许他就去。若到汝宁，便是失信了。爹爹自到登云山，我同兄弟去救宋清，就去投母亲如何？"呼延灼喜道："我儿与朋交谊，正该如此！"遂同众头领到山寨不提。

却说关胜领兵到东溪村，只差得二十里便到郓城县。燕青道："且屯住在这里。那郓城兵微将寡，必然无备，到夜间，一鼓可下。"就扎住在晁盖的庄基上，埋锅造饭。三更时分，到城下。那时离乱之际，城外居民逃亡走散，并无一家。燕青叫喽啰拆人家的破屋梁柱，扎成四五条梯子，兵丁便鱼贯而上。杨林、樊瑞也爬上去，到城头上，并无人防守。走下来，城门边虽有几个土兵，都在睡梦里。杨林、樊瑞砍了两个，斩开城门。关胜等一涌而入，径到县衙。杨林、呼延钰、徐晟到牢里去救宋清，樊瑞、燕青便入内衙。那知县果是郭京，为演六甲神兵陷了东京，即去投顺金朝，随兀术大兵南下。牛都监把济州府归降，那些属县都设官理事，郭京授郓城知县。到任不上半个月，便想诈害百姓。当下睡在床上，忽见火把通红，一伙人打进。忙爬起身来，正穿衣服，被樊瑞赶到，将火一照，叫道："正是这贼道！"喝，"把麻索绑了，待我慢慢地问他！"押出县衙，喽啰把银子细软一并拿出，还未有家眷，两个小后生伴当，都杀了。

却说杨林、呼延钰、徐晟打开狱门，先将节级、牢子杀尽，把罪人放出，单不见宋清夫妇。到县衙对关胜道："牢里并没有宋清。"燕青道："只问这县官便知。"关胜喝问："宋清在哪里？"郭京道："宋清与曾世雄有仇，监在牢里。昨日济州阿黑麻行文来，说横冲营内册籍上有一名宋安平，是郓城县人，父名宋清，前日同张龙、张虎走了，着落郓城县要这宋安平。我审问宋清，那宋安平果是他儿子，差曾世雄解到济州去了。"燕青道："既然带到济州，且到还道村与宋安平说知再处。"遂押了郭京，起马到还道村。

却说宋安平眼巴巴在那里悬望，听得马嘶人语，慌忙赶出来。见呼延钰飞马先到，心中大喜，叫道："兄弟你来得这样快！"呼延钰下马说道："有几位伯叔在此。"关胜叫兵马扎在村外，同燕青等进玄女宫。宋安平上前，逐位施礼致谢。关胜道："郓城县攻破，知县已拿在此。只是令尊、令堂，曾世雄昨日解到济州去了。说你在金营同什么张龙、张虎逃走了，那册籍上注你是郓城县人，父名宋清，故此解到济州究问。那张龙、张虎是哪里人？"徐晟笑道："这两个人远不在千里，近只在目前，只我与呼大哥便是。"宋安平初时见是兵马到了，甚是欢喜。见说又解往济州，满眼流泪，半个字也说不出。燕青道："且慢烦恼，没有做不来的事！先烦戴院长、杨林、郓哥去济州探听一番。那济州是个府城，不比得草县。况有阿黑麻大兵镇守，攻打不得，只好寻一条计策救出来。"戴宗、杨林、郓哥便起身先去。

杨林到路上道："我还问朱全消息，不知他家在哪里？"郓哥道："敢就是前日县间做都头的么？"杨林道："正是他。"郓哥道："这样是顺路，在村口经过，叫作锦香村，进去不上半里路。"戴宗道："且慢些作神行法，且去锦香村问声看。"走不上五里，有座凉亭。郓哥道："这里进去便是。"三个人走入村里，见个牧童坐牛背上，在那里放草。郓哥问道："朱都头住在哪里？"牧童用手指道："转过弯，那大竹林里便是。他不在家。做官两三年，才回得，又不知到哪里去了。"三个走到竹林边，见两扇篱门紧紧关着。把门敲了两下，有个养娘开门出来，问是做什么的。三个径进草堂，说道："我们来寻朱爷，是相好弟兄。"朱恭人听得，走到照壁后，使养娘问道："不知哪一位？"杨林道："是戴宗、杨林。"朱恭人便出来相见。戴宗道："众弟兄要上登云山，朱大哥回来接嫂嫂，好几天不见到，故此来问。"朱恭人道："有劳二位叔叔远来。我家相公到得家里，有雷叔叔的母亲一向同住在我家，他有个侄儿住在济州，偏要接了去，闻得不甚好看待他。相公念昔日情分，特到济州去看他了。几时不见回来，甚是担心。这里只有个养娘、小厮，又不好去寻。叔叔远来，请坐便饭。"戴宗道："我们正要到济州，就到那里去寻。只不知那侄儿姓什么？住在哪里？"朱恭人道："我只晓得叫作钱歪嘴，不知他的名字，说住在府前永丰巷内。"小厮搬出酒饭，朱恭人道："二位若见了我家相公，叫他作速回来。"戴宗道："这个自然。"朱恭人进去。三个吃了，谢声径去不提。

原来朱全到济州又有个缘故。那朱全是最有义气，与雷横同做都头，因雷横心地褊狭，家道贫寒，长是情谅他。雷横打死白秀英时，朱全解到济州放了他，叫同母亲连夜上梁山泊，自去顶罪，此是第一节好处。如今世上人随你至亲骨肉，若为了此事，都冷眼相看，不来下石就算作好的。后来从征方腊阵亡了，凡军中给赏的金帛都与雷横母亲自收。无人膳养，接在家里与娘子同居，如婆媳一般，甚是和顺。后升授保定府都统制，程途遥远，不带家眷，自去到任。

　　那雷横母亲有个侄儿钱歪嘴，是没良心的。晓得姑母手里有些东西，要骗他家去。初时，那婆婆也不肯，当不过钱歪嘴花言巧语，百般孝顺。朱恭人见他自己侄儿，又不好十分固留得。婆婆到了他家里，原来那钱歪嘴天都不怕的，只怕浑家巫氏，一见了骨头多酥软动弹不得。那巫氏是个泼悍浪妇，挟制老公，又好做一斑半点的事，钱歪嘴管他不得。夫妇商量定了，接那雷婆婆到家，初时还好，手内东西哄完了，就换转面皮，捉鸡骂狗，要雷婆婆做用，不是烧饭，就叫抱孩子，凌辱得他不像模样。没奈何，只得忍气吞声。有相识来，又嗔他碍眼，终日聒噪，不在话下。朱仝回家，问起雷婆婆，恭人说："侄儿接去，闻得凌屏难过。"朱仝心中不忍，说道："我在保定府被金兵追杀，幸得呼延灼救解。山东、河南都属了金朝，这里容身不得，众弟兄一齐上登云山。你收拾了，我到济州接了雷婆婆来一同去。我与雷横相交半世，他的母亲就是我母亲一般，钱歪嘴不是好人，在他家没有结果。我便去来。"遂到济州，钱歪嘴迎着，欢天喜地道："恭喜统制回来了！还不曾奉贺，反蒙光顾。"朱仝道："雷婆婆在此，特来探望。"雷婆婆见朱仝回家，不胜欢喜，出来相见。因钱歪嘴在旁，不好说什么。朱仝道："这里恐不稳便，不然原到我家。"钱歪嘴道："我的姑母，怎好累着统制。"唤浑家整理酒肴相待："我去再买件果品就来。"出了门想道："兀术四太子有告示，凡有南朝官员隐藏不出，有人首告，官给赏银一千贯。眼见得这个朱仝，是保定府都统制，去告了他，领这一千贯赏钱，尽够发迹哩！"忙到阿黑麻处呈报："有保定府都统制，原来梁山泊受招安的，现在小的家里。恐怕连累，特来呈首。"阿黑麻差一队兵，带钱歪嘴做眼去拿。

　　却说朱仝与雷婆婆叙话，一队兵拥进来，将铁索锁了朱仝就走。朱仝不知来历，挣扎不得。带进济州府堂，阿黑麻喝问："你是保定府的官，怎隐藏在家？"朱仝道："卑职委是保定府都统制，刚是昨日到家。"阿黑麻道："既是昨日到家，且放在马坊里，取了诰敕来，自有定夺。"众人拥到马坊。见一个人在那里调药，却是紫髯伯皇甫端，见了朱仝，吃惊道："兄长为何到此？"朱仝道："不知为甚。我昨日回家，因雷横的母亲在他侄儿钱歪嘴家里，故来探望。被钱歪嘴出首，阿黑麻发禁在这里，不知做何发放。"皇甫端道："不妨。兀术四太子出晓谕：凡有宋朝官员，要缴诰敕，量才擢用。若藏匿不出，按以军法。有人首告者，官给赏一千贯。是这个缘故。"朱仝道："你为何在这里？"皇甫端道："小弟因汴京破了，被金兵拿住。晓得我会医马，留住不放，在兀术大营里。因这里有几匹马淌了鼻，请来到这里的。还有一段事故：宋公明那匹照夜玉狮子与呼延灼御赐的踢雪乌骓，前日征辽时，不是都被人偷了去献与童贯，不知怎地归了金朝。有宋清的儿子宋安平，掳到营里，与什么张龙、张虎并一匹五花骢都骑了逃走去。如今捉住宋清夫妇，要宋安平、张龙、张虎和这三匹马。昨日发下来，也拴在里面，且进去会他一会。"

朱仝同皇甫端走进，就在马坊边一间小屋，是皇甫端安歇的所在。只见宋清夫妇攒了眉头坐着，朱仝相见了，各诉愁苦。宋清道："亏得遇着皇甫先生，得这所在安身。外面鏖糟得紧。"朱仝见无人在旁，细说前日上饮马川，会着众人，要至登云山，因念雷婆婆来接，一片好心遭在网内。皇甫端道："他们只要银子！我这里有条好门路。这阿黑麻太太却是斡离不之女，极有权势。阿黑麻甚是惧内，无言不听。那管马的头目是跟着太太陪嫁来的，太太面前说得话。拼用些银子，二位都没事了。"朱仝道："我在任上，金兵杀来，只走一个光身子，家里并无积蓄。除非和众弟兄借凑，哪有人通信？"皇甫端道："待我与头目说，有人来寻，不要拦阻，自然可通。日逐饮膳，我自供给，且请宽心。"朱仝、宋清耐着心儿住下不提。

且说戴宗三人到济州，先到钱歪嘴家里访问朱仝。叫一声，布帘后走出个婆婆来，问道："寻哪个的？"杨林道："朱统制在这里钱家，要会句话。"婆婆道："被金营捉去了。"戴宗问："为什么事？"婆婆回头望着里面，两泪交流，说不出话儿。只见布帘内，一个妇人露着半身，满面搽了腻粉，嚷道："我家没甚朱统制！这老厌物有许多兜搭，回他去便了！"戴宗见不是头，和杨林、郓哥转身走出，说道："那婆婆泪下，这妇人声口不好，不知又为甚的？"三个各处走一遭，没有音耗。正打点到酒馆内吃酒，只见皇甫端在前走，一个小厮背了药笼跟后。戴宗叫道："皇甫先生！"皇甫端见了戴宗、杨林道："两位来得正好！"拉了戴宗的手，走进马坊，"教你和两个人相见。"走入小屋里，朱仝、宋清都在，相见了。戴宗道："众兄弟放心不下，叫我来打听。"朱仝见郓哥问道："你为何也在此？"郓哥道："宋家郎君要我来。"轻轻对宋清道："前晚攻破郓城县，却不见四员外，闻道解上济州，却在这里。"朱仝便把记念雷横母亲，接他同去，被钱歪嘴出首，因在这里的话说了。杨林道："那年老的婆婆便是雷横母亲了，难怪流泪不止。那乔样的妇人是个雌声浪气的。"朱仝道："这便是钱歪嘴的妻子。因这泼妇凌辱雷婆婆，我故不忍，走去探望，谁知惹出这祸来！"皇甫端道："我与管马的头目讲过，去太太处通了关节。朱大哥须用二千两银子，宋员外要一千五百两银子，偿了马价，便可释放。只忧没人通信。今院长、杨哥来到，便可筹措起来。"杨林道："若要银子，就不打紧。"皇甫端道："阿黑麻，兀术差去打战船，明日就起身了，作速为妙。"戴宗道："往返也须五日。"皇甫端道："等我再去讲，限定日子。"去了好一会儿，回来说道，"已讲定了限八日为期。银子官太太自收，人发牛都监释放。还要谢头目一百两，并些零星使用。先着曾世雄押四安人回去，也是明日起身。安人在这里不便，这是我的见识。"朱仝、宋清称谢道："患难中，多亏弟兄们救解！"戴宗道："既如此，我同郓哥先去，杨哥你在此再看下落。"朱仝道："怎地便好。院长须先到我家回复拙荆一声。"戴宗道："晓得。我们来时先见过尊嫂的。"与郓哥出了城，作起神行法。

不消半日，到朱仝家，回复了朱恭人。随到还道村，关胜、燕青问是如何，戴宗将朱仝为探雷横母亲，被他侄儿钱歪嘴首报，禁在马坊，遇着皇甫端，因见宋清同在那里，通了太太的关节，要三千五百两银子，限八日释放，留杨林在那里再看下落，明日阿黑麻启行，看造战船，曾世雄先押宋安人来取银子，细细说了。关胜道："郭京街内取来的，不上二千两，还少一半，须院长到登云山拿来，才可足数。不知八日可往还么？"燕青笑道："若阿黑麻不在济州，曾世雄先押宋安人来，银子一毫也不须用得。我自有一条妙计，朱仝、宋清即日可到，又能报仇。"

正是：计就月中擒玉兔，谋成日里捉金乌。

不知燕青说些什么，且听下回分解。

美髯公终始为友，钱歪嘴不顾亲谊，勘破世情，又顺便带出皇甫端，笔墨神化。

阴阳设计铁扇离殃　南北两寨金鳌聚义　【第三十回】

　　却说戴宗来说："朱仝、宋清共要三千五百两银子才可释放，曾世雄先押宋安人来取银子，阿黑麻已差打战船去了。"燕青道："果然如此，不必银子。曾世雄到来，只须如此如此，朱仝、宋清自得回来。"叫关胜把村外兵马四围埋伏开来。

　　下午时分，果然曾世雄领五十名兵，尽是金营衣甲，押了宋安人，径进玄女宫来，关胜等众人都避过了，只留宋安平在内。曾世雄见了，问道："你是宋安平么？阿元帅要在你身上寻张龙、张虎并三匹千里马。"宋安平道："张龙、张虎、马、钱都在，少刻就到。待我见了母亲，就兑银子。"曾世雄叫押进宋安人来，宋安平见了，母子抱头大哭。曾世雄催促银子，宋安平收泪，唤拿出银子来。樊瑞、燕青、呼延钰、徐晟四个将银捧出，放在桌子上。曾世雄看了道："还不够。"宋安平道："这是二千两，还少一千五百两。"指呼延钰、徐晟道："这两个便是张龙、张虎，要他补足。"呼延钰道："银子停一会儿就有，央个人来此，担待一担待。唤请郭知县出来！"两个人同郭京走出，曾世雄道："怎么相公先在此间？"

郭京回答不得。宫外一声炮响,关胜领兵围住。呼延钰、徐晟把曾世雄拿住,叫兵丁将麻索绑了,樊瑞、燕青把郭京也捆了。燕青道:"那随曾世雄来的兵丁,不干他们事,尽驱到东廊下,把门锁住。"关胜唤刀斧手押过曾世雄来,喝道:"你这恶种,怎么又在此害人?"曾世雄道:"只求饶命,放我去,送朱仝、宋清到来。"关胜道:"他自会来,不劳你送!"樊瑞道:"郭京!你在虎峪寨将妖法骗赵良嗣,妒贤嫉能,要与我赌赛,法力不济,自己输了,又求童贯差兵到二仙山捉公孙胜!他自修真养性,有什么相干?我是混世魔王樊瑞,不是公孙胜,你今日牢认着!这还是私怨。你没有大法力,怎去哄钦宗皇帝,演六甲神兵,陷了汴京,害二帝蒙尘,万民涂炭?这是公仇。又去投顺金朝,公然做了郓城知县,捉宋清监禁,要三千银子!到任未久,便诈害百姓。桌上的银子就是你的赃物!今日我亲自服侍你!"带出庙门,徐晟、呼延钰也拖曾世雄出来,一同枭了首级。燕青道:"二凶已除,戴院长先去通知宋清、朱仝,打点走路。关大哥可领五百兵在济州城外埋伏,恐有追兵,便行拒敌。"戴宗先去,关胜也领兵去了。燕青到东廊对那些金兵说道:"你们脱下衣帽借我一用,明日放回。"叫给酒食与他吃,众兵只得脱下。就选五十名喽啰穿戴了,樊瑞扮作曾世雄,叫郓哥同徐兵守东廊,不可放走一人。就同呼延钰、徐晟取路到济州。

直到掌灯时候,城门将闭之时,走到门边,对管门的道:"曾因练奉元帅之令,到还道村取银子回来。"管城门的见是本营的官,坦然放进,径到马坊。朱仝、宋清已得戴宗报知,专心等候。皇甫端还不知就里,见燕青众人走到,正要开言,樊瑞一把扯了便走,朱仝、宋清一哄而出。管马的头目来拦阻时,徐晟一拳挥去,打落两个门牙,满口鲜血倒在一边。众人出了大街,朱仝道:"你们先走,我去领了雷婆婆来。那钱歪嘴不杀他,如何消得这口气!"送进永丰巷,杨林跟来。

行到门首,钱歪嘴正和巫氏在里面吃夜酒。钱歪嘴道:"朱仝已吊在马坊里了。今日去请赏钱,凑着阿元帅去打战船,十来日方回,这几日正等钱用哩!"巫氏道:"若请了赏钱,我要做两套衣服,到大悲寺里还血盆经的心愿。那雷婆子哪里有闲饭养他,撵他出去,由他街坊讨乞罢!"朱仝听了大怒,一脚把门踢开:"我来送赏钱与你哩!"钱歪嘴见是朱仝,吃了一惊要走,被一刀砍着,连头也歪在肩上了。巫氏急走到布帘边,杨林扳转来,揪住鬘髻,把头砍下。雷婆婆还在锅边烫酒,朱仝拖了便走。到城门边,众人已砍翻看门的,把城门开了,一拥而出。

离城不上五里，后面喊声大震，牛都监大喝道："这伙草贼，敢偷出禁城，快下马受缚！"樊瑞道："你敢把头颅来送作程仪么？"牛都监将刀砍来，樊瑞把剑相迎，呼延钰、徐晟又来助战。牛都监招架不住，拨马便转，不防关胜伏兵齐起，将青龙偃月刀一劈，牛都监分作两段，众兵逃命散了。关胜、樊瑞合兵一处，连夜赶路。

天明到了锦香村，朱仝邀众人进去。燕青道："朱大哥快些收拾，我等到还道村就来。"朱仝同雷婆婆进去。众人到还道村，宋安平见了父亲，不胜欢喜，父子齐来拜谢众人。关胜叫戴宗先到登云山报信，要发支兵接应，恐路上阻截，戴宗应诺去了。燕青将东廊锁的兵放回。皇甫端道："我尚不知各位的计策，还只道真个拿银子来！我也要脱身，谁耐烦与这干人混账！"见了呼延钰、徐晟的马，看了一看，道："这二匹马，便是宋公明照夜玉狮子与呼延灼的御赐踢雪乌骓马。不要说众弟兄原归一处，这两匹马也归旧主了。"当下一同启行，两乘车子载了吕小姐、宋安人、王婆。宋安平又取三十两银子谢了道士。到锦香村，朱仝早寻车子载了恭人和雷婆婆在那里等候。郓哥道："小人到郓城、济州两次，安身不得，愿随呼小将军去。"燕青道："这个人倒也乖巧用得，便带了去。"呼延钰道："前日酒店里麻翻我们，身边这一包银子不消还了，郓哥可拿去零碎使得。只是许了江忠五百两，无人送去，失信于他。"燕青道："不难。现有郭京的赃银在此，叫两名精细小头目拿五百两送他便了。"郓哥又分付小头目对江忠的说话，去了。

一行人望着登州大道上来，夜住晓行。离登州不远，戴宗走来说道："呼延灼、阮小七领兵来接了。"都不胜欢喜。呼延灼对儿子道："原来闻先生因王善作乱，不到汝宁，你母亲妹子俱在登云山久了。"呼延钰大喜。不多时到了寨边，栾廷玉、孙立接进聚义厅上，同一拜见。宋安人、朱恭人、吕小姐，顾大嫂引进，和李应娘子、各家宅眷相见，不在话下。

众人各诉契阔之情，王进、闻焕章是客，和公孙胜上坐；东边是饮马川头领，西边是登云山头领，各依序次坐定。杀牛宰马，大排筵宴庆贺。除了王进、闻焕章、扈成、栾廷玉四个新入伙的，其余关胜、呼延灼、公孙胜、李应、柴进、朱仝、戴宗、阮小七、燕青、朱武、黄信、孙立、樊瑞、裴宣、安道全、萧让、金大坚、皇甫端、孙新、顾大嫂、蒋敬、穆春、杨林、邹润、蔡庆、凌振、宋清、杜兴这二十八个，原是梁山泊天罡地煞。宋安平、呼延钰、徐晟为子侄之辈。共三十五筹豪杰，南北两寨的大集会，一连开宴三日。

李应道："宋公明受招安之后，征方腊回来，众弟兄升任的升任，归农的归农，各自分散了。谁料生出许多事端，又聚会在一处，也是天数使然。"关胜道："我忠直抗谏，触了刘豫，已做法场之鬼。若无小乙哥施这妙计，焉能今日复同欢笑？"呼延灼道："小弟被汪豹卖放隘口，独力难支，还幸有这两个小儿帮助。"宋清道："金营里若无两位贤郎，我小儿文弱，竟填沟壑了！"朱仝道："小弟亏得呼大哥相救，不死金兵之手。为雷横母亲，又遭横祸。大费众位许多心机，方得保全。"柴进道："小可两番受了姓高的亏，那吉孚、唐个儿倒有一片热心。不然，众位虽到，只好收殓我的尸骸了。"公孙胜道："贫道已离尘凡，不起别想，谁想因樊家贤弟之事，偏要认错了，逼出来随着各位走，可见清福难受的。"栾廷玉道："在下当初祝家庄做教师，与梁山泊做对头。谁道众位恁地义气，如今吴越一家了！"安道全道："好笑我与杜兴寄信，两番惹出事来，实是有累了闻参谋。"杨林道："小乙哥朝见道君皇帝，赎回卢二安人，三番用那木夹，智破济州城，真是心灵计巧，又有胆气，便吴学究也让一筹。"阮小七道："若无我小七杀张干办，怎生会聚众弟兄？每位要吃三大碗！"众皆大笑。各诉心事毕，欢饮大畅。

先是栾廷玉差小头目到登州买珍奇之物，来请众客，回来说道："阿黑麻看打战船，要泛洋转到淮扬，直进钱塘江，水陆夹攻临安。闻知济州杀了牛都监，郓城杀了曾世雄、郭京，连夜回去，要领二万大兵来扫平这登云山，不日就到了。"阮小七道："怕他鸟！待他来，杀他罄尽，夺转东京，大家轮坐！"裴宣道："使不得。金朝势大，两河、山东尽属管辖，兵多将广，我们这里地窄兵稀，哪里支持得定？"孙立道："我等宁可斩头沥血，死在一处，再不散去，遭他毒手！"朱武道："康王新立，尽有中兴之望。原用汪伯彦、黄潜善一班奸佞之臣，宗留守气愤而亡，李纲、张所贬责不用，眼见得容不得正人君子，朝廷无路可归了！这登云山无险阻可恃，又逼近登州，金兵不时往来，做老营不得，须算个长便之策方好。"安道全道："我倒想有一个好去处，上不怕天，下不怕地，地势峻险，又有天生的城垣，极大的濠沟。随你百万人马，也安插得去。"众人急问是哪个所在，这般妙处？安道全道："便是我奉圣旨差往高丽医好国王回来，遇着飓风翻了海船，幸得李俊救起，留在金鳌岛住了二十多天。这岛方圆五百多里，石城坚固，五谷丰熟，人民富庶。李俊只有乐和、童威、童猛三人扶助，便成了这个基业，称为征东元帅。又有花荣的儿子花逢春，暹罗国招为驸马，亲戚往来，钱粮兵马支调得动。我等若去，岂不成一个大业？强如在中国东奔西走，受尽腌臜的气！"扈成也接口道："我前飘洋到日本、高丽、占城、琉球，哪一国不走过？只有这暹罗国，果然富丽！风土食物与中华无异。那金鳌岛是暹罗附庸，共有二十四岛，这金鳌最盛。其实好不过！"众人听了，如梦方醒，尽皆喜跃。杨林道："好是好了，只是隔着大洋，必须大船方可过去，一时恐打造不及。"燕青道："不见方才小头目说，阿黑麻监打战船，定先有几十号在彼，我们去借了他的，极是快便。但不知城中虚实何如？"孙立道："登州虚实，我与栾寨主同做过统制的，只有老弱千余。那新调来的毛乾懦弱无能，见我们的影儿也是怕的，不足为虑。"燕青道："再烦戴院长到登州探听的确，方可行事。"

戴宗去了两日方回，说道："果然兀术差阿黑麻到登州，用刘梦龙的兄弟刘梦蛟，打五百号大海鳅船。已造一百号在海岸边，一应帆樯舵碇俱备，篙工、舵师俱点齐在船上。昨日阿黑麻闻济州有变，回去请兵了，城中毫无准备。"李应、栾廷玉遂传号令："军士有不愿去者，赏助盘缠，打发下山；愿去者，听点。"有三千多人俱愿跟随。拔关胜、杨林、朱仝、裴宣、呼延灼、孙新、王进、蔡庆围守四门，凌振在城外放炮，戴宗、燕青、呼延钰、徐晟往来策应，阮小七、蒋敬、穆春、樊瑞去抢船，李应、栾廷玉断后，其余并家眷辎重粮饷俱在中军。三更结束，四更造饭，五更启行。

不消半日，到了登州。太守与毛乾急闭城门，点兵上垛把守。关胜等把四门困住，凌振施放号炮，轰天震地。太守与毛乾慌作一团，哪里敢开门迎敌。阮小七等抢到海岸边，大呼道："船上人不许一个动脚，如伏倒者免死！"那舵工、水手一齐跪着。阮小七等跳上船，把家眷、辎重下船，派将士、马匹、粮草在各船上，招转围城兵马，安顿好了。李应、栾廷玉截住岸口，喝水手扯满风帆，起了碇，然后下船。又放了三个大炮，大吹大擂，发了三声喊，竟开了洋。那太守吓得目瞪口呆，去了半日，方敢开门。刘梦蛟失去一百号海鳅船，叫苦不迭，只得静听处分。

却说一百号海鳅船装载三千多兵、五百匹马、许多粮饷辎重、各家宅眷、三十五员好汉，还是宽绰的。出了大洋，四望茫茫，水天一色。正遇日暖风和，波光如练。各船上好汉饮酒取乐。扈成认得海道，叫向东南而去。水手定了指南针，昼夜兼行。五六日光景，忽然转了风，黑夜之中，星月无光。大洋里下不得碇，只好随风使去。

到得天明，掌针的水手叫道："不好了！这里是日本国萨摩州，那岸上的倭丁，专要劫掠客商，快些收舵！"谁知落在套里，一时掉不出。那萨摩州倭丁，见有大船落套，忙放三五百小船，尽执长刀挠钩，来劫货物。扈成叫各船上头领，都拿器械立在船头，提防厮杀。那倭丁的小船，团团裹拢来，东张西望，思量上船。众头领尽把长枪抵开。当不得船多，七手八脚，不顾性命的钻来。近船的砍翻几个，只是不肯退。燕青叫凌振放炮，凌振架起大炮，点上药线，震天的响了一声。那炮药多力猛，若沿一里半里，无不立为齑粉，只因近了反打不着，都望远处冲去，倭丁全然不怕。众头领无可奈何，只好敌住。相持了半日，燕青道："大炮打不着，做起喷筒来。"将竹篙截断，装上火药铁砂，只有三尺多长，圆木塞了筒口。不一时做了一二百个，叫众兵一齐点火，直喷过去。溅着皮肉皆烂，倒打伤了好些，方才害怕，都退到套口，一字儿守住。倭丁倒也狡猾，将生牛皮蒙着，喷筒就打不进，只是不放出套。李应道："陆地可以施展，这水面上不可用力。这些倭丁又不顾性命，怎么处？"唤水手，"问他可有通事？叫一个来！"水手叫着。倭丁放一个小船拢来，一人摇手道："不可放火药！"说道，"小的是通事。这萨摩州上都是穷倭，不过要讨些赏赐。"李应道："我们是征东大元帅，要到金鳌的。要求赏赐，不过一二船到来，怎用这许多？"通事道："倭丁贪婪无厌，只要东西，不要性命。不怕杀，只怕打。若见客商货物，径抢了去。爷们有准备，便是讨赏。"李应道："还是要银子，要布帛，不知有多少人？要多少赏赐？"通事道："银子这里贱，专要绸缎布帛，约有一千多人。随爷赏些罢了，哪里敢计多寡。"李应道："你是哪里人，与他做通事？"答道："小的漳州人，泛洋到这里，翻了船，回去不得，没奈何混账。"李应叫取五百匹绸缎、五百匹棉布，分给倭丁。又是四匹绸缎、四匹棉布，赏了通事。小船投过去，通事叩谢道："此去转东南，两日路程，便是金鳌岛了。"通事搬到绸布散与倭丁，稍有不均，便厮杀起来。放开套口，大船得出，向东南而去。

公孙胜道："世人贪名图利，至死不休。那倭丁不过为一匹布帛，就把性命相搏。所以贫道把世情看得淡了。不要说倭丁，就是弟兄们为争一口闲气，直到这个所在，着甚来由？"闻焕章道："总是劳苦世界，再没得你安逸。便是天也无一刻之停，人只要临机着数，不落圈套便了。"燕青道："那蔡京、高俅这班奸臣，用尽机谋把宋朝的天下弄坏了，只道是万年富贵，谁知落在我们手里，中牟县这般施行，悔之晚矣！"阮小七道："你们还是斯文做法，若遇了我，把他碎尸万段，哪有这闲工夫！"安道全道："若是一刀，倒便宜了他！是这样做法方才有趣。这个算计必是小乙哥定下的。"燕青微笑了一笑。因众头领派在各船上，日长无事，闲谈消遣。

行了两日，水手指着一座山道："那隐隐青翠，便是暹罗国界了。"无两三个时辰已到山下。水手仔细一看，道："这是清水澳，可以泊船。转向南去，便是斗风，到金鳌岛还有三百里。明早若转了风，方好去得。这里不比大洋，多有山脚沙礁，要看水路，昏黑了不便行。"排榜泊了，众头领在各船上十余日，波涛汹涌，颠簸不定，未免眼花头晕。说只有三百里，尽皆欢喜，聚到一个船上，一同吃酒。那清水澳便是李俊初来停泊的所在，夺了金鳌岛，就命瘦脸熊领三百兵驻守。李应道："这般苍茫大海，没有得鲜鱼可吃，这澳上像有人家，去买些来做醒酒汤便好。"唤水手拢岸。水手道："有沙洲碍住，大船拢不得岸。还差二里路，若有小船，可以渡去。"阮小七道："待我脱了衣服泅水过去，寻几尾鲤鱼来。"李应道："不可。又不知那澳上民情土俗，万一惹出事来，岂可因这口腹去扰百姓？明日到了金鳌岛，自然有得吃。你不知宋公明在浔阳楼饮酒，要鲜鱼做汤，黑旋风强出头去取，被张顺泅得臭死么？"众人皆笑起来。

却说狄成见有百来个大海鳅船泊在洲上，都插旌旗，正不知哪里来的，没做理会处。

有分教：风云齐奋会英豪，铁马交征成霸业。

不知狄成怎地相拒，且听下回分解。

此篇是一部书大转落处。有关锁、有提掣，文章之枢纽。昔贤曾有诗云"神京如海独无医"，盖寓意也。安道全一言，便送无数豪杰入海，可见太医手段。造福不能，作祸极易。

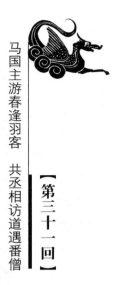

第三十一回

马国主游春逢羽客　共丞相访道遇番僧

却说李应、栾廷玉的兵马战船到了清水澳，就该狄成接住，送到金鳌岛与李俊相会了。还有一个缘故，因笔墨不闲，只好把中原多事，众好汉无地容身，弃了登云山，夺海鳅船开洋，盼得到清水澳，已经无数曲折。那暹罗国内变故，只好丢在一边。如今要接上了。

那暹罗国王马赛真，秉性仁柔，乃守成之主，国内并无忠臣良将，招了花逢春为驸马，少年英勇。又得李俊在金鳌岛，犄角声援，故此外邦不敢侵犯，二十四岛尽来朝贡。连年五谷丰登，人民乐业，百物皆贱，盗贼不生，可以夜户不闭。正当清明节近，花香柳媚。倾城百姓都到郊外踏青，就行扫墓，挈榼携壶，男女共坐，尽醉而归，算是一年乐事。这个风俗天下皆然，虽是海外之邦，那喜怒哀乐，人情是一样的，不过言语不同、衣服有异。

一日，国主在宫中与国母、玉芝公主、花驸马宴饮。见天气熙和，百花开放，国主道："寡人蒙祖宗世泽，得为暹罗国之主。虽是海邦，却也富贵非常。前日唯虑外邦窥伺，国内少忠良之臣，边上无智勇之将，二十四岛叛伏无常，甚是忧心。天幸得招驸马，成就了玉芝孩儿百年大事。驸马又且英才练达，孝敬备至，甚惬我心。大将军虎踞在金鳌岛，将勇兵强。不唯二十四岛尽皆慑伏，就是占城、日本诸国，畏威怀德，不敢侵凌。真是天祐本邦，可以高枕无忧！寡人见倾城士女都去踏青扫墓，以展孝思，兼寻乐事。祖陵频年遣官致祭，今要自去设奠，兼到丹霞山游玩，卿意如何？"花逢春道："展孝，国之大典。孔子说'吾不与祭，如不祭'，若龙驾自去，足见恪诚。古有巡幸之礼，丹霞山近在郊甸，亦无不可。"国主大喜，即传令旨："钦天监择日，礼部备祭仪。卿可同国母、公主也去赏玩一遭。"花逢春领旨。钦天监奏准三月初三为上巳，临流被褉，又是黄道吉日，正宜出巡。

到是日，礼部准备祭仪祝文，羽林军整理半朝銮驾，兵马司洁净街道，各色齐备。国主、国母、公主、世子俱乘玉辇，花驸马骑紫骝马，丞相共涛与文武各官侍驾。先是兵马司警跸所过地方，辰时启行。是日天气晴朗，熏风和畅，旌旗夹道，花柳纷披。国主在玉辇上见一座江山如锦绣团簇，万民乐业，百物蕃庶，心中欢悦，道："亏祖功宗德，挣下基业，使寡人安享，真是难得！只是世子尚幼，恐千秋之后，不能无虑。幸有花驸马勋戚贵臣可以辅佐。"一路想来。侍臣奏道："已到万寿山。"国主看道："几年不来，林木一发畅茂，洵是兴隆之地，自然百世永固！"那座万寿山果然灵秀。怎见得？

> 山峦环绕，水势迤逦。地脉千里结来，砂气万重环结。龙飞凤舞，一齐朝拱茔前；象伏狮蹲，几处分排墓侧。乔木参天，上罩祥云瑞霭；瑞芝满地，下滋白石清泉。美玉砌成甬道，良金筑就灵台。驯兽伏藏，珍禽翔舞。真是：万年佳域，荫出帝子王孙；千古名区，永镇雄封海甸。

国主、国母、公主、世子、驸马先进了享殿，候礼部人役摆设齐整，然后赞拜行礼。初奠、亚奠、三奠已毕，礼官读了祝文，焚化币帛，忽结起一团火飞上九霄，不端不正，落下来却在国王肩上，内监慌忙拂下，那衮龙袍上已有一个大窟窿。国主大愠，就脱下了。再到享殿设宴，将胙肉分给从官、卫士、内监、宫娥，无不沾饱。传旨启驾，到丹霞山。

那丹霞山为暹罗国的镇山，方圆百里，天生奇秀，幽泉古洞，深邃莫测。有几座琳宫梵宇，多有高人隐逸。三春时候，游玩的不绝。当日圣驾亲到，那游山仕女纷纷散去。传令旨："与民同乐，不必回避。"从官、卫士俱远远摆开，国主、国母、公主、世子、驸马都是步行，内监将日月掌扇遮了日色，宫娥簇拥着，各处玩赏。有一道瀑布泉，如白虹一般，从高峰上冲下石潭，喷起雪浪，如珍珠乱洒。流出石潭，甃成长渠，环回旋转，做流觞曲水。国主教张了锦幄，铺翠裀绣褥，席地坐下。取一捧雪的玉杯，插了羽翎，斟满了酒，从上流放下流，到哪位面前，宫娥就取来跪着奉上。吃了一回，玉芝公主命宫娥采各色花片，也从上流撒下，如锦浪飘漾。那珍禽幽鸟，在山岩中、绿树上和鸣睆睆。国主大悦，卷起龙袖，向清泉盥手漱齿，应了上巳祓禊故事。

又到玲珑古洞边闲步，那绿茸茸芳草上，只见铺个蒲团。一个道士头戴薄冠，衣穿鹤氅，相貌清癯，精神炯照，双膝跌坐。见国主、国母到来，动也不动。内监喝道："圣驾已到，还不站起？"道士慢慢起身，打个问讯："贫道稽首了。"国主道："从哪处来？是甚姓名？"道士道："普天游行，随地跌坐，说不得从何处来。胞胎混沌，四大皆空，没甚姓名。"国主道："出家有何好处？"道士道："出家也无什么好处。只是在家受不得那爱欲牵缠，生老病死，世态炎凉，人情险恶，更有饥寒切迫，富贵腥膻，官刑杀戮，户役差徭，因此出了家。"国主道："既出了家，可真有长生不老的真诀么？点石为金的妙法么？"道士道："有生必有死，三教圣人，俱所不免。有少必有老，草木尚且凋枯，要甚长生不老？石自为石，金自为金，要点他何用？"国主道："从古及今，都说有神仙，可以神游八极，白日飞升。据你说来，尽是虚妄的了？"道士道："虚妄不虚妄，若识得机关，彭殇一理，金土同价，一点灵光自是炯然不灭。若不晓得关窍，如蜣螂转丸，如飞蛾赴火，无非苦趣。黄面瞿昙、青牛老子与那伛偻曲躬、终日奔走的孔圣人，都不是到家汉。我看你享受王位，锦衣玉食，自谓快乐无比，岂知扰扰茫茫，活地狱一般。早些随我出家罢！"国主道："寡人承祖宗之基业，世子尚幼，不能莅事。与你筑一道院，供养在这里。待十年之后传位世子，方可随你出家。"道士道："可托孤与花驸马，此人忠贞可辅。哪里等得十年？只怕日下就有大祸！况我朝游北海，暮宿苍梧，哪里肯住在这里？你不信，我取应验与你看。"袖中取出一石镜，方圆三寸，漆黑无光。在掌上磨了一磨，放出光来，抬了与国主看。只见里面山河广阔，宫殿巍峨，一个人冲天巾，衮龙袍，卧在地下。国主见了，不胜骇异。再看时，原是一块黑石，并不见一些光景。共涛大怒，启奏道："此是妖妄之徒。国主是一国之尊，怎么被他欺诳？可令卫士拿下，该管衙门问罪！"道士笑道："我有何罪？只怕你要问罪哩！"国主道："他是方外之士，不听便罢，何必问罪。"道士起身说道："我有四句偈语，国主可牢记着：泽水为灾，长年不永。他日重来，唯有荒冢。说罢，把拂子一拂："贫道去了！"急步下山，霎时不见。国主猜疑不定，神情恍惚。花逢春道："江湖之士，都是幻术，不可深信。况死生有命，富贵在天，循理而行，自然吉庆。请登辇还宫。"国母也劝道："神仙变幻，容或有之。只这道士出言无伦，岂可听信？堂堂一国之主，岂有无故出家之理？四境平安，五谷登稔，有甚灾祸？速请回宫，共享太平之福。"国主遂传旨还宫。百官、卫士、内监、宫娥簇拥还朝，各官散去。

国主心中只是不怿，说道："那币帛焚时，结成火团，刚落在我身上，烧了一洞，已是不祥；又遇着道士，变幻莫测。他说道'泽水为灾'，难道我国在濒海之处，敢是海啸起来，飘没了国土？那石镜中一人卧地，分明是我。再看又不见。更道'长年不永'，应在我一人身上了。后面说'他日重来，唯有荒冢'，想我天命已尽了。"玉芝公主道："父王何必忧心，这道士将大话吓人，哪有实验？"花驸马又百般劝慰，设宴释闷，只得罢了。

次日坐朝，有白石岛申文到来，说："海边有一异兽，如豺狼相似，头生独角，遍体赤毛，行走如飞，掠人而食，猎户收捕他不得。一日云雷大作，天上飞一条黑蟒，金鳞闪烁有光，与这异兽相斗，被黑蟒盘住，张开血盆的口咬杀了。黑蟒腾空而去，那异兽死在沙滩上。居民恨他咬人，各拿利刃割肉下来，其白如脂，煮熟来味甚甘美。"国主见了，愈加忧疑，回宫说道："白石岛又有这异兽食人。"国母道："终被天降黑蟒咬杀，能除其害。只要防备国中有变。"国主依言，颁示谨防外邦有变不提。

却说共涛丞相，心内想道："这暹罗国王座久思篡夺，前日忌那吞珪勇猛，不敢轻发。吞珪死后，不料招了花逢春为驸马，虽是少年，倒有才干。又有李俊在金鳌岛，犄角声援，这座儿就不稳了。昨日到万寿山展墓，火烧了国主龙袍，又见道士叫他出家，想是气数绝了。不要说一座江山这等富贵，只那玉芝公主，千娇百媚，若得亲近他，就死也甘心。怎么样先去了李俊、花逢春，那国主如摧枯拉朽之易，玉芝公主怕不属了我！青霓、白石、钓鱼三岛的岛主，是我的心腹，教他起兵夹攻李俊，自然可破。花逢春须寻个勇士，刺杀了他，方可行事。"千思万想，存蓄异志，不在话下。大凡忠臣为朝廷建功立业，未必天神来佑，奸权图谋社稷，反有恶魔相助，此理数真不可解。

共涛起了恶念，日夜筹计。却好西番来一个妖僧，名唤萨头陀，身长八尺，面如锅底，头上青螺结顶，两个獠牙露出嘴外，剃了黄须，如刺猬的矗起，耳上挂一对金环，遍身黑毛，胸前盖膻的更长数寸。穿一领烈火袈裟，项上悬一串人顶骨的数珠，赤了一双脚。使两把戒刀，善能百步取人。又能唤雨呼风，驱神役鬼，魔魇人性命。口中喊道：

"天也翻来地也翻，顿教平地起波澜。若人会得其中意，要上西天亦不难。南无宝幢如来，南无宝胜如来，南无多宝如来！"

那头陀手中摇着铃铎，念了又念，引动了街坊上小孩子成群，随着各处闯到。那共涛丞相朝中回来，见了这般行径，好生诧异。想道："这个异僧，必有异术，何不试他一试？"唤从役："请这师父到府中吃斋。"共涛先到，萨头陀随后便来。见了丞相，打个问讯，说道："丞相，你有桩心事，贫僧早已晓得了。"共涛道："我为一国之丞相，富贵已极，还有什么心事？"萨头陀一手指天，一手指地，又把两手做个手势，笑道："便是这桩心事！"共涛见有些来历，便请到后苑坐下，问道："老师是哪国土人氏？到此何干？"萨头陀道："是天竺国。我知过去未来之事，知丞相敬事三宝，特来完你心事。"内行摆出素斋来，萨头陀道："这些用不着，快拿了进去，贫僧要你光禄寺设的羊羔烧酒。"共涛道："羊羔烧酒是有，哪得光禄寺？"萨头陀道："不久有了。"共涛见他说话有些蹊跷，便教取羊羔烧酒来。头陀一顿吃上十斤烧酒，一双羊羔，尚未餍足，说道："贫僧得佛祖心传，天神异授，有变化不测之机，旋乾转坤之用。撒豆成兵，推山倒海，采阴补阳，长生不老。设有仇隙之人，魔魇教他立死！难做的事，帮衬他必成。"共涛听了大喜，道："吾师有此神术，便当拜在门下，求法力依庇。请到后苑供养，适有朝事，待明日请教。"萨头陀道："承居士这般相待，贫僧自当效力。"身边取个小葫芦，倾出一丸药，托在掌内，道，"居士，这药非同小可，采先天之精气，炼日月之光华，水火炉中升了九转。眼下之时，一点纯阳从涌泉穴起直透泥丸宫，

填满脑髓，巩固元神，能使玉女消魂，金童返本。今夜先一试着，晓得出家人再无
诳语。"共涛欣然接受了。送萨头陀在后苑静室中安歇。

次日，共涛到静室中，见萨头陀坐在蒲团上，低垂双目，做运气功夫。共涛不
敢惊动，候了三炷香，见萨头陀做完功夫，倒身而拜，说道："吾师真圣人也！此
药果有妙处。不唯弟子荷戴洪恩，即贱荆亦感激不尽。"萨头陀道："还有抽添铅
汞、调养炉鼎之诀，须得唇红面白、无疾病的壮健妇女做了鼎器，然后面授秘诀，
自能返老还童，寿与天齐。"共涛迷了心志，铺设一间密室，不施帐幔，下垫裀
褥，选十名蛮女，脱了衣服，凭萨头陀受用过了，方才自试。从此昼夜不辍，一同
取乐。

那头陀五荤三厌，没有一样忌的。共涛尽情供养，房帷之术，已极其奥。要他
演撒豆成兵、驱神役鬼之法。萨头陀道："一发不难。"在后苑中空闲之处，到三
更人静，萨头陀焚下一炉香，点了一对绛烛，仗着宝剑，喷了法水，口中念念有
词。只见东边闪出一队人马，都是金盔金甲，排成阵势；西边也闪出一队人马，
都是银盔银甲，排成阵势。只听得金鼓齐鸣，两边交战起来，喊杀连天。正在酣
斗之时，忽有一员神将，身长一丈，三头六臂，尽拿器械，跟一群虎、豹、狮、
象、毒蝎、鸷鸟，咆哮跳跃，盘旋不已。共涛看得呆了，求："吾师收了法罢！"
萨头陀把剑一指，喝声："歇！"两队人马并天神猛兽都不见了。共涛拜恳在地
道："弟子何幸，得遇圣僧！有一心愿，敢求大力。"萨头陀道："我知道你有心
事。今日相逢，也是天缘，不妨直对我说。"共涛起来道："这暹罗国为海外富庶
之邦，可称福地，弟子久思据位称尊。国主马赛真柔懦无能，权柄尽属于我，觑为
囊中之物，唾手可得。谁知宋朝遣一征东元帅李俊来占了金鳌岛，我同大将吞珪去
恢复，谁料大败，吞珪堕死海中。李俊兴兵来围住本国，无可抵敌，只得求和。把
玉芝公主招花逢春为驸马，两边息战讲和。那玉芝公主有沉鱼落雁之容、闭月羞花
之貌，可惜与了中华蛮子。花逢春十分了得，李俊又虎视眈眈，弟子有计难施。前
日国主到万寿山展墓，焚化币帛，飞起火来，将国主龙袍烧了，眼见气运将绝。只
是李俊、花逢春强横，下不得手。今遇着圣僧，有通天彻地之术，怎么使我正了暹
罗国王之位，取那玉芝公主做了贵妃，方遂平生之愿。随圣僧要怎么样，弟子无不
愿从。"萨头陀道："一些也不难！我看你仪容可为一国之主，但不知你的眷属福
分何如？若是无福，也是狂然。"共涛道："少不得合门尽要皈依的，就唤出来拜

见。"共涛唤传云板:"请夫人、公子、小姐出来瞻礼圣僧。"

不逾时,都到静室。夫人圆面肥躯,五个公子各样怪头怪脸,只有小姐生得秀美,一个个合掌礼拜。萨头陀一眼看定小姐,说道:"夫人这般福相,自然为一国之母。公子尽皆平常,你不过是一代人物。那小姐倒是贵相,定招一个好驸马,嗣登大位。"共涛教夫人等进去,说道:"儿孙自有儿孙福,我只要自己享用。倘得大位,公主为了贵妃,后面生出一个好的来,也不可知。子因母贵,就立最小的为太子便了。"萨头陀道:"我有个魔魇法:结下一个法坛,画了八卦,中间太极圈儿雕一木人,长六寸三分,取本人年甲安在木人腹内,把七双绣花针将木人的七窍钉住了。每日清晨烧一道符,晚上奠一分羹饭,如此七日,其人必死。"共涛道:"如此甚妙,即来设法。"萨头陀道:"你要魇哪几个人?"共涛道:"第一个国主马赛真,第二个是驸马花逢春,第三个是征东元帅李俊。这三个若死了,唯我独尊,再无顾忌了。"萨头陀道:"那三个人的年甲可晓得吗?"共涛道:"马赛真的千秋节,每年表贺的,不消说得。花逢春见他立疏保母,年甲也知道。只这李俊在金鳌岛,只会得一次,不晓得他。"萨头陀道:"那李俊必要先除。若国主、驸马死后,你正了王位,倘兴兵问罪,何以御之?使精细人到金鳌打探出来,方好行事。"共涛道:"所论极是,就遣人前去。那木人必要预先雕成,法坛筑就,等探知年甲,即刻动手。弟子实是耐不得!况人生在世,如白驹过隙,及时行乐,已为晚矣!"萨头陀道:"你有了采补之术,必与彭老同寿,后福无穷。如今正是日头初出哩!"共涛道:"虽是如此,以速为贵。"

一面筑法坛、雕木人,凡应用之物,无不悉具。谁知无巧不成话,那李俊的年甲不消差人探听得,自然知道。正是:痴人说梦为真事,恶贯将盈有报施。

不知李俊的年甲如何晓得,且听下回分解。

徐神翁天机预示,难救国王。萨头陀妖法阴谋,断送丞相。可称对股文字。

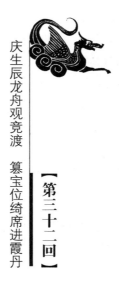

庆生辰龙舟观竞渡　篡宝位绮席进霞丹

【第三十二回】

却说共涛要差精细人到金鳌岛探听李俊年甲，求萨头陀行那魔魇之法。却好端阳这日，是李俊生辰，花驸马要去贺寿。共涛闻得这个消息，不胜之喜，对萨头陀道："人有善愿，天必从之。那李俊的生辰，正是端阳之日，不消打探了。"当下结起法坛，雕了木人，将马国主、花逢春、李俊的年甲藏在木人腹内。萨头陀施符设咒，如法的做起来，不在话下。

却说端阳节正是李俊四十整寿，马国主差一员太监，备下蟒袍、玉带、金珠、异宝、寿糕、果品各色礼物，同花驸马去庆贺。高青、倪云道："李大哥的寿诞不可不去，国中安宁无事，留两员神将在此护卫，也就同去。"

初三日启行到金鳌岛，李俊接见，花驸马呈上礼帖，道："国主自要来与伯父上寿，因朝事繁冗，特差内监恭贺千秋之庆。"李俊道："犬马之齿，何足为重？烦劳国主这般厚意，何以克当？"

到端阳正日，大厅上结彩悬球，甬道上张了锦幄，堂上陈设香花、灯烛、神位、糕桃，动起鼓乐。李俊穿了锦袍玉带，上了香，先拜天地神位。乐和、费保、高青、倪云、狄成、童威、童猛、花逢春、内监一同拜贺，进上寿酒，李俊回敬致谢。

是日大赏三军，将筵宴设在大海船上，同出海口，共饮蒲酒。装十个龙舟，军士都穿号衣，分为五色，每船二十四人划桨，往来如飞。天气晴明，微风不动，海波如练。居民都撑了小船，男妇老幼尽来观看。海外之人，哪晓竞渡故事，无不惊喜。龙舟上筛锣击鼓，四围棹转，将许多鹅鸭丢在海中。那龙舟争先来抢，涌起雪浪，流珠喷沫，真是奇观。那李俊等在大船上，传杯换盏，猜枚行令，开怀畅饮，至日昃方散。有诗为证：

> 玉切苍蒲榴映红，中天节气散薰风。
> 豪华事业开佳宴，可改名为混海龙。

话说李俊饮罢寿筵，观了竞渡，到夜回岛，要留花逢春盘桓两日。乐和道："国中虽然无事，驸马隔了海面，不能朝夕相聚，多住几日极是好的。但那共涛是个奸险之徒，其心叵测，见驸马与高、倪两将不在，万一生出事来，国主孤立在彼，又且仁厚，还是速去的好。"李俊依言，修了回启，把礼物谢了太监。花逢春原同高青、倪云拜谢而去，不提。

却说共涛、萨头陀晓得李俊年甲，就选十恶大败受死日，施符设咒起来。两日之后，国主得病起来，共涛心中暗喜。花逢春、李俊，安然无事。看官要见，邪不胜正，唐高宗时节，西域进贡一僧，咒人立死。那太史令傅奕道："妖僧邪术，害不得正人，叫他咒臣，看会死么？"高宗唤番僧咒那傅奕，念上千百遍，傅奕挺然不动，番僧反自七窍流血而死。马赛真衰迈无光，邪神好来侵犯；李俊、花逢春英气勃勃，且有后福，哪里敢近他？那萨头陀尽力施为，七日已满，国主病反好了，只是七岁的世子无疾而夭。国主、国母大恸，厚加殡殓。共涛道："吾师的法术已算半验了，只是三人不死，如何计较？"萨头陀道："庶人一七必死，那国主、将军、驸马是厚福的人，必须二七、三七，若咒至七七，就是帝释天王，也要招殃。目下花逢春到金鳌岛与李俊庆寿，高、倪二将也随了去，何不设一席，请国主到来，贫僧进药毒死，便正了位。若怕李俊、花逢春来争，我有结义三个弟兄，唤作革鹏、革雕、革鹠，都有万夫不当之勇。原是占城国人，今在黄茅岛屯聚，手下有五千苗兵，惯经征战。写书去招他来，杀了李俊、花逢春，恢复金鳌岛，这宝位是万年永固了。"共涛大喜。

次日，共涛进朝启奏道："臣见龙体违和，日夕焦劳，世子暴殇，中心哀悼，今幸龙体万安。明日端阳佳节，恳乞銮驾幸臣草舍，设菲席与主上释闷。兼有一西域圣僧，有长生不老之丹，服之延龄千岁，以尽微臣一片芹曝之心。"国主准奏道："君臣一体，不可过于丰盛，明日早临便了。"共涛谢恩而出。国主退朝说道："丞相见世子早殇，寡人悲切，明日端阳要请我释闷。"国母道："恐非好意，不可便去。况圣躬新愈，不宜过劳，只消在宫中设宴庆赏蒲节。"国主道："咫尺之间，何有过劳？我在宫中，思念世子，触处生悲，借此暂开怀抱，亦无不可。"玉芝公主谏道："共涛久已专权怙势，擅作威福，有不臣之意。他今日设宴请幸其第，决非好意！就是要去，也等驸马同去。"国主道："我儿不须过虑，丞相世受国恩，难道起歹念不成？"公主道："父王不记万寿山火烧龙袍，丹霞洞道士偈语么？传旨辞了罢。"国主道："火烧龙袍已应在世子身上，还有怎么不祥？我已许了他。自古道'王言如丝'，岂可翻覆！"坚执要去，国母、公主百般谏阻不住。公主道："父王主意已定，可选三百御林军，令两员裨将带刀侍卫，以防不测。"国主道："这个使得。"

次早，共涛又来启请，国主命排銮驾，两员裨将带三百羽林军护驾，四员内相随行。到了丞相府，共涛在门前俯伏迎接。到得厅上，摆设得十分齐整。锦屏围绕，彩帐高悬，说不尽山珍海馐，玉碗金杯。堂下笙簧并奏，执壶上馔的人皆是锦衣花帽。共涛躬身再拜，安送了席。桌面上都是金银器皿，狮糖树果，一百二十龙盘肴馔。国主就赐丞相侧席相陪。三百羽林军列在府门外，两员裨将全身披挂，各持宝剑，立在国主左右。凡进酒馔，锦衣花帽之人擎在头上，跪着，内相下阶接来送上。酒进三巡，食供两套，又换一班女乐，歌的歌，舞的舞，称觞进酒。

国主道："寡人凉德，得丞相佐理朝政，可谓社稷之臣。今日君臣宴乐，千秋盛典。"共涛离席启道："主上洪福齐天，春秋正富，世子虽然不幸，自有麟趾之祥。臣有一女，年已及笄，德容俱备，欲纳后宫，以备洒扫，伏望采纳。"国主道："丞相之女，岂可为媵妾！另选国中俊秀，以充后宫。"共涛道："微臣谫劣无似，叨蒙恩泽，进为宰相。臣之弱女，得侍寝殿，已为万幸，就令臣女拜谒。"传云板请小姐出来见驾，国主止挡不住。

　　不一时，梅香侍女簇拥小姐出来。只见粉雕玉琢，兰麝芬芳，宫妆艳服，环佩声和，花枝招展，绣带飘摇，端端正正，朝上拜了四拜。国主传旨："平身。"小姐又取大玉觥斟上琥珀酒，再拜上寿。国主满心欢喜，说道："既承丞相盛意，寡人不敢固辞。明日行聘，纳为嫔妃，卿可进太师国丈。"共涛令小姐谢恩，小姐如新莺娇啭的道："千岁，千岁，千千岁。"然后轻移莲步而进，国王大喜。

　　共涛道："臣有一圣僧，欲来朝见。未得令旨，不敢擅便。"国主道："寡人正忘了，正为要见圣僧，求长生妙药，可速传进。"那萨头陀从后堂走出，满身璎珞，烈火袈裟，朝上跳舞而拜。国主起身回礼，赐坐，就与共涛共席。国主道："圣僧是何国土？到了几时？"萨头陀道："贫僧是天竺国达摩祖师第三十八代嗣孙，得相传衣钵，专修禅定。兼遇蓬莱仙长传授鼎炉之术，可以降龙驯虎，役鬼驱神。在灵鹫山中炼就九转灵丹，名曰'延龄固本种子紫金丸'。有厚福者，方得服饵。贫僧在海中望气，见上邦祥光霭霭，瑞气重重，故航海而来。刚到三日，不敢骤来朝见，因寓在丞相府中。今得恭觐天颜，实是尧舜之君，该饵那紫金丸，寿延千岁，连举十子。"就向腰边葫芦内倾出一丸药，如龙眼大小，隐隐有宝色金光，双手进上。国主接了道："承圣僧见惠，自然灵验。当在丹霞山建一座永福寺，请圣僧安禅理性。此药几时可服？"萨头陀道："此药纯阳炼就，服饵亦须阳日阳时。今日端阳。"看着日色道："恰好午时，正当服下。"取下玉碗，斟满琥珀酒，把牙箸调匀呈上。可怜马赛真思量延年种子，轻信狂言，把药酒一口吞下，说道："怎的这药味戟着咽喉？"萨头陀道："岂不闻良药苦口利于病？"不消半刻，国主叫肚疼不止。那药性发作起来，翻天覆地的难过，霎时九窍流血而死。裨将急擎宝剑来砍头陀，那头陀卸去袈裟，藏有两把戒刀，就在筵前拼命。无一二合，两员裨将都被杀死。内相到门外叫羽林军进来，萨头陀口中念念有词，只见无数鬼兵从空而下，羽林军见了心惊胆颤，各自逃命。

　　内监赶着人乱走出，到宫报知国主身亡。国母、公主哭倒在地，死而复苏。花恭人、秦恭人都来哭作一团。花恭人道："这奸贼弑了国主，必来乱宫，如之奈何？"国母道："我拼一死，从国主于地下！"公主道："速着人到金鳌岛报知驸马与李大将军领兵报仇！"国母就遣内监去了。

　　不说宫中之事。再话共涛见国主鸩死，大喜道："国主已亡，事可大定。"将尸体拖在郊外藁葬了，出榜晓谕："国主暴薨，有遗旨传位丞相，权主国政。文武百官，明日都要早朝。如违令者，全家诛戮。"又同萨头陀领了心腹家将入宫，心内想道："一不做，二不休，就去抢那玉芝来受用，拼得与花逢春做对头。"又想道，"闻花逢春有一姑母，年少寡居，姿容绝世，与玉芝公主立为东西两宫，平生之愿足矣！"萨头陀也暗想道："我与共涛干了这桩大事，要他女儿配我，料想不敢违拗，待革家兄弟到了，把兵威压他，怕道权柄不尽归于我？他若不识时务，也只费我一丸药。"两人各怀歹意。

到了宫前，见宫门紧闭，正要唤武士打开，只见天昏地暗，一股赤气罩住，共涛与萨头陀尽皆晕倒，进去不得。那文武官僚、合城百姓尽皆不伏，口出怨言，要与国主复仇，汹汹不已。共涛道："蒙吾师法力，国主已亡，只是民心不伏，李俊、花逢春必起兵来争，如之奈何？"萨头陀道："不妨。革家的兵即刻到了，必要大加杀戮，使人害怕。明日且正了大位，然后去征金鳌岛，剿绝了李俊、花逢春，其余不足虑了！"共涛拜谢道："全恃吾师始终其事，富贵共享。"萨头陀道："富贵我也不放在心上，待事定之后，我亦有一桩心事要你了愿。"共涛道："吾师有甚心愿？无有不依。"头陀大喜。

忽有报来，革家兵到了。萨头陀自去迎进。那革鹏、革雕、革鹍都是膀阔身长，碧眼黄须，力敌万人。带二百个战船，五千苗兵，腕挂长刀，身穿藤甲，披发跣足，如天魔一般。那革鹏弟兄与共涛相见，萨头陀叫苗兵去捉为头的臣僚，有一百多人，先断手足，后枭首级，悬挂通衢。百姓都要归顺，一家不伏，九家同斩。那些百姓有多少力量，只得顺从。海口各门尽是革家把守，敢有一人交头接耳，就拿来杀了。人人害怕，不敢开口。

次日五更，鸣钟伐鼓，共涛戴了冲天冠，服了赭黄袍，升金銮殿宝座，刚把屁股放下，又是一晕，内侍慌忙扶住。文武百官为着性命，尽来朝贺。共涛封萨头陀为护世大国师，兼行丞相事。革鹏三人俱为大将军，执掌兵权，其余官僚俱复旧职。立夫人为正宫，儿子为世子，女为公主。坐朝已毕，大设筵宴，一同畅饮。共涛道："寡人蒙国师、大将军扶助，得登大位，真是心满意足。只是宫中进去不得，如之奈何？"萨头陀道："不要性急，待破了金鳌岛再处。"饮至夜分，送歌儿舞女与萨头陀、革鹏等取乐。那些苗兵奸淫抢掳，肆行无忌。可怜万民涂毒，敢怒而不敢言，含泪吞声而已。

却说国母、公主、花恭人在宫中，恐怕共涛来犯，却不见到。有内相奏道：

"共涛与萨头陀昨日来到宫中，忽然天昏地黑，赤气罩住，两个逆贼立时晕倒，故不敢进来。有黄茅岛革鹏兄弟领苗兵五千在城中扰乱，杀了臣民百数，号令通衢，今早升殿自立了。"国母大恸道："不料祖宗遗业，一旦付与贼人，此恨怎消？"玉芝公主道："驸马自然即时就到，且安立父王灵座，朝夕设奠。赤气罩住，想有天神护佑，此贼不久灭亡，母亲请自节哀。"国母只得收泪，安立灵座，日夜哭临，实是惨伤。

是夜三更，国母哭得昏倦，矇眬睡去，只见国主改了道装，说道："我不听良言，误遭毒手，今随丹霞师父出了家，倒也逍遥自在。李大将军、花逢春决能歼灭贼党。宫中有金甲神人守住，贼臣不敢进来，你母子且自宽心。我去也！"国母一把扯住，被国主一推，忽然惊醒。唤起公主，诉说梦中之事。公主道："既是父王托梦，母亲宽心。"自此闭上宫门，耐心守候不提。

再说花逢春到金鳌岛贺寿，同高青、倪云回来，到暹罗城，还隔三十里，见海面上一只小船飞也似来。舱内坐一太监，见了花驸马的船就傍拢来。过了船，对花驸马大哭道："国主端阳那日，幸共涛府中，被一萨头陀毒死。共涛自立为王。国母、公主差我请驸马回去！"花逢春听知，哭得昏晕。高青道："事已至此，哭之何益？商量怎地去复仇。"花逢春道："且到国中去一看，不知国母、母亲、公主何如？"倪云道："不可。那厮篡了位，必有心腹把住城门。我等贺寿而来，又不带兵，此去恐遭毒手。不如重到金鳌岛，与李大哥商议，然后进兵。"内监道："萨头陀招引黄茅岛革鹏兄弟三人，领苗兵五千，处处平定，哪里去得？况萨头陀善行妖法，差遣鬼兵，十分了得。共涛那日要进宫门，被赤气罩住，即时晕倒，宫中幸得无事。不如听倪将军之言，回到金鳌岛再处。"花逢春无奈，只得回船。偏生遇了斗风，白浪滔天，扯不得篷，只好泊在沙洲上。

花逢春心中焦躁，两泪交流。高青、倪云劝慰道："革鹏有五千苗兵，萨头陀又会妖法，须算个万全，方好破得。如今正要尽心竭力平定祸乱，岂可先哭坏身子？"花逢春道："前日万寿山展墓，偏偏的火烧了国主龙袍，已是不祥。又丹霞山那个道士说出四句偈子，分明是运绝的话，我已晓得不好了。那共涛久蓄异心，乐叔叔一向说要提防他，不料果然下此毒手！前日不到金鳌岛庆寿，他还忌惮，不敢动手。我若在哪里，也决不放国主去赴宴了。"高青道："他约同了黄茅岛苗兵，羽翼已成，我们只有五百兵，哪里敌得过？幸喜到金鳌岛留着身子，可以报仇雪恨。若在国中，也被他所算了。"天色已晚，风势愈狂，花逢春一夜不曾合眼。到天明，风息开船。

到金鳌岛，李俊、乐和见花逢春等重复来到，吃了一惊，忙问来意。花逢春哭诉："国主被共涛所弑，篡了王位。萨头陀勾引黄茅岛革鹏兄弟三人，有苗兵五千守住，进城不得，故来与伯叔商议进兵复仇。"乐和道："我刻刻防这贼子，几番要开除他，恐怕国主起疑，故此容忍。岂知果然有此变乱，如今不消说了。大将军即点兵进剿。"高青道："他有苗兵五千，萨头陀善使妖法，我这里现兵不满三千，又要留下守岛，万一失手，如何结局？"李俊道："那马国主将赤心相待，今日被害，必要与他报仇！况花公子为他驸马，恩养备至，就如父母之仇，不共戴天，哪里论得强弱？"当下点一千兵，三十号战船，都是白旗白号。留高青、倪云守金鳌岛，自与乐和、费保、童威、童猛、花逢春杀奔暹罗城来。

到得半路，忽然一声响亮，把中军帅字旗吹折，军士尽皆骇异。李俊道："帅字旗折，不是好兆，将士俱宜小心。"乐和道："那苗兵慓悍，萨头陀又多妖术，革鹏兄弟闻得勇猛，我们不可轻敌。把兵分作三队，每队十号战船；大哥与我为中军，费保、花逢春为前队，童威、童猛为后队。且去看他虚实，切不可轻易交锋。必要首尾相应，庶无败局。"分拨已定，将近暹罗，见两只巡哨的船，每船各三十苗兵，飞也赶来。花逢春在前队看见了，取出铁胎弓，搭上狼牙箭，正中苗兵心窝，翻筋斗跌下海去，就拨船头回去。这里三队一齐追去，只见海上有一百多船结个水寨，刀枪如雪的插满。李俊叫："不可上前，在山脚下停泊。"乐和道："看那水寨结得如式，苗兵雄悍，只宜智取，不可力敌。且摇旗擂鼓，诱那萨头陀并革鹏等来，委实强弱何如。"叫放号炮，呐喊摇旗，声张威势。

却说共涛闻金鳌岛兵到，请萨头陀商议："李俊、花逢春到来，何以御之？"萨头陀道："有革家兄弟三人在海口，怕他则甚！他们自来送死，省得去攻金鳌。我有一个奇计，教他个个身亡，不留片甲。"

正是：恶魔巧布弥天计，义士几倾一炬中。

不知萨头陀用甚计策来，且听下回分解。

祸福无不自己求之者。马赛真之交败运，自不必言。共涛不肯安享富贵，妄念一生，遂至全家受戮，一败涂地。人也，非天也。

萨头陀役鬼烧海船

混江龙誓志守孤城

【第三十三回】

　　却说共涛问萨头陀退兵之计，萨头陀道："大王休忧。李俊、花逢春必要斩草除根，然后可享宝位。我正要去攻金鳌岛，他既自来，岂可放他回去？我到水寨中，自有妙计。"遂辞了共涛，到水寨与革鹏说道："只消如此如此。"革鹏依计，紧闭水寨，再不出战。

　　却说李俊到暹罗城下，见革鹏的水寨布得严整，城外并无一只船影，静悄悄的不见动静，心中焦急，要去攻打。乐和道："我只道苗兵轻佻，必来挑战，谁知他紧闭寨栅，偃旗息鼓，必有计策，切不可躁急。"花逢春道："国主被弑，城池已失，宫中不知怎的。若旷日持久，此仇何时可报？待小侄拼命杀去，倘破水寨，实为天幸；若然不济，以身殉之，也尽了一点的心。"乐和道："事有经权，必须谋定而后战，知己知彼，方得万全。若一磋跎，我等孤军亦难撑立。你说尽一一点孤忠，上有寡母，下有娇妻，倚托何人？不可使匹夫之勇，懊悔无及。"花逢春只得停住了。一连守了五六日，只不出战。乐和猛省着，道："不好了！中了他反客为主之计。"李俊道："何为反客为主？"乐和道："他的兵多我几倍，不是怕我不出战，羁绊住了，必然使一支去破金鳌岛。巢穴一失，不战自乱，快些收兵回去。"李俊道："不可不防！"急令起航。

　　行不得一百里海程，到了明珠峡口。怎地叫作明珠峡？这是暹罗国的水口，茫茫大洋之中，生起两个山来，婉蜒如龙，两头相接，只隔一里水面。中流有一小山，圆净如珠，草木不生，水势驶急，往往这个所在要坏船只。那山顶上，左边建一座龙王庙，右边有七层小石塔，镇压水怪，关锁水门，所以暹罗国人物富庶。李俊三队的船行至峡口，见有二三十个战船，苗兵把住峡口。船头上立一员苗将，却是革鹍，喝道："中了俺国师之计，你那金鳌岛早已打破，还要思量到那里去？快快投降，饶你一死！"李俊大怒，挺枪便刺，革鹍把大斧架接，在船头上交锋。花逢春正要挺枪助战，只见舱中走出萨头陀来，口中念念有词。忽然烟雾漫空，见千百个鬼兵，也有天上落来的，也有海底潜出来的，飞蝗般攒拢来。费保、童威、童猛各执器械相持。又有一个鬼王，身长数丈，头上生一个独角，浑身精赤，单系一条虎皮裙子，双手拿两个火葫芦，焰腾腾火星飞在篷桅上。一霎时烧起，三队的船，风逼作一块，连排烧去。黑烟布满，开不得眼。李俊大叫道："天亡我也！"正在万分危急之际，蓦地上一声霹雳，大雨如注，把火浇灭，鬼王、鬼兵都不见了。李俊、费保等拼命杀出峡口，已烧坏了二十多个船，兵丁杀死的、跳下海的约有三四百多人，幸喜各将领无伤。

　　连夜赶到金鳌岛，果然隘口战船密布，尽是苗兵。革鹏正与高青、倪云交战，胜败未分。李俊、费保飞跳上岸助战，革鹏抵不住。四员勇将跳下了船，花逢春弯弓搭箭射去，正中革鹏左臂，弃了手中刀跌去。不防革鹍、萨头陀随后追来。童威、童猛、乐和丢了船，领兵到隘口寨中。李俊对高、倪二将道："几乎不能相见！在明珠峡被萨头陀使鬼兵烧了海舶，幸得雷雨大作，救了性命。他的兵几时到的？"高青道："到了两日。我与倪兄弟商量，恐隘口有失，结寨在此。战了两日，不见输赢。"李俊道："乐兄弟原料是反客为主之计，不道果然。如今怎地好？不要说去攻暹罗城报仇雪恨，只这金鳌岛，恐难保全。若是兵对兵、将对将，还好支持，只那萨头陀的妖法，怎生了得？前日宋公明打高唐州，被高濂妖法损兵折将，败了两阵，亏公孙胜来，方才破得。如今隔着大洋，哪里去请得？"乐和道："妖法只可使一时，若全用此术就不灵验了。况邪不胜正，我等为报暹罗国王之仇，诛戮奸党，难道上天不佑？那明珠峡的火尽够烧死，忽得雷雨来救，就可见天意了。须要立定主意，协力固守，慢慢寻出计较来，再不可性急。闻得妖术怕的狗血污秽之物，须准备着，待他再来，破他便是。"李俊遂唤军士取狗血、人屎、蒜汁做了喷筒，交战之时乱泼过去，自然可破。算计定了，坚守寨栅不提。

却说萨头陀，果然十分狡猾，他定下的妙计，使革雕守住暹罗水寨，革鹃把住明珠峡口，演妖法使独火鬼王烧死他；革鹏领兵攻打金鳌岛，真是算无遗策。谁知雷雨救灭，不能成功，便随后赶来，与草鹏、革鹃一同围住，说道："那金鳌岛进了隘口，又有三个湾，才到得城边。那李俊害怕，不敢出战，必要诱他出来，方好夺那隘口。"日日在船上与苗将饮酒，队伍不整，兵无纪律。又去澳里抢掳良家妇女，不论姿色，单取少年气血满足的，青天白日就在船上采战，并不忌人眼目。自己厌了，赏与苗兵。那些妇女出于无奈，经不得蹂躏，多有致死的，就抛在海中。李俊见了，怒气填胸，叫道："贼秃这般无礼！恶毒已极！岂可使平民受害，快去剪除！"乐和道："此是诱敌之计，不宜妄动。"李俊道："大丈夫生在天地之间，兴废自有定数，哪里当面忍得！"便要领兵出战。乐和道："既是耐不得，也待夜间。他被酒色所迷，必然酣睡。可遣童威、童猛、高青、倪云四将分领十个船，带五百兵，埋伏在荻苇之中，大将军同花公子径去劫寨。若使妖法，可将喷筒洒去。我与费保守寨，庶几可以成功。"

部署已定，到三更时分，童威等先去埋伏了。李俊、花逢春结束停当，领了一千兵，十个大船，奋勇杀去。那萨头陀虽然贪酒恋色，夜里再不睡的。听得声响，不慌不忙，让李俊杀人，作起妖法。星月满天，忽然暗如墨漆。李俊、花逢春并不见一只船、一个苗兵，喷筒也无放处。童威等听见喊杀之声，只道与苗兵相杀，围合拢来。李俊又认作苗兵，自相攻击。海面起一阵飓风，李俊忙叫收舵到岸。那革鹏、革鹃已先到隘口，放火烧了寨栅。费保、乐和抵敌不住，退到城边。李俊、花逢春上得岸时，革鹏、革鹃挡住厮杀，混战到天明。萨头陀遣一队兽兵，却是虎、豹、豺、狼，张牙舞爪而来，跳搏伤人。李俊慌了，叫放喷筒，那兵士大半已经上岸，喷筒都在船内。李俊、花逢春也只得退到城边，兵士折了大半，隘口被他夺去，童威等四将不知下落。李俊大哭道："不听贤弟良言，致有此败！如今兵微将寡，怎生是好？"乐和道："胜败兵家之常，不可挫了锐气。幸这石城坚固，决然攻打不进。且誓死守定，再做区处。"李俊依言，和花逢春、费保、乐和日夜在城楼，搬运擂木、石块、灰瓶、铁汁等物，并力守定。

萨头陀、革鹏、革鹞在城下耀武扬威。幸得这石城光荡荡的爬不上，实坏坏的掘不进。只当不起妖法，或一阵火腾天撒地的烧来，或起霹雳捶山震岳的打来，夜间鬼哭神嚎，百般作怪，胆也吓破了。乐和道："这些妖法不过如此，不要怕他。这里决然攻不进，只是山后有一处，稍觉平坦，恐怕爬进，须要守备。我领一队兵去看，花公子可到白云峰上瞭望，海面上可有四将踪迹？"原来这金鳌岛只有前面这座城门，四围俱是高山峻岭，古木修篁，无路可上。居民都在里面耕佃，东西南北俱是大洋。内有一座白云峰，高插云汉，登眺远见三百里。天气清明，暹罗城也就在面前。那后山因为当年起了一条蛟，洪水冲坏了，有二三丈缺陷之处，可以爬得上去。

正唤兵士抬石头填塞，只听得山岭下隐隐有人话响。乐和同兵士伏在树丛里，取一门大炮摆好，点着火绳伺候。果有二三百苗兵，腰边挎了长刀，扳藤附葛的爬上来，将到半岭。乐和觑得分明，将炮门药线点上，轰天一响，苗兵打为齑粉，打不着的都跌死岭下。又唤兵卒将石块雨点般打下，苗兵剩不得几个回去。乐和就叫这队兵，装上大火炮把守，回来说道："惭愧，若迟去一刻，被他爬上了！大炮打死三百苗兵，叫兵守定，再无内顾之忧了。"李俊道："贤弟真有先见之明，料事多中。不然，就失事了。"花公子也回来说道："到白云峰四远瞭望，海面上并无迹影。"李俊道："这四个弟兄多分不好了。"乐和道："哪有四个俱坏之理？当夜兵败，想到清水澳去了。"李俊等四人依旧坚守不提。

却说童威等四将被萨头陀等妖法冲散，一时进隘口不得，到天明会合，已折了一百名兵、两个战船。倪云道："岸口都是苗兵，回去不得，不知他们何如？"童猛道："隘口被苗兵所夺，李大哥等必然固守石城。"高青道："我等飘泊无依，且到清水澳。狄成那边有三百名兵，带了来和他厮杀。"童威道："不怕将勇兵强，唯这萨头陀妖法，虽有千兵万马，也抵挡不住。我想起来，革鹏、革鹞和萨头陀都在这里，那暹罗国内只有革雕一人，必然空虚，我们去袭破了，他这里必然解围。"众人齐道："此计甚妙！"就扬帆而去。

不消一日，到了暹罗城下，只有十来个战船、一二百苗兵看守，革雕也不在船上。童威等将船贴近，一齐跳过去，奋勇砍杀，剩不上三五十个上岸逃命，童威等大喊追去。抢到城门边，革雕领一支苗兵冲杀出来，四将抵住，战不上十余合，革雕力怯，拨转马头便走。高青赶上，一枪刺着左臂，几乎坠下，苗兵救护进城去了，童威率兵攻打。共涛见有兵到，革雕败阵进城，心内慌张，说道："国师去攻金鳌岛不见回音，反有兵攻城，此是何故？"革雕道："那来的兵不是李俊、花逢春，另是四员将官。这里兵留不多，方才又伤二百多名，可传令拨民夫上城。待我差人到金鳌岛打听，掣兵来保护城池。"共涛依言，令兵马司拨百姓上城守垛，革雕自引苗兵巡察。那些百姓都恨入骨髓，巴不得立时打破，只是畏惧革雕号令，勉强上城。

童威等带不上三四百兵，城大兵少，围困不得，只好四门守住，急切难破。高青道："百姓上城，可见城内无兵，若得里应外合，方可破得。待我到半夜里爬进去。"日间周遭一看，见西北角守城的百姓是驸马府前住的，叫作和合儿，是个闲汉，平日厮熟，四目相视，打个暗号。到夜间与童威商议道："那西北角上守城百姓是驸马府前和合儿，方才打个暗号了，到夜间我便爬上去。若可动手，复放起火来，你们奋力杀入，成败利钝，在此一举！"三个说道："若得如此，万分之美！只是要小心。"

高青卸了盔甲，换了紧身衣服，身边藏了暗器，一齐到西北角城上。城上灯火明亮，和合儿先悄悄对守垛的百姓说道："共涛弑逆无道，萨头陀苗兵奸淫抢掳，百姓受其荼毒。今高将军来打城，我已约定了，少时放上，杀了奸臣恶秃，与万民伸冤。不可泄漏！只要防革雕巡察过来。"通甲的人尽是怀恨的，大家点头会意。高青在下面咳嗽一声，和合儿抛下索子。高青缚在身上，两手扯定索子，和合儿同百姓用力吊上去。刚跨上垛口，解下索子，巧巧革雕、共涛巡察到来，高青装作百姓，朝外立着。

革雕见这甲里神情有异，望到下面有一簇人马，说道："必有奸细！国主可去巡视各门，待我扎在此间。"高青动也不敢动，直到天明换班，同和合儿下城，说道："你有这片忠心，事成之后，必然重赏。可可那革雕到来，一时动手不得。我已换了衣服，黑暗里无人认得，且和你到宫中朝见国母，再做商量。"遂同到宫门。

有两个太监在宫门首，认得高青的，惊问道："高将军怎地进得城来？"高青道："烦引我见国母方说。"太监叫开宫门，高青、和合儿同进宫中拜见。国母道："共涛弑逆，神人共愤。我日夜望李大将军、花驸马来报仇。闻得兵败，我要自尽，公主劝住，再看消息。高将军，你几时进城的？金鳌岛胜负若何？"高青道："臣与驸马贺寿回来，闻知国主被弑，只缘不带得兵。重到金鳌岛，同李大将军领兵到来，中了他反客为主之计。明珠峡被萨头陀遣鬼放火，篷樯尽焚。幸得天降大雨，救了性命。到金鳌岛又为妖法所败，现今围住，未知如何。臣与倪云、童威、童猛是夜冲散了，思量暹罗必然空虚，故引兵来，奈因兵少破不得城。这和合儿是驸马府前百姓，有一片忠心，将绳索吊臣上城。正要鱼贯而上，谁想共涛、革雕亲自巡察，觉道有异，就屯住到天明，动不得手。故来朝见国母，以慰悬望。"国母泣道："萨头陀如今强横，李大将军屡遭败衄，眼见得报仇无日了！"高青道："臣已入城，令内监传谕旧臣，和合儿纠结义民，此城不日可破。城若破了，萨头陀回救时，李大将军、花驸马追来，内外夹攻，国仇指日可雪。臣到外边恐露圭角，愿留宫中。"国母依言，使内监去传谕旧臣，和合儿纠结义旅，不在话下。

再说李应、栾廷玉等海鳅船到了清水澳，阮小七要上岸买鲜鱼做醒酒汤，李应挡住。那瘦脸熊狄成守清水澳，闻暹罗国主马赛真被奸臣共涛所弑，金鳌岛又为萨头陀妖法所败，围困得紧。要领兵救剿，只因三百个兵，恐寡不敌众，心内彷徨。当下见沙滩边停泊百多号大海鳅船，刀枪密布，旌旗闪动，惊疑不定："敢是萨头陀破了金鳌岛，又领兵来取清水澳？"望见衣冠济楚，人物轩昂，不是苗兵模样。只得棹个小船，带四个兵丁，到海鳅船边，问是哪里来的。却好正在李应船边。

燕青看见狄成是宋朝将官装束，答道："我等是大宋官兵，要到金鳌岛寻访李大将军的。"狄成道："将军与他什么相知？寻他何故？"燕青道："我等俱是旧日弟兄，闻在海外，特来扶助也。"狄成道："那李大将军可是混江龙李俊？列位是梁山泊上好汉么？"燕青道："正是。尊驾可通大名。"狄成爬上大船，纳头便拜道："天幸有救了！"李应、燕青连忙扶起。狄成道："小可是与李大哥太湖小结义的瘦脸熊狄成。李大哥自出海洋，在这清水澳驻扎，杀了沙龙，占了金鳌岛。花知寨的公子花逢春，暹罗国王马赛真招作驸马。亲眷往来，金鳌岛十分兴旺。岂料马赛真被奸相共涛所弑，篡了王位。招一番僧，名唤萨头陀，善行妖法。又有革鹏兄弟三人，领苗兵五千扶助共涛。李大哥连折三阵。如今金鳌岛围困甚急，万望列位念昔日之谊，到金鳌岛解围。"李应道："既是李大哥有难，自当速救。先拨十将进发，其余弟兄保护家眷在这里。待得胜之后，就来相接。"狄成大喜，即为向导，连夜扬帆。那十将是李应、栾廷玉、王进、关胜、呼延灼、公孙胜、燕青、呼延钰、徐晟、凌振，放炮望西南进发。

却说萨头陀围住金鳌岛，攻打不下。只见革雕差人来说："高青等围住暹罗城，要回兵救应。"革鹏道："暹罗根本之地，不可不救，且收兵暂退，再来攻打。"萨陀头道："金鳌岛危在旦夕，若释之而去，日后又费气力。那攻暹罗的不过几队游兵。都城坚固，万分无事。破了金鳌岛，那边的自然剿灭了。"遂唤苗兵造了云梯、飞楼，推到城边，如猿猴援附而上。李俊、费保、花逢春掣定短刀，见爬到城垛边的，俱持刀砍下。苗兵只是不怕，鱼贯而上，越杀越多。李俊道："如今支撑不定了，待我自刎，免得受辱！"乐和道："就是入城，还要巷战，岂可如此？"花逢春早见革鹏、萨头陀在城下指挥苗兵蚁附而上，花逢春弯起弓来，一箭射中萨头陀腿上，望后便倒。革鹏扶救。苗兵在云梯上回头观看，费保将一铁钩，用尽勇力，将云梯钩去。一声响亮，云梯断了，跌下苗兵。城上乱把石炮、灰瓶雨点打下，遂不敢爬城。萨头陀虽然中箭，却不伤命，到船中用丹药调治。

只听得海外一个大炮，如天崩地坼的一连响了百余响。苗兵报道："不好了！海上有四五十号大海船，刀枪布满，将到岸边。"萨头陀不顾疼痛，起来叫革鹏、革鹍领苗兵退出。李俊在城楼上看见苗兵尽去，又听得海外炮响，心中疑惑。乐和道："我们开门出去，看是何故？"遂一同下城。开了门，各持兵器，只撑一个船到隘口。萨头陀苗兵的船，尽摆在大洋东边，海上有四五十号大船，都是中华将士。盔甲鲜明，刀枪如雪，一帆风赶来。李俊等也便出了隘口，望见大船上有一先生，仗剑立在船头上，远远望去，像是公孙胜。看看近来，见举双鞭的像是呼延灼。李俊想道："怎得到此？"那大船上李应见了李俊、乐和，大叫道："李大哥，我等来解围！"正是：中华将士从天降，小岛妖魔逐浪消。

毕竟后事如何？且听下回分解。

李俊誓死守孤城，登阵慷慨；乐和随机应变，谨慎周详。到得万分绝地，方透一线生机。可见十将解围，良有天幸。共涛妄思一丸毒药篡取，宜其不旋踵而灭也。

却说萨头陀、革鹏、革鹞围困金鳌岛甚急，苗兵布满云梯、飞楼，爬上城来。李俊看看支持不定，忽听得海上炮声，苗兵纷纷退出。李俊、乐和、花逢春、费保也开门赶出。那大船上李应招手叫唤，李俊大喜，一齐上船，都拜见了，说道："梦里也不想众位到来！且请把苗兵破了，再诉别来心曲。"李应传令，将战船摆开，擂鼓摇旗索战。萨头陀也整顿船只，革鹏居左，革鹞居右，两军呐喊。凌振架起子母炮放去，轰天一响，早把两个船打得粉碎，苗兵皆死海中。萨头陀口中念念有词，一阵鬼兵，都骑虎豹从空飞下，径奔前来。公孙胜拔出松纹古定剑一指，喝声："疾！"有两员天将，神威四射，尽执降魔杵，把鬼兵打散。李应、栾廷玉挥兵赶杀，关胜舞动青龙刀，呼延灼举起双鞭，革鹏、革鹞抵住厮杀。燕青叫军士放火鸦、火箭，那革鹏船上霎时烧起来，烟焰涨天。苗兵无处躲避，跳下海去。这里军士将炮石打去，沉于海底。萨头陀见破了阵法，又被火烧，夺路便走。革鹞、革鹏也待要奔走，被关胜赶上，大喝一声，将革鹞砍为两段。革鹏见兄弟杀死，慌忙回舵逃脱，那些苗兵烧杀大半，剩下焦头烂额的不上三五百人。

李俊见大获全胜，收兵到岸，请众好汉进城，倒身下拜致谢。众人扶起了，分宾主坐下，王进、栾廷玉、扈成三个，李俊不认得，动问方知，躬身道："久仰三位将军大名，今日方得相会。"花逢春又逐位拜了。李应道："且喜花知寨有这般一个好令郎！"呼延钰、徐晟在梁山泊同伴顽耍的，虽隔别多年，俱各长成，还有些认得，三个都不胜之喜。李俊大排筵宴，请各位坐席，大家谦逊了一回。王进、公孙胜、栾廷玉、关胜、呼延灼在上面，其余依次坐定。李俊、花逢春、乐和起身，各位俱敬了三大杯。

李俊相诉道："小弟诈称疯症，辞别了宋公明，同童威兄弟寻太湖中结义的费保四人，住居消夏湾，打鱼饮酒，图些快活。为路见不平，伤触了丁廉访、吕太守，被他设计，监在常州，幸得乐兄弟、花公子来救出。晚间就梦宋公明，使黄巾力士来请，跨了黑蟒，到梁山泊。宋公明说：'后半段事业在你身上。'赠我四句话，我还记得。醒来想道：'我原是水军头领，必须原到水里去。'同众人出了海口，抢洋客两只海船，到了清水澳屯扎。那金鳌岛沙龙，贪淫暴虐，杀了他，夺这金鳌岛。暹罗国使丞相共涛、大将吞珪来争，把吞珪杀了，就领兵到暹罗。那国主马赛真是汉伏波将军马援之后，为人极是宽厚，见攻打甚急，遣使求和，情愿把玉芝公主招花逢春为驸马，因此罢兵。这金鳌岛富庶，可以安身。端午这日，是小弟四十岁贱降，花驸马来庆寿。不料这丞相共涛奸险专权，是宋朝蔡京一流人物，久蓄异谋，思篡国位。乘花驸马不在，用西番僧萨头陀的计策，一旦祸起萧墙，马赛真被弑。我同花驸马兴兵问罪，中了他反客为主之计，明珠峡被萨头陀使鬼兵放火，几乎烧杀。感得神明相佑，大雨灭火，逃得残生。追来围住金鳌岛，又被他诱敌，大折一阵。那童威、童猛、高青、倪云四人，不知生死下落。苗兵将云梯、飞楼爬上，万分危急，思量自尽免得受辱。不想列位从天而降，解此患难，真莫大之恩也！"

李应道："小可不愿为官，回到独龙冈做田舍翁，因主管杜兴替孙立寄书，"指乐和道，"与乐兄弟，刺配彰德。他与裴宣、杨林杀了冯彪的儿子，牵累到我身上，监在济州。越狱杀了冯彪，上饮马川屯聚。其中奇奇怪怪，惹出多少事来，众兄弟俱得聚会。童贯用赵良嗣之计，通金灭辽，又与金朝挑衅，把东京失陷了。道君皇帝传位太子，俱被金兵捉去。刘豫僭称齐帝，关大哥直言抗谏，绑出法场，小乙哥妙计救脱。那王老将军并呼大哥、朱都头俱兵败归来。河北地方通是刘豫所管，又杀败了刘猊，收兵回南，要投宗留守。东京陷后，康王即位南京，改元建炎。又用汪潜善、黄伯彦为相，力主和议，宗留守气愤而亡。我等无所归者，只得且上登云山。那登云山原是邹润啸聚之所，阮小七杀了张干办，与孙新、顾大嫂同上了山。栾将军为登州统制，是他令高徒说入了寨。我们到得登云山，为救朱全、宋清闹了济州，金将阿黑麻要攻山寨。因兀术在登州打造海鳅船，去夹攻临安。安道全说金鳌岛有李大哥在那里，故借了他一百号船，到得这里。"

李俊道："安道全从高丽回来翻了船，我捞救得，如今在哪里？"李应道："众弟兄会合，曲折甚多，一时说不尽。安道全和众人并家眷、辎重、粮饷、兵马，还有六十号船在清水澳哩！"李俊道："既如此，快着人接来！"花逢春道："苗兵虽然败去，国母与寡母在宫中，不知怎地？再求诸位伯叔去复仇雪耻，先父在九泉也是感德的。"哭拜在地。李应、栾廷玉道："花公子，你有这等孝思，我等即刻就去。"李俊道："连日劳顿，今日且尽欢痛饮，明早启行罢。"摆出筵宴，各谈衷曲，开怀畅饮。关胜、呼延灼等见这金鳌岛山势险阻，石城坚固，地方富庶，人物齐整，尽皆欢喜。次日，李俊命费保守岛，狄成到清水澳接取各位，就放了号炮开船不提。

却说萨头陀、革鹏领残兵到暹罗城下，见童威、童猛的兵攻打暹罗城，对革鹏道："垂成之功，败于一旦。你三弟被杀，他们必然追来。这里又有兵在此，未可交锋。你径到日本国借兵，那国王皈依我的，久想暹罗繁盛，要来吞并。我进去保守城池，会合青霓、白石、钓鱼三岛人马，与他大战，必要杀尽暹罗国人，不留一个，方遂我平生之愿！"革鹏依言去了。

童威等见萨头陀领残兵回来，船只俱已烧坏，猜道战败回来的。欲要拦截，怕他妖法厉害。高青吊上城去，又不知音耗。只得让他叫开城门进去。

共涛见萨头陀败回，说道："寡人全仗国师做主，今战败而回，童威、倪云又来攻城，怎么是好？"萨头陀笑道："我有鬼神不测之机，任他天蓬元帅来也不打紧！只要完我那桩心事，便好设施。"共涛道："寡人举国听着国师，便是要寡人的心肝煮汤吃也是肯的，只要剿除金鳌岛兵将。"萨头陀道："前日马赛真被李俊兵围，将玉芝公主招花逢春为驸马，方得息兵。你那女孩儿也招我做驸马，方显手段。若是不肯，我腾云去了，随他拿你正罪，不干我事！"共涛呆了半晌，说道：

"国师且退了兵，情愿把女儿招国师为驸马。"萨头陀道："佛法不打诳语，今夜便要成亲。我与你翁婿至戚，自然尽心。"共涛还痴心信他果有神术，含泪唤女儿妆束，与萨头陀结亲。那萨头陀箭疮未愈，瘸着脚，搂共涛女儿进房去了。

却说那高青在宫中，内相、和合儿纠结了臣僚百姓，歃血定盟，正要举事，见萨头陀回来，未敢轻发。又闻金鳌岛李俊、花逢春都到来。高青禀国母写一道懿旨，叫和合儿从城上掷下，今夜里应外合，三更为期，不可迟延。童威军士拾得，呈与李俊。关胜、呼延灼等都屯住城下，李俊已知高青在城内，又见国母的懿旨，传令三更看城内火起，尽要上城。果然到夜半，西北角上火光冲天而起。花逢春、徐晟、呼延钰正在此间，喝令军士蚁附而上，斩开城门，一拥而入。花逢春引路，先到丞相府前后围住。共涛无计，正去悬梁，被花逢春捉住，尽把家属四十余口绑缚定了，发兵马司监禁。然后到宫中，天色已明，国母、花恭人、秦恭人、玉芝公主都在，花逢春哭拜倒地，一齐恸哭。国母收泪道："幸得相见。共涛、萨头陀拿获了么？"花逢春道："共涛并家属四十余口俱发兵马司监禁，萨头陀未经拿着。"国母道："驸马且到外边理事，萨头陀必要缉获的。"花逢春出宫，到东门。李俊等进城来，革鹏接住苦战。花逢春一戟把革鹏刺杀，枭了首级，传各城门守定，还有萨头陀不见。

李俊把兵屯在各门，同众将入宫朝见国母，谦谢收复之晚幸中国诸将军到来，方才破得。国母致谢道："逆臣悖乱，国王晏驾，大将军同各位将军尽心竭力，始得雪恨。高将军先入城来，足见忠贞，大将军可加重赏。"李俊等辞出。将丞相府改作元帅府，请各位住下。第三日，清水澳诸人到了。李俊、花逢春调度，把各位有家眷的，即拨甲第安居，卢二安人、吕小姐、卢小姐与花恭人同住。军士编了队伍，各营安插，粮饷收进官仓，马匹放在牧场，船只令童威、童猛职掌，结水寨在海口。臣僚俱皆升赏，百姓散给币帛。和合儿除授宫门使。火烧的民房命工匠修造，处置井井有条。大排筵宴，犒赏三军。依次坐定，除费保镇守金鳌，狄成镇守清水澳，共有四十二人。李俊手中把盏道："上托神天照鉴，宋公明阴中护佑，众兄弟又得复聚，真为难得之事！有四事可庆：暹罗国遭篡弑之祸，国祚已失，金鳌岛有累卵之危，今幸雪恨恢复，此一喜庆也；王老将军、栾统制、闻参谋、扈二哥不是旧盟，今得同心合胆，重结新契，此二喜庆也；梁山泊一百八人，死亡过半，即那存者散于四方，复得巧相遇合，向日太湖小结义四个弟兄，海外之事全得扶持，三大喜庆也；花逢春、宋安平、呼延钰、徐晟这四位贤侄，少年英隽，皆是伟器，四大喜庆也。请尽欢达旦！"众人皆齐声道："敢不如命！"花逢春唤蛮女歌舞俏酒，众人大醉而寝。

次日乐和道："那萨头陀拿不着，恐为后患，必要搜捕。"李俊道："想是真会腾云走了。怕他怎的？自有公孙胜在此。"乐和道："待我再去缉访。"遂同燕青、呼延钰、徐晟拿着弹弓、粘竿、酒盒，跟了五六个家丁，各处游玩。那国中有座镇海寺，庄严壮丽，寺内有七层宝塔，高插云霄。乐和等到殿上随喜，住持献茶。走到塔边，乐和道："小乙哥，你的神弩，那塔上一个喜鹊吱吱的叫，若打下来，方服你眼力。"燕青真的取弹弓把弹丸打去，那喜鹊见下面有人放弹，虫鸟最有灵性，弹子未及到身，展开两翅飞去。那弹子打进塔窗里，只听得塔里面有人叫声："呵呀！"骨碌碌滚下来的响。一齐赶进看时，有个人覆跌在地上。家丁翻他转来，乐和大喊道："此便是萨头陀，家丁把来绑了！"燕青道："恐怕上面还有余党，再去搜看。"家丁走上，见一个女子，云鬓不整，蹲着暗泣。还有两把戒刀、一个葫芦、一包牛粑子。家丁拿了，牵那女子下来。那女子两腿夹着，走也走不动的，原来就是共涛之女。萨头陀成了亲，原想驾云而去，被马赛真阴魂缠住，法术不灵。城破之夜，携了此女躲在塔上，思量革鹏借日本兵来，还要作孽。谁知天网恢恢，弹子却好打着眼睛上，乌珠突出，鲜血淋漓，真是恶贯满盈了。带来见李俊道："我们到镇海寺游玩，因打塔上喜鹊，弹子从塔门里打着他眼睛，绑获在这里。这便是共涛之女，萨头陀骗作驸马的。"李俊、花逢春大喜，把铁锁穿了琵琶骨。恐他遁去，将狗血、蒜汁、人屎浑身一淋，同共涛蹲在水井内。那女子同家属监禁，日后施行。

李俊禀知国母，与国主开丧殡葬。就差裴宣定了仪制，萧让撰了祭文，燕青、乐和总理丧事。文武百官俱穿孝服，置造桐棺梓椁。掘起国主尸骸，面色如生，毫不腐烂。将香汤沐浴，换了冕服，含珠纳贝，入殓已毕。北门外结起厂殿停丧，选二十八员道士，请公孙胜主坛，建三昼夜醮事，追荐生天，到万寿山王陵上安葬。花逢春齐衰重服，王进、关胜等先行吊礼，李俊设祭，国母、花恭人、玉芝公主都在柩旁。李俊唤人打扫法场，命杨林、杜兴领兵摆列，一枝花蔡庆做监斩官。其时，百姓何止有数万人，都执香旁观。李俊喝把共涛家属先各斩首，刀斧手带共涛、萨头陀对面跪着。刽子杀到共涛之女，呼延钰禀道："乞留此女。"李俊道：

"刑人之女，贤侄留他何用？"呼延钰道："小侄自有用处。"李俊微笑，唤松了绑，余各斩了。然后将共涛、萨头陀一千二百刀柳叶剐，又割腹剜心，献到马国主灵前，再行进奠。国母、公主、花逢春大哭，拜了，启灵柩，原摆半朝銮驾，开路人引导。一路施张布幄，香花灯烛，百官士民尽皆步送，约有万人。到万寿山，闻焕章点神主，柴进祀后土，安葬已毕。

次日，国母传懿旨，宣文武各官到金銮殿。国母浑身缟素，坐在上面，李俊等一同拜见。国母起身回礼，重复坐下。香案上摆了传国之玺，垂泪说道："马氏自祖宗开基已传三世，遗爱在于人心，不幸遭篡弑之祸。世子早殇，并无宗支。今已讨贼正典，国不可一日无君。凭众位公议，使马氏血食不致斩绝，实为万幸。"李俊道："国为马氏之国，血脉既绝，花逢春赘为驸马，有半子之谊，理合承祀宗祧。"花逢春哭谢道："不肖自先父早背，母子孤茕，又无亲族，堕奸人之计，若无乐和救我母子，不知死于何地。又得大将军挈来海外，神威定远，本国畏惧求和，得联秦晋，安享富贵，已荷大恩。国主被弑，复仗先君世谊，报仇雪恨。自此当奉国母、寡母，同公主庐墓三年，以尽半子之谊。请大将军早践国位，免得邻邦窥伺，反侧生心，不必多议。"众人同声道："花驸马之言，实出衷心，大将军创业不易，享有经权，何必固逊？"李俊道："小可本是浔阳江上一渔户耳，随宋公明上梁山，招安之后，自知愚直不堪世用，故辞官职，隐逸太湖。偶遇变故，出洋借住金鳌，已为过分。讨暹罗之难，全是众位之力。岂敢贪天之功，遂尔僭妄？花驸马既然谦光，众位中请才可御世，德足润身，堪为万民之望者统摄此位，使某复借金鳌岛容身，叨荣多矣！"

花恭人见议论纷纷，出来相见道："先夫为全友谊而亡，撇下孤儿寡妇，并无依托。幸蒙诸位叔伯教诲成人，得有今日，先夫含笑于地下矣。小儿年幼无知，岂堪大任？纵国母有爱护之心，妾当谏阻。请大将军慨允，以慰臣民之望。"燕青是个伶俐人，忖道："李俊开创此处，人望所归，自然是他为主，他人岂可僭越？"接着说道，"凡人一饮一啄，莫非前定，况为一国之主！大将军你先机隐遁，谁知富贵逼人。宋公明托梦，明明说后半段事业在你身上，已符其言。花逢春母子甚是贤达，大将军不必固辞。"国母道："燕将军之言极为有理，就此定议。只要使我母子得所。"燕青道："国母不须多虑。虽是大将军嗣了位，万事要请国母慈旨方可施行。我辈弟兄都是赤胆忠心，不做忘恩负义之辈。"

李俊道："承国母慈谕，众位推戴，我李俊也不敢妄自居尊，凡兵马、粮饷、庶务，请众弟兄各主其事，禀奉国母垂帘听政，何如？"燕青道："这个使不得。家有主，国有王，必要一人统理，方得国治家和。即如梁山泊是白衣秀士王伦创立的，因他心地褊窄，妒贤嫉能。林冲火并了他，奉晁天王为主。那时宋公明也受约束，不敢专主。后来晁天王身亡，宋公明继为主帅，哪个不禀遵军令？一寨之中，尚且纪纲法度不可紊乱，况暹罗是个大国，出号施令，朝聘礼仪，送往迎来，兵机粮饷，讼狱刑名，文明礼乐，庶务繁多，非同小可，岂容政出多门，十羊九牧？且垂帘听政是不得已之事，国无长君，不足弹压臣僚，故权时出此。试看吕太后、武则天多遗讥后世。今暹罗统系已绝，大将军你又不是暹罗国旧时将相，只因花驸马面上，算作亲戚，岂如世受国恩一般？天下者，天下人之天下，非一人之天下。贤明继世，多有杰起。尧、舜之时，不传于子，而传于贤。大将军即宜听受。"阮小七笑道："小乙哥说得痛快！前日宋公明只管要把寨主让与卢俊义，众兄弟之心大半多冷了，你今日又学他样子。花驸马不肯，你又推辞，难道我阮小七还像前日，戴了冲天巾，穿着赭黄袍，做暹罗国王不成？"众人多笑起来。

李俊道："既然如此，权且摄位。原奉宋朝正朔，众位一如在梁山泊，各供其职，称呼仍是弟兄，不可骤加虚套。国母、公主、花驸马母子原居宫内，我与众弟兄无家眷的住在元帅府，权且署事。"众皆大悦。择黄道吉日，昭告皇天后土，即暹罗国位。一同拜辞国母而出。

正是：霸基已定多谦让，国位初登战伐兴。

不知后来如何，且听下回分解。

有此一番大排场，方不是草寇啸聚。然不是变故，李俊岂得为暹罗国主？故为大将军驱民者，丞相共涛也。

【第三十五回】

日本国借兵生衅　青霓岛煽乱兴师

　　却说众人定议，立李俊为暹罗国王，李俊再三谦让，愿以征东大将军摄行国事。命钦天监选了黄道吉日，礼备仪齐，五更时分，同到金銮殿丹墀下，羽林军摆定，殿上灯烛辉煌。国母换了吉服，南面而立，宣大将军上殿。李俊戴金幞头，穿绛红蟒袍。关胜等俱是宋朝冠带。大鸿胪序了班，鸣赞唱礼。国母命太监送上玺绶符节，李俊接了，供在龙案上。先拜了天地，转身北向恭拜国母，国母回答半礼，李俊就西面而立。王进以下俱各四拜，大将军也回四拜。花逢春、宋安平、呼延钰、徐晟北向四拜，大将军回答半礼。因通家子侄，受了两拜。暹罗国旧日臣僚，俱北向四拜，大将军受了。送国母进宫，然后南面坐了主位，王进、关胜等两班列坐。命：

　　铁面孔目裴宣为监察御史。

　　小旋风柴进摄暹罗国丞相事。

　　入云龙公孙胜为国师。

　　神机军师朱武为军师，参赞帷幄。

混世魔王樊瑞为驱邪秉教真人。

浪子燕青为上柱国，赞画一应机密。

扑天雕李应为度支使，掌管出入钱粮；神算子蒋敬为副使。

铁棒栾廷玉为枢密使，总核兵马，便宜行事；扈成为副使。

铁口叫子乐和为参知政事，兼大将军长史。

王进为都知兵马使。

大刀关胜为前军都督。

双鞭呼延灼为后军都督

病尉迟孙立为左军都督。

镇三山黄信为右军都督。

美髯公朱仝为中军都督。

闻焕章为国子监祭酒，总理学校。

圣手书生萧让为中翰，掌理诰敕、表章、文移等事。

玉臂匠金大坚为尚玺，掌理印信符节等事。

神医安道全为太医院院使。

紫髯伯皇甫端为御马监。

铁扇子宋清为光禄寺卿。

活阎罗阮小七为水兵都总管。

出洞蛟童威、翻江蜃童猛为水军左右正总管。

赤须龙费保、太湖蛟高青为防御使，镇守金鳌岛。

卷毛虎倪云、瘦脸熊狄成为镇遏使，镇守清水澳。

花逢春为驸马都尉。

宋安平为翰林学士。

呼延钰、徐晟为左右亲军指挥使。

轰天雷凌振为火药局总管。

神行太保戴宗为通政使，兼观风行人司。

独角龙邹润为京城观察使。

锦豹子杨林为巡绰五城兵马使。

鬼脸儿杜兴为盐铁使。

小遮拦穆春为屯田使。

小尉迟孙新为上林苑卿，兼提督馆驿事。

母大虫顾大嫂为大郡夫人，兼防护六宫。

一枝花蔡庆为锦衣卫，掌一应刑名。

当下设官授爵，各供其职。暹罗旧日臣僚俱加升赏。大赦境内百姓，给复一年。又命戴宗传谕二十四岛。诸务已毕。有诗为证：

消夏湾头久息机，岂知鹏翮复高飞。
英雄自古无凭准，脱却蓑衣换衮衣。

却说李俊摄了暹罗国事，差戴宗到各岛传谕。

那青霓岛岛长名唤铁罗汉，犷悍自恣，不遵约束，欺马赛真柔懦，不来朝贡，反与共涛结连，表里为奸，欺凌各岛。当日见传到晓谕，心中大怒，道："我这暹罗国自居海外，马赛真畏怯无能，共涛丞相自该践位，怎么中国人来占得？实是气愤不过！"差人去接白石岛屠崆、钓鱼岛余漏天来，一同商量举事。

不一日，屠崆、余漏天到了。铁罗汉道："我暹罗国二十四岛，唯有四岛最强。哪里来这李俊，自称征东大元帅，把沙龙杀了，占了金鳌岛。当时就要出兵与他报仇，那马赛真无能的废物，反与求和，招花逢春为驸马。共涛丞相用萨头陀为国师，去了马赛真。前日有书来，许我三人并合二十四岛，永做邻邦。不知怎么被李俊坏了，公然做暹罗国主，又来传谕，要去朝贡。我们无拘无束惯的，低头服小，如何气得过？特请二位来商量，起兵夺转暹罗国，意下何如？"屠崆、余漏天道："岛长之言极是。我二人心中甚是不服，若岛长起兵，我二人决听约束。"铁罗汉大喜，置酒相待。

忽见报来："黄茅岛革鹏要见。"铁罗汉连忙迎入，相见坐下。革鹏道："我两个兄弟都被李俊所害。我要去日本国借兵复仇。你们是共涛丞相心腹之交，怎么不思量与他雪恨？"铁罗汉道："正与钓鱼、白石二岛长商议起兵。若得共事，日本借得兵来，一发妙了！"革鹏道："日本国王久矣要吞并暹罗，我若去借，即刻兴师。只要讲过，暹罗归了日本，金鳌岛我要驻扎的。"铁罗汉道："共涛丞相原许我三人分这二十四岛，今岛长要驻扎金鳌，那二十四岛作四股均分罢了。"革鹏道："一言为定。我就去日本借兵，你三岛准备器械、船只，克日取齐，不可迟误。"当下歃血定盟，革鹏径取路到日本。

那日本国乃秦始皇时，徐福到海中取长生不老之药，带有童男、童女、百工、技艺、医巫、卜筮有数千人，因始皇暴虐，徐福避地于此，开创起来。其国在大海岛中绵亘数千里，管辖十二州，多金银珍异之物。日本国人虽好诗书古玩，却贪诈好杀，又名倭国。那倭王鸷戾不仁，黩货无厌。十二州共有十万雄兵，虎踞海外。高丽国与他附近，常过去抢掠。每想暹罗繁富之国，要来吞并。

当下报有革鹏来借兵，着进来见。那倭王坐在锦袱绣褥之上，足有五尺多高。四个倭女姿容绝美，侍立左右。下面有一百倭丁，各执长刀，摆在两旁。革鹏跳舞而拜，倭王问道："你是哪里人？借兵何用？"革鹏道："本是占城人，有五千兵占住黄茅岛。那暹罗国王马赛真死后，丞相共涛嗣位，有宋朝征东大元帅李俊兴兵来夺。国师萨头陀差人来救，我同兄弟革雕、革鹛领兵去救援。不料共涛、萨头陀、两个兄弟都被所杀，现今踞住暹罗，设官授爵。这等施为，暹罗有二十四岛，唯有青霓岛铁罗汉、白石岛屠崆、钓鱼岛余漏天不服，歃血为盟，要去兴复。唯恐兵微将寡，敌他不过，我故特来借兵。若杀了李俊，那暹罗尽属上邦，二十四岛皆来朝贡。"倭王道："我海外之邦，岂容中国人所占？就差关白领一万兵随你去，必要杀那李俊，取暹罗国土。"原来"关白"是日本大将的官号，取每事都要关白他的意思，不是姓名。那关白身长八尺，勇力过人，领倭王令旨，点萨摩、大隅二州之兵，共是一万，三百号战船，祭旗开洋。其时九秋天气，正是小汛，东北风顺，便同革鹏到了青霓岛。铁罗汉接见，将牛羊酒米犒师。余漏天、屠崆也到了，一同商议进兵不提。

却说李大将军和君臣料理国事。行人戴宗回来说："青霓、白石、钓鱼三岛不服，要兴兵复仇。"朱武道："那三岛是本国附庸，他若不服，煽动起来，我新造之国，不能安靖。门庭之寇，不可不征，必要遣将点兵，即去剿灭。"大将军依言。正要发兵，只见水军都督童威来到，说道："革鹏结连三岛到日本国借兵，倭王遣关白领倭丁一万、战船三百号，已到青霓岛，大将军须作速准备。"大将军听了，大惊道："我这里现兵不满五千，如何抵敌？"朱武道："将在谋而不在勇，兵贵精而不贵多。先到海口结一水寨挡住，不可使他登陆。再差四支兵远远埋伏，设计破他。"大将军就差关胜、呼延灼、栾廷玉、李应为大将，樊瑞、杨林、孙新、穆春为副将，领兵二千、战船一百号，扎了水寨。差阮小七、童威、童猛、朱全、黄信、孙立、扈成、邹润分四路伏兵。自与公孙胜、朱武、燕青、呼延钰、徐晟、凌振为中军，扎一旱寨在城边，留王进、花逢春守城。又遣人传谕到金鳌岛、清水澳，谨守地方。分拨已定。

刚到城外安立寨栅，只见海面上乌云的拥来，都是三岛、日本的兵船。在五里路外也结了水寨，不出交战。朱武看了道："倭情最是奸诈，况且兵多，传令水寨日夜防守，未可冲阵。"关胜等见传到号令，只是谨守。一连四五日，两军并不交锋。到三更时候，舵师叫道："船上发漏了。"忙把灰麻等物去塞住。不一时，各船上俱是海水滚进，有半舱的水，修塞不住，船要沉下去。关胜叫快拢岸，都到旱寨里。大将军道："战船尽是坚牢的，怎的都发漏？"只得也扎一寨，相望对守。

原来是关白的计策，一万倭丁，有五百名黑鬼在内。那黑鬼可以昼夜在水中，饥馁时就捕鱼虾生食。关白叫去凿穿船底，海水滚进，使他扎不得水寨。这是梁山泊上水军头领的长技，反被他着了道儿。

到次早，报来："关白、革鹏领倭兵北海上岸，把城围了。"这暹罗国四面虽然都是大洋，只有南面离海三里陆路，其余三面也有百里的，也有数十里的。那关白使黑鬼凿穿了海船，逼他上岸，水寨中只留铁罗汉、屠崆、余漏天领三岛的兵看守，自同革鹏来围城。李俊见报，说道："城中空虚，须要进去保守。"留关胜等八将守定旱寨，这是紧要去处，怕他水寨里的兵来攻打。遂同朱武等进城，各垛上点兵守住。众将各分汛地，将炮石、擂木堆起，一近城来，即便打下。那关白果然足智多谋，叫倭丁张了生牛皮，如幔帐的罩着里面，将城挖掘，又造起云梯、飞楼爬上来。诸将日夜提防，应接不暇。

大将军着了忙，聚众将商议道："我等初立国土，席尚未暖，三岛煽乱。革鹏借得倭丁来，那关白诡计极多，倘一时失事，战船皆已凿漏，修整不及，哪里过得海洋？死无葬身之地矣！"呼延钰道："倭丁到此，从不交锋，知他强弱何如？我们何不冲出去，与他打一仗看。若杀了关白，余不足虑矣。"大将军依言。就点王进、花逢春、徐晟、呼延钰领一千兵，自己骑了照夜玉狮子马，手提铁杆枪，开北门杀出。

那北门最是空阔，关白的营寨扎在那边。关白见有兵出城，把倭丁摆开，唤革鹏带五百倭丁转到东门，乘机攻去，革鹏领命去了。大将军领众将出城，关白骑一只白象，盘头结发，手执铁骨朵，冲杀过来。呼延钰提双鞭接住，战未三合，那倭丁舞着两把长刀跳舞而来，一时抵敌不住。大将军望后便走，兵士乱窜，自相践踏，伤了好些。到得城边，飞马报来道："革鹏已攻破东门了！"大将军忙退入城。果是革鹏晓得城中无备，把飞楼架起，一拥而上。那东门汛地，是呼延钰、徐晟两个守的，都出城交战，无人守把，被他爬上数百。燕青、蔡庆在西门，闻得革鹏上了城头，飞也赶来。见革鹏和一二百倭丁，乱砍守垛的兵，那飞楼上倭丁蚁附而上。蔡庆慌了，拔刀便砍，革鹏挺枪相持，蔡庆哪里敌得住？燕青一弩箭射去，正中革鹏肩膀上。不是要害处，他也不顾，只是赶杀。蔡庆正在危急之际，却得花逢春、呼延钰、徐晟三骑马到来。花逢春一戟刺中革鹏咽喉，扑地便倒。呼延钰、徐晟把倭丁杀败。凌振也赶到，架起大炮，对飞楼打去，倭丁尽打下去。蔡庆枭下革鹏首级，倭丁杀得馨尽，方才无事。大将军上城，唤把革鹏首级挑出号令，倭丁尸骸尽抛城下去，说道："险些儿坏了事！虽然斩了革鹏，关白只不肯退，如之奈何？"朱武道："船虽凿破，修整二三十号起来，差关胜等八将，把青霓三岛的水营冲散，截了关白归路，然后破他。"

大将军传令，关胜等点阅修理船只，去冲水营。童威去逐号检阅，尚有二十余号未经凿破。关胜道："水面上交战，火器为先，请凌振出来方好破得。"使童威去请凌振，一面整顿。不多时，凌振带火器到了，等到二更去冲。

却说铁罗汉在水寨与屠崆、余漏天商议道："李俊大败，革鹏破了东门，暹罗朝夕可得。谁知革鹏被杀，我们三岛的兵终日守在此间，不能成功。今夜且安息了，明日去攻南门。"屠崆道："岛长之言有理。我们尽醉一场，来早并力杀去。"取酒来尽量痛饮，兵卒亦皆赏犒，俱各大醉。正在睡梦里，忽听得号炮连声，爬得起来，各船一时火起。关胜等八将奋力杀入。铁罗汉、屠崆、余漏天不敢交锋，各驾一只船，分路逃回本岛。二百战船烧了一半，岛兵杀得馨尽。四路伏兵听见炮声，也合在一处，大获全胜而归。

同入城中，启李俊大将军道："水寨冲散，铁罗汉皆逃回本岛，关白便插翅也飞不去了。"朱武道："关白勇悍，倭兵尚多。若久留城下，倘拼命来攻，挡他不起。我闻倭丁极怕寒冷，一见了冰雪，如蛰虫一般动也不敢动。只是这炎海地方，哪得冰雪？"公孙胜道："待贫道祈一天雪来，冻死了他，只怕罪孽。"大将军道："倭兵犯顺，自取灭亡。若被他所破，不唯我等永无归路，那暹罗数百万生灵，都要受他荼毒。请先生作起法来。"公孙胜就命坎地上筑一坛，按了五方，选二十八人，手执幡幢，分立四方，作为二十八宿；又选十二人，做六丁六甲之神。

一童子执炉，一童子捧剑。公孙胜登坛，披发仗剑，步罡礼斗，焚化符箓。一日作法三次。到第三日，只见：

> 彤云暧逮，黑雾迷漫。吼地西风，吹散满林落叶。扑天柳絮，霎时堆起琼瑶。鸟群哀噪占枯枝，兽队怒嗥藏土穴。鬼哭神愁，指枯皮裂。寒威凛凛结冰澌，冷气萧萧连冻雨。却似雪窖牧翔持汉节，蓝关倒马咏新诗。

那雪下了一昼夜，足有五尺多高。暹罗百姓自古不见这雪，尽皆骇异。那倭丁只怕冷，不怕热，从来没有寒衣。况是秋天到的，哪里当得这般寒冷？缩作一团，冻死无数在雪里。关白想道："敢是上天发怒，不容我在这里！下这什么东西？再过两日，尽要冻死了！"遂收兵回去。在雪中一步一跌的，到南门，战船烧了，还剩几十个在海面上。叫黑鬼下海，推到岸边来。那黑鬼可以在水里过得几日的，只因雪天，海水都成薄冰，泅了去，如刀削肉一般，又冻死了好些。推得船来，关白同倭兵下船。公孙胜又祭起风来，一时间白浪掀天，海水沸腾，满船是水，寸步也行不得，只好守在岸边。三昼夜风定后，海水都结成厚冰。关白和倭兵都结在冰里，如水晶人一般，直僵僵冻死了。

到次日，天和日霁，冰冻俱解。大将军命童威、童猛、樊瑞、杨林四将去看倭兵消息。四将到海岸边，见关白、倭兵皆枕藉而死，不留一个。收有数千把好倭刀，关白戴的帽子皆是八宝嵌成，也取了。把尸骸抛入海中。战船还有百多号，并凿破的尽修整起来。那关白骑的白象倒不死，就牵了回来报大将军。各文武俱皆大喜。大将军道："多亏公孙先生，成此大功！从今枕席得安矣！那革鹏上东门，我战败而回，满想坏事了，不料复得安靖。"设酒庆贺。朱武道："外寇虽除，内患未净。那青霓岛煽乱兴兵，若不剪除，二十四岛必然效尤，还须遣将问罪。"大将军道："兵卒守城辛苦，文武各官亦皆精神未定，再过几日出兵便了。"

正是：创造丕基原不易，欲安乐土岂辞劳。

不知后事如何，且听下回分解。

此书每至谈兵处，别有慧想幽思，出人意表。行间纸上，不但无血腥气，并无烟火气。诸葛君真名士风流。

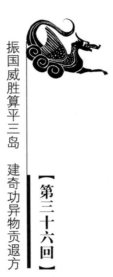

却说关白倭兵尽皆冻死，后来倭王闻得，知道天命有归，再不敢来侵犯。革鹏已戮，并无勾引之人。只是青霓岛铁罗汉、白石岛屠岜、钓鱼岛余漏天这三个跋扈自恣，不奉约束。朱武劝大将军出师征讨，就命栾廷玉、扈成、童威领兵一千、战船二十号，征青霓岛；关胜、杨林、童猛领兵一千、战船二十号，去征白石岛；朱仝、黄信、穆春领兵一千、战船二十号，去征钓鱼岛。传下号令，各自整兵不提。

却说铁罗汉三人，因破了水寨，各自逃回本岛。闻得革鹏被杀，关白倭兵尽皆冻死，铁罗汉心内踌躇道："我歃盟煽乱，不料溃败。李俊必兴兵前来，所有雄兵都杀死了，存者不过数百老弱，哪里敌得过？再要去日本借兵，那倭王必不肯发。欲要逃去，又舍不得这好基业。若是投降，被他耻辱。大丈夫宁死，岂可屈膝于人！且待他来。"把岛中百姓强壮的都拿来，面上刺字充了兵，也有一千多名，准备抵敌。

那青霓岛无险阻可恃，平畴沃野，田地肥饶，广出五谷。各岛无田的都来贩籴，若是不肯卖，尽要饥馁了。况铁罗汉又生性强悍，力敌万人，好不好就要厮杀，所以各岛俱畏惧他。岛中有座铁罗山，出得好镔铁，打起刀来，锋利异常，再不肯轻易与人，所以他自号铁罗汉。山脚下有一石潭，看来澄清，其实有毒，这是铁汁浸润的。若误吞一口，即时肚疼，到一周时，溃腹烂肠而死。铁罗汉的法度，若有犯法的，也不加刑，把一碗灌下，其人立死。岛人因此不敢犯法。

先说栾廷玉、扈成、童威，到了青霓岛，并无城郭，都是沃野。村落中，百姓人家收割稻子上场。栾廷玉传令，不许动一草一木。领兵进去，到铁罗山下，见铁罗汉屯在山顶，四围俱用木栅。栾廷玉见天色将晚，不知上山路径，且扎下寨栅，明日进兵，遂埋锅造饭。见石潭的水清洁，就汲起煮饭。不吃万事全休，一吃下去，军士都叫肚疼，栾廷玉、扈成、童威还在饮酒，不曾用饭，所以不曾中毒。栾廷玉道："偶然肚疼，这是常有的，怎么一千人都疼起来，必然中毒。恐是这石潭里的水缘故。"急寻土人查问，果然水吃不得的，到周时腹烂而死。栾廷玉心慌，即使童威到国中问安道全解法。童威驾船飞也似去了。那些军士沉重起来，一个个弯着腰，攒眉叫苦。栾廷玉无可奈何。

只听得鼓角齐鸣，铁罗汉率领蛮兵各执长刀，泼风也似卷来。军士哪里厮杀得？栾廷玉忙叫退军，自与扈成断后，走得迟的已被杀了一百多人。回到船中，见军士尽皆要死，心焦得紧。到晌午，童威领五百生力军来，说道："安道全说甘草汤可解。盒着一大盘药末，叫把清水调服。"军士各吃几大碗，吐出无数黑水，方才疼止，且在船中养病。栾廷玉、扈成引了生力军重来交战。这番铁罗汉不屯在山上了，一片平洋地上，铁罗汉把蛮兵摆开，在那里毒骂。栾廷玉大怒，挺点钢枪，领兵赶去，只听天崩地裂一声响，都跌下陷坑，两边伸出挠钩来捉人。栾廷玉拔出腰刀，斩断挠钩，踊身一跳，跳出陷坑。扈成、童威连忙收步，不致跌下。栾廷玉复挺枪刺去，铁罗汉将铜槌抵住。斗了十余合，扈成、童威大宽转赶到，挺枪助战。铁罗汉虽勇，挡不得三条枪，败阵而走。栾廷玉紧紧追着，到一洞口，铁罗汉便钻入洞去。蛮兵钻不及的，砍杀几个，四散逃走。

拿着一个，正要砍下，大叫道："我不是蛮兵，百姓充做的。"栾廷玉喝道："既是百姓，怎么助这逆贼造反？"答道："铁罗汉因兵少，拿我百姓脸上刺字充兵。"栾廷玉道："且饶了他，今后遇脸上刺字的，不许杀害。且问你，这是什么洞？深浅何如？"百姓道："此名乌龙洞，洞口甚窄，只可一人钻进。里面宽大，能容二三百人。昼夜点火，预备干粮。一块大石生成，打凿不开。铁罗汉把金银珍宝藏着，将铁门关上，任有千军万马，也攻不开。一应家眷都在里面。"栾廷玉想道："他躲在洞里，也不算好汉。"唤军士取炭，堆在铁门边，用火煽着。不消半日，铁门熔开了，只是不能进去。又唤将柴草烧着，用长叉推进。那洞里烟气灌满，火焰冲进，焦渴烦闷，怎生过得？外面只管把柴烧进，一昼夜光景，铁罗汉已熔成汁了。

栾廷玉还拨兵守定，出榜安民，将所积的稻谷散与刺字的百姓。蛮兵俱准投降。革除了饮潭水酷政，百姓以后不消干这杯酒了，都来拜谢。到三日后，叫军士钻进。那死尸如墨炭一般，一个个抬了出来，把铁罗汉首级割下，放在木桶里。又搜出金银十万余两，遣童威解去报捷。大将军就命栾廷玉、扈成镇守不提。

再说朱仝、黄信、穆春，到钓鱼岛。那岛对面两座小山，对着山腰里架一座石桥，通人往来。石桥上造一敌楼，余漏天闻有兵到，先领蛮兵守在敌楼上。桥底下排了铁楞，进去不得。朱仝到了两日，余漏天不来交战。若近桥边，用竹弩打来。那竹弩厉害，用石炮压住，机縠一发，打到三百步之外，一弩定伤十多个人，所以船近不得。朱仝焦躁，把船移到东边三里之遥，有路可登。同黄信、穆春上岸，走上冈子一看，有座天生石台，直靠在海外，如建康燕子矶一样，玲珑剔透，文采可观，遍生琪花瑶草，石壁上镌下六个大字，虽然风雨剥落，还认得出是"任公子钓鱼处"。朱仝道："原来有此古迹，所以得名。"看那一带冈子，天然一座城垣，望见岛内，田畴屋宇，鸡犬桑麻，甚是葱郁。一路随小冈走出，都是荆棘葛藤，纠结盘绕，刀斧砍不进。穆春道："铜墙铁壁，也要设法开来，何况这些葛藤？朱提督你且到前边拒住，我同黄提督领兵到山后，用铁剪子慢慢剪开来，从背后杀进。他一定守不住。"

朱仝依计，先下船，分三百兵随黄信、穆春拣一幽僻之所，剪开荔薜，等到夜深，爬下山冈。那余漏天是一勇之夫，只管其前，不顾其后，况且兵少，分拨不开。黄信、穆春点了十数个人，把民房烧起，火光冲天。余漏天见了，急下敌楼，看哪里失火。不防黄信赶到，一刀砍为两段。蛮兵尽拜伏降顺，一个也不杀。朱仝见里面火起，亦上岸进来，搜出家口诛戮。事已大定。那钓鱼岛不比青霓岛富盛，却是民风朴素，家给人足，倒是安乐之土。余漏天为人刻薄，凌虐小民，百姓见灭了，无不欢喜。朱仝出榜安抚，将金银之物并首级命穆春解去报捷，所存米麦，亦皆分散。

百姓感激，抬一件东西来，送与朱提督。朱仝、黄信一看，原来是条大蛇，有十丈多长，三百斤多重，垂首丧气，似将死的一般。朱仝道："要这大蛇何用？"百姓禀道："此名巴豕，其肉甚美，食之益精延寿。那胆如鸭卵大小，价值百金。一应风疾服之立愈。兼能消痰、定喘，壮人筋骨，平时不易得的。勇健如飞，螯人立死。四季来朝任公子，预先张网，方可捕得。将药酒每日灌他，似醉一般。十日之外，毒气全无。或糟或腊，甘美异常。马国主在日，余漏天不肯贡献，唯共涛丞相送他一瓶。余漏天每年责限收捕，不知受了几多屈棒，也没有这样大的。老爷是中华福人，故有此异物出现。"朱仝唤主人割开，果然胆似鸭子，金光闪闪。将炭火逼干，贮在磁罐，自有别岛人来求买。把肉煮起来，肥甘如熊掌。与黄信同尝了些，将去送与国母、李大将军。安道全道："此蛇之胆，真与黄金同价，沉疴立起。前日疗高丽王的病，全赖此品。肉亦有益于人。"大将军便分给众位。就命朱仝、黄信镇守钓鱼岛不提。

再说那白石岛，境界更奇。天生成这石岛，雪也似白，光溜溜并不生草木。屏风峭壁，四面环绕，出入傍海。一个大洞，中央一片平地。方幅百里，地极肥饶。出一种香糯，如桐子大，取岛中金沙泉酿起酒来，香甜浓馥，容易上口。醉了三日方醒，又不坏人，名为香雪春。还有一件珍物，形如鹧鸪，在竹林中哺出来的。春时极肥，用米粉蒸熟，骨脆肉腴，名为竹鸠。此两种是白石岛进贡的方物。

那屠崆凶恶，比铁罗汉、余漏天更加贪淫纵酒，岛中的人，无不切齿的。屠崆闻有兵到，把洞门下了铁板，随你攻打不开。岛中钱粮广有，无求于外，两三年也守得定。关胜、杨林、童猛领兵到了，并不见一人。洞门铁板闸定，那石壁从海底生起来，无陆路可登。那股海水流入洞里，船进方可登岸。石壁有三丈多高，像白玉碾成，没有痕迹可用手脚。将船周回摇转看时，多是一样。杨林道："天生的石壁，哪里破得？闻得栾廷玉用炭熔开乌龙洞铁门，我这里也用几万柴炭熔开。"童猛道："洞是海底下环起的，把柴炭放在哪里煽火？若在船上，船先烧了。"皆笑起来。杨林道："到国中再请兵将来商议。"关胜道："这里兵将尽足，只是无可用力。青霄、钓鱼皆已攻破。同发三支兵，若我们破不得，有何面目去见大将军？"关胜坐卧不安。

只见有只小船海面上荡来，兵卒把挠钩挽住，只有两个船家、一个坐舱。关胜看那坐舱的相貌古朴，年纪有五旬，不像外洋人，问道："你是什么人？来做奸细？"那人道："小的是扬州人，唤作方明，不是奸细。"关胜道："到此何干？"方明道："小人十年前合伙到此贸易，翻了船，伙计皆死，回去不得。流落在这里一个小澳里，地名黄沙洲，卖些草药度命。有个女儿年方八岁，乳名秀姑。因丧了母无人看管，就带在身边，今年十六岁了，有些姿色。因这屠崆淫徒闻知了，一月前被他抢去。那蛮婆又极厉害，生性妒忌，岛中妇女不知坑陷多少。不知我的女儿死活存亡，故来探望。不晓得将军在此，有失回避。"关胜道："那屠崆武艺何如？有多少蛮兵？钱粮支持得几时？"方明道："那厮没甚本事，蛮兵不过四五百，只有钱粮充足，便十年不出来也不打紧。马国主嗔他不贡香雪春，兴兵来征。他闭了洞口，奈何他不得。若见有兵，便缩了进去，所以唤作石乌龟。"关胜道："我奉暹罗国李大将军之令，因他借日本国兵来煽乱，差来征讨，只是攻打不开，你有什么算计？"方明想了想道："将军差两个人进去，在里面做细作，就可破了。"关胜道："洞门紧闭，如何叫得开？"方明道："将军把船移过，那洞边峭壁上有一小孔如钱眼大，他把千里镜照看，见外面兵退，自然开洞。"关胜大喜道："若成了功，封你官职，将女儿还你。"赏以酒食。命杨林、童猛藏了暗器随方明进去，就把战船移在侧边，果然不消半日，洞门开了。

杨林、童猛在方明船里，摇进洞口，只容一船。里面一条大溪，直贯上去，接那山水下来，清沏见底，多是五色石子。两岸田园屋舍，茂林修竹，竟是个桃源。沿溪行了五七里，方到屠崆的住所。高厅邃阁，极是齐整。门边有四五十蛮兵站着。方明向前通了来意。蛮兵摇手道："进去不得。"方明正要再问备细，只见屠崆气烘烘走出来，向南飞跑。后面一片喊声，蛮婆手执双刀，五六个蛮妇跟出来。杨林、童猛闪在一边，看那蛮婆怎生模样：

> 头结黄毛髻，珠翠铺匀。身穿毳红衫，绒绦束紧。眉浓眼大搭腻粉，如初放绣球花；喉破躯雄展娇声，似出林狮子吼。不是吃人罗刹女，定为缚鬼夜叉婆。

那蛮婆舞着双刀，一头赶一头骂。骂道："你这石乌龟，偏向那小妖精，做我老娘不着，今日一同杀了你。"屠崆只是飞跑，再不回头。蛮婆赶不着，喘吁吁的指着骂。蛮妇劝转，扪着胸脯进去。杨林暗笑道："直得什么？原来是怕老婆的元帅。"方明再细问蛮兵，答道："为你这女儿，岛主宠爱他，另住在上面一所房子内。"指里边道，"那个主儿不忿，终日厮闹。"方明问道："另住在哪里？"蛮兵努嘴道："不上一里路，我引你去。"方明、杨林、童猛随蛮兵走去，有一小门楼，进去，见屠崆呆着脸坐在红毯上。方明向前施礼。屠崆也不起身，叫他坐下，问道："这两个是谁？"方明道："一般的亲眷。"屠崆也叫坐了，说道："你的女儿在这里，安享富贵，你来瞧什么？只笑那婆娘不良，要和我厮拼，少不得杀了他，同你女儿快活。你不要回去了。"叫唤小夫人出来。杨林偷看时：

芙蓉为面柳为腰，人在扬州廿四桥。

何事飘零东海外，石龟深洞锁妖娆。

那秀姑见了父亲，道个万福，睄那杨林、童猛，却不认得，也道万福。杨林、童猛起身回礼。屠崆扯秀姑坐在方明肩下，秀姑与方明说些家常话，不觉流泪。蛮女捧出两个蹄膀、一只熟鹅、大盘肉包子，斟上香雪酒。屠崆并不让客，把解手刀割那鹅肉，大碗酒只管吃。杨林、童猛闻得馨香，也便大吃。吃了多时，屠崆大醉，蛮女扶进去睡了。秀姑哭道："蛮婆日日要来杀我，性命决然不保，今日得见父亲一面，死也甘心了。"方明附耳说道："我儿不要忧心，这两位将军是暹罗国差来的，今晚就要开除他，你躲开些。"秀姑道："他醉了，明日晌午方醒，卧房只有几个蛮女，进来不妨。我且进去，服侍他睡好，再叫拿酒来。"秀姑自进去，蛮女又拿酒来。童猛道："这酒果是好滋味，不要也醉了，耽误正事。"杨林道："屠蛮倒是直汉子，并不疑心。"童猛道："见丈人引来，是内亲了，故此托胆。少停下手，只要蛮婆不知觉，便不妨事。"又吃了一回，起来看了出入的路。

候到三更，方明引童猛、杨林趸进卧房，见秀姑对着孤灯而坐，那屠崆鼾声如雷，两眼闭着。杨林、童猛拔出短刀，揭开锦被，按着脖颈割下首级。四个蛮女都倚壁而睡，童威也要动手。秀姑道："不可！这是服侍我的。"杨林提了首级，叫秀姑出来，把卧房锁着，等到天明，对方明道："你同女儿在此，不要走漏消息。待我们去接关提督来，杀那蛮婆。"放首级在船头内，叫水手摇船到洞口，唤搅起铁板，放我们回去。守洞的蛮兵晓得小夫人的亲戚，便开闸板。杨林道："还要转来，且开着。"

到战船边，关胜悬悬而望。杨林提了首级跨上船来，说了一遍。关胜大喜，叫快把船放进。先是一只进了，后面的鱼贯而入。守门的兵拦挡不住。直到里面，蛮婆还不知觉。关胜把兵围住，蛮婆披头散发，舞双刀而出。关胜一青龙刀劈去，蛮婆倒地，兵卒也把来割了首级。蛮兵尽来投伏，唤把屠岊夫妇尸骸掘地埋了。出榜安民，谢方明道："全亏你得破此岛，待申过大将军，重重赏你。"方明道："将军与岛民除害，又救了小女。老汉何功之有？"关胜查点仓库，也有金银、米谷、珍异之物，香雪春堆满一屋，竹鸠还有醉的在哪里。开了酒，与杨林、童猛、方明一同享用，大赏军士。申文开方明功绩，并解香雪春、竹鸠、屠岊首级去报捷。过两三日回文转来，留关胜、杨林镇守，方明授守备职衔，一同协理，掣童猛回去。

童猛辞了关胜等，回到国中。大将军道："兄弟多有功绩了。那香雪春你们先吃了几多？解来的送十瓶到宫中，余下的与众兄弟同吃，还不够。"阮小七道："我一生当得两番好酒滋味，这香雪春是一番了。前在梁山泊，太尉陈宗善来招降，龙凤担内装十瓶御酒，被我偷吃了六瓶，也还不如得这香雪春哩。"童猛道："那岛果然生得奇特，真如白玉琢成，闸了铁板，再进去不得。幸遇方明，跟了进去，那屠岊是酒色之徒，我与杨林认作小夫人亲戚，一同坐下，斟下香雪春，不敢多吃，恐误正事。昨日回来，方与关胜、杨林吃得畅快。如今香稻新熟，已唤岛民酿来了。那屠岊先倒了运，被蛮婆赶杀，不敢回拳。可见怕老婆的不是好汉。"众人皆笑起来，大将军道："自从共涛篡位以来，有大半年征战，日夜操心。幸喜关白、革鹏就戮，三岛戡平，可以高枕无忧。且与众兄弟快乐，过此残冬。"燕青道："安不忘危，有国家的不比庶民，须兢兢业业，若偷安纵逸，大则丧国，小则亡身。如道君皇帝，用蔡京为相，奸党互结，上下蒙蔽，不亲政务，致陷了汴京，父子北狩。马赛真优柔不断，权归共涛，有篡弑之祸。大将军初开国基，务须励精图治，不宜自耽逸乐。目下有件震威柔远之事，可宜速行。"

正是：家破必因浮荡子，国兴知有说言人。

不知燕青说出什么事来，且听下回分解。

历叙三岛山川形势方物，俱有俪语铺缀，并不雷同合掌。可作三岛小记。叙用兵处，不甚费力，此处文体，只合如此。

徐神翁诗验金鳌岛　宋高宗驾困牡蛎滩

【第三十七回】

却说大将军李俊，因征战多时，身心劳瘁，思量要与众兄弟快乐，过了残冬。燕青抗言谏诤说道："三岛虽平，二十四岛未尽称伏。必要逐岛巡历，好言抚慰，使他怀德畏威，不敢倡乱，那时方得宁靖。古人谓之一劳永逸。"大将军道："兄弟之言甚是有理。"即命文武十员，点三千兵、一百号战船，制造八方十二神将，二十八宿鲜明旗帜，水磨盔甲，器械锋利，建立了朱幡黄幄、皂纛白旄，点柴进、燕青、朱武、乐和、呼延灼、李应、花逢春、呼延钰、徐晟、凌振，十二对金鼓，发了三个号炮开洋。

先到青霓岛。栾廷玉、扈成出来，迎接慰劳一番，把铁罗汉三人首级遣人传示东方五岛。那五岛俱来降伏，进贡方物。大将军重赐段匹花红，皆喜跃而去。栾廷玉请大将军并各位弟兄游铁罗山、乌龙洞，宴饮一日。

开到钓鱼岛，朱仝、黄信出来迎接，将余漏天首级传示西面五岛，亦来降贡，重赏而去。朱仝献上巴豕胆，留与安道全药笼中备用。也吃了一日酒，到钓鱼台游览而去。

开洋转北到白石岛，关胜、杨林接入。大将军道："这岛果然奇巧，若无方明，怎生破得？"重赐方明。朱全设宴，用香雪春送上大将军和众弟兄，都吃得酩酊。北面五岛亦尽来纳款。

遂开船到金鳌岛。费保、高青相见。李大将军道："此岛是我们创业根基，山川秀丽，城垣坚固，做暹罗之屏翰，恐你两个兄弟料理不来，去传王进、阮小七来同守。王进老将知兵，住在国中，终是先辈，不可屈下。阮小七惯习水战。四人在此，我无南顾之忧矣。"登了城楼叹道："若无中国弟兄来，几被萨头陀所害，可谓侥幸。"费保请到厅上赴宴，南面五岛亦来纳款，抚劳而去。话休絮烦。

正在饮酒，只见一个道士，羽衣竹冠，飘然而至。花逢春见了，即出席而拜。道士笑道："驸马还认得贫道么？"大将军见他仙风道骨，请来上坐。道士并不推逊，一坐下就吃了十大瓯酒，只不用荤。大将军问及来历，花逢春道："春间马国主到丹霞山游观，这位先生见国主气色不利，叫随他出家，不日必有奇祸。留下四句偈，皆是不祥之语。虽已应验，只是猜不出。"道士道："有何难哉？'浲水为灾'，浲水者，洪水也，'长年不永'，长年者寿也。移洪字三点在寿字旁，不是共涛两字么？说他为灾。后面两句不消解得，我方才到他墓上来。"花逢春道："若是国主当初随了先生出家，可免得这祸么？"道士道："仙家可以转祸为福，自然可免，只是必不肯出家。老病贫苦，身膺重罪的人，尚恋着浮生，岂能舍一国之尊，脱屣而去？反是贫道饶舌了。"花逢春道："那共涛安享富贵，何故行此悖逆，自取灭亡？"道士道："贪夫知利而不知害。凡人打扫一片心田，干干净净，虽做强盗的，后来必有好处。若妄想希图王侯将相，必受显戮。这共涛与中国的蔡京、高俅一般品类，遗臭万年。"李俊暗想道："这道士真有意思，这句说话打着我辈了。"接口道："如我弟子可随先生出得家么？"道士仔细一看道："你身上担子还重，若是登来，可以卸得。"大将军道："什么'登来'？"道士道："自有后验。"大将军道："先生可留仙驭，与公孙先生同住修炼。"道士道："公孙一清是我师侄，他方才祈雪祭风，太刻毒了。飞升之事，还隔一尘。"见照壁粉饰得洁白，叫借笔砚一用。花逢春捧过笔砚，道士卷起袍口，磨得墨浓，蘸得笔饱，在壁上龙蛇飞动，挥下碗口大小的二十八字。众人一齐起身看道：

牡蛎滩边一艇横，夕阳西下待潮生。

与君不负登临约，直向金鳌背上行。

　　后面又有四个小字"徐神翁题"。众人不解其意。道士道："明日有一大贵人到，自然晓得。"向花逢春道："香雪春还要用几杯。"花逢春道："香雪春白石岛所酿，不曾带来，还隔五百里路，怎处？"道士道："借酒榼一用，贫道倒带得在此。"随人抬到酒榼，道士把袖拂了一拂，开来满榼香雪春。斟上，其味无异。又道："有此美酝，但少鲜花时果。"叫取大漆盘来，袖中摸出闽中枫亭驿中生的状元红荔枝，刚刚是新摘下的，堆满一盘，又向袖中擎出两朵洛阳开的姚黄魏紫牡丹花，晓露未晞，插在筵上。大笑道："贫道穷家计，只此二物奉献。"剖开荔枝，先奉一个与大将军，香甘嫩白，入口而化。又剖开一个与燕青，说道："比你驼牟冈进的青子，直待回味，怎如这荔枝入口便甜，要青子回味，不能够了。"逐个面前奉上一个，自取大碗，吃上三碗香雪春，把手一招，空中飞下一只白鹤，在席前清唳了数声。道士跨上鹤，指道："贫道要到罗浮山看梅花，不得奉陪了。"腾空而去。众人齐道："真是神仙下降，可惜公孙先生不曾一会。"倏忽不见，惊讶不已。

　　只见探事船报来说："牡蛎滩上有宋朝皇帝被金国大将阿黑麻赶来，围困甚急。"柴进、燕青道："我等原以忠义立国，亲见中原陆沉，二帝蒙尘，只为越在草莽，不操兵柄，无可奈何。今康王中兴，又一旦颠蹶，到了这里，岂可坐视不救？现有兵将，虽众寡不敌，金兵长于骑射，不习水战，我们倘得一战成功，送驾回朝，真千载奇功，名标青史，岂不美哉？"大将军奋然道："我李俊一介细微，蒙弟兄相助，成此事业，若坐视君父之难而不救援，是豺狼也。虽肝脑涂地，亦所甘心。望众弟兄奋勇同心，共建大义。"朱武道："谋定而后战。可分兵三队，到夜静之时，使他不测多寡。今日是箕水豹值日，晚间必有大风，将十支空船装满芦柴，加上硝硫，乘他无备，好作火攻，可获万全。"正说间，王进、阮小七到了。大将军大喜，即拨呼延灼、柴进、呼延钰、徐晟为一队，王进、李应、阮小七、高青为一队，自与朱武、燕青、费保、花逢春、凌振为一队。分拨已定，只等夜深进兵不提。

　　却说高宗皇帝即位临安，信任王潜善、黄伯彦、汤思退一班无谋宰相，专主和议。斥罢李纲，张所、傅亮忠良之臣，汴京复失，两淮不守。被兀术长驱直入，攻破独松关，高宗遂幸明州，下了海。阿黑麻领一万雄兵，直追至牡蛎滩，团团围定，以为唾手可取。只是船到滩边，便见两条黄龙旋绕在御营上，风雨大作。金兵害怕，不敢上岸。高宗从驾的战士尽皆败没，唯有羽林军数百、文武内监十余员而已，御膳已缺，正在危急之时。

夜至三更，李俊统三队兵，先把火船推入金营。忽起大风，各船一齐火起，凌振又装大炮，振天打去。呼延灼等大喊杀人，逢着便砍。阿黑麻不知哪里来的救兵，黑夜里又不知多少，各船火发，先领一队奔出外洋。那金兵杀死的、烧死的、跳在海内的，不计其数。阿黑麻领残兵，不敢回明州，望登莱逃去。呼延钰、徐晟追上，拿得一个船、两员将官、三十名金兵，解到中营发落。高宗听得炮声不绝，火光冲天，心中惊怕，垂泪道想：“是金兵登岸了，不如自尽，免得受辱。”侍臣奏道：“这喊声，敢有救兵到了，在那里交战。圣上且请耐心。”到天明，李俊等登岸，向羽林军道：“我等是救驾的，金兵杀败逃去，特来见驾。烦为引奏。”羽林军报知，高宗惊喜不已，传旨宣进。李俊等奏道：“臣等甲胄在身，不能行礼。护驾来迟，有惊龙体，死罪死罪。”高宗举目观看，都是相貌堂堂，威风凛凛。问道：“卿等是何人，救朕大难？”李俊道：“臣等李俊是梁山泊宋江部下，蒙道君太上皇帝三次招安，钦差征服辽国，剿灭方腊，恩授官职。蔡京、高俅、童贯等嫉功妒能，假传圣旨，颁赐药酒鸩死宋江、卢俊义，又陷害臣等，故投海外暹罗国。那国王马赛真被奸臣共涛篡弑，国内无主。军民拥戴臣权勾当暹罗国事。闻得陛下为阿黑麻所围，臣等奋不顾身，特来救驾。”高宗大喜，称赞道：“朕久知宋江和卿等心怀忠义，为朝廷立功，一旦被奸臣所陷。渊圣皇帝已将奸党诛戮。今日朕家危难，又借卿等相救，真是功垂竹帛，百世流芳。可开出姓名，待朕还朝，没于王事者，厚加褒赠，现在的显擢官爵，胙土分茅。”李俊等谢恩。又奏道：“闻御膳匮乏，请圣驾幸臣驻扎之所，整顿兵马，送圣驾还朝。”高宗传旨启行，文武内监护从下船。

顷刻到了金鳌岛，用十六人桥抬入公厅，李俊等换了朝服，高呼拜舞已毕，进上珍馐百盘。文武内监另自管待，羽林军各犒酒米。高宗用罢御膳，笑道：“朕已绝粮一日矣，今得饱卿之德。”回头见照壁上之诗，大惊道：“此诗几时题的？此间唤甚地名？”李俊道：“此名金鳌岛。这首诗昨日有一道士，曰称徐神翁，忽然而来，题了这诗，臣等不解其意。他道：'明日有一大贵人到，自然晓得。'"高宗恍然道："事有前定，信不诬也。朕在潜邸之时，遇一道士，口授这四句诗，说道：'他日自有应验。'不料隔了多年，来到此地。人生都是前定，岂可任行一步？原来这道士便是徐神翁。"问："此仙翁何在？待朕再叩前程。"李俊把摄酒、献牡丹花、鲜荔枝的奇异，及招下一鹤，腾空而去说了。高宗道："那仙翁何不暂停一日，使朕再问此后休咎。"李俊道："陛下已过大难，定然万寿无疆。今日是腊月二十八了，请圣驾暂幸暹罗国度岁，新正送行。"高宗点首道："军旅倥偬，把岁序都忘了。承卿款留，且过元旦。"李俊先命花逢春、乐和归去，整备待驾。

高宗张了御盖，坐在大船上，见海气澄清，群山青翠，喜动龙颜。到了海口，乐和安排仪仗，结彩张幄，一路香花灯烛，鼓乐笙箫。李俊多官俱是步行，引至金銮殿，各官尽来朝见。退朝到偏殿，唯有李俊、公孙胜、燕青三个陪侍。高宗问公孙胜道："昨日徐神翁到来，先生曾相会否？可知他来历？"公孙胜道："臣不曾到金鳌岛，无缘不能相遇。他是蓬莱散仙，与先师罗真人交往，正是师叔之礼。"高宗道："朕已厌弃尘劳，待欲修仙何如？"公孙胜道："天子与庶民不同，临御六字，使人民安生乐业，便是正果了。何必枯寂为事？太上道君极慕神仙之事，敬事林灵素。因五欲未除，宠任群小，致海内崩裂，况林灵素是小有法术之人，贪图富贵，广收门下，恣为不法。所以上天降祸。必若徐神翁辈能超出世外，行云无迹，才是真仙。"燕青俯伏奏道："微臣燕青曾于宣和二年上元之夜上厅行首李师师家，得观太上道君皇帝，蒙赐御笔，赦臣万死。前年北狩在驼牟冈，臣到营中朝见，进黄柑十个、青子一百枚，又蒙钦赐纨扇一柄，题有诗句，特呈御览。"高宗接过，讽诵数回，潸然泪下，道："朕被金兵搜逼，不敢去送龙驾。卿能仗义若此，可谓国乱显忠臣矣。上皇手泽，卿可珍藏。"仍付与燕青。燕青叩头谢道："微臣有刍荛之言，望陛下采纳。二帝蒙尘，中原陆沉，此千古创变也。陛下天与人归，继续大统，海内父老，皆拭目以望中兴。陛下当枕戈达旦，以报父兄之仇，不可听信庸人，狃于和议。和议之计，金人以此愚我，奈何我以自愚也？宗泽愤死，张所掣回，神京复失，两淮不守，致陛下为蹈险之行。幸天地祖宗之灵，得以万全。陛下还朝，宜远斥和议之臣，亟拔忠贞之士，则二圣可还，海宇可复。昧死陈情，伏望圣鉴。"高宗道："卿忠义过人，识见卓荦，朕铭于心，一归朝，即相张浚、赵鼎矣。"燕青拜谢而起。高宗进了晚膳安寝。

次早是元旦，五鼓罢，设朝仪。李俊先同文武众官伺候。堆起火城，焚檀沉降速，香气氤氲，散于九霄。丹墀下羽林军肃列御仗，伐鼓鸣锣。高宗望北拜了二帝，簇拥升殿。一时难得龙位，权坐了马国主遗下的暹罗蜜犀镶嵌龙文的白象牙床。李俊率文武拜舞称贺，暹罗国文武臣僚同着民父老，亦皆朝贺毕。马赛真元妃萧氏凤冠霞帔，宫娥拥出来拜贺。高宗传旨平身。朝驾已毕，各官俱散。李俊就在金銮殿设华筵，陈列宝玩，山珍海错，无不毕具。李俊亲捧金杯，再拜上寿。高宗赐坐陪宴。李俊、公孙胜、柴进、燕青四人谢恩就坐。殿下奏乐，蛮女起舞。高宗大悦，说道："朕在临安规模草创，朝驾赐宴，仅存大意。不意今日此地反有此盛典，可谓中外一家，君臣同庆矣。"李俊四人更番上寿，跪进香雪春。高宗道："此酒味醇而美，大称朕怀。"李俊奏道："此酒名为香雪春，白石岛所酿，饮多不醉，醉不伤神。陛下还朝，当赍进奉。"直宴到下午，尽欢而散。高宗道："感卿等美意，欲要再留几日，恐臣盼望，明日可送朕回朝。"李俊道："臣已准备船只，择初三是黄道出行吉日，决当送驾。"高宗退到偏殿，又与公孙胜叙谈道藏之法，不觉至晚。

次早呼延钰、徐晟所拿金朝两员将官，大将军发监察御史裴宣勒取口供，原来就是赵良嗣、王朝恩投顺金朝，后为向导。裴宣将口供进上，高宗看了大怒，就举御笔写道："赵良嗣构成边衅，使二帝蒙尘，王朝恩权奸遗孽，追朕海上，大逆不道。先打八十御棍，扭解回京，凌迟处死。钦此。"裴宣领了圣旨，花逢春叫带进驸马府，说与母亲、姑母知道："王朝恩已带来处杖了。"花恭人、秦恭人都立大后堂亲看。乐和、樊瑞亦皆到来。裴宣唤带钦犯行杖，众军役鹰拿燕抢的捽在丹墀跪着。乐和道："王宣慰，你可认得尹文和、花公子么？怎的把宦家冰霜凛节命妇拿禁东楼，意欲何为？"王朝恩见了，满面羞惭，哀求道："不干本犯之事，通是郭京指使，尹相公望乞宽恕。"乐和道："我原是梁山泊铁叫子乐和，今为暹罗国参知政事。"樊瑞道："李大官人本是见我斗法赢了，款我净室，怎又听信郭京狂言，要拿去解童贯？我土遁去了，又差兵捉公孙先生，与你有甚相干？我叫作混世魔王樊瑞，公孙先生现今与圣上谈道哩。那郭京投顺金朝，做郓城知县，被我拿到还道村杀了。"王朝恩道："事已至此，悔之无及，还求乐大人开恩。"乐和道："你待我原不薄，只是你父子世受国恩，不思尽忠，反做金朝向导，来追圣驾！二位这事大错了！也罢，叫取酒食来，二位兄吃些，好熬刑责。这是先尽私情，后正国法。"军健便把黄袱绷起，高掇精臀，架着朱红棍子，一人跪数五棍，吆喝一声，从半空打下，一棍一换，八十打了半日，赵良嗣、王朝恩打得皮开肉绽，死而复苏。裴宣喝令上肘带出。乐和道："今日才完得燕子矶一桩公案。"花、秦二恭人称快进去。裴宣去复圣旨，不提。

到初三日，李俊整顿了大海鳅船，差文臣四员，是柴进、燕青、乐和、萧让；武将四员，是呼延灼、李应、孙立、徐晟，点二千兵护驾，又设筵席送行。李俊跪进奏揭。高宗龙目一观，开道：

> 夜光珠四颗，猫儿眼十粒，通天犀带一围，于阗玉带一围，珊瑚树二枝（高三尺），玛瑙盘一个（径二尺），伽南香几一座，西洋锦缎十端，巴荗胆一枚，龙香剂十匣，竹鸠腊十瓶，香雪春百坛。

高宗道："怎又贡此珍奇之物？叨荷多矣，卿可即真主暹罗国事，朕当命大臣赍敕命而来，善理国事。文武诸臣，卿可承制封拜。还有一说，那倭王贪得无厌，时常侵犯浙闽淮扬等界。卿与高丽国王李俣共加防遏，毋使跳梁。"李俊奏道："三岛倡乱，革鹏借兵，倭王命关白领一万兵来，围住暹罗城。幸得公孙胜祈雪祭风，关白并倭兵尽皆僵冻而死，一个不还。倭王惧怕，再不敢来了。既承圣谕，当遣陪臣到高丽国，与李俣会议，设法防御，使圣上再无外顾之忧。"高宗命启驾，李俊率文武多官步送到海边，俯伏再拜。高宗道："卿国中宁靖，一来觐朕。"李俊顿首泣谢道："臣仰仗天威，镇摄遐方，当年年进贡，三年一朝。万望善保圣躬，以副四海臣民之望。"高宗下了船，柴进等八员皆辞大将军登舟。放了号炮开洋，只见云端里隐隐两条黄龙，张牙舞爪，迤逦先行，起一阵和风，下几点微雨，所谓"雨师洒道，风伯扫尘"也。李俊等磬折立于海岸，望不见龙船，方乘马而返。众人齐道："圣天子有万灵呵护，只看两条黄龙亦护圣驾而去，我等存心忠义，得此一番救驾，亦可少尽臣子之职矣。"

正是：君臣同体鸿钧转，海岳澄清宇宙宁。

不知后面还有何事，且听下回分解。

天特送高宗航海，成李俊做好人。赵良嗣、王朝恩可称李俊功臣。牡蛎滩救驾，李俊之幸，非高宗之幸也。古来有意思人，偏有好题目作。所谓兹乃天意，夫岂人谋。

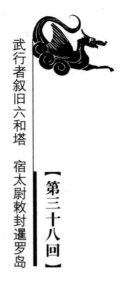

第三十八回

武行者叙旧六和塔　宿太尉敕封暹罗岛

　　话说大宋高宗皇帝被阿黑麻追至牡蛎滩，署暹罗国事李俊救驾。元旦受过朝
贺，初二日审勘叛臣，初三日启驾。李俊选文武官八员，领兵二千，护送御驾还
朝。海波不兴，和风霁日，于路无话。进了普陀莲花洋，到明州岸口，太监先去报
知，明州官员尽来迎接。飞递到临安，满朝文武都到明州，请圣上登岸。乘了玉
辇，千乘万骑拥卫过了钱塘江，到临安府。合京官僚百姓俱呼万岁，御了皇极殿，
群臣拜贺。改建炎四年为绍兴元年，大赦天下，百官覃恩升赏。柴进等把兵船泊在
明州定关，只唤四十名家丁，随身行李，护驾过江。

　　次日，宣柴进等进朝，命光禄寺赐宴，敕吏部照原册论功封职。柴进等谢恩而
出，俟候敕命。自然要耽搁几日，且在西湖上昭庆寺安寓。柴进道："我等前日从
征方腊，在此一月有余。军务倥偬，无有闲暇，临安有许多景致不曾游玩的。今候
敕命，空闲在此，正好各处游览。"昭庆寺僧人闻得是暹罗国使臣，那西廊下有几
房开古董铺的，正要买些暹罗密犀、伽南洋锦等物。相见了，见尽是中华人物，叩

问其故。柴进笑而不言。先斋戒沐浴，到天竺进香，都乘骏马，随二十家丁。

到天竺礼了观音大士，白云房住持摆斋相待，厚谢香金。又写疏喜舍。僧人趋承引路，从下天竺转到灵隐飞来峰冷泉亭上。燕青道："这景致非凡，白乐天《冷泉亭赋》云'天下胜概，甲于余杭；余杭胜概，甲于灵隐'是也。"从寺背后上韬光庵，庵门首看见"楼观沧海日，门对浙江潮"一联。众人望东南指点道："此去暹罗国敢有万里之遥了。"

又到法相、龙井、虎跑随喜。

天晚了就宿僧房。身边有的是银子，随处布施，所以各处款待。僧道看银子面上，曲尽趋奉殷勤。到吴山顶上，立马观看，前江后潮，山川秀丽。遥望万松岭上，龙楼凤阙，缥缈参差，十分壮丽。俯瞰城中六街三市，繁华无比。萧让指道："钱塘江外白茫茫的是海，亏这鳖子门一锁，成了门户，所以临安建都，还可偏安。"乐和道："我还有杞人之忧。看那西湖之水，钱塘门一带几与城平。倘一时用起兵来，湖中水满引来灌城，恐怕不浸者三版。"李应道："你这远虑倒也不差。"柴进回头向北道："可惜锦绣江山，只剩得东南半壁。家乡何处？祖宗坟墓，远隔风烟。如今看起来，赵家的宗室比柴家的子孙也差不多了。对此茫茫，只多得今日一番叹息。"燕青道："譬如没有这东南半壁，伤心更当何如？"伤今吊古一番，到净慈寺里宿了。

次早，呼延灼说道："武都头在六和塔出家，不知存殁若何，该去一探，就拜鲁智深骨塔。"回到江边，住持接进到禅堂里。武行者摊山脊梁，行童与他搔痒，见众人走来，吃了一惊，叫声："阿呀！"衣服不曾穿好，提了袖口就与众人作揖，说道："兄弟们怎得到此？梦里也想不到。"柴进悉把从前事迹说过，今护送圣驾还朝，候领敕命，因此来望兄长。武松大喜道："我作废人，众弟兄又成这般大事业，可敬可敬。"柴进唤家丁捧过五百两香敬并土仪相送。武松道："我衣食俱是常住供给，要这银子何用？既承盛意，留下修理六和塔，与弟兄们作福。"李应道："这些兄长收了，明日到昭庆寺，再舍五百两修塔。"住持满心欢喜，连忙摆斋。孙立道："兄长平日还是用斋用荤？"武松道："心如死灰，口还活动，只是熬不得酒。常住纯素，我在房里便吃些。"唤行童道："床头两坛好酒烫起来。前日王府尹送的金腿、宁鲞，整理些来。只此二味寡素，想弟兄们也当不得。"不一时，大碗酒斟来吃。萧让道："兄长往日英雄，景阳冈打虎、血溅鸳鸯楼，本事都丢下么？"武松道："算不得英雄，不过一时粗莽。若在今日，猛虎避了他，张都监这干人还放他不过。"众人齐笑起来。武松问道："李俊做了暹罗国王，只怕还是浔阳江上打鱼身段吗？宋公明一生心事，被他完了，难得难得！"呼延灼道："兄长同我们到那里，老年兄弟须得常在一块。若好清静，同公孙胜住静，一个和尚，一个道士，香火正要盛哩。"众人又笑起来。武松道："在此惯了，鲁智深的骨塔，林冲的坟墓，都在这里，要陪伴他。我的塔院也寻在半边了。"呼延灼道："我们也要去扫塔。"唤家丁取十两银子与住持，明日礼塔打斋。住持进来问道："可是上智下深那位大师的骨塔么？"呼延灼道："正是。"住持领命去了。

武松又问道："旧日弟兄，共是几个在那里。"燕青道："还有三十二个，连李大哥太湖结义的四个，还有四个子侄，与王进、栾廷玉、闻焕章、扈成，总是四十四人。"武松道："怎么他四个也入了伙？"燕青悉把前事说了。武松道："事非偶然。子侄辈是哪四个？"呼延灼指徐晟道："这是金枪手徐宁的儿子，唤作徐晟，过继与我的。宋公明侄儿宋安平。花知寨令郎花逢春，做暹罗国驸马。并我小儿呼延钰。"武松道："隔不多几年，又换一班人物。你们回去，想尽是暹罗国大官哩。"乐和道："算不得官，不过混账。"武松道："也强如在梁山泊上做强盗。"尽皆大笑。吃得酩酊而寝。

次早，住持同十二众僧人，焚香击磬，一齐礼了鲁智深骨塔。林冲墓上奠了酒，众人在墓门松树下，坐着说起在中牟县杀高俅等一节。武松称快道："杀得好！林教头的魂也是松畅的。"回到塔院，打过合山斋，拜别武松，依依难舍。住持跟来领银子。进了涌金门。浪里白条张顺救封金华将军，立庙在门内，又备祭浇奠。大家叹息道："一般是浔阳江好汉，同上梁山做水军头领，死的死了，生的暹罗国为王，可见人生都是命安排。"出了钱塘门，回到昭庆寓中，把五百银子与六和塔住持领去。

时值清明将近，柳垂花放，天气晴和。香车宝马，士女喧阗。画船箫鼓，鱼鸟依人。况又做了帝都，一发繁盛，真有十里红楼，一窝风月。所以"山外青山楼外楼"这首诗，讥宋高宗忘父兄之大仇，偷安逸乐，不思量重到汴京恢复疆土，故云"直把杭州作汴州"也。

闲话丢过。再说柴进等到得昭庆，天色已晚，就在寓中吃夜饭。呼延灼、李应、孙立只顾饮酒。燕青扯了柴进、乐和道："我三个在湖上步月就来。"出了寺门，过了断桥，沿堤步去。正值望夜，月明如画，湖山清丽，好一派夜景。原来临安风俗是怕月色的，游湖都在巳、午、未三时。此时初更天气，画船空冷，湖堤上悄无人迹，愈觉得景物清幽。柴进挽了燕青的手，见两三个人同一美人席地而坐，旁边安放竹炉茶具，小童蹲着扇火。听得那美人唱着苏学士"明月几时有，把酒问青天"那套《水调歌头》，真有留云遏月之声，娇滴滴字字圆转。月光照出瘦恹恹影儿，淡妆素服，分外可人。燕青近前一看，扯了柴进转身便走，道："我们回去罢。"柴进道："如此良夜，美人歌得甚好，何不再听听去？"燕青低低说道："这便是李师师，怕他兜搭。"柴进道："我看得不仔细，原来就是他。为何在这里？"燕青道："岂不闻'鹁鸽子旺边飞'？"乐和笑道："还好，若飞到北边去，怎处？"回到寓中，呼延灼与孙立猜枚，孙立输了一大碗。孙立不肯吃，呼延灼要扯耳朵灌他，正在喧嚷。柴进三人到来，说道："小乙哥忒杀薄情。东京的李师师在二桥堤上唱得正好，小乙哥怕他兜搭，扯了回来。"萧让道："只闻其名，我在东京许久，不曾厮会。明日同去访他。"燕青道："这贱人沐了太上皇帝恩波，不思量收拾门头，还在这里追欢卖笑。睬他怎的？"柴进道："多少巨族世家，受朝廷几多深恩厚泽，一见变故，便改辕易辙，颂德称功，依然气昂昂为佐命之臣。这样烟花之女，要他苦志守节，真是宋头巾！"燕青道："恐怕不认得叶巡检了。"众人皆笑。又同吃了一回酒，方才安寝。

次日，同在寺前闲立，有个人提了只花篮，贮满了杏花，见了燕青，声喏道："小乙哥，你却在这里，李师娘好不记念你，就住在葛岭。"这个人叫作王小闲，专和妓家打哄的，是东京人，随李师师到临安的。柴进、萧让叫进，取十两银子与他："你去叫只大湖船，备两席酒，少停便来访师娘，接他湖中叙话。"王小闲接银子去了。柴进又打点明珠一串、通天犀簪一支、伽南香盒一个、西洋锦一端相送。呼延灼道："我与孙大哥下去罢。"乐和道："怎么不去？他专欢喜你两个骚胡子。"王小闲又来请了，燕青只得陪众人去。

到葛岭边，倚山面湖，是最胜去处。王小闲推开竹扉，一带雕栏，护着花卉，客位里摆设花梨木椅桌，湘帘高控，香篆未消，挂一幅徽宗御笔画的白鹰，插一瓶垂丝海棠。檐前金钩上锁的绿衣鹦鹉唤道："客到，茶来。"屏风后一阵麝兰香，转出李师师来。不穿罗绮，白纻新衫，宫样妆束，年纪三旬以外，风韵犹存。笑吟吟逐位见过，送了坐，对燕青道："兄弟多年不会，今日甚风吹得来？"见了柴进，叫道："叶——"乐和忍笑不住，李师师便缩了口。乐和道："师娘，这是柴大官人，当年假冒的。"李师师笑道："妾身是极老实的，竟认作叶官人了。"柴进唤取过礼物。李师师道："承众位赐降，已是生辉，怎敢当此厚赐？却之不恭了。"命丫鬟收了，献出龙井雨前茶。李师师将绒绢抹了碗上水渍，又逐位送来。送到徐晟，见这小伙儿生得俊伟，一眼睃他。徐晟又从不曾在女人手里接东西的，过于矜持，把茶泼翻在袍子上，徐晟满面通红。乐和笑道："贤侄，你见师娘送茶来，就慌了，经不起这一杯。"李师师道："好傻话！"大家取笑。

王小闲到来道："湖船在西泠桥，请爷们下船。"李师师又去更衣勾脸。两个丫环抱了衣包文具，下了船。众人说说笑笑，燕青低着头再不开口。李师师余情不断，叫道："兄弟，我与你隔了多年，该热情些，怎地反觉得疏落了？难得相逢，到我家里宽住几日。妈妈没了，是我自作主张。"燕青道："有王事在身，只怕明日就要起程。"王小闲摆过酒来，都是珍奇异巧之物，香蒸金猊，杯浮绿蚁。李师师软款温存，逐个周旋，在燕青面上分外多叫几声兄弟。饮至日落柳梢，月筛花影，把船撑到湖心亭，万籁无声，碧天如洗。唤丫环取过玉箫，递与燕青道："兄弟，你吹箫，待我歌一曲请教列位。"燕青推音律久疏，乐和接过来，先和了调，李师师便唱柳耆卿"杨柳岸晓风残月"这一套，果然飞鸟徘徊，游鱼翔泳，尽皆称赞。李师师道："当初宋义士的《满江红》我还记得。"柴进道："师娘昨晚在翠湖亭唱这《水调歌头》，堪为并美。"李师师道："偶然有两个俗客，胡乱打发他，不想污耳。"柴进道："同令弟燕青在那边窃听，恐劳师娘应酬，今日待来奉拜。"李师师道"失瞻了。"直饮至月落西山，漏钟渐发，方才罢宴。湖船拢了岸，送李师师到葛岭，又叮嘱燕青再来走走。众人作别归寓。呼延灼道："今日反害小乙哥呆坐了一日。"徐晟道："那婆娘油滑得紧，把茶泼我一身，为什么只管叫燕叔叔？"兄弟众人大笑。

过了一日，赦命有了，差宿太尉赍诏，柴进等先去晋谒宿太尉，约定行期，又到六和塔院辞了武行者，留下一匹火浣布与他做袈裟，一串伽南数珠做个念头，洒泪而别。几个高兴的，再进城中，置买香扇、纱罗、缎匹、玩好之物。燕青道："国中唯少音乐，蛮声蛮气听不得。"用千金收了一群梨园小子弟。诸事俱完，就辞朝谢恩，请宿太尉渡江，到明州下船，扬帆开去。

风水欠顺，行了半个月方到金鳌岛。先使人报知李俊，就同王进、阮小七、费保、高青、倪云、狄成去接诏。李大将军从城上搭起仙桥，悬球结彩，香花灯烛，抬龙亭从仙桥上过去，供在金銮殿，设了香案。李俊率文武共四十四员，俯伏丹墀，宿太尉将诏书宣读：

奉天承运，皇帝诏曰：鸿运当否塞之时，匡济赖英豪之用。朕以渺躬，缵嗣丕基，适遭强邻启衅，远狩播迁，糗粮既匮，矢石已空。兹尔李俊等，夙怀忠义，今竭股肱，统横海之戈船，败滔天之劲敌。龙舆回辙，凤辇重颁，厥功伟矣，赏莫酬焉。考勋猷之原册，彰锡命之崇阶。尔宣英主海邦，统御髦士，做东南之保障，为山海之屏藩。永业勿替，荣名长保。钦哉！谢恩。

绍兴元年三月日诏。

李俊等高呼舞蹈，谢恩已毕，又同众谢宿太尉。遂将敕命启出，分给文武。展开看时：

征东大元帅李俊，册立为暹罗王，赐尚方剑，便宜行事。承制封拜，子孙世袭。赐黄金五百两，白金三千两，金印一颗，玉带一围，蟒缎八表里，御酒三十瓶。

公孙胜，秉一正教通真虚寂大国师。

柴进，太子太保，礼部尚书，行暹罗国丞相事。

燕青，太子少师，封文成侯，特赐金印一章，文曰'忠贞济美'，仙鹤补衣一袭。

乐和，参知政事，兼管太常寺正卿事。

裴宣，吏部尚书，兼都察院左都御史。

朱武，军师中郎将，兼大理寺正卿。

萧让，秘书学士，兼中书舍人。

闻焕章，国子监祭酒。

金大坚，尚宝寺正卿。

安道全，太医院正卿。

皇甫端，太仆寺正卿。

宋清，光禄寺正卿。

戴宗，通政司使。

宋安平，翰林院学士。

樊瑞，伏魔护国真人。

王进、关胜、呼延灼、李应、栾廷玉，五虎大将军，皆封列侯。李应兼户部尚书。栾廷玉兼兵部尚书。

朱仝、阮小七、黄信、扈成、孙立，兵马正总管，武烈将军，皆封伯爵。

花逢春，暹罗国驸马都尉，兼骠骑将军。

呼延钰，龙骧将军。

徐晟，虎翼将军。

费保、高青、倪云、狄成、童猛、童威，水军正总管，武卫将军。

蒋敬，度支盐铁使。

穆春，工部侍郎。

杨林，廉访使。

邹润，留守司。

孙新，宣尉使。杜兴，驿传道。俱兼兵马都统制，武毅将军。

蔡庆，刑部侍郎，兼锦衣卫指挥使。

凌振，火药正总管。

顾大嫂，六宫防御，封恭人。

暹罗国故王马赛真元妃肃氏，封王太妃，赐珠冠一顶、霞帔一袭。

暹岁国驸马都尉花逢春母赵氏，封宣德太夫人。

梁山泊已故正将秦明妻花氏，封贞节夫人。

梁山泊已故义士，前楚州安抚使宋江，前卢州安抚使卢俊义，诰赠上柱国光禄寺大夫忠国公。

梁山泊已故正将吴用以下俱赠列侯。

梁山泊已故副将魏定国以下俱赠伯爵，仍建庙宇，有司春秋祭祀。

当下文武将领俱受敕命，设宴款待宿太尉。李俊致谢道："前者梁山泊蒙太尉赍诏招安，得以立功报国。今又烦太尉远涉波涛，颁赐恩典。洪慈硕德，顶戴无既。"宿太尉道："义士们忠义立心，替天行道，真是人中豪杰。可惜宋公明许多功绩，反遭陷害。圣上深悯其忠，故加褒赠。列位能继其志，复加会聚。牡蛎滩救驾之功，非同小可。今册登王位，并授显官，名垂奕世了。"安道全、萧让、金大坚、闻焕章拜谢道："得蒙太尉救挽，致有今日，洪恩其实难报。"太尉道："凡人遭逢横祸，便当申救，使出泥涂。据他们逞一时之势，而今安在哉？"殿前动起鼓乐，李俊酾酒安席，送宿太尉在上坐。金果银花，粉狮糖象，山珍海错，无不毕具。李俊北面相陪，两旁席面，四十二人一同安坐。笙簧迭奏，歌舞并陈。众人更番相劝，宿太尉也觉得欢喜，开怀尽饮，夜深而散。

明日，太尉要还朝复命。李俊道："前日亲蒙圣谕，道：'日本凶暴不仁，每每侵犯海疆。'今某与高丽王李俣设法防御，请太尉屈留几日，差官到高丽，约定方略，就烦太尉复旨。"便差戴宗、安道全赍了关文，到高丽约筹防倭之策。安道全前日疗治高丽王有功，故遣与戴宗同行。

往返二十余天。戴宗、安道全回来说道："高丽王奉有金叶表章、朝贡之仪，防倭之计已谨如约。那高丽王姓李，本国亦姓李，愿联宗谱，结为兄弟，唇齿相依，还要亲自来贺。"李俊大喜。安道全道："那高丽王感昔日疗病之功，又送我许多礼物。"李俊道："前日送与龙王了，今日是补的。"宿太尉道："不因昔日翻船，怎生出许多奇事？"太尉要行，李俊命萧让修了谢表，并进贡之仪。又送宿太尉奇珍之物。李俊等送至海口，差杨林、穆春护送归朝，至明州而返。回来说："闻有孟太后懿旨，临安城中照依东京建造大相国寺，已请武行者做国师，鲁智深一派法脉着实兴旺了。"

正是：猛虎摄威为白泽，蟒蛇脱蜕化神龙。

不知后事如何，且听下回分解。

送驾还朝，无甚话头。借武行者之英雄回首，浩气如虹；李师师之风韵犹存，柔情似水。西湖赏游，南渡繁华满纸。界画楼台，一卷金碧山水。如观梅道人大泼墨后，忽睹小李将军画，令人注目忘倦。

宋末元初，有讥会试举人诗云："无情最是沙洲雁，才遇春风便北飞。"鸽子向南，师师较公车诸孝廉还算有情。

丹霞宫三真修静业　金銮殿四美结良缘

【第三十九回】

　　话说太尉宿元景钦差到暹罗，册立李俊为国王，其余四十三人，皆封显官，回朝复命，不在话下。

　　却说李俊坐了元帅府，传各官俱到，相见坐定。李俊道："某本一介武夫，蒙众兄弟扶助，得权摄国事。今朝廷册立即真，可谓非分之福。才疏德薄，有失民望，还借众位辅弼，匡救过失，庶不负朝廷负荷之重，某亦得全首领。众位的官爵，俱是朝廷论功颁授，非某有厚薄。自今以后，各供其职，若冒禄幸位，有干法纪，某亦不能念私情而旷国典也。"众皆顿首称谢。命杨林筑坛，望祭境内山川。命裴宣定律令，军民人等，俱要遵行。原奉正朔绍兴年号，礼仪俱照宋朝，百姓尽改暹罗蛮俗。建宣圣文庙，命闻祭酒教习功臣子弟、民间俊秀。择城外平旷之地为演武场，五军都督操演士卒。设立水寨，打造战船，修筑城垣，置备兵器。南门外建一座朝京楼，高有三层，雕梁画栋，极其壮丽。更造皇华驿馆，安顿天使邻邦行人。又遣使到高丽、琉球、占城、安南等国聘问。交接金鳌、青霓、钓鱼、白石岛，命王进、阮小七、费保、高青、关胜、杨林、栾廷玉、扈成、朱全、黄信镇守，分统二十四岛，为方伯连帅之职。倪云、狄成仍守清水澳。诸事完备，把一个海外番邦化作声名文物之地了。

却说国中西门外的那座丹霞山，峰峦叠秀，古木荫浓，方圆一百多里。一条阔涧，环绕山下，碧水澄清，文鱼游泳，山上多生仙鹿，并无虎狼蛇蝎。半山里有一梵宇，圮废已久，奇峰插在面前。天生一座石峰，玲珑窈窕，如灵隐飞来峰一般，石色极其坚润洁白，产五色芝草，实是人间仙境。故徐神翁亦曾经此。

公孙胜爱此地清幽，启禀道：“贫道征辽之后，即辞宋公明回到二仙山，奉养老母，随本师罗真人修炼，已离世网。不料事情牵累，又上饮马川。今得洪荫，蒙朝廷赐号加封，万分荣足了。光阴易过，道行未成，意欲栖止其中，不知允否？”国主道：“国师有破萨头陀之功，剿关白之力，我们今日这般荣华，皆藉道力。既要静摄，就在废寺之基建一道院，国师在内修真顺养，若国内有大事，到山中请教便了。”

朱武、樊瑞同拜公孙先生为师，也要同去修行。即命樊瑞监工，起工鸠材，百工俱聚，不消几时，建起一大宫院。大殿上塑三清圣像，两廊三十六天将，灵官守山门，北极圣帝镇后殿。又建宝阁三层，供文昌、武曲。丹房精室，水榭山亭，庄严华丽。请萧让摹仿米元章笔法，大书“丹霞宫”匾额。宝阁上临苏端明字帖，题曰“海天阁”。登眺海山，洋洋大观，一望千里。四围广种花竹，牧养仙禽寿鹿，充满其中。竟成了一座贝阙瑶宫，清虚洞府。公孙胜、朱武、樊瑞在内凝神栖息，又多收火工侍者、羽客行童，晨钟暮鼓，炼汞调铅，迥与尘世相隔了。左边建一旌忠祠，塑宋公明、卢俊义天罡地煞七十四位神像，俨然如生；右边建一报德祠，供旧国主马赛真元身，各拨祭祀田二顷，守祠人役朝夕供养不提。

却说燕青来见国主道：“鸿业已创，大纲悉举，细目毕张，可谓俱足。只有一件大事未曾记起，甚为缺典。”国主惊问道：“还有什么大事？贤弟，你可即时指教。”燕青道：“岂不闻经传云：‘阴阳和而雨泽降，夫妇和而家道成。’男正位乎外，女正位乎内。阴阳之道，不可偏废；夫妇之伦，不可乖离。万物各有配偶，昆虫尚有雌雄。今堂堂大国，岂可孤立于外？而宫壶无人，不唯失乾坤奠位之理，嗣育有斩绝之讥。不孝有三，无后为大。国主可亟下令：凡文武官僚军民人等，有女德容俱备者，选为元妃，麟趾兆祥，以嗣世系，万不可缓。”国主笑道：“贤弟，你言有理，只是迂腐些。我才德菲薄，初念不想有这地步，推辞不得，权居此位。再过几时，要同公胜先生学道，就在众兄弟中推出一位可压人望者，继主国政便了。尧、舜大圣人，富有四海，尚且不传于子而传于贤，何况区区海外小邦，必欲付之子孙？"燕青道："不贪大位，欲授贤能，唯大圣人在上古之世方可行得。如今世道人心非复古昔，反启争端了。但五伦不可不备，夫妇为五伦之首，尤为切要。西洋有女国，是纯阴之气所钟，不生男子，望井而孕。我这暹罗不用女子，殆是纯阳之气所钟，可改号'鳏国'了。"国主大笑。

正叙论间，柴进、裴宣同到。问及国主为何大笑，燕青把劝主纳妃之话说了。裴宣道："此国家大事，不必辩论，自去会议便是。"同到丞相府，柴进传各官俱到，说道："燕青劝国主选妃，国主不允，我等需便宜行事。众老先生各举所知。"安道全道："理有定数，事非偶然。我前日高丽回来，翻了船，蒙国主救起，留在金鳌岛，诊他太素脉，原说极贵，有南面之尊，今果应验了。后来逃难在闻祭酒庄上，令嫒小姐有病，也诊太素脉，是女中最贵之相，兼且天姿秀丽，德性幽娴，宜为一国之母。但不知闻祭酒心下何如？"闻焕章道："我本是一个穷教授，仰藉国主洪庇，得膺清职，每思报恩无地。今承众位采择，岂敢因辞？只恐蓬门陋质，难以相副。但前年小女病时，梦玉女传言'此女大贵，莫字庸流'。已同安先生说过，想是数有先定了。"众皆大喜。

柴进、燕青、裴宣、安道全、乐和一同禀见道："祭酒闻焕章之女，姿容德性，世上无双，愿纳为妃。众议金同，就请纳采成婚。"国主道："不可。我年过四旬，闻小姐正妙龄，宜配英俊之士。况又在弟兄之中，岂可悖理而行？"柴进道："姻缘之事，不可勉强，赤绳一系，自然联合，刘先主入赘孙夫人，年已五十，吴国太见了道：'龙章风质，真我婿也。'王侯选配，哪里论年字相当？国主正在强仕之时，闻小姐待年二十有四，所差不远，必得其名，必得其寿，琴瑟钟鼓，正为未艾。闻祭酒原非梁山泊聚义之人，何为悖理？弟辈要玉成了。"国主被强不过，只得依允。柴进道："燕少师、乐参政总裁其事，萧秘书撰聘启，李户部整备金珠币帛，穆工部料理一应修宫铺床事宜，安太医执斧柯，择吉行聘完婚便了。"

到了佳期，二十四岛将帅并国中大小臣僚俱来庆贺。礼仪之盛，自不必说。到吉日，祭酒亲送小姐。丞相以下尽皆陪从。筵宴已毕，宫娥内侍拥入洞房，国主见闻小姐姿貌端妍，骨相丰厚，不胜之喜。可怜厮杀半生，历年辛苦，从不知温柔乡这种滋味。锦被香浓，绣帐春暖，真是天上风光，人间少有。有诗为证：

> 秦女吹箫引凤凰，蛟龙云雨岂寻常。
> 梦回还想渔家乐，今夜桃源在玉床。

当下国主就留闻祭酒同居，称为国丈。大排筵宴，谢文武官僚。过了三朝，闻妃备赘见之仪，乘了銮舆，武士开道，宫娥侍从，到宫中朝见国母。侍女铺了绒单，闻妃敛衽而拜。国母受了半礼，请玉芝公主与卢二安人、卢小姐、吕小姐相见。闻妃与公主相让，闻妃道："公主是金枝玉叶，岂敢僭越？"公主道："驸马原是侄辈，妾亦从夫，自然请上。"谦逊多时。国母道："贤妃正位，我儿自然朝见。既是谦光，平拜了罢。"于是闻妃、公主、安人、小姐一同平见。国母看这闻妃相貌端庄，幽娴礼度，称赞道："贤妃青年厚福，当永正母仪，不似老身谫薄，遭逢多故。"闻妃道："妾痛先慈见背，生长寒门。今侍国主巾栉，实为不称，百凡望乞国母教诲。"国母见闻妃贤达，甚是喜欢，设宴相待，请花太夫人、秦恭人、顾大嫂陪宴。公主和卢、吕二小姐甚是亲热，如平素姐妹一般。闻妃在上，国母台坐，花太夫人依次安席。笙簧迭奏，歌舞并陈。顾大嫂道："承国母恩，召来陪闻妃，只是我粗卤的人反觉害丑。"国母道："你在男子中倒不怕羞。"顾大嫂道："张拳弄棒，上阵厮杀，竟不晓己是女身。今日在筵上，浑身过不得，待我吃两碗自去巡宫罢。"国母和闻妃尽皆微笑。宴饮已毕，闻妃谢宴回府，不在话下。

却说呼延灼来见闻国丈道："恭喜令媛正位母仪，万分之美。小弟有事特来相烦；小女长成，意欲招徐晟为婿，一来是故人之子，兼他青年有志，特烦作伐。"闻焕章道："老将军不忘故旧，择婿得人，敝门下自然喜从。"呼延灼道："还有一事，小儿亦未成婚，前日在梁山泊杀了百足虫夺回的吕小姐，原是同僚吕元吉之女，怜他孤茕闺秀，今在宫中，欲聘为媳，以完儿女之事。"闻焕章道："吕小姐被难，若无令郎，必污强暴之手。只是吕小姐不好自主，必须禀知国母，成此美事。容当奉复。"呼延灼别去。

闻焕章即请徐晟到来，相见了。闻焕章道："有桩喜事，贤契可晓得么？"徐晟道："门生有何喜事？并不知道。"闻焕章道："呼将军有女贤淑，欲招为婿，特此通知。"徐晟道:"蒙继父教育之恩,又将闺玉见许,岂敢拒却!只求恩师做主。"闻焕章道:"总在他家,礼仪不消备得,你打点做新郎便了。呼将军还有一事,要我去禀国母,娶吕小姐为媳。我不知当日情由,同你去更好。"徐晟道:"呼大哥夺转吕小姐时,便有眷恋之意,亦是天缘。门生陪去。"两个到宫门,内监引进。闻焕章、徐晟后宫拜见。命坐赐茶,国母说道:"国丈,昨日相见令嫒,端庄静一,深为可敬。"闻焕章道:"贫家弱息,蒙国主选择,实是有愧。"便道:"有事启上:呼延灼之女,愿赘徐晟为婿。其子呼延钰,未曾婚配,吕小姐在梁山上,被土寇所掠,是呼延钰救了,意欲聘为媳妇,倩臣启禀。"国母道:"吕小姐系宦门之女,德容并美,可配呼延钰。他无父母,我养为继女,陪下妆奁,我亲送去罢了。"徐晟道:"若得国母做主,又枉鸾耕,呼延钰父子感恩不尽矣!"拜辞而出。

即到呼延灼家里。闻焕章举手道:"二喜俱谐。令坦感激不尽。吕小姐,国母竟认为女,陪下妆奁,亲送成婚。"呼延灼大喜,款住闻焕章饮酒。徐晟悄悄与呼延钰说知:"大哥,你与花驸马做连襟了。"呼延钰暗喜。次日呼延灼去求萧让做礼书聘启,完儿女姻事。萧让沉吟了一会儿,道:"男大当婚,女大当嫁,理之当然。兄长之举,真为两全其美。小弟有女,年已长大,颇好文墨,难于择婿。我见宋安平儒雅,意欲招他为婿,我烦兄长作伐。"呼延灼道:"世谊久交,郎才女貌,就去作合,必然喜允。"

却说宋清正与宋安平讲:"你年已弱冠,必须寻一头亲事。只是在海外无有书礼之家。"宋安平道:"书中有女颜如玉,爹爹不必过虑。"门上报道:"呼将军到。"宋清父子迎进,揖罢坐下。呼延灼道:"特来与令郎作伐。萧中秘有女,知书达礼,仪容窈窕,若配令郎,金屋玉堂,正是佳儿佳妇。"宋清道:"方才与小儿说起,必须书礼之家。若萧中秘,正是门当户对。既承盛意,又鼎重长兄,自然要仰附了。"呼延灼别去,正回复萧让:"宋清父子乐从。"只见内监传国母懿旨:"宣李国主、柴丞相、裴吏部、戴通政、燕少师并二位有事商议,他们都在朝门了。"

呼延灼、萧让即刻上马,到宫门,果然俱在。同进后宫,拜见国母,赐坐。国母笑道:"燕少师,你是聪明人,今日老身请列位来,有何事理?"燕青道:"臣不知睿虑。"国母道:"各家姻事俱已联合,只有卢小姐在宫中,是卿身上的事,为何再不提起？"燕青道："国母与二安人做主，许配众公卿子弟便是。"国母道："他母子二人偏不要众公卿子弟，遵卢二员外治命，要你为婿。当年拴在金营，卿竭力周旋，得有今日，故对我说，定要知恩报恩。戴通政，闻你在大名府时节就一句相订，你是原媒，须为完美。"戴宗道："果是在大名府二安人就要招燕青为婿，彼时推托。臣说：'倥偬之际，未便结婚，日后在我身上。'今蒙国母为主，自然没得说了。"燕青道："臣向受东人之恩，二安人有难，自然该周旋的。若如此说，不唯有碍东人，当初便有私意。"国母道："他是冒姓卢，与东人何碍？迟至今日，老身做主，有甚私意？请国主与众公卿在此为证，使卿推托不得。小姐虽有二安人，已拜我为母，妆奁俱备，一同吕小姐送嫁。"燕青再要开言，国主急止住道："贤弟不必开言。你忠义两全，又承国母慈旨，何用多讲？你前日劝我纳妃，何等正论！若再不允，你责人则明，恕己便昏了。"燕青顿口无言，叩头谢恩。国母大喜，传旨："至吉日，燕少师、呼延钰、宋安平、徐晟一同在金銮殿上结亲。老身同观花烛。一切礼仪，敕有司速备。"对花驸马道："你又多两个姨夫了。"国主、公卿辞出。燕青一向同居元帅府，今有了家眷，就拨附近甲第一所，器皿俱备不提。

到了吉期，有司在殿上结彩铺锦，香案龙花，乐部候相，绣幄珠帘，整饬得极其华丽。先一日，迎呼小姐、萧小姐进宫，闻妃亦到，馈送珠翠香粉助妆。闻妃与萧小姐久不相会，分外绸缪。到了次日吉时，国母穿戴钦赐的珠冠霞帔。只见闻焕章、呼延灼、戴宗前导，燕青、宋安平、呼延钰、徐晟都是大红袍，乌纱帽上插两朵金花，披红骑马，到金銮殿上立定。一派竹箫细乐。先是国母、二安人、闻妃、公主出来，国母南面而坐。序班鸣赞喝礼，一簇宫娥拥出四位天仙，凤冠霞帔，先拜了天地，捉对儿夫妻交拜，转身同拜国母，国母回了半礼。同拜国主、闻妃，又拜公主、二安人，尽皆回拜。宫娥捧出金樽果盒，每人敬了三杯酒。羽林军摆队，鼓乐喧天。四位新人乘轿，四位新郎骑马，迎归府第。国母排銮驾送吕小姐、呼小姐，二安人送卢小姐，花驸马送萧小姐。看官从不见四对仙郎玉女在金銮殿上结亲，怎般富贵，真是古今希有。有诗为证：

高控金钩玉漏长，西宫夜静百花香。

今宵雨露都滋遍，四朵新红褪海棠。

　　金鳌四岛皆来庆贺，各家置酒，一连几日。国母又传李国主并合朝文武都到，拜毕，国母开言道："前日变故，赖李国主文武之力，得复大仇，已无憾了。李国主受朝廷册立，为暹罗国王，凡境内之事，皆从李国主令旨了。老身岂可还在宫中，李国主反居元帅府？今日老身即出宫与公主同居，请李国主进宫，方成体统。"国主要辞，众文武一齐道："国母真是女中尧舜，事事达礼。竟从懿旨便了。"谢恩而出。国母收拾到驸马府，国主择吉入宫，事权归一，太平无事。

　　一日燕青道："还有一事未完，可发令旨施行。"国主道："还有何事？"燕青道："男女之欲，谁人无之？我兄弟们少年时都负气使酒，习学枪棒，把女色不放在心上。又为官司逼迫，上了梁山，后来征讨四方，无暇及此。今托国主洪庇，建立国都，同享富贵。除了柴进、关胜、李应、朱仝、费保、萧让、金大坚、宋清、孙立、孙新、蔡庆、呼延灼等各有宅眷，其余尽是孤身。不要说衾寒枕冷，无人侍奉，后来绝了嗣息，祖宗血食也就斩断了，岂不可怜？趁他们年纪正壮，还可生育，将来扶助世子。不然，吾辈亡过，朝元勋戚，非我族类，其心必异，依旧属之他人了，岂不可惜？众位公卿未有室家的，见我等各完配偶，心中未必不起念头。以己之心，度人之心，宜妙选名门，使各谐淑偶，以慰众心，以固邦本。"柴进、裴宣道："少师之言正合儒者推己及物之道。"国主道："少师之论极是，当速议依行。只是哪里寻出许多做夫人的来？"燕青道："我还有一个大道理。"

　　正是：英雄自古多情事，富贵安能不起奢。

　　不知燕青有甚道理，且听下回分解。

　　国主纳妃，四美完配，已成体统。尤妙在卢小姐之配燕青，国母作媒，撮合风流华藻，尽态极妍。前传无此细事。

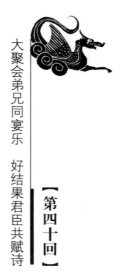

大聚会弟兄同宴乐　　好结果君臣共赋诗

【第四十回】

却说燕青要国主推恩与众功臣完娶，便道："我们创业开基，国中旧日臣僚虽各供原职，精神到底未必十分融贯。莫若遍选名门望族，与中士来的文武各官，或量品级尊卑，或论年纪大小，一边求婚，一边择婿，务使门当户对，两相情愿，彼此一家，阴阳合德，自此再无隔碍，必然感恩尽力，子嗣蕃衍，可继宗祧，后来又好辅翼嗣君，真所谓一举而三善备也。就是军士中无妻小的，不妨与暹罗国民家互相婚配，将见兵民相安，主客相忘，人怀土著之思，军无逃伍之虑，所谓人伦始于夫妇，王化起于闺门。周家八百年太平之基，全在'内无怨女，外无旷夫'八个字中做出。当今要务，莫急于此。"国主道："贤弟既能定国安邦，又晓人情物理，实为可敬。就烦四位一行。"燕青道："细微之事，何必丞相、吏部？只消同乐参政去，倒要顾大嫂来照验。"国主问："要他何用？"燕青道："我两个是大臣，怎好仔细端详？倘有暗疾，何从而知？必须顾大嫂详察，庶几遴选得真材。"国主依言。燕青、乐和出了晓谕，国中望族，家家愿得中华人物为婿。顾大嫂从中选择数十家，每位聘金三百两、彩缎二十端，钗环衣服，另自制送。择日用肩舆送到宫中，国主同闻妃看见，一个个秀美端庄，都是夫人材料，欢喜不胜。传令文武功臣，各人自去配合八字，娶亲的男家，选不将吉日；入赘的女家，看纳婚良辰。一国之中，大半是新郎、新妇，真觉气象融和，君臣同鱼水之欢，男妇有及时之乐。选遍天下，再没有这样快活世界了。只有公孙胜、朱武、樊瑞，苦辞了这番喜事，说道："出家人一心修炼，已扫尘缘，何须眷属？"国主亦不好再三相强。

却说国中一个通事官的女儿，许配了狄成，因清水澳间远，不敢轻离汛地，自备船只送去。那白石岛关胜原有家眷，国主差人传杨林、高青，回国完婚。高青欣然领命，杨林只管沉吟。关胜道："这是国主美意，体悉人情。贤弟为何迟疑？"杨林道："前日攻这白石岛，若无方明，不能成功。他的女儿，虽被屠峥所辱，颇生得秀淑。方明几番要将女儿随我，恐怕涉私，坚拒了他。今若另娶，辜负方明这片真心；不去，又违国主的美意。故此事在两难。"关胜道："这个不难，待我申文替你出辞婚表便是。"就唤方明到来，说道："你有破白石岛之功，还要升擢，女儿可与杨将军做夫人，一同镇守。"方明道："久有此心，只因杨将军坚辞，故此不敢。今承将军台旨，即刻送来。"关胜置酒，与杨林结亲。申文回了不提。

却说花逢春来禀道："小侄蒙乐叔叔大恩，未曾报得。当初乐婶婶亡后，至今尚无夫人。晓得乐叔叔性格极雅致的，未必要娶这里人。公主身旁有一宫娥，原是潮州人，名吴彩仙，姿容艳丽，德性端庄，公主待他和姐妹一般，年已二旬，意欲送与乐叔叔做夫人，特来禀知伯父。"国主道："乐参政自从昆陵救我出狱，平定金鳌岛，结好暹罗国，多是他的大功。今一例相待，甚觉歉然。只是一时聘不出夫人，贤侄有此盛意，可谓报德了。必要燕少师作合。"就传燕青来，说知此意。燕青道："此是美事，待我去与他说知。驸马，你径送到孙立府中便了。"燕青去会孙立、乐和，茶罢闲谈。燕青道："那杨林倒会使乖，娶方明的女儿，是扬州瘦马出身，好不在行。只是与屠峥浇残。"乐和道："情之所钟，也不妨碍。"燕青攒着眉说道："国主又要我临安走一遭。"乐和道："为着何事？"燕青道："国主专为参政的大功未曾酬得，一例施行，心上不安，要我去京中聘一位千金小姐，送作夫人。"乐和认真道："岂有此理？有人侍奉枕席已为过分，怎要劳少师远涉？国主平日如骨肉一般，怎么正了位就客套起来，待我自去辞谢。"孙立道："这不是军国大事，论起来何苦万里航海？"燕青道："既然参政力辞，有一位现成夫人，就送来了。"乐和道："少师又来取笑，夫人哪有现成的？"

正说间，只见花驸马引一乘大轿，四个宫娥随着，后面抬千金嫁妆，大吹细乐，一行人到来。孙立、乐和见了愕然。花逢春道："乐叔叔大恩未曾报得，公主身旁有一宫娥，名吴彩仙，是潮州人，德容俱备。国主特托燕少师致意送来，权作夫人，以表一点微忱。"孙立道："方才少师说要到临安聘娶，万分使不得。若驸马盛意，乐舅就可拜领了。"燕青笑道："我说是现成的。请夫人出轿。"吴彩仙出轿，果然风姿绝世，孙立大喜，自请夫人接进，就设酒待燕青、花逢春。酒散之后，孙立料理花烛，与乐和结亲。分明韩夫人遇着于佑，乐不可言。

次日孙立、乐和来谢国主并驸马。燕青、裴宣、柴进俱在殿上，称谢过了。国主唤宣呼延钰到来，道："贤侄，你前日叫留共涛之女，今已有了夫人，领去做副室罢。"呼延钰道："小侄哪有此意！因共涛篡弑，全家诛戮，此女无辜受萨头陀狼藉。律上有出嫁之女免死一款，留着有一用处，今日也该着落了。那郓哥虽是小人，倒也耿直，有救小侄、宋安平、徐晟之力，破郓城县的功。意欲赏他为妻，不知可否？"国主道："有罪则诛，有功则赏，贤侄此举，极是公道。我还有几个人不曾赏得。"传唤熊胜、许义、唐牛儿、吉孚、和合儿、花信、方明等到。方明在白石岛，不能即至。熊胜等俱来叩头。国主道："熊胜有破龙角寨之功，许义有招降韭山门之力，吉孚、唐牛儿救出柴丞相，郓哥有救三位贤侄与还道村之功，和合儿内应破共涛，方明有攻白石岛之绩，花信三世忠勤，并乃可嘉，俱量授统制之职。"将公孙胜等苦辞那几头亲事，又选三四家，送熊胜等去招赘成婚。郓哥自给共涛之女，令随呼延钰、唐牛儿、吉孚在丞相府效用。花信年老，辞了续弦，驸马府总管。方明自在白石岛，熊胜监守城门，许义领船巡海，各各谢恩而出。正是微功必禄，恩泽普遍，无不称功颂德，万事就理。

一日忽有报来："高丽国王亲来聘问，已在青霓岛相近。"国主即差童威、童猛先去远接，再差孙新、蔡庆、宋清、杜兴到海岸伺候。过了一日，那边官员先赍高丽纸大红金帖，上面写道："宗弟保顿首拜。"这里探事官报道到了。国主唤排銮驾，同丞相柴进、少师燕青、参政乐和、吏部裴宣到皇华馆迎入。那高丽国王李俟只带两员大臣、四员内监、五百名羽林军护驾。相见之时，各叙景仰之意。高丽王道："僻处海隅，蕞尔小国，久企老宗兄天纵之资，统理大邦，特觐龙光，祗领清海。"国主答道："樗栎之材，承乏小国，屡欲恭诣阙庭。反蒙先顾，何以克当？"两位国王并辇而行。到金銮殿上，柴进等一同拜谒。高丽王连忙回礼道："各位俱是伊吕之材，如雷灌耳。宗兄得此良佐，自然光被四海。若某小邦，并无济时之才，深惧陨越。"国主道："上国是箕子开基，文明礼乐，自汉唐以来，世多硕辅。这几人都是昔日盟友，相助分理，以匡不逮。"光禄寺排设筵宴，水陆毕阵，笙簧迭奏。

饮酒中间，高丽王道："小邦始号朝鲜，颇以礼义自持，为大宋东藩。倭王自恃其强，常来侵犯。前承使臣颁令，约共提防，奈弟齿衰迈，又且善病，已传位小儿，恐他愚弱不能料理。宗兄威行海外，文武忠良，成救驾之功，建不世之业。欲结为兄弟，为唇齿之邦，想蒙宗兄不弃。"国主道："前日三岛倡乱，革鹏借兵，倭王遣关白将万人来攻，已见只轮不返。若二国结连，如左右手，倭国击东则弟从西救，击西则兄必从东应，哪敢再肆荼毒？若得俯纳为弟，叨荷实多。"高丽王大喜，当夕酒散。

次晨焚起一炉好香，高丽国王李俣、暹罗国王李俊共拜天地，然后交拜。高丽国王年长为兄，暹罗王为弟。两国大臣各相交拜。对天设誓道："李俣，李俊忝为同姓，二国相邻，结为兄弟。尽忠天朝，抚牧万姓。若有外侮，并力捍御；倘生内乱，亟为剿除。吉凶聘问，灾丰相恤。自盟之后，永以为好。若有背违，天必厌之。"自此之后，兄弟称呼。

高丽王道："前日蒙道君皇帝差御医安道全疗愈我病，再生之德，未曾酬报。方才奉使到敝邦，为国事倥偬，不及请教。今欲再求诊视，不知在否？"李国主道："安道全原是梁山泊聚义的。因钦差治长兄的病，回到金鳌岛，遇飓风翻了船。小弟救出，送到东京，被卢师越所潜，蔡京欲置重罪。幸宿太尉救解，逃到登云山，得保性命。闻得宿太尉说，那卢师越投顺金朝，诊错了病，被斡离不所杀，安道全这口气泄了。"传旨宣了安道全来到，拜见高丽王，谢前日厚赆。高丽王道："承先生神术，重得延生。只是贱体尚弱，欲再求良方。"安道全凝神定虑，诊了高丽王太素脉，禀道："殿下精神虽弱，脉气甚清，定享遐龄，兼有神仙之分，当斟酌一方呈上。"

高丽王道："寡人已传位世子，庶务一应不理，正欲息虑修真，闻得吾弟处有一公孙先生，欲求一见，可得瞻礼否？"国主道："公孙先生在丹霞宫修道，小弟正要去候见他，不如同往。"高丽王大喜，不用仪从，二王并马而行。柴进、安道全随行。到了丹霞山，高丽王见山景清幽，不胜欣然，道："敝邦只有浊浪顽山，哪里得此仙景？"公孙胜闻知，同朱武、樊瑞出来迎接。到大殿，先拜了三清，公孙胜等朝见。高丽王道："正欲投在门下，岂敢当此？"行了稽首礼，接到秋涛轩献茶。各处游玩，又登海天阁，见万顷银涛，千山削翠，心旷神怡。国主道："欲与先生计议，建一坛罗天大醮，报答神明，追荐宋公明等并阵亡将士，不识几时好起道场？"公孙胜命朱武开了科仪，国主即敕有司理办。选七七四十九员得道高真做七日道场。公孙胜主坛，都披锦襕鹤氅，星冠象简，一日三朝，施符设咒。殿前立两长幡，幡上写道：

> 一灵秉正，纵然铁额铜头，尽做忠臣孝子。
>
> 万法融时，任他刀山剑树，化为玉垒琼葩。

殿上摆设得十分庄严。国主与众文武斋戒沐浴，朝夕礼拜。到圆满这日，国母、闻妃、公主、花太夫人等都来朝礼。纵百姓观仰。到三更时分，公孙胜虔心发表，专求显应。其时，一轮皓月当空，万里无云，微风不动。忽听得西北天门上一声响亮，推出万朵彩云，霞光绚烂，半空里仙乐铿锵，异香馥郁。国主同众人不胜骇异。云过处、闪出朱幡绛节、玉女金童，宋公明等俱立云端。后边又有一小队，却是旧国主马赛真。万目同见，一齐下拜，逾时再冉冉而去。众人尽道虔诚所感，道法高妙所致，无不欢欣皈依。高丽王见这般显应，唤内监备了赞仪，拜公孙胜为师，别国主道："承老弟不弃，得联宗谱，荣幸之至。今返小邦，看小儿综理国政，稍得就绪，明春即到丹霞宫出家。"国主款留，又设宴饯别，命童威、童猛送至界口而还。自此无事。

不觉腊尽春回，上元将到。国主传令，请金鳌四岛、清水澳将领并国中文武庆赏元宵。搭三座鳌山，金銮殿殿前一座，朝京楼下一座，宫中一座，广放花灯，与民同乐。设三处大酒馆，户部给下钱粮，备办酒馔，自十三夜起至十五夜止，效唐朝大酺三日，凡有职官员并禁林兵役，都挂牙牌，径到馆中吃酒，不要会钞。公卿宅眷，俱入宫门陪侍国母，宫中赏灯，闻妃为首，顾大嫂押班。笙歌细乐，烟火花炮，通宵彻夜不休。朝门前设兵护卫，国主同丞相柴进以下文武各官俱上朝京楼宴会。乐和把初出海时花逢春射死鲸鱼那两个鱼珠镂空了，点上蜡烛，如巴斗大两颗水晶丸，银光闪闪，人都猜不出是何物，真是奇观。公孙胜等也到。国主正坐，其余四十二人序爵安位。国主举杯道："幸得皇天护佑，朝廷赐恩，众兄弟同心辅助，得成此大事。思量在常州看灯，被吕太守拿了，乐兄弟用计救出得来，海外称尊，正所云：'不是一番寒彻骨，怎得梅花扑鼻香。'今遇上元佳节，不可不庆，只不宜荒淫。一年一次，与众兄弟畅叙欢情。"饮到半酣，喝那奏乐的住了。国主道："我虽粗鄙，雅好文墨，今夕胜集，不可无诗以纪其盛。记得重阳赏菊，宋公明有《满江红》一阕。若只是大块肉、大碗酒，依旧梁山泊上故事了。如不能者，罚依金谷酒数。我先罚起。"唤内侍斟上三大犀杯吃了，取文房四宝，放在闲桌上。众人互相推让。丞相柴进拂拭花笺，吟成一首呈上：

> 气象巍巍大国风，元宵乐事赏心同。
>
> 冰轮涌出金鳌背，万载千秋一照中。

国主并众人看了，称赞道："台阁气象，燕许手笔，可卜将来相业。"
闻焕章吟道：

> 柳梢残雪拂东风，灯月交辉瑞霭同。
>
> 圣世必须兴礼乐，熏陶养育辟雍中。

柴进道："足征国丈教胄子育人材雅化。"
萧让把酒，吟成一首：

> 太史由来采国风，赓歌又与舜廷同。
>
> 万花明月元宵夜，杯酒君臣一气中。

闻焕章道："好个'杯酒君臣一气中'！真是盛世明良。"
燕青作言志诗道：

> 少年浪迹似飘风，曾记东京此夜同。
>
> 知己君臣难拂袖，且醑烟月五湖中。

乐和道："燕少师要扁舟五湖，有卢小姐做西施了。只是国主是可同安乐的。"

蒋敬手里像打算子一般，停了片时，也作一首道：

> 瀛海澄波无疾风，洞庭秋月一般同。
> 笙歌鼎沸琼筵盛，映彻银花绿酒中。

燕青道："'洞庭秋月'是潇湘八景之一，可知是潭州人哩。"
宋安平矢口成章道：

> 物华天宝动和风，一派箫韶仙苑同。
> 宣到玉堂传草诏，金莲两炬落梅中。

裴宣道："宋学士此诗自是翰苑仙班，移动不得。"
花逢春不假思索，把锦笺起稿道：

> 玉街十里飐香风，长喜元宵佳节同。
> 走马夜深金堷上，丝鞭遥指凤楼中。

众人尽赞道："驸马应教之作，古来甚少，花公子此诗称绝唱了。"燕青又问
柴进道："柴丞相，你是做过方腊驸马的，那时曾作诗么？"合席拍手大笑。

公孙胜道："贫道不晓得吟诗，唱个道情罢。"敲着渔鼓简板，唱《西江月》道：

> 回首风尘自远，息机万虑俱忘。功名富贵霎时忙，走马灯边一样。
> 美酒三杯沉醉，白云一枕清凉。蓬莱阆苑可翱翔，早渡洪波弱浪。

国主大喜，合席斟上大觥。阮小七道："国主的令，不能诗者罚三大杯。我连
字也不认得，该吃六大杯！"众人皆笑起来。

梨园子弟呈上院本。柴进翻了几页，见有《水浒记》，问是什么故事。那副末
禀道："此是千岁与各位爷的出处，是周美成学士填词。"国主道："我们所做的

事，难道就有戏文？就演他。"梨园道："恐内中有不便，小的们不敢。"国主道："何妨？你不见关圣帝君的独行千里，过五关斩六将，常是扮的，不要忌讳，尽情做来。"梨园下去，闹了三通场，先是吏巾圆领，宋公明登场，到智取生辰纲。阮小七不觉指手划脚起来："宋公明到归后，是怒杀阎婆惜。"国主拍案道："那淫妇该杀！"演至江州劫法场，戴宗道："我那时已是死数了，不料尚有今日。"做出时迁盗甲，呼延灼道："若无徐宁上山，怎破连环马？"锣鼓震天价响，黑旋风大闹东京了，徐晟道："这李师师便是西湖上的么？"乐和笑道："你还记得泼翻茶在袍子上？"慢慢做到燕青打擂台，国主道："少师那时手脚还利便。"直演到宋公明衣锦还乡，柴进道："亏他情节件件做到！回想起来，真是一梦。再有谁人把后本接上，我们今日同赏元宵，大团圆了。"正是欢娱嫌夜短，已是鸡鸣四野，撤席归宫。一连三夜，各各谢恩而散。

自后国泰民安，风调雨顺，五谷丰登，人物康阜，真是升平世界。国主次年生下世子，因徐神翁之言"若要卸担，须待登来"，遂取名李登。公卿中大半生子，互结婚姻，每年差官进贡朝廷。

果然高丽王换了道妆，只带两名内监、两个行童，到丹霞宫修道，寿至八十，无疾而终。众公卿尽享高年。独有公孙胜到一百二十岁，尸解而去。世子用宋安平为相，花逢春、呼延钰、徐晟为将，公卿之子皆为世臣。李登仁慈守成，又传数世，与南宋国运共终始。后世有诗两首叹道：

儒者空谈礼乐深，宋朝气运属纯阴。

不因奸佞污青史，哪得雄姿起绿林。

报国一身都是胆，交情千载只论心。

无端又续英雄谱，醉墨淋漓不自禁。

郓城小吏志翩翩，白骨封侯亦可怜。

未到死生休遽信，漫夸富贵不相捐。

古来凡事多曾有，世上如君亦觉贤。

司马感怀成《史记》，一篇游侠最流传。

【全书完】